LOTHAR LIES

ORIGENES'
›PERI ARCHON‹

WERKINTERPRETATIONEN

LOTHAR LIES

ORIGENES' ›PERI ARCHON‹

EINE UNDOGMATISCHE DOGMATIK

Einführung und Erläuterung

WISSENSCHAFTLICHE BUCHGESELLSCHAFT
DARMSTADT

Die Deutsche Bibliothek – CIP-Einheitsaufnahme

Lies, Lothar:
Origenes' ›Peri archon‹: eine undogmatische Dogmatik; Einführung und Erläuterung / Lothar Lies. – Darmstadt: Wiss. Buchges., 1992
(Werkinterpretationen)
ISBN 3-534-10308-4

Bestellnummer 10308-4

Gedruckt auf säurefreiem und alterungsbeständigem Offsetpapier
Gesamtherstellung: Wissenschaftliche Buchgesellschaft, Darmstadt
Printed in Germany
Schrift: Linotype Times, 9.5/11

ISBN 3-534-10308-4

INHALT

VORWORT

Wohl kaum ein Werk der patristischen Literatur hat solch eine Wirkungsgeschichte in Gang gebracht wie die Vorlesungsunterlagen „Peri Archon“ des Origenes (185–254). Mit diesem Buch handelte sich der große Alexandriner den Titel ein, Vater aller Orthodoxie und aller Häresie zu sein. Mit diesem Buch regte er die Diskussionen unter Theologen an bis hin zum Theologengezänk. Mit seinen Gedanken zog er im Laufe der Geschichte immer wieder die Aufmerksamkeit der Philosophen auf sich.

Unsere Einführung möchte „Peri Archon“ vorstellen, seine theologischen Voraussetzungen (Heilige Schrift und Regula fidei) nennen, die Entfaltung des christlichen Kerygmas (Gott, Welt und Mensch) darstellen, seine Optionen (Willensfreiheit aller geistigen Wesen und Vorsehung Gottes) aufzeigen und die Implikationen (Apokatastasis) verdeutlichen. Wenn wir das Werk des Alexandriners eine „undogmatische Dogmatik“ nennen, so deshalb, weil uns hier das Bemühen des Origenes „en exercise“ (Crouzel) begegnet, die damals noch unverbundenen kirchlichen Glaubenssätze (Kerygma) tastend, d. h. undogmatisch miteinander in Beziehung zu setzen und auf der Basis der Heiligen Schrift in einen Denk- und Glaubenszusammenhang (Dogmatik) zu bringen.

Innsbruck, Februar 1991 — Lothar Lies SJ

I. TEIL: BEDEUTUNG DER PERSON, DES WERKES ›PERI ARCHON‹ (PA) UND DER THEOLOGISCHEN METHODE DES ORIGENES

1. Zur Person des Origenes

Unsere Einführung in ›Peri Archon‹ legt konsequent die zweisprachige Ausgabe ›Origenes, Vier Bücher von den Prinzipien‹ (Gö) der Wissenschaftlichen Buchgesellschaft zugrunde, setzt nicht nur den dortigen Text und die Übersetzung voraus, sondern auch im großen und ganzen die dortige Einführung. Daher können wir uns bei der Darstellung des Lebens des Origenes kurz fassen, zumal es neuerdings eine gute Biographie[1] gibt, auf die auch wir uns stützen. Zudem finden sich heute leicht Gesamteinführungen in Leben und Werk des großen Alexandriners.[2]

Im Jahre 185 in Alexandrien als Sohn einer wohl christlichen Lehrerfamilie geboren, bekam er den Namen Origenes [der von Horus Herstammende]. Gewährsmann für sein Leben und die Art seines Schaffens ist vor allem Eusebius von Caesarea, der das 6. Buch seiner Kirchengeschichte vornehmlich dem großen alexandrinischen Theologen widmet.[3] Weiter berichtet über ihn sein Schüler Gregor Thaumaturgos in seiner Lobrede, die etwa aus dem Jahre 238 stammt und in Caesarea gehalten wurde.[4] Zusätzliche Hinweise auf Origenes findet man im 1. Buch der ›Apologie des Origenes‹ von Pamphilus (gest. 309/10) und bei Hieronymus (347–419/20) in ›de viris illustribus‹ 54 und 62 bzw. in den Briefen 33 und 44,1. Eusebius weist in seiner Kirchengeschichte auch auf die außerchristliche Quelle hin: Der Neuplatoniker Porphyrius (232–304) hatte in seinem Werk ›Gegen die Christen‹

Das Abkürzungssystem ist aus Görgemanns-Karpp (Gö) übernommen.

[1] H. Crouzel, Origène. Paris-Namur 1985, 17–61.

[2] Jean Daniélou, Origène. Paris 1948; Pierre Nautin, Origène. Sa vie et son œuvre (Christianisme Antique 1). Paris 1977; Ulrich Berner, Origenes (Erträge der Forschung 147). Darmstadt 1981; Antonia Tripolitis, Origen. A Critical Reading (American University Studies). New York u. a. 1985.

[3] Eusebius von Caesarea, Kirchengeschichte. Hrsg. und eingel. von Heinrich Kraft. München 1967. Die Übersetzung von Philipp Haeuser (Kempten 1932) wurde neu durchges. von Hans Armin Gärtner.

[4] Des heiligen Gregorius Thaumaturgus ausgewählte Schriften. Aus dem Griechischen übers. von Dr. P. Hermann Bourier OSB (Bibliothek der Kirchenväter o. Nr.). Kempten u. München 1911, 211–259 (bzw. 1–49).

15 Bücher verfaßt, von dem das 3. Buch über Origenes handelt. Wenngleich das Gesamtwerk verlorengegangen ist, so hat uns doch Eusebius einen kleinen Bruchteil dieses 3. Buches überliefert.[5] Auch der Kirchengeschichtler Sokrates berichtete über Origenes.

In großer Liebe zur Heiligen Schrift erzogen und angehalten, sie auswendig zu lernen, ist Origenes zeit seines Lebens der Heiligen Schrift treu geblieben. In der Christenverfolgung des Jahres 202 verlor Origenes seinen Vater. Da das Vermögen der Familie eingezogen wurde, war er mittellos bzw. mußte als Ältester seiner Geschwister die Familie ernähren, wählte dazu den Beruf seines Vaters und wurde Lehrer. Er unterrichtete sogenannte Grammatik, d. h. er vermittelte in sprachlich-philologischer Manier die Elemente des damaligen Wissens aus der Lektüre der heidnischen Dichter und Historiker.[6] Bald jedoch wechselte er zum theologischen Unterricht und dies in freier Ausübung wie einst wohl Justin und weniger im Dienst der Katechumenenunterweisung.

Um diesen Unterricht besser zu verstehen, ist ein Blick auf die geistige Situation, wie sie damals in Alexandrien mit einer Einwohnerzahl von einer Million Menschen gegeben war, zu werfen. Diese Stadt, von Alexander d. Gr. 333/332 gegründet, hatte sich bald nicht nur zu einem Handelszentrum entwickelt, sondern war auch zu einem Schmelztiegel verschiedenster Kulturen geworden: Semitisches Denken stieß auf ägyptische Mythologien und Kulte, dies alles wieder vermischte sich mit hellenistischer Geistigkeit und platonischem Denken. Geheimkulte ebenso wie das junge Christentum, gnostische Sekten und der Mithraskult des römischen Militärs warben um Anhänger. Nahezu alle Philosophenschulen waren vertreten. So findet man Neupythagoräer, Anhänger des mittleren Platonismus, sieht das Entstehen des alexandrinischen Neuplatonismus (Ammonius Sakkas 175–242; Plotin 204–270; Porphyrius 230–304), die Heranbildung der syrischen Schule des Jamblichus (gest. um 330), der selbst Schüler des Porphyrius war.

Große Bibliotheken waren behilflich, das Schrifttum der ganzen Alten Welt vor den Interessierten auszubreiten. Daß es zu Auseinandersetzungen mit dem christlichen Glauben, aber auch zu seiner Befruchtung und Gefährdung kommen mußte, ist schon deshalb einsichtig, weil die christliche Botschaft nicht am Denken und an den Grundanschauungen der Adressaten vorbei verkündet werden kann. Origenes hatte dies erkannt.

Gleichzeitig steuerte die kirchliche Auseinandersetzung mit der Gnosis in den Tagen des Origenes einem Höhepunkt zu. Nicht nur auf Alexandrien beschränkt, hatte sie das ganze damalige Römische Reich erfaßt. Der syri-

[5] Eusebius, Kirchengeschichte VI 19,5–8.

[6] Was Grammatik in der damaligen Zeit bedeutet, apostrophiert Rufin PA III Praef. Ruf. Gö, 461: die Auslegung poetischer Dichtung und Theaterstücke.

sche Gnostiker Kerdon war in Rom mit der Kirchenbuße belegt worden; 143 hatte die römische Gemeinde den aus Ägypten stammenden und in Alexandrien aufgewachsenen Gnostiker Valentinus ausgeschlossen. Im Juli 144 hatte die gleiche Kirche den Bischofssohn aus dem Pontus, Marcion, aus ihrer Gemeinschaft entlassen. Das konnte aber nicht die Bildung einer Gegenkirche der Marcioniten verhindern, die in Syrien bis ins 5. Jahrhundert weiterbestand. Um 150 lehrte der Gnostiker Basilides in Alexandrien. Seine Sekte ist bis ins 4. Jahrhundert in Unterägypten nachweisbar. Die Zeit des Origenes ist der Beginn der Sammlung des ›Corpus Hermeticum‹, einer Zusammenstellung von gnostischen Traktaten, die eine Heilslehre aus einem Gemisch von jüdisch-ägyptischen, platonisch-hellenistischen, iranischen und sogar indischen Elementen anbietet.[7] Auch innerhalb des Christentums selbst hatten sich gnostische Gruppen gebildet und Lehrer hervorgebracht: Ptolemäus (gest. 180); Herakleon und Theodot, die um die Mitte des 2. Jahrhunderts lehrten. Die Gruppe um den Gnostiker Markus kam bis ins Rhônetal. Irenäus (gest. 202) kämpfte gegen sie. Es ist nicht uninteressant, daß Mani (216–277) in den Tagen des Origenes in Alexandrien geboren wurde, seine Lehre einen Augustinus in Bann schlagen und sich bis in die äußere Mongolei ausbreiten sollte.

Besonders unter der Rücksicht der Suche nach Erlösung waren gewisse geheime Kulte in Alexandrien aktiv, etwa der des griechischen Gottes Dionysius. Dieser Gott konnte alle Lebenssituationen zu Weisen seiner erlösenden Gegenwart machen. Aus Phrygien stammten der Kybele-Kult und die Attis-Mysterien. Zur Zeit des Origenes waren die Eleusinischen Mysterien noch hochgeschätzt. Letztlich ging es immer um Unsterblichkeit für die Eingeweihten. Ägyptischen Ursprungs ist der Kult um Isis und Osiris. Er verspricht eine Art Auferweckung nach dem Tode. Auch der Kult des Adonis begeht Tod und Auferstehung und nimmt semitisch-phönizische Elemente in sich auf. Aus dem Iran stammend, hatte der Mithraskult Eingang in das römische Militär gefunden. Mithras ist ein Gott, der nicht stirbt, der Moral und Mäßigung von seinen Mysten fordert. Gefährlich wurde dieser Kult dem Christentum durch gewisse Feste wie das der Geburt Gottes am 25. Dezember, durch die Initiationsriten, die zugleich dem Eingeweihten ein unauslöschliches Merkmal einprägen, und durch die heiligen Mähler.

Es würde zu weit führen, hier die sich in all diesen kirchlichen und nichtkirchlichen Kreisen bildende apokryphe Literatur aufzuführen. Von besonderer Wichtigkeit ist daher die Fixierung des kirchlichen Schriftkanons. Wir werden sehen, wie sehr Origenes in dieser verwirrenden Situation die Regel der Kirche und die von ihr rezipierten Schriften betont.

[7] K. W. Tröger, Mysterienglaube und Gnosis im ›Corpus Hermeticum‹ XIII. Berlin 1971.

All diese nahezu unübersichtliche Vielfalt von Philosphien, Bewegungen und Kulten war in Alexandrien beheimatet. Da viele philosophisch interessierte oder mit den Geheimkulten sympathisierende Nichtchristen oder getaufte Gnostiker den Unterricht des Origenes besuchten, gehörte zu seinem Lehrstoff auch die Auseinandersetzung mit der heidnischen Kultur, ihren Philosophien der Gott-, Welt- und Wertvorstellungen. Aber nicht nur Heiden, sondern auch Juden kamen zu seinem Unterricht, so daß sich Origenes gezwungen sah, sich mehr mit dem jüdischen Glauben und dem Alten Testament auseinanderzusetzen. Zugleich kam die Aufgabe auf ihn zu, sich mit den häretischen Sekten intensiver zu beschäftigen. Wir werden in ›Peri Archon‹ erkennen, daß es in besonderer Weise die Frage nach Gott und seinem Wesen war, die die heidnischen und gnostischen Hörer veranlaßte, die Vorträge des Origenes zu besuchen. Schon daraus sieht man, wie sehr der Unterricht des jungen Origenes die Bedürfnisse einer Katechetenschule, die ja mehr in die Feier der kirchlichen Mysterien einführen sollten, überstieg und in gewisser Weise auch gesprengt hätte. Die Hörer des Origenes behielten ihre volle Freiheit, der christlichen Kirche beizutreten oder nicht.

Nachdem sich Origenes entschlossen hatte, von der „Grammatik" auf die Theologie umzusteigen, verkaufte er vor allem seine heidnische Bibliothek. Eine Rente durch Gönner, besonders Ambrosius,[8] ermöglichte es ihm, als freischaffender Philosoph nun die christliche Lehre als „wahre Philosophie" zu erörtern. Und wieder beschäftigte sich unser Alexandriner nun ausdrücklich mit der heidnischen Philosophie, besuchte die Vorlesungen des berühmten Ammonius Sakkas[9], des nachmaligen Lehrers des Plotin. Noch heute erkennt man beim Vergleich der Schriften Plotins mit denen des Origenes gemeinsame Fragen, wie etwa die nach dem Verhältnis von Vernunft und Offenbarung oder die nach der Methode, autoritative Texte auszulegen. Daß letztere Frage zum Strukturelement origenischer Theologie wurde, wird uns PA lehren. Aus den Schriften des Origenes, besonders auch aus PA, kann man schließen, daß er sich zudem mit Geometrie und Arithmetik[10] beschäftigte, um so das Wissen seiner Zeit zur Verfügung zu haben. Seine schriftstellerische Tätigkeit wurde ebenfalls von dem erwähnten Ambrosius finanziert, schloß später dann eine Schar Schnellschreiber ein, denn Origenes diktierte seine Texte, was wiederum eine Gruppe von Schönschreiberinnen notwendig machte, die die stenographierten Texte in Langschrift übertrug.[11]

[8] Eusebius, Kirchengeschichte VI 18,1 u. VI 23,1.

[9] Bezüglich Ammonius Sakkas und anderer Lehrer des Origenes berichtet Eusebius in seiner Kirchengeschichte (VI 9,5–8) aus einer Nachricht des Porphyrius.

[10] Geometrie und Arithmetik waren Schulfächer.

[11] Vgl. Eusebius, Kirchengeschichte VI 18.

Origenes wurde schon in relativ jungen Jahren berühmt, so daß er in die verschiedensten Städte eingeladen wurde, was ihm wieder größere Reisen ermöglichte. So besuchte er 212 die Kirche von Rom. Um 215 wurde er vom kaiserlichen Statthalter der Provinz Arabien zu Gesprächen und Vorträgen eingeladen. Als in dieser Zeit in Alexandrien eine durch Kaiser Caracalla inszenierte Christenverfolgung ausbrach, flüchtete er nach Palästina, wo er herzlich aufgenommen wurde. Sein Bischof Demetrius von Alexandrien rief ihn aber zwei Jahre später wieder in die ägyptische Metropole zurück und betraute ihn nun amtlich mit einer Katechetenschule. Bald jedoch war Origenes wieder in seiner alten Tätigkeit gefragt. Mit der „normalen" Katechetenschule überlastet, übergibt er diese seinem Schüler (?) und Mitarbeiter Heraklas[12]. Im Jahre 218 oder 222 trägt Origenes seine Theologie der Kaiserinmutter Julia Mammaea vor, die ihn nach Antiochien eingeladen hatte. Bald aber ging Origenes wieder nach Palästina und wurde dort 231 oder 233 von den Bischöfen von Jerusalem und Cäsarea zum Priester geweiht. Wohl deshalb, weil er sich in jungen Jahren selbst verstümmelt hatte[13], vielleicht auch, weil er aus Zerwürfnissen mit seinem alexandrinischen Bischof nach Palästina gegangen war, ließ ihn sein Heimatbischof Demetrius auf zwei Synoden aus der ägyptischen Kirche ausweisen. Origenes gründete in den genannten Jahren nun in Cäsarea eine neue Schule[14] mit der entsprechenden Bibliothek und setzte seine in Alexandrien begonnene Lehrtätigkeit fort. Hier hielt der schon genannte Gregor Thaumaturgos seine berühmte noch erhaltene Rede auf Origenes. Sie zeigt etwas vom Anliegen und den Grundeinsichten der christlichen Weltanschauung des Origenes. Origenes scheint es gelungen zu sein, die verschiedensten Disziplinen der hellenistischen Ausbildung für das Christentum nützlich zu machen, sei dies nun die schon erwähnte Geometrie oder Arithmetik, sei es die Mathematik oder Ethik.[15] Vor allem aber denkt Origenes, wie Gregor seine Philosophie[16] überliefert, die Welt und alles, was sich in ihr ereignet, von Gott her.[17] Auch seine Lehre über den Menschen, seine Anthropologie ist, wie wir selbst sehen werden, Theologie. Hier war ihm die Heilige Schrift die hermeneutische Basis, den Glauben der Kirche zu erklären und zu entfal-

12 Heraklas wurde nicht nur der Leiter der Katechetenschule in Alexandrien, sondern auch der Nachfolger des dortigen Bischofs Demetrius.

13 Selbstverstümmelung war seit alters her in der Kirche ein Hindernis, die Priesterweihe zu empfangen.

14 Vgl. dazu H. Crouzel, L'Ecole d'Origène à Cesarée. In: Bulletin de Littérature Ecclesiastique 71 (1970), 15–27; A. Knauber, Das Anliegen der Schule des Origenes zu Cäsarea. In: Münchener Theologische Zeitschrift 19 (1968), 182–203.

15 Gregor Thaumaturgos, Lobrede 8 (BKV o. Nr., 237f. [27f.]).

16 Gregor Thaumaturgos, Lobrede 14.

17 Gregor Thaumaturgos, Lobrede 15.

ten. Dabei legt Origenes ein Hauptaugenmerk auf die Freiheit des Menschen und dies in seiner Anthropologie ebenso wie in seiner Methode des Unterrichtens. Gregor verließ die Schule nicht als getaufter Christ. Und doch hatte er eine christliche Erziehung genossen. Zugleich war Origenes auch von Cäsarea aus auf Reisen. Er dozierte auf Bischofskonferenzen und Diözesansynoden, um über den wahren kirchlichen Glauben zu sprechen und Häresien, die sich da und dort eingeschlichen hatten, zu entlarven.

Als Priester hielt er natürlich in den Gemeindegottesdiensten auch viele Homilien, von denen etliche erhalten sind.[18] Während seines Aufenthaltes in Cäsarea verfaßte er die noch heute berühmte Apologie gegen den heidnischen Philosophen Celsus[19]. In der Christenverfolgung des Jahres 249 wurde Origenes schwer gefoltert. Wohl an den Folgen starb er dann 254 in Tyrus im Alter von 69 Jahren.

2. Die Schrift ›Peri Archon‹ (PA)

Ohne hier alles und jedes wiederholen zu wollen, was Görgemanns und Karpp in ihrer Einführung zur zweisprachigen Ausgabe über die Schrift ›Peri Archon‹ gesagt haben,[1] sei PA doch vorgestellt.

2.1 Gesamteindruck

2.1.1 Heutige Bedeutung und damalige Adressaten

Für alle, die heute interessiert sind an der Philosophie, die im Umkreis des jungen Christentums wirksam war und auch Eingang fand in die Begründungen ersten theologischen Mühens um das Verständnis und den inneren Zusammenhang des christlichen Glaubens, ist PA eine reiche Fundgrube. Zugleich sind heute wie zu allen Zeiten die Theologen an dieser Schrift interessiert. Hat doch Origenes als einer der Ihren erstmals in größerem und reflektierterem Stil den christlichen Glauben auf seine innere Plausibilität und Kohärenz befragt. Besonders durch das bewußte Eingehen auf die Heilige Schrift als Begründung und Basis allen theologischen Arbeitens gibt PA Auskunft über die Handhabung des damaligen Schriftkanons als

[18] Das Gesamtwerk des Origenes ist nach den Quellen zusammengestellt bei Crouzel, Origène, 63–78.

[19] Das Werk des Celsus ist uns in der Schrift des Origenes ›Contra Celsum‹ erhalten.

[1] Vgl. Gö, 9–25.

„norma normans" des kirchlichen Glaubens. Vor allem die Begründungen für den inneren Zusammenhang von Altem und Neuem Testament sind heute nicht nur interessant, sondern auch wieder gefragt. Natürlich werden dieser Tage gerade die Exegeten angezogen, sich mit Origenes und auch mit PA zu beschäftigen, ist doch Origenes selbst ein Meilenstein in der Geschichte der Schriftauslegung. Besonders jene, die an der Geschichte der Theologie interessiert sind, den geistigen Prozeß mühsamen Auseinanderdividierens von Häresie und Orthodoxie in der frühen Kirche zu erleben, zugleich aber die Frage beantworten müssen, ob die von Justinian in den Jahren 543 und 553 verurteilten Sätze des Origenismus zu Recht mit Origenes verbunden werden, all die greifen zu PA. Origenes ist aber auch in diesen Tagen noch – oder wieder – anziehend für jene, die an der Geschichte der Spiritualität interessiert sind, da er als erster Grundzüge einer christlichen Spiritualität zu entwerfen versuchte, wenn er z. B. den Prozeß der Unterscheidung der Geister beobachtet.[2]

Nach den Notizen des Eusebius von Cäsarea[3] kann man die Abfassung von PA für die Zeit vor dem Jahre 231, etwa zwischen 220 und 231 bestimmen. Gleichzeitig arbeitete Origenes in diesen Jahren in Alexandria an einem Traktat ›Über die Auferstehung‹, an den ›Teppichen‹, an einem Werk über den Anfang des biblischen Buches ›Genesis‹, über den Johannesprolog und die ersten Psalmen.[4] Sehr unwahrscheinlich sind die Berechnungen von Preuschen und Bardy, besonders aber die von Schnitzer, Origenes habe PA schon nach seiner ersten Rückkehr nach Alexandrien aus dem durch Caracalla im Jahre 215 bedingten Exil und vor der Bekehrung seines Wohltäters Ambrosius, also um das Jahr 217 geschrieben.[5] Mindestens das III. Buch PA müßte dann, nimmt man die dort angegebenen Nachrichten ernst, nach dem Jahre 217 geschrieben sein.[6]

Die damaligen Adressaten, so geht aus dem Inhalt von PA hervor, waren gebildete Christen und z. T. Nichtchristen, die an der „philosophischen" Durchdringung des jungen christlichen Glaubens interessiert waren; es waren Christen, die in der Auseinandersetzung mit dem Glauben des Alten Testamentes ebenso standen wie mit den Gnostikern und den heidnischen

[2] Vgl. z. B. Lothar Lies, Ignatius von Loyola und Origenes. In: Ignatianisch. Eigenart und Methode der Gesellschaft Jesu. Hrsg. von Michael Sievernich und Günter Switek. Freiburg i. Br. 1990, 183–203.

[3] Kirchengeschichte VI 24.

[4] Vgl. Origène, Traité des Principes. Tome I (Livres I et II). Introduction, Texte critique de la version de Rufin, Traduction par Henri Crouzel et Manlio Simonetti (SC 252). Paris 1978, 11.

[5] Vgl. a. a. O., 11 f.

[6] Vgl. a. a. O., 12.

Philosophen. Gilles Dorival[7] hat aufgrund der Formanalyse von PA im Vergleich mit anderen spätantiken Autoren die Adressaten zu ermitteln versucht und charakterisiert das Werk PA zunächst als vollständig, dann aber vor allem als Information an eine breitere, jedoch interessierte Öffentlichkeit darüber, was Origenes in seinem Unterricht vorträgt und mit seinen Schülern diskutiert.

Oft hat man gesagt, mit der Schrift PA habe Origenes eine eigene Dogmatik des christlichen Glaubens geschrieben. Das stimmt nur unter der Rücksicht seines systematisch-fragenden Vorgehens. Vielmehr ist die Schrift PA für einen ausgewählten Kreis von sachkundigen Hörern konzipiert und gibt zu entscheidenden Fragen und Implikationen des christlichen Bekenntnisses mehrere mögliche (oder unmögliche) Antworten, hält aber mit seiner eigenen Anschauung nie hinter dem Berg. Die Prüfung seiner Lösungsansätze überläßt er aber seinen Schülern. Da PA nicht alle Basissätze des christlichen Glaubens erörtert, handelt es sich also nicht um eine „summa theologica“[8]. Erst der unbesonnene und übereifrige Förderer des Origenes, Ambrosius, hat durch die vorschnelle Veröffentlichung die große Verwirrung ausgelöst, die schon zu Lebzeiten des Origenes begann und bis heute noch nicht bewältigt ist.[9]

2.1.2 Bedeutung des Titels

Man hat sehr gerätselt, was der Titel ›Peri Archon‹ oder ›De principiis‹ bedeutet. Eine einhellige, allseits befriedigende Lösung bietet die Forschung nicht. Wir folgen hier mehr oder weniger konsequent den Überlegungen von M. Harl[10], H. Crouzel und M. Simonetti[11].

Der Titel ›Peri Archon‹ ist nicht von Origenes erfunden, sondern findet sich schon vor ihm und beinhaltet die Fragen nach Gott, dem Menschen und der Welt. Er stellt inhaltlich das dar, was im Mittelplatonismus sachlich mit dem Traktat „Physik“ beschrieben wurde. Allerdings muß man dem

[7] Gilles Dorival, Remarques sur la Forme du Peri Archon. In: Henri Crouzel u. a.. (Hrsg.), Origeniana. Premier colloque international des études origéniennes. Bari 1975, 33–45, hier besonders 43ff.

[8] Vgl. dazu auch Crouzel, Origène, 74f.

[9] Hieronymus Ep. 84,10.

[10] Marguerite Harl, Structure et cohérence du ›Peri Archon‹. In: H. Crouzel u. a., Origeniana. Premier colloque international des études origéniennes. Bari 1975, 11–32.

[11] Vgl. Origène, Traité des Principes. Tome I (Livres I et II). Introduction, Texte critique de la version de Rufin, Traduction par Henri Crouzel et Manlio Simonetti (SC 252). Paris 1978, 12.

Akzent, den Origenes seinen Aussagen gibt, Rechnung tragen. Für ihn ist Gott der einzige Ursprung von allem überhaupt, jedoch, weil ein dreifaltiger Gott, ein dreifach geordneter Ursprung. Nimmt man dies ernst, so muß man das ganze Werk als Theologie bezeichnen. Anhaltspunkte für diese Sicht finden sich tatsächlich in den Ausführungen des Alexandriners, wenn er z. B. auf die Bedeutung der Taufe als Hinweis auf das Handeln Gottes zu sprechen kommt: „Hier scheint es mir angebracht, zu untersuchen, was der Grund dafür ist, daß einer, der durch Gott ‚wiedergeboren wird' (vgl. 1. Petr 1,3) zum Heil, des Vaters, des Sohnes und des heiligen Geistes bedarf und das Heil nicht empfängt, wenn nicht die Trinität [integra trinitas] vollständig ist; und daß es nicht möglich ist, des Vaters oder des Sohnes teilhaftig zu werden ohne den heiligen Geist. Bei dieser Erörterung ist es nun erforderlich, das besondere Wirken des heiligen Geistes und das des Vaters und des Sohnes abzugrenzen.“[12] Archai können in diesem Sinne als theologische Größe verstanden werden und meinen den dreifaltigen Gott, besonders in seinem Heilshandeln,[13] zu dem nach Origenes auch die Schöpfung gehört. Hat sie doch keinen anderen Grund als seine Liebe.[14] Daher ist es auch sinnvoll, die Heilige Schrift als Offenbarungsquelle und letzte Norm bei diesen Fragen heranzuziehen. Denn dort finden sich die Mysterien, die Gott über sich, die Geistwesen und die Welt ausgesagt hat. Infolgedessen ergibt sich auch eine innere Ordnung des ersten Teiles von PA. Von Gott als dem trinitarischen Gott zu sprechen, heißt über seine Wohltaten zu reden, und das heißt, über die Schöpfungsordnung und die Heilsordnung, konkret über die Geistwesen, ihren freien Sündenfall und über die materielle Welt zu handeln: „Dies also nennen wir die selige und ursprunghafte Trinität. Dies ist der gute Gott, der gütige Vater aller; gleichzeitig auch die wohltätige, weltschöpferische und vorsehende Kraft. Daß diese Kräfte Gottes auch nur für einen Augenblick einmal untätig gewesen wären, das ist eine gleichzeitig unsinnige und gottlose Annahme. [...] Daraus folgt, daß es immer (Wesen) gab, denen sie [Kraft Gottes] wohltun konnte, nämlich ihre Geschöpfe, und denen sie, nach Ordnung und Verdienst wohltuend, ihre Wohltaten kraft der Vorsehung zuteilen konnte. So ergibt sich, daß Gott zu keiner Zeit nicht Schöpfer, Wohltäter und Vorsehung-Übender war.“[15]

Es ergibt sich also ein erstes, wenn auch doppeltes Verständnis von ‚archai': Eines betont mehr die Prinzipien des christlichen Glaubens und der

[12] PA I 3,5 Gö, 169.

[13] Marguerite Harl, Structure et cohérence du ›Peri Archon‹. In: H. Crouzel u. a., Origeniana. Premier colloque international des études origéniennes. Bari 1975, 11–32, hier besonders 20–23.

[14] PA I 4,3 Gö, 189; vgl. besonders den Hinweis, daß Gott keinen anderen Grund für die Schöpfung hat, als seine Liebe.

[15] PA I 4,3 Gö, 189.

Theologie, während das andere mehr die theologisch gedeuteten metaphysischen Grundlagen alles Existierenden und so auch ihrer Erkenntnis ins Licht rückt. Beide Aspekte sind nicht zu trennen.[16]

Der zweite Teil von PA behandelt mögliche und faktische Mißverständnisse der kirchlichen Bekenntnissätze, bleibt aber ganz im Problemkreis des klassischen Traktates der „Physik". Es ist interessant, daß Origenes dort nichts über Sakramente, über Kirche, Gebet etc. sagt. Ihm geht es vornehmlich um Fragen des kirchlichen Bekenntnisses, wie er es im ersten Teil dargelegt hat und wie es in die formale Ordnung der klassischen „Physik" gehört, nun aber in spezifischer Auseinandersetzung mit den Marcioniten, den Gnostikern, den Platonikern, den Juden etc., aber auch um innere Schwierigkeiten der gedanklichen Bewältigung des kirchlichen Kerygmas, wie sie sich gegenüber den Fragen des klassischen Traktates ergeben.[17] Die behandelten Probleme des zweiten Teiles sind also sachlich zurückgebunden in den ersten Teil bzw. auf die Bekenntnisdaten der ›Praefatio‹; sie stellen keine autonomen Probleme dar; oft sind sie nur die Aktualisierungen des christlichen Kerygmas im geistlichen Milieu Alexandriens. Nach M. Harl ist es auffallend, wie sehr der erste und der zweite Teil verbunden sind durch Problemstellungen, die nach der Einheit von Gott und Geschöpf fragen; sei dies nun der Anfang der Geschöpfe in Gott, sei es, daß das Ende der Welt wieder in diesen Anfang einmündet; sei dies nun, und Origenes weist ständig darauf hin, die Unterschiedenheit von Geschöpf und Gott als seinem Anfang und seinem Ende, ja die Unterschiedenheit des Geschöpfes von Gott in (!) Gott als seinem Anfang und seinem Ende. Origenes benutzt hier zwei Sprachen, die der Philosophie und die des Kerygmas, um diese Einheit und Verschiedenheit zu verdeutlichen, besonders dort, wo Gott alles in allem ist (Apokatastasis). Namentlich bei der Diskussion der Gründe der Vielheit attackiert Origenes die Gnostiker. Und immer ist es das kirchliche Kerygma, das ihm die Begriffe liefert, die die Mysterien der Einheit mit und der Unterschiedenheit von dem dreifaltigen Gott verkünden. Die philosophischen Begriffe geben ihm oft nur die Möglichkeit der sachlichen Klärung.[18]

Ist unsere Sicht von PA richtig, wird sich unsere eigene Werkseinführung danach richten müssen. Sie ist vor allem als Theologie darzustellen. In diese Ordnung sind einzufügen die formal als theologische, sachlich als philosophische Erklärungsversuche zu deutenden Ausführungen über die Vielheit

[16] Vgl. Origène, Traité des Principes. Tome I (Livres I et II). Introduction, Texte critique de la version de Rufin, Traduction par Henri Crouzel et Manlio Simonetti (SC 252). Paris 1978, 12.

[17] Marguerite Harl, Structure et cohérence du ›Peri Archon‹. In: H. Crouzel u. a., Origeniana. Premier colloque international des études origéniennes. Bari 1975, 11–32, hier besonders 24f.

[18] A. a. O., 11–32, hier besonders 26ff.

in der Welt und im Unterschied zu Gott. Hier muß besonders die starke Betonung der Freiheit der Dreierordnung der Geistwesen: Mensch, Engel, Dämonen bzw. Teufel genannt werden. Aber dies nicht allein. Auch die Frage nach Körperlichkeit und Materie gehört in diese Erörterung und damit auch die falschen gnostischen oder philosophischen Ansichten über diesen Gegenstand, besonders aber die Frage, wie die mit Materie umkleideten Geistwesen Gott gleich sein können.

Stellt sich in diesem Zusammenhang der Schöpfung die Frage nach dem Anfang [arche] und dem Ende [telos], die für Origenes in eins zu fallen scheinen, so ist integraler Bestandteil der zwischen beiden liegenden Vielheit wiederum die Freiheit der Geistgeschöpfe und die Materie. Aus Freiheit hängen diese Wesen am Anfang und am Ende Gott an. Aus ihrem verschiedenen Gebrauch der Freiheit ist die Gestaltung dieser Welt zu erklären. Aber nicht nur dies; Gott selbst trägt das Seine dazu bei, die Einheit von Anfang und Ende wiederherzustellen. Allerdings immer so, daß er der gute und zugleich gerechte Gott bleibt. Damit ergeben sich für das Kerygma mannigfaltige Probleme, etwa ob die Materie erhalten bleibt und so diese Einheit stört oder ob sie vergeht, damit Anfang und Ende übereinstimmen. Tiefer gesehen sind all diese Fragen letztlich nicht nur philosophische, sondern auch theologische Probleme, weil es implizit oder auch explizit immer um das christliche Gottesbild geht. Die vor der irdischen Schöpfung postulierte geistige Schöpfung gehört ebenfalls in diese theologische Problematik, denn nur eine solche Annahme scheint Origenes' Lehre von der Selbstverantwortung des Menschen zu garantieren und nicht Gott etwas zuzuschreiben, was mit seiner Gerechtigkeit und Liebe nicht in Einklang gebracht werden kann. Damit wird auch die Diskussion über die unserer Welt vorausgehende präexistente Schöpfung zu einem im strengen Sinn theologischen Problem. Es geht um das christliche Gottesbild gegenüber den gnostischen Häresien, Philosophien und primitiven Vorstellungen. Im übrigen erhält die Materie, in der sich ja der moralische Stand der Geistwesen ausdrückt, eine ethische Relevanz. Nicht umsonst gehört sie zugleich zur Strafsituation der gefallenen Seelen, aber auch zur Heilspädagogik Gottes. All dies verpflichtet uns, unsere Werkseinführung als Einführung in die Theologie von PA zu verstehen.[19] „Archai" wären also, blicken wir zurück, zweitens alle jene im theologischen Sinn die Welt konstituierenden Wirklichkeiten wie Gott, Materie, Freiheit endlicher Geistwesen etc. PA verdeutlicht die Implikationen und Konsequenzen (Apokatastasis) ihrer Zuordnung.

Basilius Steidle[20] hat im Jahre 1940 eindringlich darauf hingewiesen, daß

[19] A. a. O., 11–32, hier besonders 26–30.

[20] Basilius Steidle, Neue Untersuchungen zu Origenes' ›Peri archon‹. In: ZNW 40/41 (1941/1942), 236–243, hier 239–243.

‚archai' nicht mit Hauptlehren übersetzt werden sollten (gegen Bardenhewer und Harnack). Wenn Steidle auch nicht die Auffassung von Hal Koch ganz teilt, in Analogie zur damaligen Philosophie ‚archai' mit „erste Dinge, Daseinsprinzipien" wiederzugeben, so entscheidet er sich aufgrund der antimarcionitischen Polemik von PA dazu, ‚archai' als im Gegensatz zu Marcions ‚archai' zu verstehen. Die Marcioniten sprachen tatsächlich von ‚archai' und meinten damit den gerechten Gott des Neuen Bundes, den Demiurgen des Alten Bundes (d. h. evtl. sogar den bösen Gott) und die (ungeschaffene) Materie. Klemens von Alexandrien hatte vor, sich in seinem verlorengegangenen Werk ›Peri archon‹ gerade mit Marcion auseinanderzusetzen. Steidle weist darauf hin, daß die meisten Kirchenväter in der Zeit zwischen 150 und 250 Marcion als den „Ausbund aller Ketzerei" betrachteten. Dies zeigt Origenes in PA. „Des Origenes PA ist die kühnste antimarcionitische – wir sagten wohl zutreffender ‚antignostische' – Schrift der Väterzeit. [...] Origenes gibt im Vorwort eine Zusammenstellung von Glaubenswahrheiten und Problemen, in denen der Lehrgegensatz zwischen Katholiken und Marcioniten zum Ausdruck kommt. Es handelt sich, kurz gesagt, um die Lehre von den archai: vom Vater, von Christus, vom Heiligen Geist; von den Herrschaftsgebieten: von den Vernunftwesen, vom Kosmos, von der Heiligen Schrift. [...] Den marcionitischen archai stellt Origenes die christlichen archai gegenüber. Streng genommen, kennt Origenes nur *eine* arché, den Vater, wie sich schon [...] aus der Vorrede zu PA ergibt. Eusebius hat es ausdrücklich vermerkt (C. Marcellum I, 4). Der Vater ist das Prinzip jeglichen Seins. In Unterordnung unter den Vater ist der Logos Prinzip des Vernünftigseins, der Heilige Geist des Heiligseins und der Heiligen Schrift. Die Materie wird als Prinzip abgelehnt."[21]

Wenn auch das Ergebnis Steidles ›Origenes' PA, eine antimarcionitische Schulschrift in drei Hauptteilen oder ‚Büchern'‹[22] eine einseitige Interpretation darstellt, denn viele andere Gesichtspunkte fließen noch ein, so ist zuzugeben, daß Origenes mit den ‚archai' tatsächlich den dreifaltigen Gott meint, und es ist nicht von der Hand zu weisen, daß er diese ‚archai' denen des Marcion entgegenstellt. Wir haben damit die dritte Möglichkeit einer Deutung der „archai" genannt.

Dennoch reicht diese Erklärung noch nicht hin. Die Origenesforschung hat nachgewiesen, daß sowohl innerhalb der platonischen als auch der stoischen Tradition der Begriff der ‚archai' in Gebrauch war. Hatten die Platoniker drei ungeschaffene ‚archai', nämlich Gott, die Materie und die Ideen angenommen, so die Stoiker und die Aristoteliker die ihren, die Christen jedoch letztlich nur die eine ‚arche': den Vater.[23]

[21] A. a. O., 236–243, hier 241 ff.

[22] A. a. O., 236–243, hier 243.

[23] Vgl. Origène, Traité des Principes. Tome I (Livres I et II). Introduction, Texte

Man kann ‚Archai' wohl auch in einer mehr theologisch-komprehensiven Weise verstehen und sie als jene Grundgegebenheiten des christlichen Glaubens bestimmen, die Origenes selbst als apostolische Verkündigung nennt: Gott, Trinität, geistige und materielle Schöpfung, Inkarnation, Schriftinspiration, Eschaton etc. Diese Bekenntnisdaten sind jene Elemente, die allem theologischen Denken, weil apostolische Tradition und kirchliches Bekenntnis, vorgegeben sind.[24] ‚Archai' könnten hier viertens doch als Basissätze des Bekenntnisses verstanden werden. Dem würde nicht widersprechen, daß gewisse Glaubensgegebenheiten wie Kirche, Sakramente etc. nicht erwähnt werden. Auch die alten Glaubensbekenntnisse enthalten nicht alle Bekenntnissätze des christlichen Glaubens, etwa die Eucharistie.[25]

Von entscheidender Bedeutung ist für Origenes der Umgang mit den Bekenntnissätzen. Dies drückt man am besten mit ‚Regula fidei' aus, besonders dann, wenn diese Bekenntnissätze Anstoß zu lebendigem Glauben sein und einer Vertiefung der in ihnen angesagten Glaubensgeheimnisse dienen sollen. Denn dann gehört zur ‚Regula fidei' auch die richtige Methode, wie man diese Geheimnisse vertieft verstehen soll. Für Origenes ist diese Methode vor allem geistlich-allegorische Auslegung der Schrift des Alten und des Neuen Testamentes. Die Heilige Schrift ist ihm eine unabweisliche Vorgegebenheit und zugleich Norm und Hilfe beim auslegenden Verständnis des christlichen Glaubens. Sie gehört ebenfalls zur ‚Regula fidei' als deren Quelle, Flußbett und Mündung. Daher ist es nicht von ungefähr, wenn Origenes nach der Diskussion der einzelnen Glaubensaussagen der apostolischen Verkündigung der Kirche gerade über die inspirierte Schrift und deren Funktion in Leben und Reflexion des kirchlichen Glaubens nachsinnt.[26] Somit könnte man ‚archai' in ›Peri archon‹ auch mit Grundprinzipien oder „Optionen" der Theologie übersetzen, zu denen die Schrift formal und inhaltlich gehört.[27] Wird doch die Heilige Schrift von Origenes an achter Stelle als aus der apostolischen Tradition stammend aufgezählt.[28]

Wir werden im Laufe unserer Werkseinführung darauf hinzuweisen haben, daß PA nach einer inneren Axiomatik konstruiert ist, die sich an den Grundgegebenheiten des Gottesbildes des Origenes orientiert. Von dorther

critique de la version de Rufin, Traduction par Henri Crouzel et Manlio Simonetti (SC 252). Paris 1978, 13f.

[24] Vgl. Vorwort des Origenes in PA I Praef. 4–10 Gö, 87–99.

[25] In etwa gegen Crouzel u. Simonetti. Vgl. Origène, Traité des Principes. Tome I (Livres I et II). Introduction, Texte critique de la version de Rufin, Traduction par Henri Crouzel et Manlio Simonetti (SC 252). Paris 1978, 13f.

[26] PA IV 1–3 Gö, 669–781.

[27] PA I Praef. 10 Gö, 99.

[28] PA I Praef. 8 Gö, 95.

erhalten sowohl die Schrift als auch die anderen Glaubensinhalte erst ihr Relief. Erst im Lichte des Gottesbildes beginnen die anderen Glaubensaussagen ebenfalls von Gott zu sprechen. Und genau das nennt man Theologie. Glaubensgeheimnisse sprechen immer von Gott, weil darin Gott spricht. Damit wären ‚archai' fünftens als die tragenden Worte der Offenbarung Gottes zu verstehen, die der Mensch zu einem organischen Ganzen des Glaubens zusammenfassen kann.

Es wird sich zeigen, daß PA in diesem Sinne keine geschlossene Dogmatik darstellt, sondern eher eine Theologie „im Vollzug" ist, wie das Crouzel richtig beobachtet hat.[29] Dieser „Vollzug" bietet zu fraglichen Punkten mehrere Lösungen an, ohne sie letztlich entscheiden zu wollen. Dennoch hat Origenes seine Präferenzen. Damit könnte man ‚archai' sechstens auch mit „dynamische Kriterien" übersetzen, die zur Lösung alter und auch zur Aufgabe neuer Glaubensfragen führen. Origenes weist in seinem Vorwort ausdrücklich darauf hin.

2.1.3 Methode

Origenes äußert sich an mehreren Stellen über seine Methode. Vor allem ist ihm die Klärung der verwendeten Begriffe ein großes Anliegen, besonders ihre Anwendung auf Gott, wenn es sich um Worte handelt, die zunächst etwas Materielles meinen, etwa Feuer, aber auch Zorn etc. Hier können wir erleben, wie die frühe Theologie ihre Begriffe aus der biblischen Sprache, aber auch aus der Alltagssprache auslieh, sie da und dort umformte und zu Aussagen ihres Bekenntnisses machte. Gleiches, so werden wir sehen, gilt auch von philosophischen Begrifflichkeiten.[30]

Wir werden erkennen, wie sehr Origenes bemüht ist, auch Definitionen zu geben, die er in seinem Werk konsequent durchhält, gegenüber gegnerischen Auffassungen verteidigt und profiliert. Drei Definitionen werden uns immer wieder begegnen: Gott, Geistwesen und hier die Freiheit der Geistwesen und Materie. Es gelingt Origenes, eine innere Korrelation zwischen den mit diesen Begriffen bezeichneten Wirklichkeiten herzustellen. Diese Korrelation ist Stück seines Systems und hat wieder in seinem Gottesbild ihren Ursprung. Gott ist im Blick auf die Geistwesen und im Blick auf die Materie der gute und gerechte Gott. Die Geistwesen sind nach seinem Bild und Gleichnis geschaffen. Die Materie verdeutlicht dies und ist zugleich Er-

[29] Crouzel, Origène, 75 spricht von «une théologie ‚en exercise'».

[30] Marguerite Harl, Structure et cohérence du ›Peri Archon‹. In: H. Crouzel u. a., Origeniana. Premier colloque international des études origéniennes. Bari 1975, 11–32, hier besonders 30f.

probung dieses Verhältnisses.[31] Andererseits ist auffällig, wie sehr Origenes jene Gedanken markiert, die ihm noch hypothetisch erscheinen und die er nicht als strenge Implikationen des reflektierten kirchlichen Kerygmas gewertet wissen will.

2.2 Der Aufbau

Die von uns gewählte Textausgabe von Görgemanns-Karpp gibt genügend Hinweise über die verschiedenen Buch- und Kapiteleinteilungen innerhalb der Geschichte der Textüberlieferung.[32] Adolf von Harnack hatte PA als das „systematische Hauptwerk" des Origenes bezeichnet und das heute in vier Bücher gegliederte Werk als Dogmatik benannt, die nacheinander die Lehre von Gott, von der Welt, von der Freiheit und von der Offenbarung behandelt.[33]

Die Textausgaben von Delarue und Koetschau hatten sich aufgrund von Nachrichten aus der Zeit nach Origenes für die Aufteilung in vier Bücher entschieden. Des Pamphilus Apologie für Origenes weist schon darauf hin, allerdings erwähnt Eusebius diese Aufteilung nicht. Wohl findet man die Vierteilung in der Philokalie, die Basilius von Cäsarea und Gregor von Nazians aus Texten von PA zusammengestellt hatten; auch findet man sie in der Übersetzung des Rufin und im 124. Brief des Hieronymus an Avitus; ebenso ist diese Aufteilung erwähnt im 6. Jahrhundert in den Fragmenten des Justinian, im 9. Jahrhundert in der ›Bibliotheca‹ des Photius. Sicher geht sie auf Origenes zurück.[34] Allerdings muß man wissen, daß zur Zeit des Origenes als ein Buch (Tomus) auch eine Schriftrolle von gewisser Größe galt und infolgedessen die Menge des Textes bezeichnete, der auf einer solchen Schriftrolle Platz hatte. Vergleiche mit Büchern in anderen Schriften des Origenes (etwa ›Contra Celsum‹ oder seine exegetischen Kommentare) zeigen, daß der sachliche Inhalt teils nicht mit den Büchern im Sinne einer Schriftrolle übereinstimmt, teils aber „zufällig" mit dem Ende einer Schriftrolle auch das sachliche Ende eines Buches erreicht ist. Bei genauerem Hinsehen ist jedoch die Aufteilung in vier Bücher äußerlich

[31] A. a. O.

[32] Gö, 10–15.

[33] Vgl. Adolf von Harnack, Lehrbuch der Dogmengeschichte (4. Aufl. 1909), 652 Anm. 1, 662f. Anm. 2.

[34] Vgl. zum Vorausgehenden und Nachfolgenden die Ausführungen zum Plan von PA in: Origène, Traité des Principes. Tome I (Livres I et II). Introduction, Texte critique de la version de Rufin, Traduction par Henri Crouzel et Manlio Simonetti (SC 252). Paris 1978, 15–22.

und auch sekundär, so daß die Forschung sachliche und inhaltliche Erklärungsmodelle vorzulegen suchte.

Im Laufe der Textüberlieferung versuchte man es mit Kapiteleinteilungen, dann mit Einteilungen in Paragraphen (Delarue).[35] Dennoch blieb die Frage nach der sachlichen Gliederung noch weiterhin offen.

Eine solch sachliche Einteilung legt B. Steidle[36] vor und spricht von „drei Stoffmassen", die den Inhalt von PA ausmachen: „Die erste umfaßt (nach der üblichen Bucheinteilung) Buch I bis Buch II, 3, die zweite Buch II, 4 bis Buch IV, 3, die dritte Buch IV, 4. Die Rufinische Übersetzung läßt übrigens noch deutlich erkennen, daß es sich hier um wesentliche Einschnitte handelt. In der ersten Stoffmasse spricht Origenes vom Vater, von Christus, vom Heiligen Geist (Buch I, 1–4), über die Vernunftwesen (Engel, Dämonen, Menschen) (Buch I, 5–8), über den Kosmos (II, 1–3). Die zweite Stoffmasse beginnt wieder mit der Abhandlung über den Vater, über Christus, über den Heiligen Geist (II, 4–7). Daran schließen sich Einzelabhandlungen, die alle die Vernunftwesen betreffen (II, 8 bis III, 4). Es folgen: die Abhandlung über den Kosmos (III, 5–6) und schließlich die längeren Ausführungen über die Heilige Schrift (IV, 1–3). Die dritte Stoffmasse beginnt wieder mit dem Vater, Christus und dem Heiligen Geist. Daran schließen sich kurze Ausführungen über die Materie (Kosmos) und die Unsterblichkeit der Vernunftwesen. Es drängt sich unwillkürlich der Eindruck auf, daß Origenes in allen drei Stoffmassen ein gewisses Schema einhält, über den Vater, über Christus, über den Heiligen Geist, über die Vernunftwesen, über den Kosmos. Ferner, daß er innerhalb der drei Stoffmassen letztlich immer gleiche Probleme behandelt: in der ersten einführend und grundlegend, in der zweiten umfangreichsten erweiternd und vertiefend, in der dritten abschließend. Die Vierzahl der Bücher zerteilt also den Text sinnwidrig. [...] PA ist ein zusammenhängendes Ganzes (‚soma'), in dem sich drei Hauptteile – wir können sie ‚Bücher' nennen – unterscheiden lassen. Origenes behandelt in drei Lehrgängen oder ‚Kursen', wenn das moderne Wort erlaubt ist, den Wissensstoff, der in der gut bezeugten Überschrift ›Peri archon‹ ausgedrückt ist: in einem ersten einführenden und grundlegenden Kurs (Buch I), in einem erweiternden und vertiefenden Kurs (Buch II) und endlich in einem abschließenden Kurs (Buch III). PA vermittelt uns konkrete Einblicke in den origenischen Schulbetrieb. Daß PA in engem Zusammenhang mit dem Schulbetrieb des Origenes entstanden ist, ist klar."[37]

[35] Vgl. die Ausführungen zum Plan von PA in: a. a. O., 15–22, hier besonders 16ff.

[36] Basilius Steidle, Neue Untersuchungen zu Origenes ›Peri archon‹. In: ZNW 40/41 (1940/1941), 236–243, hier 236–239.

[37] A. a. O., 238f.

Neuerdings hat M. Harl[38] besonders aufgrund der eben erwähnten inneren Kriterien einen weiter differenzierenden Vorschlag gemacht. Sie betrachtet PA als eine Reihe (etwa 18) ursprünglich selbständiger Einzelvorträge, so daß man nicht von einer in sich stehenden Dogmatik reden kann, deren innere logische Abfolge der Gedanken das ganze Werk begreifen lasse. Nach M. Harl läßt sich feststellen, daß PA in zwei große Teile zu gliedern ist. Der erste richtet sich in seinem Aufbau im großen und ganzen nach der Aufzählung der Glaubensdaten der apostolischen Überlieferung, wie sie Origenes in seinem Vorwort zu PA[39] liefert und 9 Themenkreise der kirchlichen Lehre umfaßt. Im zweiten Teil (PA II 4–IV 3) werden Fragen aufgegriffen, die mit diesen 9 Themenkreisen des ersten Teiles zusammenhängen oder dort impliziert sind oder gerade wegen der Materialfülle gar nicht behandelt werden konnten. Da aus der ersten Reihe der neun Themenkreise vier erst in der zweiten Reihe behandelt werden, bleiben noch Einheiten übrig, die dann den Abschluß bilden. Beendet wird PA (IV 4) durch eine kurze Zusammenfassung über die Trinität (PA IV 1–5); die Welt (PA IV 4,5 [gegen Ende] – 4,8); die Unsterblichkeit der Geistwesen (PA IV 4,9–10)[40].

Eine solche Einteilung in den Bereich der Entfaltung des kirchlichen Bekenntnisses und in den Bereich der Fragen, die mehr spekulativer und problematisierender Natur sind, hat zunächst ihren Grund in der Überzeugung, daß die Apostel gleich einem Glaubensbekenntnis das Bekenntnis zu Gott, dem Schöpfer der Welt und zu dem Gott des Alten und Neuen Bundes, zu Jesus Christus, dem Fleisch gewordenen Logos, dem Heiligen Geist gewahrt wissen wollten. Dazu kennt Origenes als apostolische Verkündigung auch den Glauben an die Seele, ihr Wesen und ihr Geschick in und nach diesen Erdentagen, zudem die Willensfreiheit, den Glauben an Teufel und böse Mächte, die Schöpfung nach Anfang und Ende, die Heilige Schrift als inspiriert und geistlicher Auslegung bedürftig.[41]

Und dennoch sind in die Darstellung dieser Lehrüberzeugungen kleinere und größere Exkurse eingeschlossen, besonders um die Begrifflichkeiten zu erklären, die in der kirchlichen Verkündigung unterschiedliche Verwendung finden. So etwa finden wir Ausführungen über den Begriff der Unkörperlichkeit und Geistigkeit im strengen Sinne.[42] Es deutet sich so an, daß

[38] Marguerite Harl, Structure et cohérence du ›Peri Archon‹. In: H. Crouzel u. a., Origeniana. Premier colloque international des études origéniennes. Bari 1975, 11–32.

[39] PA I Praef. 4–8 Gö, 87–95.

[40] Vgl. zu diesem Schema M. Harl, Origène. Traité des Principes (›Peri Archon‹). Paris 1976, 20f.

[41] Gö, 11; vgl. dazu PA I Praef. 4–8a Gö, 83–95.

[42] PA I Praef. 8b u. 9 Gö, 95 u. 96.

Origenes solche Erörterungen benötigt, um innerhalb seines theologischen Denkens Zusammenhänge und Unterschiede aufzuzeigen, etwa ob die verklärte Leiblichkeit des Menschen von der gleichen Unkörperlichkeit ist wie Gott selbst. In solchen Exkursen kommt die obengenannte Axiomatik von PA sehr schön zum Ausdruck.[43]

Auf dem Hintergrund der nach inneren Kriterien gefundenen Zweiteilung (‚praefatio' und ‚restitutio' bzw. ‚anakephalaiosis' nicht mitgerechnet) unterscheidet Origenes zwei Aspekte der einen apostolischen Verkündigung, einmal jene Wahrheiten, die klar und eindeutig verkündet [quae per praedicationem apostolicam manifeste traduntur][44] und sogar mit Begründungen versehen sind, von anderen, die nur verkündet, aber noch unklar [non satis manifesta praedicatione distinquitur][45] sind und deren tieferes Verständnis den nachfolgenden Zeiten überlassen ist: „Man muß nun aber wissen, daß die heiligen Apostel, als sie den Christusglauben verkündeten, über einige Dinge, nämlich alle die, die sie für notwendig hielten, ganz klare Aussagen überliefert haben für alle Gläubigen, auch für die, die sich zur Erforschung des göttlichen Wissens träger [pigriores] zeigten. Die Gründe für ihre Sätze zu erforschen überließen sie freilich denen, die hervorragender Geistesgaben gewürdigt sind und vor allem die Gabe der Rede, der Weisheit und der Erkenntnis (vgl. 1 Kor 12,7f.) durch den heiligen Geist selbst empfangen haben. Über andere Dinge dagegen haben sie zwar gesagt, daß sie existieren, aber über ihre Beschaffenheit und Herkunft haben sie geschwiegen; offenbar, um unter den später Lebenden den besonders Eifrigen, die Liebhaber der Weisheit sind, Gelegenheit zur Übung zu geben, bei der sie die Früchte ihrer Begabung zeigen können: jene nämlich, die sich so vorbereitet haben, daß sie würdig und fähig sind, die Weisheit aufzunehmen."[46] Damit deutet Origenes sogar die unterschiedliche Klarheit der apostolischen Tradition als Pädagogik Gottes.

P. Kübel versucht eine Kombination der Beobachtungen von Steidle und Harl, indem er, wenn man PA IV nicht mitrechnet, 16 Lehrvorträge erkennt. Im Blick auf Harl hält er fest: „›De principiis‹ stellt sich somit als eine Sammlung von Lehrvorträgen dar, die dem Schulbetrieb des Origenes entstammen dürften. Bei diesem Ergebnis braucht die Analyse jedoch nicht stehenzubleiben. M. Harl selber bemerkt, daß Origenes öfter von einem Dispositionsschema spricht, allerdings geht sie nicht auf die Frage ein, worin es besteht. Mir scheint, daß Steidles Aufsatz dazu die Lösung bietet: [...] Die Bücher I–III bestehen also in 16 Lehrvorträgen, von denen jeweils

[43] Vgl. Gö, 10–15.
[44] Vgl. PA I Praef. 4 Gö, 86.
[45] Vgl. PA I Praef. 5 Gö, 92.
[46] PA I Praef. 3 Gö, 87.

1–5 und 6–16 zusammengehören. Die Disposition beider Gruppen folgt dem Schema: Vater, Sohn, Geist, Vernunftwesen, Kosmos.“[47]

Betrachtet man die von Origenes selbst angegebene Übersicht seines Vorwortes zu PA,[48] dann lassen sich den hier angegebenen Themen die verschiedenen Traktate PA zuordnen, so daß sich wieder die zwei großen Stoffmassen PA I 1–II 3 und II 4–III 6 ergeben.[49] Kübel geht aber noch einen Schritt weiter. Er fragt, ob diese origenische Gliederung der Stoffmassen ein Unicum ist oder ob es Parallelbeispiele einer solchen Anordnung gibt. Tatsächlich zeigt Porphyrius in der Vita Plotini eine Großgliederung von jeweils neun Detailthemen.[50] Die eben erwähnte „Stoffgliederung“ läßt sich bis ins erste vorchristliche Jahrhundert verfolgen.[51]

Auch wir werden in unserer Darstellung des Inhaltes von PA uns an diese Stoffeinteilung halten. Wir weisen aber schon hier darauf hin, daß für Origenes als dem christlichen Theologen gerade die Betrachtung der geschaffenen und gefallenen Welt von Gott her in einer heilsdynamischen Ordnung steht, so daß wir seine Ausführungen über alle jene Wirklichkeiten, die in dieser Welt vorzufinden sind, unter einem heilsökonomischen Gesichtspunkt besprechen können und müssen. Origenes macht also, um es in moderner Begrifflichkeit auszusagen, weniger philosophische als formal theologische Aussagen. Er sieht, daß diese Welt von dem Heil schaffenden dreifaltigen Gott her kommt und sich auf diesen dreifaltigen Gott hin bewegt.

Gilles Dorival hat in Anlehnung an M. Harl weitere Bemerkungen zur formalen Gestalt von PA vorgetragen.[52] Er vergleicht PA mit anderen Schriften der Spätantike, um so ihren Aufbau und ihr Anliegen im Kontext der Zeitgenossen zu bestimmen. Er geht davon aus, daß wir es in PA mit einem Vorwort, mit zwei Hauptteilen und einer „Recapitulatio“ zu tun haben, wobei es sich im ersten Hauptteil um die – nun theologisch orientierten – Schulfragen des Traktats über die „Physik“ handelt, während der zweite Hauptteil sich auf den ersten bezieht und dort nicht behandelte Detailfragen erörtert. Keine formale Übereinstimmung zeigt PA gegenüber einer Diatribe (Epiktet, Kyniker), einer Sentenz (Porphyrius), einem philosophischen Dialog (Lukian), dem Protreptikos (Klemens, Jamblichus), keine gegenüber den ‚logoi‘ [dialexeis] der Rhetoren (Maximus von Tyrus), auch

[47] Paul Kübel, Zum Aufbau von Origenes' ›De principiis‹. In: Vigiliae Christianae 25 (1971), 31–39, hier 32f.

[48] PA I Praef. 4–10 Gö, 87–99.

[49] Kübel, a. a. O., 31–39, hier 36.

[50] A. a. O., 31–39, hier 37.

[51] A. a. O., 31–39, hier 39.

[52] Gilles Dorival, Remarques sur la Forme du ›Peri Archon‹. In: Henri Crouzel u. a. (Hrsg.), Origeniana. Premier colloque international des études origéniennes. Bari 1975, 33–45.

nicht einem Sammelwerk von Gelegenheitsüberlegungen gleich den Enneaden, wie dies W. Völker[53] noch behauptet hatte. Vielmehr hat man eine Nähe zu einem Enchiridion, zu einer Epitome (etwa Albinos) festzustellen, in etwa auch zu einer Einführung (Apuleius). Man hat herausgefunden, daß besonders diese Enchiridia im Sinne einer einführenden Epitome zweiteilig aufgebaut sind. Wenn es sich etwa um ein Werk über Kunst handelt, so spricht der erste Teil über die Kunst [techne], der zweite über den Künstler [technites]. Handelt es sich um ein Werk der Physik, dann bringt der erste Teil [natur]wissenschaftliche Ausführungen über die Welt, der zweite philosophisch-theologische Gedanken. Kurzum, man findet auch in den Bereichen der Grammatik, der Musik, der Architektur, der Philosophie, der Medizin etc. solche zweigeteilten Werke vor, deren erster Teil die grundlegenden Einsichten und Definitionen bringt, während der zweite Teil eine Vertiefung oder Erweiterung dieser Gedanken darstellt. Besonders deutlich ist dies im Bereich der Physik, wobei der erste Teil über die Götter und der zweite Teil über die Welt spricht (Sallust). Bei Sallust z. B. finden sich ähnliche Rückverweise der Fragen des zweiten Teiles auf die Einsichten des ersten Teiles, die man auch in PA feststellen muß. Bei Sallust deutet sich sogar die Fiktion zweier Kategorien von Publikum an. Der erste Teil scheint ein anderes Publikum zu erfordern als der zweite Teil.[54] Im Brieftraktat des Jamblichus sind Fragen des ersten Teiles im zweiten exakt aufgenommen. Jedoch: In PA gibt es eigentlich keine exakte Entsprechung der Fragen des zweiten Teiles zum ersten. Wir haben es nach Dorival eher mit einer «perspective d'approfondissement»[55] zu tun. Dorival spricht von einem Fortschritt der Gedanken, der durch Zurückweisung und Untersuchung in Gang kommt. PA ist vom Inhalt her originäre Idee des Origenes. Gott, die Geistwesen und die Welt, dieser Dreischritt ist das Organisationsprinzip von PA. Es ist letztlich jener Dreischritt, der am besten die Entfaltung des Kerygmas zuläßt. Diese Einsichten sind für unsere eigene Darstellung nicht unerheblich.

Allerdings hat das Zusammen von Zurückweisung und Untersuchung seinen Platz tatsächlich auch in der Spätantike, in den sogenannten ‚zetemata', etwa in den ›symmikta zetemata‹ des Porphyrius. Auch der schon erwähnte Brieftraktat des Jamblichus wählt die Doppelstruktur der ‚zeteseis' im ersten Teil und im zweiten Teil ‚dialysis' und ‚aporia', die in verschiedenen ‚logoi' diskutiert werden. Andeutungen einer solchen Gliederung fin-

[53] Walther Völker, Das Vollkommenheitsideal des Origenes. Tübingen 1931, 83.

[54] Gilles Dorival, Remarques sur la Forme du ›Peri Archon‹. In: Henri Crouzel u. a. (Hrsg.), Origeniana. Premier colloque international des études origéniennes. Bari 1975, 39.

[55] A. a. O.

det man bei Sallust. Sogar für die Untergliederungen innerhalb der Teile von PA und die dort vorfindliche Argumentationsweise, etwa im Zusammenhang mit der Willensfreiheit [autexousion], finden sich Entsprechungen in der ›Nikomachischen Ethik‹ des Aristoteles. Auch das Vorwort mit der Themenangabe und der sehr kurze Schlußsatz von PA[56] haben ihre Parallelen in der antiken Welt. Origenes bedient sich also in PA verschiedener spätantiker Darstellungsformen, füllt sie aber mit der aus der Reflexion des christlichen Bekenntnisses erwachsenden Problematik. Ein Indiz für letzteres ist die Tatsache, daß die Forschung keine echte (heidnische) Parallele zum Abschnitt ‚recapitulatio', d. h. zur ‚Apokatastasis' gefunden hat.

Für die Frage, was von den einzelnen Überschriften zu halten ist, verweisen wir wiederum auf Görgemanns-Karpps Anmerkungen zum jeweiligen Text.

Zugleich wird man sich bei der Frage nach Einteilung und Stoffverteilung vor extremen Deutungen hüten. Es ist nicht nötig, aufgrund der Untersuchungen von M. Harl eine den jetzigen Überschriften, Kapiteleinteilungen etc. völlig neue Gliederung gegenüberzustellen.[57] Es ist sogar völlig unangemessen, überall eine verborgene Lehre des Origenes zu suchen, wo er selbst verschiedene Möglichkeiten der Interpretation der Glaubenswahrheiten angibt, als ob dies nur Verschleierung sei und Origenes nur aus Angst vor Repressalien so tue. In Wirklichkeit habe er eine dezidierte Meinung, die mit der offiziellen Lehre der Kirche nicht übereinstimme. Solches vertrat besonders F. H. Kettler.[58]

2.3 Konsequenzen für unsere Werkseinführung

Wir gehen mit M. Harl, H. Crouzel und M. Simonetti[59] von der Beobachtung aus, daß PA aus dem Vorlesungsbetrieb entstanden ist und aus 16 bzw. 18 solcher Themenkreise besteht, die ihrerseits sachlich in drei „Bücher" eingeteilt sind:

Erstens: Die ‚praefatio' nennt neun Punkte des apostolischen Kerygmas: 1. Einzigkeit Gottes; 2. Christus; 3. Heiliger Geist; 4. Seele; 5. Auferstehung;

[56] PA IV 4, 10 Gö, 821.

[57] Marguerite Harl, Origène. Traité des Principes (›Peri Archon‹). Traduction de la version latine de Rufin avec un dossier annexe d'autres témoins du texte. Paris 1979, 19f.

[58] Franz Heinrich Kettler, Der ursprüngliche Sinn der Dogmatik des Origenes. Berlin 1966.

[59] Vgl. Origène, Traité des Principes. Tome I (Livres I et II). Introduction, Texte critique de la version de Rufin, Traduction par Henri Crouzel et Manlio Simonetti (SC 252). Paris 1978, 21f.

6. Freier Wille; 7. Teufel und seine Engel; 8. Die Welt ist geschaffen und hat ein Ende; 9. Die inspirierten Schriften.

Zweitens: Die erste Reihe der Abhandlungen PA I 1–II 3 umfaßt in Analogie zum spätantiken Traktat ›Physik‹ und gemäß der ‚göttlichen Philosophie' des Origenes die drei christlichen ‚archai': 1. Die drei göttlichen Personen, nämlich I 1 Vater; I 2 Sohn; I 3,1–4 Heiliger Geist; I 3,5 bis I 4,5 das jeder Person eigentümliche Handeln. – 2. Die mit Vernunft begabten Naturen: I 5–6 in genere; I 7–8 in specie. – 3. Die Welt und die Geschöpfe, die sie enthält (II 1–3).

Drittens: Die zweite Reihe der Argumentationen folgt mehr den neun Punkten des christlichen Bekenntnisses der ‚praefatio': 1. Die Einzigkeit Gottes (II 4–5); 2. Die Inkarnation Christi (II 6); 3. Der Heilige Geist (II 7); 4. Die Seele (II 8 im allgemeinen, II 9 in ihrer Verschiedenheit); 5. Auferstehung, Gericht und Wiederherstellung (II 10–11); 6. Freier Wille (III 1); 7. Kampf des Teufels und der bösen Mächte gegen die Menschen (III 2–4); 8. Die geschaffene und vergängliche Welt (III 5), die ein Ende haben wird (III 6); 9. Die Schriften (IV 1–3). Am Ende (IV 3,15) findet sich wie am Ende der ‚praefatio' eine Bemerkung, daß das Wort „unkörperlich" in der Heiligen Schrift nicht vorkommt; IV 3,14 Bemerkungen über das Problem der Erkenntnis.

Viertens: Die ‚anakephalaiosis' nimmt den ersten Hauptteil wieder auf, kehrt jedoch die zweite und dritte ‚arché' um: 1. Die drei göttlichen Personen (IV 4,1–5); 2. Die Welt (IV 4,5 gegen Ende bis 8); 3. Die Unsterblichkeit der Vernunftwesen (IV 4,9–10). Man weist darauf hin, daß sich die ‚praefatio' und die zweite Reihe entsprechen, während die erste Reihe der ‚anakephalaiosis' korrespondiert.

Daß die die Einzelthemen zusammenhaltende Gliederung ungleiche thematische Stoffmengen umfaßt, ist nicht verwunderlich, da es sich dort mehr um eine theologische Gliederung handelt, etwa die Frage nach Gott[60] und seiner Dreipersonalität, die nach der Schöpfung[61], wobei die Frage nach Gott und der geistigen Schöpfung[62] besonders mittels der platonischen Kategorie Geist[63], die materielle Schöpfung gemäß der Frage nach Geist und Welt[64] behandelt wird. Daß der Umgang mit der Schrift als formales und inhaltliches Element der ‚regula fidei' zur Sprache kommt, ist gemäß dem origenischen Denken nur allzu verständlich.[65] Sucht man einen sachlichen

[60] PA I 1–4.
[61] PA I 5 – IV 3.
[62] PA I 5–8.
[63] PA I 1–4.
[64] PA II u. III.
[65] PA IV 1–3; vgl. dazu Gö, 16.

Zusammenhang zwischen den einzelnen Großabschnitten, so ist es meist die Betonung der Pronoia und Paideusis Gottes, des Vaters Jesu, der in der Sendung des Sohnes und des Geistes, in den Aufgaben der Engel die freien Entscheidungen der Menschen zum Heil erziehen will.[66]

Wir werden in den einzelnen Kapiteln unserer Werkseinführung auf verschiedene Koordinaten zu achten haben, um die obengenannte Axiomatik von PA zu erkennen.

2.4 Das apologetische Anliegen

Auf Schritt und Tritt wird auch Origenes in PA frühchristliche Gefährdungen des kirchlichen Glaubens nennen, vor allem die Auffassungen des Marcion und der Gnostiker valentinianischer Prägung. Diese Häresien im christlichen Raum geben der Argumentation des Origenes den aktuellen Zuschnitt. Die genannten Häresien tangieren das Verständnis der Schriftauslegung ebenso wie die daraus folgende Interpretation des kirchlichen Glaubens. Diese Häresien bezogen sich vor allem auf das Verständnis Gottes, der Welt und des Menschen. Es ist das Verdienst von M. Harl, diese gnostischen Häresien, die mit dazu beitrugen, das kirchliche und orthodoxe origenische System inhaltlich zu profilieren, zusammengestellt zu haben: I 2,6: die Lehre von den Emissionen zerstört die göttliche Natur des Vaters; I 2,12: man kann die Wirksamkeit des Sohnes Gottes in dieser körperlichen Welt nicht als die Tätigkeit eines Schülers in Beziehung zu seinem Meister verstehen; I 5,3: es ist absurd zu glauben, daß die guten und die bösen Mächte als solche von Gott geschaffen seien; I 7,2: es ist falsch zu sagen, die geschaffenen geistbegabten Wesen könnten nicht von einem Stand zu einem anderen, zu einem dem ersten entgegengesetzten Stand kommen; I 7,4: es ist falsch zu sagen, daß einem geschaffenen Geist-Wesen die pneumatische Existenz aufgrund seiner Natur zukommt; I 8,1: die Wiederherstellung der geistigen Wesen kommt ihnen nicht kraft ihrer Natur zu; I 8,2: die Fabeln, daß es von der geschaffenen Natur her gegensätzliche, d. h. gute und schlechte Geistwesen gebe, sind zurückzuweisen; II 4,1: man darf den Vatergott nicht vom Gott des Mose trennen; II 4,2: man darf den guten Gott nicht vom Gott der Schöpfung trennen; II 4,3: die Vertreter solcher Häresien täuschen die einfachen Gläubigen durch ihre Sophismen; II 4,4: sie schreiben dem Gott des Alten Testamentes Leidenschaften zu; II 5: man muß sich vor der häretischen Unterscheidung im Sinne einer Trennung zwischen gutem Gott und gerechtem Gott hüten; II 6,2: die Inkarnation ist keineswegs Gottes unwürdig, seine Menschwerdung kein Scheinmanöver;

[66] Vgl. Gö, 116f.

II 7: selbst die Häretiker bekennen nur einen Geist, nicht zwei, den des Alten Bundes und den des Neuen Bundes; II 9,5: die verschiedenen Zustände der Geistwesen in dieser Welt sind durchaus mit der Gerechtigkeit Gottes vereinbar; II 9,6: es gibt keine verschiedenen Schöpfer und auch keine von Natur aus verschiedenen Seelen; II 9,7: die Unterschiede kommen nicht aus Gottes Vorherbestimmung; II 10,1–2: die Häretiker lassen den kirchlichen Glauben an die Auferstehung nicht gelten; III 1: Diskussion über verschiedene Häresien über die Willensfreiheit auf dem Hintergrund der Schrift; III 2,6: eine der größten Sünden, zu denen die Gegenkräfte uns versuchen, ist, sich gegen die Gerechtigkeit Gottes aufzulehnen: III 3,4: die falschen Lehren sind von den Gegenkräften inspiriert; III 4,5: bei der Erklärung des Kampfes der guten gegen die bösen Geister ist zu beachten, daß beiden ihr Gutsein oder Bösesein nicht von Natur aus zukommt; III 5,1: bezüglich des Anfangs und des Endes der Welt anerkennen sogar die Häretiker die Schrift; III 5,3: die Häretiker können gegenüber der Frage, was Gott vor dem Anfang der Welt getan hat, nicht bestehen; III 5,5: jene, die die Verschiedenheit in dieser Welt nicht erklären können, unterdrücken die menschliche Freiheit und machen Gott dafür verantwortlich; III 5,7: die Häretiker verstehen die Unterwerfung des Sohnes unter den Vater (vgl. 1 Kor 15,28) falsch; III 6,5: man darf nicht glauben, das Fleisch werde nach dem Tode zerstört; IV 2,1: die Häretiker irren sich in der Schriftauslegung, weil sie die Ankündigung der Ankunft Christi vom Gott des Alten Testamentes trennen; IV 2,3: man darf den Lehrern des Gesetzes nicht die Erkenntnis der Wahrheit absprechen; IV 3,5: bei der Schriftauslegung sind Regeln zu beachten; IV 4,1: die Zeugung des Sohnes Gottes ist kein Ausfluß; IV 4,5: die Erfahrung in der Auseinandersetzung mit den Häretikern über die Materie macht eine Untersuchung über diesen Gegenstand notwendig.[67] Aus dieser Aufstellung wird deutlich, wie sehr es Origenes um den kirchlichen Glauben ging. Man kann also nicht mit Kettler sagen, er habe neben dem kirchlichen Kerygma noch eine eigene, seine eigentliche Theologie vertreten wollen. Zu deutlich ist sein Einsatz für den Glauben der Großkirche. Diese Auseinandersetzung als Tarnung seines eigenen Systems zu werten, ist schlicht Unsinn.

Ein zweiter apologetischer Strang des origenischen Systems ergibt sich aus Problematiken, die der Platonismus vorgab; hatte doch Origenes vor allem bei Ammonius Sakkas, dem späteren Lehrer Plotins, studiert. Eine dieser Problemvorgaben platonischer Prägung kann man kurz mit dem Verhältnis von dem Einen zum Vielen umschreiben. Auch die obenerwähnte „Stoffgliederung“ weist ja auf damals gängige Fragestellungen hin. Darin ein-

[67] Vgl. zu dieser Aufstellung Marguerite Harl, Origène. Traité des Principes (›Peri Archon‹). Paris 1976, 18f.

geschlossen sind die Frage nach Erkenntnis des Einen und des Vielen, die Frage nach Geist und Materie, besonders aber die nach Trinität und Schöpfung, letztlich auch die nach Tod und Erlösung. Origenes nimmt hier das platonische Abstiegs- und Aufstiegsschema zu Hilfe. Wo Origenes in seinem Denken dem Platonismus verpflichtet ist, kommt er in Tuchfühlung mit der valentinianischen Gnosis, muß sich vom Verwandten absetzen und so profilieren.

Einen dritten Strang seiner Apologetik stellt die teilweise in der philosophischen Tradition, aber vor allem in der christlichen Verkündigung vorgegebene Lehre von der Freiheit des Menschen dar. Sie wird, wie wir sehen werden, bei Origenes systembildend.

Ein vierter apologetischer Argumentationsstrang seines Denkens umfaßt die Schriftauslegung. Diese Methode kann nämlich zugleich als Indiz für des Origenes Kampf gegen die judaisierenden Tendenzen innerhalb der christlichen Glaubensinterpretation, besonders was das Gottesbild und die Christologie, aber auch das Kirchenverständnis betrifft, gewertet werden.

Daß fünftens die von der apostolischen Verkündigung vorgegebenen Glaubensaussagen (Kerygma)[68] nicht nur durch die vier genannten apologetischen Axiome interpretiert werden, sondern ihrerseits die ganze Axiomatik beeinflussen, braucht hier nicht weiter entfaltet zu werden. Es sei nochmals darauf hingewiesen, daß es vor allem das christliche Gottesbild ist, das sich für das origenische Denken als systembildend erweist.

Die Einheit des Systems besteht, so läßt sich schon hier erahnen, weniger in der totalen Integration vieler Einzelfragen, sondern in der unlösbaren Verbindung der fünf Axiome und Koordinaten. Daher bleibt notwendig eine Randunschärfe des origenischen Systems.

2.5 Der Text

Für eine Einführung in das Werk PA ist der gesicherte Text entscheidend. Das Original ist nicht mehr vorhanden. Dennoch haben wir vier Textzeugen, die aber ihre eigenen Probleme aufgeben.[69]

2.5.1 Die Philokalie des Origenes

Ungefähr ein Siebtel des Gesamtwerkes von PA ist uns in griechischer Sprache erhalten. Es handelt sich um die von Basilius von Cäsarea und

[68] Vgl. PA I Praef. 4–10 Gö, 87–99.

[69] Vgl. Origène, Traité des Principes. Tome I (Livres I et II). Introduction, Texte

Gregor von Nazianz angefertigten Exzerpte aus Origenes. So enthält die Philokalie I die weitaus größten Textpassagen von PA IV 1–3 über die Heilige Schrift und Philokalie XXI den Traktat über den freien Willen aus PA III 1. Wenngleich uns hier die sichersten Textzeugen gegenüberstehen, so haben sie doch, wie aus Rufin hervorgeht, um der Orthodoxie willen gewisse Aussagen des Origenes weggelassen.[70]

2.5.2 Die lateinische Übersetzung des Rufin

Gegen Ende des Jahres 397 begann Rufin auf Wunsch eines gewissen Makarios die Werke des Origenes zu übersetzen, zuerst das I. Buch der ›Apologie für Origenes‹ des Pamphilus, dann in der Fastenzeit des Jahres 398 die beiden ersten Bücher von PA, die beiden letzten vor Ende des Sommers. Zugleich nahm er dort Passagen aus der eben genannten Apologie des Pamphilus auf.

Die Übersetzung des Rufin ist bezüglich des Inhaltes die integralste, aber nicht notwendigerweise deshalb auch von großer Integrität. Rufin übersetzt tendenziös. Er will Origenes vom Verdacht der Häresie freisprechen und gibt an anderer Stelle seiner Überzeugung Ausdruck, die orthodoxen Stellen in PA stammten von Origenes, die heterodoxen seien Interpolationen seiner Gegner. In den Vorworten zu den Büchern I und III seiner Übersetzung von PA gibt er seine Prinzipien an. Er habe ausgelassen, was dem Glauben widerspricht; er habe schweigend übergangen, was von anderen orthodoxen Aussagen des Origenes abweicht, etwa häretische, bei Origenes sonst anders ausgedrückte Passagen über die Trinität, denn hier würde es sich um solche eben genannten Interpolationen handeln. Im übrigen sei Origenes in seinen Gedanken oft dunkel; hier habe er aus seiner Kenntnis der origenischen Theologie klärend und erhellend übersetzt. Rufin benutzt für seine Korrekturen keine fremden Autoren. Außerdem habe er gekürzt, wo des Origenes Text ihm zu weitschweifig erschien. Daß diese Ausführungen die Textkritiker beunruhigen mußten, war zu erwarten. Aber im Vergleich mit den griechischen Stellen aus der Philokalie kann man Rufin eine große sachliche Treue bescheinigen. Allerdings finden sich Stellen, an denen Rufin seinen Autor doch nicht recht verstanden hat.

Eine gewisse Schwierigkeit boten dem Lateiner Rufin die griechischen Fachausdrücke der Philosophie. Sie verlieren in der Übersetzung an Präzi-

critique de la version de Rufin, Traduction par Henri Crouzel et Manlio Simonetti (SC 252). Paris 1978, 22–33.

[70] Origène, Philocalie, 1–20 sur les Écritures. Introduction, Texte, Traduction et Notes par Marguerite Harl (SC 302). Paris 1983.

sion. Ebenso machte ihm die stoisch-griechische Terminologie im Themenkreis der Willensfreiheit Schwierigkeiten. Manchmal gibt er daher den griechischen Ausdruck an, oder er umschreibt ihn. Die Bibelzitate des Origenes aus der LXX übersetzt er ad hoc, so daß sie nicht immer in gleicher lateinischer Übersetzung erscheinen. Rufin benutzt also keine schon feststehende ‚Vetus latina'. Ferner übersetzt Rufin die philosophischen Ausdrücke des Origenes in die (theologische) Sprache seiner Zeit. Allerdings muß man im Kontext von Trinität und Christologie B. Studer nicht bei jedem Zweifel Recht geben. Die Fachwelt spricht zusammenfassend: Bei der Übersetzung des Rufin handelt es sich um eine exakte Paraphrase, nicht um eine Übersetzung. Die Fragmente des Hieronymus und des Justinian sind daher von ungeheuerem Wert, weil sie oft das bringen, was Rufin ausgelassen hat. Dennoch gilt auch für diese, daß man bei gegensätzlichen Textaussagen nicht a priori dem einen oder den beiden anderen den Vorzug geben darf. Jeder Fall ist gesondert zu prüfen.

2.5.3 Die Fragmente des Hieronymus

Gegen Ende des Sommers 398 stahl ein Mönch aus Bethlehem namens Eusebius von Cremona während eines Italienaufenthaltes ein Exemplar der Übersetzung des Rufin. Die italienischen Freunde des Hieronymus waren über die „schönfärbende" Art der rufinischen Paraphrase entsetzt und forderten von Hieronymus eine exakte Übersetzung von PA. Einer der Freunde des Hieronymus, Pammachius, war nun seinerseits über diese Arbeit des Hieronymus entrüstet und verwahrte das Exemplar hinter Schloß und Riegel. Ein gewisser Avitus erbat sich im Jahre 409 von Hieronymus selbst ein Exemplar. Hieronymus sandte es ihm zu, zusammen mit einem Brief, in dem er Buch für Buch die Häresien des Origenes aufführte. Die Übersetzung des Hieronymus ist verloren, allein der Brief an Avitus ist erhalten. Des Hieronymus' Übersetzungsmethode kann man in etwa aus den 53 Zitaten, die in den Brief an Avitus eingeflossen sind, ersehen. Unsere Ausgabe von Görgemanns-Karpp ordnet sie den jeweiligen Stellen der Rufin-Übersetzung zu.

Hieronymus gibt in seinem 57. Brief (Pammachius) mit dem Titel ›De optimo genere interpretandi‹ seine eigenen Übersetzungsprinzipien an. Bei profanen Werken sollte sich der Übersetzer an den Sinn des Textes halten, kann jedoch in der Form mehr Freizügigkeit walten lassen; hat der Übersetzer doch die Aufgabe, mit eigenen Worten und in korrektem Stil ein neues Kunstwerk zu schaffen. Bei den Büchern der Heiligen Schrift habe man sich jedoch an den Literalsinn zu halten. In PA wollte sich Hieronymus im Blick auf Rufins „Paraphrase" genau an den Text halten. Im Vergleich Philokalie (griechisch) – Hieronymus – Rufin erweist sich wiederum Rufin als der „treueste" Übersetzer, allerdings mit den schon obengenannten Modifikationen bzgl. Trinität und Wiederherstellung der Welt. Weil das Anliegen des Hieronymus ein doppeltes war, nämlich zu zeigen, wie häretisch Origenes und wie tendenziös die Paraphrase des Rufin war, sind die Texte des Hieronymus ebenfalls mit Skepsis zu behandeln. Leider stellen die Zitate aus PA im Avitus-Brief des Hieronymus gewissermaßen nur ein Florilegium häretischer Perlen dar. Bei ihrer Interpretation muß man beachten, daß manche Texte als Zitate wörtlich aus PA stammen, andere jedoch als von Hieronymus formalisierte häretische Positionen zu werten sind. Im Kontext der rufinischen Übersetzung – und sie allein bietet den Kontext – zeigen die Formalisierungen des Hieronymus den „skandalösen" Charakter, besonders in ihrer dogmatischen Diktion. Allerdings zeigen sich auch jene Elemente, die Rufin ausgelassen hat. In unserer Werkseinführung werden wir also von Fall zu Fall auf diesen Umstand achten müssen. Zur Intepretation der Hieronymus-Zitate ist der rufinische Kontext notwendig. Andernfalls fällt man in die Interpretation des 4. Jahrhunderts zurück und steht auf der Stufe des ersten Origenismusstreites.

2.5.4 Die Zitate bei Justinian

Die 24 Zitate aus PA, die an das Edikt (543) des Kaisers Justinian[71] angeschlossen sind (Ep. ad Menam), sind echte Exzerpte.[72] „Was im Edikt selbst über die Lehre des Origenes gesagt wird, beruht auf den Zitaten, nicht auf selbständiger Kenntnis von ›De principiis‹. Alle Aussagen über die origenistische Lehre, die über den Inhalt der Zitate hinausgehen, scheinen sich mehr auf die zeitgenössischen Origenisten zu beziehen als auf Origenes. Ähnliches gilt für die nachfolgenden 10 Anathematismen. Es scheint aber, daß diese Form des Origenismus derjenigen noch sehr nahesteht, um die es im 1. origenistischen Streit ging [...] und die in unmittelbarem Kontakt mit den Werken des Origenes selbst stand. Erst in den Dokumenten von 553 tritt eine Lehre auf, die von einem anderen Autor, Euagrius von Pontus, bestimmt wird und sich vom echten Origenes deutlich abheben läßt [...]; diese sind also für die Rekonstruktion von ›De principiis‹ nicht mehr heranzuziehen."[73]

[71] Vgl. Origène, Traité des Principes. Tome I (Livres I et II). Introduction, Texte critique de la version de Rufin, Traduction par Henri Crouzel et Manlio Simonetti (SC 252). Paris 1978, 30ff.

[72] Vgl. zum Ganzen Gö, 44f.

[73] Gö, 45.

2.5.5 Photius' ›Bibliotheca‹ Cod. 8

„Die kurze Inhaltsangabe des Patriarchen Photius gibt offenbar die griechischen Kapitelüberschriften wieder, die er in seinem Exemplar vorfand. Das wird dadurch bestätigt, daß sie zum Teil mit den Kapitelüberschriften der lateinischen Fassung übereinstimmt. Als Zeuge für die Gliederung des Werkes ist Photius aus dem Grunde sehr wichtig, weil in der lateinischen Überlieferung die Überschriften (besonders in Buch I), so vermehrt worden sind, daß der Aufbau dadurch undeutlich geworden ist. (Weil die heute übliche Kapiteleinteilung auf diesen lateinischen Überschriften beruht, ist auch sie manchmal sinnwidrig.)"[74]

3. Voraussetzung des origenischen Denkens: die Heilige Schrift

Wer PA aufmerksam liest, wird feststellen, daß Origenes seine philosophischen und theologischen Überlegungen an der Heiligen Schrift prüft.[1] Es reicht ihm nicht, eine philosophische Einsicht von Platon oder Aristoteles einfach zu übernehmen oder naturwissenschaftliche Aussagen und vor allem die daraus gemachten Folgerungen unbesehen für wahr zu halten.[2] Das liegt im Interesse von PA. Origenes will dort Aussagen machen über Fragen des Glaubens, wie sie von Gott und seiner Offenbarung in Christus her zu beantworten sind. Insofern müssen wir zur Kenntnis nehmen, daß Origenes Theologe ist. Er will mit den Augen Gottes die Welt sehen lehren und zugleich mit Gottes Wort die religiösen Fragen der Menschen beantworten.[3] Da sich nun Gott in der Schrift in besonderer und ausdrücklicher Weise geäußert hat, greift Origenes bei der Verdeutlichung der christlichen Glaubensinhalte und ihrer weltanschaulichen Implikationen auf sie zu-

[74] Gö, 45. Vgl. auch Origène, Traité des Principes. Tome I (Livres I et II). Introduction, Texte critique de la version de Rufin, Traduction par Henri Crouzel et Manlio Simonetti (SC 252). Paris 1978, 32f.

[1] Vgl. umfassend Henri de Lubac, Histoire et Esprit. L'intelligence de l'Ecriture d'après Origène. Paris 1950. Deutsche Übersetzung von H. Urs v. Balthasar, Geist aus der Geschichte. Das Schriftverständnis des Origenes. Einsiedeln 1968; Rolf Gögler, Zur Theologie des biblischen Wortes bei Origenes. Düsseldorf 1963; Josef Pietron, Geistige Schriftauslegung und biblische Predigt. Überlegungen zu einer Neubestimmung geistiger Exegese im Blick auf heutige Verkündigung. Düsseldorf 1979. Vgl. auch die Gesamtdarstellungen der origenischen Theologie bei Crouzel, Daniélou etc.

[2] Vgl. z. B. PA I 1,8 Gö, 117.

[3] Vgl. PA I 2,1–4 Gö, 123–131, bes. PA I 2,5 Gö, 131 und PA I 2,5–13 Gö, 131–157.

rück.[4] Philosophische Sentenzen über die Gottheit des Logos als des Wortes oder Sohnes Gottes sind erst dann als wirklich göttliche Wahrheit erkannt, wenn sie durch die Schrift bestätigt werden.[5] Es gibt sogar Wahrheiten wie die Lehre über den Heiligen Geist,[6] über die zwei Naturen in Christus[7] und die Theorie des Weltganzen,[8] die nur aus der Schrift erkannt werden können.

Auch seine eigenen Gedanken prüft Origenes an der Heiligen Schrift und will sich noch nicht einmal auf die bloße Logik der Schlußfolgerung verlassen, etwa wenn es um die Frage nach den guten oder bösen Engeln geht.[9] Origenes macht darüber hinaus die Erfahrung, daß ein logisches Schlußverfahren oft nur einen Wahrscheinlichkeitsbeweis erbringt, für den hingegen ein Beweis aus der Heiligen Schrift sehr schwer zu führen ist.[10] Die Spekulationen über die Materie,[11] ihre Ewigkeit und Rezeptivität[12] will Origenes an der Autorität der Schrift gemessen wissen. Auch daß Christus bei der gedanklichen Annahme vieler Äonen nur in dem unseren gelitten hat, gibt ihm die Schrift vor.[13] Selbst zur philosophischen Begriffsklärung ‚kosmos' benutzt Origenes die Schrift.[14] Entscheidungsinstanz wird sie ihm in der Auseinandersetzung mit der Häresie.[15] Zugleich ist ihm die Schrift Schiedsrichter der Orthodoxie und Maßstab der gesunden Lehre.[16] Allerdings vermerkt Origenes auch, wenn die Heilige Schrift zu einem Problem schweigt, etwa zu dem, ob die Engel Seelen haben oder Seelen seien.[17]

Infolgedessen muß Origenes die Bedeutung der Heiligen Schrift für sein theologisches System und seinen persönlichen und wissenschaftlichen Umgang mit ihr erklären und rechtfertigen. Wir haben es also mit einer entscheidenden erkenntnisleitenden Option und Implikation des origenischen Denkens zu tun. Nochmals: Mit dem Rückgriff auf die Schrift als Wort Gottes versteht sich Origenes als Theologe. Wir müssen seine Rückbindung an die Heilige Schrift als Option seines theologischen Denkens bewerten.

[4] PA IV 1,1 Gö, 669.
[5] PA I 3,1 Gö, 159.
[6] PA I 3,1 Gö, 159.
[7] PA I 3,1 Gö, 161.
[8] PA II 1,3 Gö, 289.
[9] PA I 5,4 Gö, 205.
[10] PA I 7,4 Gö, 239.
[11] Vgl. PA II 1,5 Gö, 295.
[12] Cfl. PA II 2,2 Gö, 299; PA II 3,2 Gö, 303.
[13] Vgl. PA II 3,5 Gö, 313.
[14] PA II 3,6 Gö, 315 u. 316.
[15] PA II 5,3 Gö, 347.
[16] PA II 6,7 Gö, 373.
[17] PA II 9,1 Gö, 383.

3.1 Die Göttlichkeit der Schrift

Ein entscheidendes Motiv, die Schrift als Bestätigung der menschlichen Vernunft heranzuziehen, sie sogar als Quelle der Offenbarung zu benutzen, ja, sie zum eigentlichen Grund der Theologie zu machen, ist ihre Göttlichkeit. Nur wenn diese Schrift wirklich Wort Gottes ist, ist ihre Lehre sicher. Wie kann nun Origenes einem nichtchristlichen Leser oder Hörer seiner Vorträge diese Göttlichkeit beweisen?

Das Christentum geht in seinen alttestamentlichen Schriften vornehmlich auf Moses und in seinen neutestamentlichen Büchern auf Jesus zurück. Obwohl es unter den Griechen und Barbaren sehr gute und gute Gesetzgeber gibt, haben sich deren Gesetze nicht über die ganze bewohnte Welt [oikumene] hin Geltung verschaffen und auch nicht im gewünschten Maße die Menschen bessern können. Die vom Christentum vorgetragene Verkündigung konnte aber gerade dies beides, universelle Ausbreitung in den verschiedensten Sprachen und Nationen und sittliche Besserung in allen Kulturen und Bevölkerungsschichten erreichen. Außerdem wurden diese Menschen Christen unter Verfolgung und Todesgefahr. Zu dem allem hatte Jesus nicht nur die universelle Rezeption der christlichen Botschaft vorausgesagt, sondern auch die Überwindung aller Widerstände verkündet. Jesus muß der Sohn Gottes sein. Sein prophetisches Wort bestätigt sich nun: „Nachdem aber eingetreten ist, was mit so großer Vollmacht gesagt war, weist es darauf hin, daß wirklich Gott Mensch geworden ist und den Menschen die rettenden Lehren übergeben hat.“[18] Zugleich ging der eigentliche israelitische Kult [Tempel] mit der Ankunft des Christentums zugrunde, wie im Alten Testament selbst vorausgesagt war, wenn der Messias kommen wird und die Kirche unter den Heiden zu wirken beginnt. „Das geht klar aus der Menge der Heidenvölker hervor, die durch Christus zum Glauben an Gott gekommen sind.“[19] Immer wieder weist Origenes auf Weissagungen des Alten Testamentes hin, die ihm bestätigen, daß „die Welt von seiner Unterweisung und der durch ihn begründeten Religion erfüllt wurde“[20], schließlich, daß Jesus Gottes Sohn ist: „Man betrachte auch einmal das Auftreten der Apostel in aller Welt, die Jesus zur Verkündigung des Evangeliums aussandte; dann wird man erkennen, daß das Wagnis übermenschlich und der Erfolg göttlich ist. Und wenn wir prüfen, wie Menschen, die ganz neue Lehren und fremde Worte hörten, jene Männer aufnahmen, weil sie bei der Absicht, sie zu überfallen, von einer göttlichen Kraft bezwungen wurden, die jene beschützte, dann werden wir nicht mehr zweifeln, ob sie auch Wunder

18 PA IV 1,2 Gö, 677.
19 PA IV 1,3 Gö, 681.
20 PA IV 1,5 Gö, 683.

getan haben. Denn ‚Gott bestätigte ihre Worte durch Zeichen, Wunder und mancherlei Machttaten‘ (vgl. Hebr 2,4). Indem wir (so) in aller Kürze die Göttlichkeit Jesu nachweisen und dabei die prophetischen Worte über ihn benutzen, weisen wir zugleich nach, daß die von ihm weissagenden Schriften [sc. das Alte Testament] von Gott eingegeben sind (vgl. 2 Tim 3,16) und daß die Aufzeichnungen, die sein Kommen und seine Lehre verkündigen, mit aller Kraft und Vollmacht abgefaßt sind und deshalb die Erwählten aus den Heiden überwunden haben.“[21] Dabei ist zu beachten, daß der tiefere Sinn des Alten Testamentes eigentlich erst mit der Ankunft Christi aufleuchtete. „Denn eindeutige Beispiele für die Theopneustie der alten Schriften konnte man vor dem Kommen Christi schwerlich beibringen. Aber das Kommen Jesu hat es Menschen, die (bis dahin) vermuten konnten, das Gesetz und die Propheten seien nicht göttlich, offenkundig gemacht, daß sie durch himmlische Gnade aufgezeichnet worden sind.“[22]

Beachten wir die Schritte der Argumentation des Origenes, um die Göttlichkeit der Schrift zu beweisen: Erstens zeigt die christliche Botschaft Wirkungen, die kein Gesetzgeber vorher erreicht hat. Sie wird überall in der bewohnten Welt verkündet und bessert die Menschen gewissermaßen gegen ihren Willen. Der Erstverkünder Jesus hat zweitens diese Wirkung vorausverkündet und ist selbst in den Schriften des Alten Testamentes verheißen. Er ist damit selbst mit der gleichen göttlichen Kraft ausgerüstet und ist Gott. Er selbst offenbart drittens mit dieser seiner vorausverheißenen göttlichen Kraft die alttestamentlichen Schriften, mit seiner Kraft in der neutestamentlichen Verkündigung auch die neutestamentlichen Schriften als göttlich. Kurzum, die Schriften des Alten und des Neuen Testamentes sind gotterfüllt [entheon].[23] Wenn aber nicht alle Worte sofort von jedem als von göttlicher Kraft erfüllt erkannt werden können, so ist das nicht verwunderlich: „Aber wie die Vorsehung wegen des Unerkannten nichts einbüßt in den Augen derer, die sie einmal wirklich erkannt haben, ebensowenig büßt auch die Göttlichkeit der Schrift, die diese ganz durchdringt, dadurch etwas ein, daß unsere Schwachheit nicht bei jedem einzelnen Ausdruck an den verborgenen Glanz der Lehren, der in einem gewöhnlichen und leicht verachbaren Ausdruck enthalten ist, herankommen kann. [...] Wenn sich nämlich in den Schriften die ausgetretenen Pfade der menschlichen Beweise fänden und sie die Menschen bezwungen hätten, dann würde unser ‚Glaube‘ mit Recht aufgefaßt (als ein Glaube) ‚in Menschenweisheit‘ und nicht ‚in Gotteskraft‘ (vgl. 1 Kor 2,5).“[24] Gerade diese Gotteskraft drängt aber den

[21] PA IV 1,5 u. 6 Gö, 685 u. 687.
[22] PA IV 1,6 Gö, 687 u. 689.
[23] Vgl. PA IV 1,7 Gö, 689.
[24] PA IV 1,7 Gö, 691 u. 693.

Glaubenden nach tieferer und vor allem höherer Erkenntnis und reißt ihn heraus aus den Gesetzen der bloßen Vernünftigkeit, läßt ihn aufsteigen zur Weisheit schlechthin.[25] Wer dieser Gotteskraft in der Schrift nicht entspricht und sie nicht aufnimmt, der fällt in Häresien.[26]

Nach diesen Überlegungen kommt Origenes dann zur Frage, wie man nun mit der Heiligen Schrift umzugehen habe, wenn sie inspiriert und Gottes Wort ist.

3.2 Der Umgang mit der Schrift

Man muß die Schrift geistlich lesen, um sie zu verstehen und auf ihren geistlich-geistigen Inhalt zu kommen. Drei Auslegungsweisen werden dem nicht gerecht: die der Juden, die der Marcioniten und die der Einfältigen unter den Christen. „Die Ursache der falschen Meinungen und Gottlosigkeiten oder der einfältigen Reden von Gott dürfte in all den genannten Fällen keine andere sein als die, daß die Schrift nicht geistlich verstanden, sondern nach dem bloßen Buchstaben aufgefaßt wird."[27]

3.2.1 Der jüdische Umgang

Erinnern wir uns daran, wie Origenes die Göttlichkeit der heiligen Schriften des Alten Testamentes aufgewiesen hat. Den göttlichen Geist des Alten Testamentes erkennt man erst von Christus her. Seine göttliche Verkündigung und deren universelle Wirksamkeit erwies ihn selbst als Gott. Erst von Christus her erkennt man den göttlichen Geist des Alten Testamentes und seiner Verheißungen. Die Juden gehen nun nicht mit dieser Voraussetzung an das Alte Testament heran, sondern legen es nach dem Buchstaben aus. Sie bleiben beim Buchstaben stehen und können daher das Alte Testament nicht von dem Schleier des Buchstabens befreien, stoßen daher auch nicht zur göttlichen Kraft des Alten Testamentes vor. Sie gebärden sich wie Verstockte. Da sie – nun umgekehrt – das Alte Testament buchstäblich und nicht geistig auslegten, mußten sie die Verkündigung der Ankunft des Messias buchstäblich und wörtlich nehmen und kamen zu vordergründigen und irdischen Vorstellungen des messianischen Reiches, daß etwa tatsächlich der Wolf neben dem Lamme weidet (vgl. Jes 11,6f.). Solche Vorstellungen führten die Juden dazu, Jesus als falschen Messias zu brandmarken und

25 PA IV 1,7 Gö, 693.
26 PA III 3,4 Gö, 595.
27 PA IV 2,2 Gö, 701.

schließlich zu töten. Denn nichts von den im wörtlichen Sinn bei Jesaja verheißenen Wirklichkeiten des Reiches Gottes hatte er gebracht.[28]

Hier sei nebenbei festgehalten, daß Origenes kein Antisemit war. Zu sehr hat er sonst mit den jüdischen Exegeten zusammengearbeitet.[29] Man erinnere sich nur seiner ohne jüdische Hilfe nicht zu erstellenden Hexapla.

Origenes erkennt auch die jüdische Exegese bei gewissen wohl christlich hedonistischen Gruppen am Werk. Sie meinen, das Himmelreich bestehe aus Essen und Trinken, aus einem Schlaraffenland.[30] Nach rechtem Verständnis der Schrift sind solche Voraussagen des Alten und des Neuen Testamentes geistlich zu verstehen. Das Essen und Trinken im Eschaton sind Weisen der Erkenntnis des Logos und seines Vaters, der Wiederaufbau Jerusalems ist ein Aufbau der Stadt der Heiligen im Himmel, die Wiederherstellung des Menschen seine eschatologische Vollkommenheit bei Gott.[31]

3.2.2 Der marcionitische Umgang

Oft sind wir schon auf die Ablehnung des Marcion und seiner Theologie durch Origenes gestoßen. Hier wird Marcion nochmals unter der Rücksicht seines falschen Schriftgebrauches apostrophiert. Er war es, der das Alte und das Neue Testament auseinanderriß, indem er neben dem Gott und Vater Jesu einen Demiurgen einführte, von dem das Alte Testament berichte und den es Gott nenne.[32] Auch hier gibt Origenes die buchstäbliche Auslegung der Schrift als den Grundfehler des Marcion an. Wer die Schrift buchstäblich nimmt, der kann dazu verführt werden, im Alten Testament gegenüber dem Neuen Testament einen nicht so vollkommenen Gott zu entdecken, den man dann als Demiurgen bezeichnen muß. Wenn man hingegen die Schrift geistlich [kata pneuma] versteht, d. h. „aus der Eingebung des heiligen Geistes nach dem Willen des Vaters des Alls durch Jesus Christus“[33], dann kann dieser Irrtum des Marcion nicht entstehen. Für die geistige Auslegung muß man sich aber auch noch an „die Regel der himmlischen Kirche Jesu Christi halten, die auf die Nachfolge der Apostel gegründet ist“.[34] Gerade

[28] Origenes interpretiert die Tötung Jesu also nicht als Boshaftigkeit des jüdischen Volkes, sondern als mißverstandene und so falsche Auslegung des Alten Testamentes.

[29] Vgl. die Bemerkungen des Origenes zu seinem hebräischen Lehrer PA IV 3,14 Gö, 777 und PA I 3,4 Gö, 165 mit Fußnote.

[30] PA II 11,2 Gö, 441 u. 443.

[31] Vgl. PA II 11,3 Gö, 443 u. 445.

[32] Vgl. PA IV 2,1 Gö, 699 u. 701.

[33] PA IV 2,2 Gö, 701.

[34] A. a. O.

in PA weist uns Origenes auf viele Fehldeutungen der Marcioniten hin, die alle auf einer buchstäblichen Schriftdeutung beruhen und die Aussagen über Gott im Alten Testament als mit den Aussagen über ihn im Neuen Testament nicht vereinbaren wollen.[35] Wenn im Alten Testament gesagt wird, man könne Gott sehen, so ist dies wiederum nicht buchstäblich aufzufassen gegenüber einem unsichtbaren Gott des Neuen Testamentes, sondern geistig. Origenes zu diesem Sehen: „Das ist natürlich in mystischem Sinne zu verstehen, wie alle Worte Gottes, und ganz fernhalten muß man die Ammenmärchen, die von Ignoranten über das ‚Angesicht' und den ‚Rücken' Gottes erfunden werden."[36] Und zu Deutungen von Gleichnissen sagt Origenes: „Aber zu solchen Auffassungen kommen sie deshalb, weil sie nichts über den Buchstaben hinaus aufzufassen verstehen; [...]. Wir dagegen verstehen dergleichen nicht nach dem Buchstaben; [...] und wir suchen dementsprechend nach dem inneren Sinn dieses Gleichnisses."[37] Überhaupt zu biblischen Aussagen über Gott, etwa über den Zorn Gottes, bemerkt der Alexandriner: „Wir indessen verstehen sowohl im Alten wie im Neuen Testament die Stellen, wo vom Zorne Gottes gesprochen wird, nicht buchstäblich, sondern suchen einen geistigen Sinn in dergleichen, um zu einer Auffassung zu kommen, die Gott angemessen ist."[38] Origenes weist oft darauf hin, daß jene Schüler des Marcion, die die Schrift nur buchstäblich auslegen wollen, in große innere Widersprüche geraten. Origenes führt eine ganze Reihe solcher Widersprüche an.[39] Die buchstäbliche und falsche Auslegung der Schrift bringt die Marcioniten zu einer falschen Auffassung von der Freiheit des Menschen.[40] Das eigentliche, geistige Verständnis ist erst durch Jesus Christus und die Sendung des Heiligen Geistes allgemein möglich geworden,[41] ein Hinweis darauf, daß die Marcioniten den Heiligen Geist nicht genügend in ihr theologisches System einbeziehen konnten. Schließlich wirft ihnen Origenes vor, die heiligen Schriften als Werk des Demiurgen auszugeben und so vom wahren Gott abgekommen zu sein.[42]

[35] Vgl. PA II 4,1 Gö, 329–331.
[36] PA II 4,3 Gö, 337–339.
[37] PA II 5,2 Gö, 343–345.
[38] PA II 4,4 Gö, 341.
[39] PA II 5,4 Gö, 351–355.
[40] PA III 1,16 Gö, 521 u. 523.
[41] PA II 7,2 Gö, 375 u. 377.
[42] PA IV 2,1 Gö, 699 u. 701.

3.2.3 Der Umgang der Einfältigen

Nicht nur die Juden und die häretischen Marcioniten deuten die Schrift buchstäblich, sondern auch innerhalb der Kirche tun dies die sogenannten Einfältigen. Dies gilt vor allem bezüglich ihrer rohen und primitiven Gottesvorstellung.[43] Sie unterscheiden sich von Juden und Marcioniten dadurch, daß sie den geistigen Sinn der Schrift nicht prinzipiell leugnen, kommen aber wieder mit ihnen darin überein, daß sie den geistigen Sinn nicht kennen und auch nicht finden. Allerdings stehen sie bei Origenes nicht so in der Kritik wie die anderen beiden Gruppen, gehören sie doch, obwohl ungebildet, zur Kirche und schließen einen letzten Heilssinn der Schrift nicht aus.[44] Sie meinen auch, daß es im Alten Testament Prophezeiungen und Typoi gibt, wissen aber nicht, worauf sie bezogen werden sollen.[45] Es ist die Frage, welche Wirklichkeiten ihnen entsprechen,[46] weil der Deutung der Sinn Christi fehlt.[47]

Origenes ist überzeugt, daß die Weise, wie man mit der Schrift umgehen soll, in der Schrift selbst angegeben ist. In Spr 22,20f. (LXX) findet Origenes einen Hinweis auf den dreifachen Schriftsinn und deutet analog der Trichotomie des Menschen, der aus Fleisch, Seele und Geist besteht, auch die Schrift. Auch sie trägt einen fleischlichen, einen psychischen und einen geistigen Sinn.[48] Allerdings gibt es seiner Meinung nach dann auch wieder Texte, die nur einen psychischen (oder seelischen) und einen geistigen Sinn beinhalten.[49]

3.3 Gottes Heilsplan mit der Schrift

3.3.1 Der leibliche Sinn der Schrift

Gott wollte in seiner Vorsehung dem Menschen den Weg des Heiles mitteilen, auch dem Einfachen. Daher hat der Heilige Geist dies alles verkündet in Erzählungen und Gesetzen, so daß auch ein nicht so geistig geweckter Mensch dennoch einigen Nutzen daraus zu seiner Besserung ziehen kann.[50] Damit man aber nicht nur diesem niederen Sinn der Schrift verhaf-

[43] PA IV 2,1 Gö, 701.
[44] PA IV 2,2 Gö, 703 u. 705.
[45] PA IV 2,3 Gö, 705–707.
[46] PA IV 2,2 Gö, 703 u. 705.
[47] PA IV 2,3 Gö, 705 u. 706.
[48] PA IV 2,4 Gö, 709 u. 711.
[49] PA IV 2,5 Gö, 713 u. 715.
[50] PA IV 2,8 Gö, 725 u. 727.

tet bleibt, hat Gott Brüche, Ärgernisse etc. in die Schrift eingebaut, um den Menschen stutzig zu machen, „denn wir sollten nicht ganz und gar von der ungetrübten Anmut des Wortlautes hingerissen werden und dadurch entweder, weil wir nichts erfahren, was Gottes würdig ist, ganz von den (christlichen) Lehren abfallen, oder aber, wenn wir uns nicht vom Buchstaben lösen, nichts Göttlicheres aufnehmen."[51] Dabei geht aber das erste Ziel, den pneumatischen Zusammenhang der ganzen Heilsökonomie zu offenbaren, in der Schrift nicht verloren: „Wo nun der Logos geschichtliche Ereignisse fand, die sich auf diese Geheimnisse beziehen ließen, da benutzte er sie, wobei er den tieferen Sinn vor der Menge verbarg; wo (diesem) aber bei der Darlegung des Zusammenhangs der geistigen Dinge der bisher niedergeschriebene Ablauf bestimmter Vorgänge nicht entsprach, weil es sich um zu tiefe Geheimnisse handelte, da webte die Schrift in die Geschichtsdarstellung Unwirkliches mit hinein, was teils gar nicht geschehen kann, teils zwar geschehen könnte, aber nicht geschehen ist."[52]

Origenes gibt einen Grund an, warum die Schrift doch auch in vielem im wörtlichen Sinne verstanden werden muß und ob der Ungereimtheiten dennoch nicht aufgelöst werden darf: „Denn die geschichtlich wahren Stellen sind viel zahlreicher als die hineingewobenen rein geistlichen Stellen. Und wer möchte wiederum nicht sagen, das Gebot (Ex 20,12): ‚Ehre Vater und Mutter, damit es dir wohl gehe' sei ohne jede tiefere Deutung [anagoge] nützlich und zu befolgen, zumal es auch der Apostel Paulus im wörtlichen Sinn benutzt hat (Eph 6,2f.)?"[53]

Nun kann es aber sein, daß sich auch ein Schriftkundiger nicht ganz sicher ist, ob der Wortsinn wirklich im Wortsinn zu nehmen ist oder ob nicht doch ein geistiger Sinn dahinter steckt. Diese Prüfung kann man keinem Schriftausleger abnehmen. Denn es ist seine Aufgabe festzustellen, ob der Wortlaut wahr ist oder nicht. Daher ist zunächst durch Wortvergleich aus der Schrift selbst eine problematische Stelle in ihrem Wortsinn zu erklären und gegebenenfalls die Unmöglichkeit eines wörtlichen Sinnes zu erweisen, ein Hinweis dafür, daß Origenes die Schriften des Alten und des Neuen Testamentes als ein Ganzes versteht. Was aber dann? Wie kommt Origenes nun zur Deutung der Stelle?

Origenes sucht den geistigen Gesamtsinn der Schrift. Hat er diesen gefunden, erklärt er von diesem Gesamtsinn her auch die buchstäblich nicht erklärbaren Stellen. Es ist einleuchtend, daß dies nur unter der Voraussetzung möglich ist, daß jene Stellen, da der wörtliche Sinn auch der wahre Sinn ist, im Gesamt der Schrift überwiegen. Findet man also einen aus dem

[51] PA IV 2,9 Gö, 727.
[52] PA IV 2,9 Gö, 727 u. 729.
[53] PA IV 3,4 Gö, 743 u. 745.

wörtlichen Gesamtsinn der Schrift nicht erklärbaren Text, so ist er von ihrem geistigen Gesamtsinn her zu deuten. Das heißt aber konkret, daß an jeder Stelle, die nicht aus dem wörtlichen Gesamtsinn der Schrift erhellbar ist, der Ruf nach dem geistigen Gesamtsinn der Schrift hörbar wird.[54] Gott hat es ja, wie wir oben gesehen haben, so gewollt: „Alles dieses haben wir gesagt, um zu zeigen, daß die göttliche Kraft, die uns die heiligen Schriften schenkt, nicht das Ziel verfolgt, wir sollten allein das vom Wortlaut Dargebotene aufnehmen; denn dies ist zuweilen im Wortsinn nicht wahr, sondern sogar unvernünftig und unmöglich."[55] Allerdings folgt daraus nicht, daß das Buchstäbliche und die historischen Informationen, die in den Schriften gegeben werden, schlichtweg zu vernachlässigen sind.[56]

3.3.2 Der moralische Sinn der Schrift

Zugleich offenbart die Schrift als Mitteilung Gottes auch dem Menschen, wer er vor Gott und so in Wirklichkeit ist. Sie selbst ist ihrem Wesen nach so verfaßt, daß sie den Menschen in seiner Seinsverfassung erreichen kann: „Wie nämlich der Mensch aus Leib, Seele und Geist besteht, ebenso auch die Schrift, die Gott nach seinem Plan zur Rettung der Menschen gegeben hat."[57] Daher kann die Schrift den Menschen buchstäblich-leiblich ansprechen, aber auch in seiner Psyche treffen und zugleich seinen Geist erheben.[58] Es gibt Stellen, die des leiblichen Sinnes entbehren. Leiblich-buchstäblich verstanden, würden sie zu den obengenannten Ergebnissen der „Einfältigen" führen.[59]

Dennoch verachtet Origenes den leiblichen Sinn nicht rundweg, wie es aus seiner Ablehnung einer nur leiblichen Deutung der Schrift den Anschein haben könnte.[60] Wieder redet er dazu von der Pädagogik Gottes: „Während nun der Geist dieses und ähnliches beabsichtigte, als er die Seelen der heiligen Diener der Wahrheit erleuchtete, hatte er im Blick auf die, welche die Mühe nicht auf sich nehmen können, solche (Geheimnisse) zu finden, ein zweites Ziel. Er wollte nämlich die Belehrung über die genannten Gegenstände in Ausdrücken verbergen, die, äußerlich betrachtet, eine Erzählung sind mit Aussagen über die sichtbaren Schöpfungswerke, die Er-

54 PA IV 3,5 Gö, 747.

55 PA IV 3,4 Gö, 741.

56 PA IV 3,4 Gö, 741; ebd. Gö, 743 bemerkt Origenes, es gelte doch anzuerkennen, daß die geschichtlich wahren Stellen in der Schrift überwiegen.

57 PA IV 2,4 Gö, 711.

58 Vgl. PA IV 2,4 Gö, 711–713.

59 PA IV 2,4 Gö, 709–711.

60 Vgl. PA IV 3,4 Gö, 743 u. 745.

schaffung des Menschen und die Ausbreitung durch die Generationen hin von den ersten Menschen bis zu ihrer Vielzahl. (Dasselbe tat der Geist) auch mittels anderer Geschichten, die von den Taten der Gerechten und zuweilen auch von deren Verfehlungen handeln, da sie ja Menschen waren, ferner von der Schlechtigkeit, Zügellosigkeit und Habgier der Gesetzlosen und Gottlosen. [...] Denn es war die Absicht (des Geistes), auch die Hülle des Geistlichen – ich meine das Leibliche an den Schriften – an vielen Stellen zu etwas Nützlichem zu machen, das die Menge zu bessern vermag, je nachdem, wie sie es faßt."[61] Schon an anderer Stelle hatte er ähnliches erörtert.[62] Damit kann der leibliche Sinn auch oft der moralische Sinn der Schrift sein. So sind etwa die Zehn Gebote oder Vorschriften des Neuen Testamentes sicher vor allem leiblich, buchstäblich und wörtlich zu verstehen.[63] Hier wirkt die Schrift als Erzieher zur christlichen Moral.[64]

3.3.3 Der geistige Sinn der Schrift

Die Schrift nimmt als offenbarendes Wort Gottes an der großen Pädagogik Gottes mit dem Menschen teil: „Als nach Gottes Vorsehung der Geist durch den ‚im Anfang bei Gott weilenden Logos' (vgl. Joh 1,2) die Diener der Wahrheit, die Propheten und Apostel, erleuchtete, war sein Ziel an erster Stelle die Belehrung über die verborgenen Geheimnisse bezüglich der Geschicke der Menschen – ‚Menschen' nenne ich jetzt die Seelen, die sich eines Leibes bedienen –, damit das Belehrbare, indem er ‚forscht' und sich in ‚die Tiefen' des Sinnes der Wörter versenkt (vgl. 1 Kor 2,10), der gesamten Lehren seines Ratschlusses teilhaftig werde. Zu der Lehre von den Seelen, die ja die Vollkommenheit nicht anders erlangen können als durch die reiche und weise Wahrheit über Gott, ist notwendigerweise als bestimmende Voraussetzung die Lehre von Gott und seinem Einziggeborenen gestellt worden. Sie fragt: Von welcher Natur ist er, und in welchem Sinne ist er Gottes Sohn? Aus welchen Gründen stieg er herab bis zu menschlichem Fleisch und nahm er ganz und gar einen Menschen an? Und was ist seine Wirksamkeit, auf wen richtet sie sich, und wann erfolgt sie? Unbedingt mußte aber als über Verwandte auch über die Vernunftwesen, die einerseits mehr göttlich sind, anderseits aber aus der Seligkeit herausgefallen sind, und über die Ursachen ihres Abfalls (einiges) in die Worte der göttlichen

[61] PA IV 2,8 Gö, 725–727; vgl. auch PA IV 3,1 Gö, 731 u. 733; PA IV 3,2 Gö, 735.

[62] Vgl. PA III 4,1 Gö, 605–609, im Zusammenhang mit der Frage, wie viele Seelen der Mensch habe.

[63] PA IV 2,5 u. 6 Gö, 715.

[64] Vgl. PA III 6,8 Gö, 665.

Unterweisung aufgenommen werden, ferner über die Verschiedenheit der Seelen und die Entstehung dieser Verschiedenheiten, (über die Frage,) was der Kosmos ist und weshalb er entstand; weiter müssen wir erfahren, woher das Übel auf der Erde stammt, das so zahlreich und so groß ist, und ob es nicht nur auf der Erde, sondern auch anderswo vorhanden ist."[65] Origenes hat nun den geistlichen Sinn der Schrift aufzuzeigen und definiert: „Geistlich aber ist die Auslegung dessen, der aufweisen kann, welcher Art ‚die himmlischen Dinge' sind, deren ‚Abbild und Schatten' die ‚fleischlichen Juden' ‚dienten' (vgl. Hebr 8,5 und 1 Kor 10,18), und von welchen ‚zukünftigen Gütern das Gesetz einen Schatten darbietet' (vgl. Hebr 10,1). In allem schlechthin muß man nach der apostolischen Verheißung die ‚Weisheit im Geheimnis' suchen, ‚die verborgene, die Gott vor den Weltzeiten zur Herrlichkeit der Gerechten vorherbestimmt hat, die keiner der Herrscher dieser Welt erkannt hat' (vgl. 1 Kor 2,7f.)."[66] Hier zeigt sich der geistliche Sinn als der eschatologische Sinn der Schrift.

Origenes führt mehrere Schriftstellen des Alten und des Neuen Testamentes an, die einen geistlich-geistigen Sinn der Schrift fordern, entweder weil sie als Prophezeiungen wörtlich genommen allzu Primitives voraussagen oder weil der Apostel Paulus im Unterschied zu den Juden vom Fleisch im Unterschied zum Geist spricht[67] oder weil der leibliche Sinn zu Unsinn führen würde, ja, etwas berichtet, was gar nicht passiert ist.[68] Origenes ist sogar der Auffassung, daß es eine reale Entsprechung gibt zwischen den geschichtlichen Wirklichkeiten hier und den geistigen Wirklichkeiten[69] im Bereich der geistigen Schöpfung.[70]

Auch die existentiellen Ereignisse hier auf dieser Erde wie der Tod hätten dann wohl ihre Entsprechung im Reiche des Geistes; auch dort gäbe es wie hier einen leiblichen Hades, eben einen geistigen.[71]

Hier wird verständlich, warum man der Meinung sein kann, Christus müsse alle Äonen durchschreiten, um alle Menschen, die in den geistigen Räumen und die in den irdisch-materiellen Räumen, zu befreien. „Es dürfte daher folgerichtig sein, daß auch die Weissagungen, die über die einzelnen [sc. irdischen] Völker ergehen, vielmehr auf die Seelen und ihre verschiedenen himmlischen Stätten zu beziehen sind. Auch die Berichte über geschichtliche Ereignisse, die das Volk Israel, Jerusalem oder Judäa durch den Angriff dieser oder jener Völker getroffen haben sollen, muß man erfor-

[65] PA IV 2,8 Gö, 721 u. 723.
[66] PA IV 2,6 Gö, 715 u. 717.
[67] PA IV 3,6–8 Gö, 747–755.
[68] PA IV 2,9 Gö, 727 u. 729.
[69] PA IV 3,9 Gö, 755 u. 757.
[70] PA IV 3,9 Gö, 757 u. 759; vgl. auch ebd. Gö, 755–757.
[71] PA IV 3,10 Gö, 759 u. 761.

schen, und da in sehr vielen Fällen die leiblichen (äußeren) Ereignisse nicht stimmen, muß man fragen, wie sie eher auf jene Völker der Seelen passen, die in diesem, wie es heißt (vgl. Matth 24,35 Parall.), ‚vergänglichen' Himmel wohnten oder die man sich auch jetzt noch dort wohnend zu denken hat."[72] Daher ist es nur konsequent, die ganze Geschichte Israels als Spiegelbild einer Geschichte des himmlischen Israels zu deuten, ob es sich nun um den Auszug aus Ägypten, den Tempelbau, die Volkszählungen usw. handelt oder um Aussagen über die Kirche, wie sie das Neue Testament bringt.[73] Natürlich wird es dann auch Aussagen über die Ankunft des Erlösers geben, so daß die irdische, vorausverkündet im AT, sich ereignend nach den Berichten des NT, nochmals Symbol dafür ist, daß es eine geistige Ankunft des Erlösers geben wird.[74] Allerdings wird es wohl sakrilegisch, wenn man – wie bei Justinian angeführt – „auch die Passion (Christi) in die Untersuchung mit einbezieht", denn „es wird verwegen erscheinen, auch im himmlischen Raum nach ihr zu fragen."[75]

Diese geistigen Wahrheiten liegen wie ein Schatz im Acker verborgen.[76] Der Heilige Geist hat diese Wahrheiten mit irdischen Episoden und mit leibhaftigen Buchstaben verhüllt.[77] Die Schrift sind seine Worte. Es bedarf dabei der Hilfe Gottes und des Heiligen Geistes selbst,[78] diesen geistigen Schatz aus dem leiblichen Ackerfeld der Schrift zu heben.[79]

Es kann sogar sein, daß ein alttestamentlicher Text[80] zugleich auf zwei Wirklichkeiten[81] hinweist, etwa auf die erste Ankunft Christi in der Niedrigkeit des Fleisches, aber auch auf die zweite in der Herrlichkeit der Verklärung.[82]

Diese geistigen Wirklichkeiten drückt der Heilige Geist aber nicht aus in herrlichen Reden und wohlgesetzten Ansprachen und Beweisen, sondern in einer Niedrigkeit, die die ihr innewohnende Herrlichkeit verbirgt. Im geringen Buchstaben zeigt er die Größe geistiger und himmlischer, ja göttlicher

[72] PA IV 3,10 Gö, 761 u. 763.

[73] PA IV 3,12 Gö, 767–771.

[74] PA IV 3,13 Gö, 771 u. 773.

[75] PA IV 3,13 Gö, 773 u. 775, Text Fr. 30, Just. Ep. ad Menam (p. 213,1–7 Schw.), hier Gö, 772 u. 774.

[76] PA IV 3,10 Gö, 759–761.

[77] Vgl. auch PA IV 1,6 Gö, 687–689.

[78] PA IV 3,14 Gö, 775.

[79] PA IV 3,11 Gö, 763 u. 765; PA IV 3,14 Gö, 777.

[80] PA IV 3,12 Gö, 767 u. 769.

[81] Vgl. Eph 1,20.22; 1 Kor 15,27.24; 2 Tim 2,4; Eph 6,16; 1 Thess 5,8 etc. Vgl. dazu PA IV 3,12 Gö, 796.

[82] PA IV 3,13 Gö, 771 u. 773.

Wirklichkeiten.[83] Diese geistig-göttlichen Wirklichkeiten sind einem rein menschlichen Zugriff, sogar dem Zugriff des Paulus entzogen[84]: „Mag einer auch noch so sehr im Forschen weiterkommen und mit angespanntem Eifer Fortschritte machen, mag ihm dabei auch Gottes Gnade beistehen und seinen Verstand erleuchten (vgl. Eph 1,18) – zum vollkommenen Ziel des Forschens wird er nicht gelangen können. (Überhaupt) kann ein geschaffener Geist auf keine Weise (umfassend) begreifen, sondern sobald er ein wenig von dem Gesuchten gefunden hat, sieht er wieder anderes, was noch zu suchen ist; und wenn er zu diesem gelangt ist, wird er abermals viel mehr von dem vor sich sehen, was noch gesucht werden muß. [...] Auch Jesaja weiß, daß die Ursprünge der Welt von keinem sterblichen Wesen gefunden werden können, ja nicht einmal von solchen Wesen, die zwar göttlicher als das menschliche Wesen, aber doch gleichfalls gemacht oder geschaffen sind [...]"[85] Der Zugang zu den eigentlichen geistigen Wirklichkeiten geschieht nicht durch Worte, sondern durch Denken, wobei dieses Denken endlicher Wesen Gott und seine Pläne nicht ausschöpfen kann.[86] Damit hat Origenes den anagogischen Schriftsinn vorgetragen. Die geistige Dynamik der Schrift, der die Auslegung entsprechen muß, führt zu Höherem: zum dreifaltigen Gott, dem schlechthin Unkörperlichen.[87]

3.4 Regula fidei

Die richtige geistige Auslegung der Schrift ist noch von einer immer wieder betonten Bedingung abhängig: von der Anwendung der ,regula fidei'. Origenes beschließt seinen Traktat über die Schriftauslegung: „An diese Regel muß man sich auch beim Verständnis der göttlichen Schriften halten, um das (in ihnen) Gesagte nicht nach der Niedrigkeit des Ausdrucks, sondern nach der Göttlichkeit des heiligen Geistes einzuschätzen, durch dessen Eingebung sie abgefaßt worden sind."[88] An mehreren Stellen seiner Lehre über die Schriftauslegung hat Origenes auf diese ,regula fidei' hingewiesen. Was meint nun Origenes mit dieser Glaubensregel?[89]

Schon Irenäus[90] hatte vermerkt, daß die ,regula fidei' als die Regel zur

[83] PA IV 3,14 Gö, 775.
[84] PA IV 3,14 Gö, 777.
[85] PA IV 3,14 Gö, 777.
[86] PA IV 3,15 Gö, 781.
[87] PA IV 3,15 Gö, 779 u. 781. Vgl. auch PA I Praef. 8 Gö, 95 u. 97.
[88] PA IV 3,15 Gö, 781.
[89] Gustave Bardy, La règle de foi d'Origène. In: RSR 9 (1919), 162–196.
[90] Vgl. H. Holstein, La Tradition des Apotres chez saint Irénée. In: RSR 36 (1949), 229–270.

Auslegung der Schrift im Sinne des kirchlichen Glaubens geistliche Auslegung bedeutet. Gleiches gilt für Origenes. Nach PA bedeutet ‚regula fidei' jene geistige Auslegung der Schrift, die dem Glauben der Kirche entspricht und nicht beim Buchstaben stehenbleibt.[91]

Rufin kann diese Regel mit ‚regula pietatis' übersetzen und betont damit innerhalb des Begriffes ‚regula fidei' wohl die Rückbindung an Gott und die Kirche.[92] „Pietas" hat auch diesen Sinn. Damit ist die in der Lehrverkündigung zu wahrende echte Gottesverehrung besonders aufgegeben.[93] Origenes geht also in seiner Schriftauslegung von einer Kongruenz des kirchlichen Gottesbildes und des Gottesbildes der Schrift aus, besonders bei schwer verständlichen Stellen, die Gott etwas zuzusprechen scheinen, was seiner liebenden Vorsehung nicht entspricht. So entspricht es nicht dem Gottesbild der Kirche, daß Gott nicht zugleich gut und gerecht ist. Auch ein prädestinatianistisches Gottesbild widerspricht dem.[94] Die ‚regula fidei' bzw. ‚regula pietatis' ist vor allem dann zur Anwendung zu bringen, wenn Gott ungöttliches Verhalten[95] vorgeworfen wird bzw. wenn die umfassende Heilssorge Gottes und besonders deren Anfanglosigkeit dargestellt werden soll.[96] Letztlich geht es immer um die Gottheit Gottes.[97] Von daher ist es nicht unverständlich, daß die Heilige Schrift selbst schon eine Konkretisierung dieser ‚regula pietatis' bzw. ‚regula fidei' ist. Die Heilige Schrift ist göttliche Schrift. Sie muß „Gott entsprechend" ausgelegt werden. Der hier angedeutete Zirkel liegt auch vor im Aufweis der Göttlichkeit der Schrift selbst. Nur von der Göttlichkeit der Schrift her kann Origenes die Inhalte der Schrift als Wort Gottes verstehen und die Schrift selbst als göttliches Wort deuten.[98] Tatsächlich gibt es eine Parallele bzw. eine innere Verwandtschaft zwischen der Göttlichkeit der Schrift und der Vorsehung.[99] Die Schrift ist nicht buchstäblich, sondern geistlich, d. h. auf Gott hin und von Gott her auszulegen. Und dies heißt wieder Auslegung gemäß dem Zeugnis der Apostel. Sie haben die Gottheit Christi verkündet.[100] Diese „Regel" zeigt, daß sowohl die Typoi, d. h. alle historischen Begebenheiten, von denen die Schrift spricht, als auch die Prophezeiungen der Schrift im Sinne Christi, des Sohnes und ewigen Wortes Gottes ausgelegt werden müssen,

[91] PA I Praef. 2 Gö, 85.
[92] PA I 5,4 Gö, 205.
[93] PA III 1,17 Gö, 527.
[94] PA III 1,23 Gö, 553, 555 u. 557.
[95] PA III 1,23 Gö, 555 u. 557.
[96] PA III 5,3 Gö, 627 u. 629.
[97] PA IV 3,14 Gö, 775.
[98] Vgl. PA IV 1,5 u. 6 Gö, 683–689, bes. PA IV 1,6 Gö, 687.
[99] PA IV 1,7 Gö, 691 u. 693.
[100] PA IV 2,2 Gö, 701.

„damit wir erkennen, was uns von Gott aus Gnade gegeben ist."[101] Darin ist die geistliche Auslegung der Schrift begründet: „In allem schlechthin muß man nach der apostolischen Verheißung die ‚Weisheit im Geheimnis' suchen, ‚die verborgene, die Gott vor den Weltzeiten zur Herrlichkeit der Gerechten vorherbestimmt hat, die kein Herrscher dieser Weltzeit erkannt hat'": Christus.[102] In diesem Sinne sind auch die Ärgernisse und Anstößigkeiten in die Schrift aufgenommen, um nicht bei dem „irdischen" Verständnis stehenzubleiben, sondern das zu erfahren, „was Gottes würdig ist".[103] Die ‚regula pietatis' entspricht also auch der Aufforderung, auf die Heilspädagogik Gottes einzugehen.

Zur ‚regula pietatis', also zur Regel, die Schrift „Gott gemäß" auszulegen, gehört schließlich der kirchliche Aspekt, der aber in PA nicht besonders betont wird, außer indirekt in der Ablehnung jüdischer und marcionitischer Literalexegese.[104] Allerdings sagt die ‚regula pietatis' auch, daß weder Engel noch Menschen das, was an der Wahrheit Gott gemäß ist, ausschöpfen können: „An diese Regel muß man sich auch beim Verständnis der göttlichen Schriften halten, um das (in ihnen) Gesagte nicht nach der Niedrigkeit des Ausdrucks, sondern nach der Göttlichkeit des heiligen Geistes einzuschätzen, durch dessen Eingebung sie abgefaßt worden sind."[105]

3.5 Systematische Verdeutlichung

Die Heilige Schrift ist für Origenes materiale und formale Voraussetzung seiner Theologie, eine Option. Sie ist Prüfstein philosophischer und theologischer Gedanken, weil sie Wort Gottes und göttlich ist. Ihre Auslegung muß daher Gott gemäß sein; sie ist es, wenn der leibliche Sinn auf einen geistigen Sinn hin interpretiert wird. Die Heilige Schrift ist Wort Christi, der Mensch geworden ist. Ihr leiblicher Sinn darf nicht geleugnet werden, ist aber immer mit dem göttlichen Sinn zu verbinden. Ihre Auslegung ist an das in ihr grundgelegte apostolische (und so kirchliche) Zeugnis rückgebunden: Gottes Sohn hat sich in Jesus Christus gezeigt (regula fidei). Der Heilige Geist hat diese Schrift aus Buchstaben bereitet, auch Unsinniges mit eingestreut, damit wir nur ja Gottes Wort „Gott gemäß" (eschatologisch, himmlisch) verstehen.

[101] PA IV 2,3 Gö, 705.
[102] PA IV 2,6 Gö, 717.
[103] PA IV 2,9 Gö, 727; PA 2,9 Gö, 729.
[104] PA IV 3,14 Gö, 775.
[105] PA IV 3,15 Gö, 781.

II. TEIL: ENTFALTUNG DES KIRCHLICHEN KERYGMAS (PA I–II 3)

Nach Ausweis unserer Literar- und Kompositionskritik behandelt Origenes gemäß dem hellenistischen Traktat „Physik" die Fragen nach Gott, Welt und Mensch in den Büchern PA I–II 3. Origenes versucht in diesem unserem II. Teil eine klarstellende Entfaltung des kirchlichen Kerygmas.

4. Das Gottesbild: der dreifaltige Gott

4.1 Der Vater

Origenes beginnt mit dem christlichen Gottesbild[1]: „daß *ein* Gott ist, der alles geschaffen und geordnet hat und der alle Dinge aus dem Nichtsein ins Sein gerufen hat."[2] Wer ist nun dieser eine Gott?

Origenes präzisiert: [. . .] „Gott von der ersten Schöpfung und Gründung der Welt an, Gott aller Gerechten, Adam, Abel, Seth, Enos, Henoch, Noah, Sem, Abraham, Isaak, Jakob, der zwölf Patriarchen, des Mose und der Propheten; und daß dieser Gott in den letzten Tagen (vgl. Hebr 1,2), wie er durch seine Propheten zuvor verheißen hatte, den Herrn Jesus Christus gesandt hat, auf daß er zunächst Israel berufe, sodann aber auch die Heiden (vgl. Matt 15,24 und 28,19), nachdem sich das Volk Israel treulos gezeigt hatte. Dieser gerechte und gute Gott, der Vater unseres Herrn Jesus Christus (vgl. Röm 15,6 u. ö.), hat Gesetz, Propheten und Evangelien selbst gegeben, er ist gleichzeitig der Gott der Apostel und des Alten und Neuen Testaments."[3] Daß Origenes hier vom Vater redet, geht auch aus einer späteren Stelle hervor, die den Vater des Alls im Auge hat.[4] Es ist nicht schwer, die gegnerischen Adressaten im einzelnen deutlicher zu erkennen.

Erstens: Gegen Marcion sind all jene Elemente des Bekenntnisses zum christlichen Vater-Gott gerichtet, die den Vater als Grund der Einheit des Alten und Neuen Testamentes betonen, als Schöpfer der Welt bekennen, zugleich Vater Jesu nennen und zudem noch darauf hinweisen, daß dieser

[1] PA I Praef. 4 Gö, 87 u. 89.
[2] PA I Praef. 4 Gö, 87.
[3] PA I Praef. 4 Gö, 87 u. 89.
[4] PA I 1,6 Gö, 109.

Vater Jesu sowohl der gerechte als auch der gute Gott ist. Marcion hatte ja den Gott des Alten Bundes von dem Gott des Neuen Bundes getrennt, den des Alten Bundes als Gott der (mangelhaften) Schöpfung, den des Neuen Bundes aber als Gott der Erlösung verkündet. Den Gott des Alten Bundes hatte er als den gerechten, den des Neuen Bundes als den guten Gott bezeichnet und so einen Unterschied zwischen beiden „Göttern" gesehen. Gegen jüdische, aber auch marcionitische Kreise wird in besonderer Weise die von den Propheten des Alten Bundes verheißene Menschwerdung Jesu Christi als Werk und Tat des Vaters vorgebracht.

Zweitens: Gegen gnostische Sekten, etwa die des Basilides oder Valentinus, betont Origenes, daß der eine Schöpfer der Welt und Vater Jesu zugleich auch der Gott der Gerechten des Alten Testamentes ist, man also nicht den Gott des Seth, des Henoch, des Abraham etc. als verschiedene Götter verstehen darf.

Drittens: Origenes spricht auch jene innerkirchlichen Christen an, die aufgrund mangelnden Verständnisses sich Gott als ein körperliches Wesen vorstellen[5] und aufgrund naiver und schließlich falscher Deutung von Schriftaussagen, etwa daß Gott verzehrendes Feuer (Deut 4,24) oder Geist (Joh 4,24) ist, zu der Auffassung kommen, Gott sei eine körperliche Wirklichkeit. Geist verstehen solche Menschen nämlich im Sinne der Stoiker als ganz feinen Staub der Materie.

4.1.1 Gott ist Geist

Ganz seiner Idee gemäß, daß sich das Wort Gottes nicht widersprechen kann, stellt Origenes jenen Aussagen, die eine Körperlichkeit Gottes nahelegen, andere Aussagen der Schrift gegenüber, etwa daß Gott Licht (1 Joh 1,5) ist, das unseren Verstand erleuchtet, so die Wahrheit (Joh 14,6) ist und seine Erkenntnis in uns bewirkt. Solche Ausdrücke können nichts Materielles bezeichnen. Schon die Gründe der Vernunft sagen also, daß Gott als unsere Erkenntnis erleuchtendes Licht nicht materiell und körperlich sein kann.[6] Denn das Wort Gottes kann sich nicht widersprechen. Zudem ist die Schrift geistlich-geistig auszulegen. Denn der diese Einheit bildende geistige Sinn der Schrift muß stets Gott angemessen sein und deshalb auch „Gott gemäß" ausgelegt werden. Wer die Schrift nicht geistlich auslegt, der bleibt beim vordergründigen Schleier des Buchstabens stehen.[7]

[5] PA I Praef. 9 Gö, 97; an gleicher Stelle fährt Origenes fort: „Dasselbe ist auch bei Christus und dem heiligen Geist zu untersuchen und ebenso auch bei jeder Seele und jeder vernunftbegabten Natur."

[6] Vgl. PA I 1,2 Gö, 99 u. 101.

[7] PA I 1,2 Gö, 103.

Wenn die Schrift Gott als „verzehrendes Feuer“ bezeichnet, darf das nicht im Sinne des Verbrennens von „Holz, Stroh oder Stoppeln“ (vgl. 1 Kor 3,12f.) verstanden, sondern muß als Verzehren der „bösen Gedanken des Geistes, der schimpflichen Handlungen, des Verlangens nach der Sünde“ gedeutet werden. Und diese zweite Deutung ist insofern sinnvoll und gültig, weil die Schrift z. B. Joh 14,23 von einer Einwohnung Gottes im Menschen redet, die ja auch nur geistig verstanden werden kann. So werden die Laster verzehrt und der Mensch zu einem reinen Tempel.[8]

Die Aussage der Schrift, Gott sei Geist, darf man nicht im Sinne der Stoiker als Hinweis auf eine Körperhaftigkeit Gottes verstehen. Denn erstens differenziert die Schrift selbst zwischen Körper und Geist, wenn sie sagt, daß der Buchstabe tötet und der Geist lebendig macht (2 Kor 3,6), also Körperliches und Intelligibles unterscheidet. Und zudem: Wie kann etwas Körperliches die Klarheit des Herrn schauen (vgl. 2 Kor 3,16–18)? Zweitens muß Geist in der Schrift als etwas Unkörperliches verstanden werden, weil der Heilige Geist geistliche Erkenntnis enthüllt. Wenn also die Schrift Gott als Geist bezeichnet, will sie seine Unkörperlichkeit bekennen.[9]

Viele haben am Heiligen Geist teil und erfahren eine heiligende Kraft, ohne daß dieser Geist weniger wird. Ähnliches ist ja auch bei der Heilkunde festzustellen. Es gibt viele Ärzte, die an der Heilkunde Antcil haben, ohne daß man diese als körperlich verstehen muß. Origenes will damit sagen, daß nicht alles als materiell verstanden werden kann, was Anteil an sich gibt. Deutlich betont er dann den Unterschied von Heilkunst und Heiligem Geist. „Der heilige Geist unterscheidet sich nämlich wesentlich von der Heilkunde als einer Wissenschaft, insofern er eine geistige Wesenheit ist [subsistentia est intellectualis (wohl hypostasis)] und selbständiges Wesen [proprie subsistit (wohl substantia-ousia)] und Dasein [extat] hat[...]“[10]

Nachdem Origenes falsche Schriftinterpretationen durch die Schrift selbst widerlegt hat, beginnt er aus der Schrift den positiven Sinn der Geistigkeit Gottes aufzuzeigen,[11] indem er nach Umständen, wann zu wem und auf welche Frage hin Jesus verkündete: „Gott ist Geist“ (Joh 4,24). Gegenüber der Vorstellung, Gott könne nur an bestimmten Orten angebetet werden, sei also eine Lokalgottheit, sagt „Gott ist Geist“, daß er an keinen Ort gebunden und somit körperlos ist: Weder bindet er sich an Garizim noch an Jerusalem. Er wird vielmehr „in Wahrheit“ angebetet. Orte sind nur Schatten der Wahrheit. „Gott ist Geist“ heißt also, er ist überirdisch. Er wird in der Wahrheit angebetet heißt: Gott ist im Himmel.[12]

[8] Vgl. PA I 1,2 Gö, 101 u. 103.
[9] Vgl. PA I 1,2 Gö, 103–105.
[10] PA I 1,3 Gö, 105.
[11] PA I 1,4 Gö, 105 u. 107.
[12] Vgl. PA I 1,4 Gö, 107.

4.1.2 Unbegreiflich und unermeßlich

Nachdem für Origenes aufgrund der Heiligen Schrift feststeht, daß Gott Geist ist, ist nun seine Vernunft aufgerufen, diese Wahrheit tiefer zu durchdringen. Zunächst folgt aus der Geistigkeit Gottes, „daß Gott in Wahrheit unbegreiflich und unermeßlich" [deum inconprehensibilem esse atque inaestimabilem] ist. Er übersteigt unsere Vorstellung. Unsere Vernunft [mens nostra] ist nämlich in das Fleisch und Blut eingesperrt und entsprechend stumpf und träge; beim Aufstieg zu Gott hat der menschliche Geist nur die Kraft eines Funkens oder einer Laterne. Wie man nicht die Substanz der Sonne, sondern nur ihre Strahlen sehen kann, so kann man auch Gottes Natur [dei natura] nur durch die Strahlen, wie sie seine Schöpfung darstellt, sehen.[13]

Und dennoch muß der Theologe möglichst deutliche und genaue Aussagen über diesen Gott machen.[14] Wenn Gott nicht Körper ist, dann ist er nicht teilbar, also nicht zu vergrößern oder zu verkleinern, damit einfach [monas] und Einsheit [henas] und so Einzigkeit. Unser Alexandriner übernimmt hier Vorstellungen und Begrifflichkeiten des in die Stoa eingedrungenen Gedankengutes der Pythagoräer, das dann im Neuplatonismus noch eine große Rolle spielen wird. Diese Einsheit bestimmt Origenes aus platonischer Tradition „als Vernunft [mens – nous] und die Quelle, aus der jegliche geistige Natur, jede Vernunft, ihren Ursprung hat."[15] Schon Albinos hatte Gott als Nous bezeichnet.[16] Ebenso Numenius (Frgm 22).

Doch auch hier fragt Origenes unerbittlich weiter: Wenn aber etwas so eins ist, daß es nicht teilbar, nicht vergrößerbar ist, muß man dann nicht sagen, daß es tot ist? Seine Antwort: Eine geistige Einzigkeit ist nicht tot, sondern lebendige aktive Vernunft, ja Grund alles Vernünftigen. Und seine Begründung: „Vernunft braucht aber, um sich zu bewegen und zu wirken, keinen körperlichen Ort und keine sinnlich wahrnehmbare Ausdehnung, keine körperliche Gestalt oder Farbe noch sonst irgend etwas von den Eigenschaften des Körpers und der Materie."[17]

Origenes beweist einige Zeilen weiter, daß „die Vernunft keinen Ort braucht, um sich ihrer Natur gemäß zu bewegen", und daß dies „aus der Betrachtung unserer eigenen Vernunft hervorgeht".[18]

Denn erstens: „Wenn sie [unsere eigene Vernunft] nämlich ihr volles Maß

[13] PA I, 1,5 Gö, 107 u. 109.
[14] PA I 1,6 Gö, 109 u. 111.
[15] PA I 1,6 Gö, 111.
[16] Didaskalikos 164, 17 H.
[17] PA I 1,6 Gö, 111.
[18] PA I 1,6 Gö, 111.

besitzt und ihr nicht aus irgendeiner Ursache eine Abstufung widerfährt, so wird sie in den ihr eigenen Bewegungen durch keinen Unterschied der Orte gehemmt; und anderseits erfährt sie auch keine Vermehrung ihrer Beweglichkeit durch die besonderen Eigenschaften eines Ortes."[19]

Zweitens bedarf die Vernunft auch keiner körperlichen Ausdehnung, um zu handeln oder sich zu bewegen. Nicht durch körperliches Wachstum vermehrt sie sich, sondern durch Unterricht und Übung wird die Schärfe des Verstandes ausgebildet. Trägheiten liegen nicht im Bereich der Vernunft, sondern im Bereich ihrer Werkzeuge wie Leiblichkeit etc.

Nun folgt der Schluß a minore ad maius: „Darum kann jene Natur, die einfach und ganz Vernunft ist, in ihrer Bewegung und ihrem Wirken keinen Aufschub und keine Verzögerung erleiden, damit nicht durch eine solche Beifügung die Einfachheit der göttlichen Natur (auch nur) in gewissem Maße eingeschränkt und behindert erscheine: denn es soll nicht das, was der Ursprung aller Dinge ist, sich als zusammengesetzt und mannigfaltig erweisen, und es soll nicht vieles statt eines sein, was fern von jeder körperlichen Beimischung sozusagen einzig und allein in seiner Wesensart als Gottheit bestehen muß."[20] Hier ist Origenes nicht originär. Albinos hatte schon mit der gleichen Begründung Gott als ein nicht zusammengesetztes Wesen benannt.[21]

Origenes hat den Höhepunkt seiner Argumentation erreicht. Dennoch fragt er nach, ob man sich vorstellen könne, daß eine materielle Wirklichkeit Geistiges erkennen kann, ob z. B. ein als materiell ausgegebenes Gedächtnis sich geistiger Wirklichkeiten erinnern und geistige Zusammenhänge durchschauen kann![22] Dann kommt er zu einer für sein Denken entscheidenden Parallelisierung: Jedem körperlichen Sinn (Sehen, Hören etc.) ist eine bestimmte sinnlich wahrnehmbare Substanz zugeordnet. Der Sinn der Vernunft steht höher als der Sinn der Sinnenhaftigkeit, ihm ist eine höhere Substanz zugeordnet: Gott.[23] Gegen die Leugner einer solchen Argumentation bringt er vor: „Sie wollen nicht gelten lassen, daß es eine Verwandtschaft des Geistes mit Gott gibt, dessen geistiges Bild der Geist selbst (mens intellectualis) ist, und daß dieser dadurch etwas von der Natur der Gottheit wahrnehmen kann, vor allem wenn er besonders rein und von körperlicher Materie abgeschieden ist."[24]

[19] PA I 1,6 Gö, 111 u. 113.
[20] PA I 1,6 Gö, 111.
[21] Didaskalikos 165, 30 H.
[22] PA I 1,7 Gö, 115.
[23] Vgl. PA I 1,7 Gö, 117.
[24] PA I 1,7 Gö, 117.

4.1.3 Unsichtbar, jedoch erkennbar

Nach diesen doch stark von der menschlichen Vernunft getragenen und den verschiedensten philosophischen Traditionen entliehenen Überlegungen versichert sich Origenes wiederum bei der Schrift, ob und inwiefern die Natur Gottes über die Natur der Körper erhaben ist. Aus den Versen, die die Unsichtbarkeit Gottes betonen (Kol 1,15; Joh 1,18), leitet Origenes ab, daß Gott von Natur aus unsichtbar ist. Man kann also Gott nicht mit den Sinnen sehen. Hat nun der Mensch überhaupt keinen Zugang zu Gott? Origenes benutzt eine Unterscheidung, die die Schrift zwischen Sehen und Erkennen (Matth 11,27) macht. Gott kann nicht sinnenhaft gesehen, sondern nur geistig erkannt werden. Ihm kommt also keine körperliche Wahrheit zu. Das würde ihn sichtbar machen. Ihm kommt eine geistige Substanz zu, die ihn erkennbar macht. Wenn dann die Schrift dem Herzen des Menschen dennoch das Sehen Gottes zuschreibt (Matt 5,8; Eph 1,18), so muß man von der Nichtwidersprüchlichkeit der Schrift her Herz als die geistige Natur im Menschen, d. h. als die Seele verstehen und das Schauen als nicht sinnenhaftes Erkennen deuten. Origenes ist überzeugt, daß den äußeren sterblichen Sinnen der Körperlichkeit jeweils ein innerer Sinn, d. h. eine geistige Fähigkeit entspricht, die auf Gott hin orientiert ist.[25] Und das Ergebnis: „Dafür, daß das Herz an Stelle der Vernunft [pro mente, id est pro intellectuali virtute], d. h. der Denkkraft genannt wird, wirst du jedenfalls in allen Schriften des neuen und alten Testaments eine Fülle von Beispielen finden.“[26]

Origenes macht sogar die Probe aufs Exempel und stellt die Frage, ob der Sohn Gottes den Vater sehen kann. Da weder der Vater noch der Sohn körperlich sind, können sie sich nicht sehen. Da sie aber Geist sind, können sie sich erkennen: „Weil man also bei einer unkörperlichen und unsichtbaren Natur nicht im eigentlichen Sinne vom Sehen und Gesehenwerden sprechen kann, darum heißt es im Evangelium nicht, daß der Vater vom Sohn und der Sohn vom Vater gesehen werde, sondern daß er erkannt werde.“[27]

4.1.4 Systematische Einsichtnahme

Origenes muß als Theologe, der dem Wort Gottes und dem Evangelium verpflichtet ist, von einer gesicherten Schriftinterpretation ausgehen. Sie ist es, wenn sie geistlich, d. h. Gott entsprechend gedeutet wird. Im nächsten

[25] Vgl. PA I 1,8 Gö, 117–121.
[26] PA I 1,9 Gö, 121.
[27] PA I 1,8 Gö, 121.

Schritt bemüht sich Origenes, aus der Schrift positiv die Antwort auf seine Fragestellung zu entwickeln. Hat er sie gefunden, stellt er sie in den Rahmen philosophischer Argumentationen und verdeutlicht sie so neuerlich, um dann am Ende nochmals als Bestätigung dieser seiner Gedanken die Schrift zu Rate zu ziehen. Dieses Schema findet sich bei allen größeren Teiluntersuchungen in PA. Zu beachten ist, daß Origenes vom Wesen Gottes spricht, aber immer den Vater im Auge hat. Gerade als Allvater steht Gott auch in der philosophischen Tradition der Welt gegenüber.

Inhaltlich kann Origenes biblische Aussagen und philosophische Traditionen miteinander in Beziehung setzen. Allerdings hat, was die Wahrheit angeht, die Schrift letzte Autorität. Ist dem aber so, muß Origenes mit den angebotenen Überzeugungen der Philosophie selektiv umgehen, wie wir dies gerade bei der Frage nach dem Wesen Gottes gesehen haben. Die Grundgedanken von der Körperlosigkeit, der geistigen Natur, der Einheit und Einzigkeit Gottes stammen aus der platonischen bzw. stoisch-pythagoräischen Tradition.

4.2 Der Sohn

Im Kontext der Argumentation und des Ergebnisses, daß Gott, weil körperlos, nicht teilbar ist, wird die Frage nach Christus, dem Sohne Gottes akut. Ohne sich noch genauer über die Menschwerdung des Sohnes Gottes zu äußern, ist Origenes vor allem an der innergöttlichen Wirklichkeit interessiert und macht eine entscheidende theologische Grundunterscheidung: „Zunächst müssen wir wissen, daß in Christus die Natur seiner Gottheit [deitatis eius natura], insofern er der eingeborene Sohn des Vaters ist, zu unterscheiden ist von der menschlichen Natur, die er in den letzten Zeiten nach dem Heilsplan angenommen hat.“[28] Diese Unterscheidung ist Gemeingut des Origenes und findet sich besonders in seinem griechisch erhaltenen Werk ›Contra Celsum‹.[29] Es besteht kein vernünftiger Grund, sie hier als späteren Einschub zu markieren und ihre Authentizität zu bezweifeln.[30] Im Kontext unseres Kapitels hat diese Unterscheidung den Sinn, den Leser auf den Gegenstand der Diskussion hinzuweisen, „daß Jesus Christus, eben

[28] PA I 2,1 Gö, 123.

[29] Vgl. dazu besonders L. Lies, Vom Christentum zu Christus nach Origenes' ›Contra Celsum‹. In: ZKTh 112 (1990), 150–177.

[30] Gegen B. Studer, Zur Frage der dogmatischen Terminologie in der lateinischen Übersetzung von Origenes' ›De principiis‹. In: Epektasis. Mélanges patristiques offerts au Cardinal Jean Daniélou. Publiés par Jacques Fontaine et Charles Kannengiesser. Paris 1972, 403–414.

der, der gekommen ist (vgl. Joh 5,43 u. ö.), vor jeder Schöpfung aus dem Vater geboren ward".[31] Sollte das „geboren" eine Verdeutlichung des Rufin sein, so ist damit der Gedanke des Origenes nicht verfremdet. Unser Alexandriner hat niemals die Geschöpflichkeit des Logos in der Zeit und Endlichkeit behauptet.

4.2.1 Gleichewigkeit von Vater und Sohn

Um aus der Schrift zu erfahren, was dieser eingeborene Sohn Gottes ist, sammelt Origenes aus ihr Namen und Bezeichnungen für Christus. Mit den Namen Weisheit (Spr 8,22–25) und Erstgeborener (Kol 1,15) stellt er das Verhältnis des Sohnes zum Vater fest.[32] Später[33] zeigt er an den Benennungen Wort (Joh 1,1–2), Wahrheit, Leben (Joh 14,6), Auferstehung (Joh 11,25), Weg (Joh 14,6), Glanz der Herrlichkeit Gottes und Prägebild seines Wesens (Hebr 1,3) auf, daß es sich jeweils um Namen des Logos handelt, beweist damit, daß der Sohn in all diesen Bezeichnungen „ein und derselbe"[34] [unus atque idem] genannt wird und so in unserem Sinne als eigene Existenz [hypostasis] angesehen werden darf.[35] Origenes achtet genau darauf, daß auch wirklich alle Namen und Bezeichnungen von Christus gelten. Damit ist geklärt, daß der Sohn eine eigene Hypostase ist.

Es steht aber mit dem Ausdruck „Gottes Weisheit" die Frage an, ob und vor allem wie der Weisheit gegenüber dem Gott Vater selbständiges geistiges Sein zukommt. Materielles und körperliches Sein des Sohnes Gottes als Weisheit ist schon deshalb ausgeschlossen, weil Weisheit nicht im körperlichen Sinne meßbar ist.[36] Auch die Zeitlichkeit ist daher beim Sohn ebenso ausgeschlossen wie beim Vater. Aus der Zeitlosigkeit folgt erstens, daß der Vater immer einen Sohn hatte. Aus der Zeitlosigkeit folgt aber auch zweitens, daß der Sohn als Weisheit nie einen zeitlichen Anfang gehabt haben kann und infolgedessen seit Ewigkeit gezeugter Sohn Gottes ist.[37]

[31] PA I Praef. 4 Gö, 89.
[32] Vgl. PA I 2,1 Gö, 123.
[33] Vgl. PA I 2,2–7 Gö, 123–139.
[34] PA I 2,1 Gö, 123; PA I 2,2 Gö, 123.
[35] PA I 2,2 Gö, 123 u. 125.
[36] Vgl. PA I 2,2 Gö, 125.
[37] Vgl. PA I 2,2 Gö, 125.

4.2.2 Geworden vor der Zeit – dem Vater gleich

Nun sagt jedoch in der Heiligen Schrift die Weisheit von sich: „Der Herr schuf [creavit] mich als Anfang seiner Wege; bevor er etwas machte, vor den Äonen gründete er mich. Am Anfang, bevor er die Erde machte [...], zeugt [generat] er mich“ (Spr 8,22–25). Hat der „Erstgeborene“ doch einen zeitlichen Anfang gehabt, wenn von Erschaffung die Rede ist? Origenes unterscheidet den Anfang der Weisheit vom Anfang all dessen, was in dieser Weisheit begründet ist: „Weil also in der Weisheit gleichsam Skizzen und Vorbilder für die Geschöpfe liegen, sagt die Weisheit durch Salomo von sich selbst, sie sei ‚geschaffen als Anfang der Wege Gottes‘, da sie nämlich in sich selbst Ursprünge, Pläne und Arten der ganzen Schöpfung enthält.“[38] Origenes spürt hier also (nach Rufin), daß man das Wort „geschaffen“ nicht unbesehen auf den Sohn Gottes anwenden kann, und sucht Zuflucht bei einer etwas gewaltsamen Interpretation. Sie setzt den Alexandriner instand, die Gleichewigkeit von Vater und Sohn zu verteidigen, ohne das Gewordensein des Sohnes leugnen zu müssen und ohne es als ein Werden in der Zeit zu deuten. Gestützt wird dies durch die Analyse des Verhältnisses von Gott und Wort. Letzteres war als Gottwort im Anfang bei Gott (Joh 1,1–2)[39] und enthält alle Geheimnisse der Weisheit in sich. So ist die ewige Weisheit als Anfang der gewordenen Schöpfung zu verstehen. Wer hingegen der ewigen Weisheit Gottes einen Anfang setzt, der sagt damit, daß der Vater als Urgrund der Weisheit selbst einen Anfang gehabt habe, nämlich den, irgendwann Urgrund der Weisheit geworden zu sein.[40] Daß in dem Sohne Gottes als der Weisheit Gottes alle Schöpfung schon enthalten ist und so ihren Anfang findet, beweist Origenes auch aus dem Begriffspaar „Wahrheit“ und „Leben“ (Joh 14,6). Der Sohn Gottes ist die Wahrheit alles Seienden, das aus ihm entspringt, aber auch das Leben all dessen, was angefangen hat. Er ist der Logos, aus dem alles Vernünftige seinen Ursprung nimmt.[41] Der Logos ist, weil Leben, auch Auferstehung dessen, was durch Tod bedroht ist;[42] er ist Weg, weil in ihm alles, was ist, von Anfang an auf den Vater ausgerichtet ist.[43]

[38] PA I 2,2 Gö, 127.
[39] PA I 2,3 Gö, 127.
[40] Vgl. PA I 2,3 Gö, 127.
[41] PA I 2,4 Gö, 127 u. 129.
[42] Vgl. PA I 2,4 Gö, 129.
[43] A. a. O.

4.2.3 Geworden durch ewige Zeugung – aus dem Wollen des Vaters

Damit ist aber ein weiteres Problem aufgegeben: das des zeitlosen Verhältnisses von Vater und Sohn, besonders des zeitlosen Werdens des Sohnes und damit der ewigen Zeugung.[44] Für Origenes ist der Sohn Gottes der eingeborene, der einzige Sohn von Natur, letztlich, weil Gott nur eine einzige Weisheit haben kann.[45] Wieder greift Origenes zur Schrift und erwägt die Aussagen, die dieses Verhältnis näher verdeutlichen[46] können: Christus werde als „das Bild des unsichtbaren Gottes", als der „Erstgeborene vor aller Kreatur" (1 Kol 1,15), als der „Glanz seiner [Gottes] Herrlichkeit und das Prägebild seines Wesens" (Hebr 1,3), ja als „der Dunsthauch von Gottes Kraft und der allerreinste Ausfluß der Herrlichkeit des Allmächtigen [...], ein Glanz des ewigen Lichts und ein fleckenloser Spiegel von Gottes Wirkkraft und ein Bild seiner Güte" (Weish 7,25–26) bezeichnet.[47]

In einer Exegese der voranstehenden Texte möchte, wie gesagt, Origenes herausbringen, „inwiefern Gott mit Recht Vater seines Sohnes heißt".[48] „Bild des unsichtbaren Gottes"[49] sagt für den Sohn Gottes „unsichtbares Abbild des unsichtbaren Gottes", denn die Schrift kennt das Gesetz, daß Gleiches nur Gleiches zeugt (Gen 5,3) und so der unsichtbare, weil unkörperliche Vater einen unkörperlichen und so ebenfalls unsichtbaren Sohn zeugt. Greifen wir auf die Ausführungen über den Vater zurück, die Unkörperlichkeit und Geist zusammengebracht hatten, muß man auch hier sagen, daß der Sohn ebenfalls Geist ist.[50] Damit ist faktisch die Gleichwesentlichkeit von Vater und Sohn benannt. Der Text fährt fort: „Diese Abbildhaftigkeit schließt auch die Einheit [unitatem naturae ac substantiae patris et filii] der Natur und des Wesens von Vater und Sohn ein."[51] Daß es sich hier nicht um einen verdeutlichenden Einschub des Rufin handeln muß, bestätigt der folgende Gedanke: Im Anschluß an die Abbildlichkeit des Sohnes vom Vater verweist Origenes auf den Vergleich von Geist und Wille. Der Sohn geht aus dem Vater hervor wie der Wille aus dem Geist. Der Wille beinhaltet nichts anderes, als was der Geist plant: „Und darum glaube ich, der Wille des Vaters müsse ein ausreichender Grund sein für das Sein dessen, was der Vater will. Denn bei seinem Wollen benützt er keinen anderen Weg als den,

[44] Vgl. schon PA I 2,4 Gö, 129 u. 131.

[45] Vgl. PA I 2,5 Gö, 133.

[46] PA I 2,5 Gö, 131 u. 133.

[47] PA I 2,5 Gö, 131.

[48] PA I 2,6–13 Gö, 133–157.

[49] PA I 2,6 Gö, 133.

[50] Vgl. PA I 1,4 u. 5 Gö, 105 u. 107. Es gilt dann auch, daß der Sohn unbegreiflich und unermeßlich ist.

[51] PA I 2,6 Gö, 133.

der aus seinem planenden Willen hervorgeht. So wird also auch das selbständige Sein [subsistentia] des Sohnes von ihm gezeugt."[52] Subsistentia dürfte hier wohl wieder für ‚hypostasis' stehen.

Im Klartext will Origenes sagen: Der Sohn hat und tut alles, was der Vater hat und tut. Der Sohn umfängt als Wille das vom Vater Gewollte und hat gerade darin seinen Existenzgrund. Die Zeugung des Sohnes geschieht in einem zeitlosen, ewigen Willensakt des Vaters. In Gott ist die Zeugung ohne Anfang und weil von Ewigkeit doch gewollt, nicht notwendig, sondern von Ewigkeit her frei. Daß Origenes das nizänische ‚homoousios' von Wesensgleichheit und Wesenseinheit nicht dem Begriff nach, jedoch der Sache nach schon kannte, bestätigt sich in unserem Text innerhalb der Argumentation gegenüber jenen, die die „Hervorgänge" in Gott (d. h. Sohn und Geist) als substantielle Spaltungen deuten.[53] In einer geistigen Substanz gibt es keine Teilung. Teilung gibt es nur im materiell-körperlichen Bereich. Einer geistigen Substanz entspricht aber Zeugung: „Denn bei seinem Wollen benutzt er [Vater] keinen anderen Weg als den, der aus seinem planenden Willen hervorgeht. So wird also auch das selbständige Sein des Sohnes von ihm gezeugt."[54] Daher kann es, so ist zu verdeutlichen, in Gott keine zwei wesensgleichen Substanzen geben, die aus einer Spaltung hervorgegangen wären. Es gibt nur eine wesensgleiche Natur, die der Vater dem von ihm real verschiedenen Sohn in zeitloser Zeugung schenkt, ohne sie selbst zu verlieren. „Vielmehr muß man annehmen, auf die gleiche Art, wie der Wille aus dem Geist hervorgeht, ohne einen Teil des Geistes abzuschneiden und ohne von ihm geschieden oder getrennt zu werden, so habe der Vater den Sohn gezeugt, nämlich als sein Bild; und so habe er, wie er selbst von Natur unsichtbar ist, auch ein unsichtbares Abbild gezeugt."[55] Das will keine Seinsminderung des Sohnes bedeuten. Wenngleich der Vater ungeworden und der Sohn aus dem Vater geworden ist, so bleibt die gleiche göttliche Wesenheit, nämlich die Unsichtbarkeit, und das heißt Geist, ihnen beiden erhalten. Bei Origenes sind die Begriffe ‚ousia' (natura, essentia) und ‚hypostasis' (substantia, existentia, subsistentia) noch nicht exakt festgelegt. Wenn auch nicht dem Begriffe nach, der Sache nach ist das ‚homoousios' von Nizäa vorhanden.[56]

Unsere Überlegungen bestätigt Origenes mit seiner Interpretation der

[52] PA I 2,6 Gö, 135.

[53] PA I 2,6 Gö, 135. Beachte: Ein willentlicher Hervorgang des Sohnes aus dem Vater zerteilt den Vater nicht und gibt doch dem Sohn eigene Existenz.

[54] PA I 2,6 Gö, 135.

[55] A. a. O.

[56] Richard P. C. Hanson, Did Origen apply the word homoousios to the Son? In: Epektasis (FS J. Daniélou). Hrsg. von J. Fontaine u. Ch. Kannengiesser. Paris 1972, 293–303.

nächsten biblischen Auskunft (Hebr 1,3): „Er ist der Glanz der Herrlichkeit Gottes und das Prägebild seines Wesens.“[57] Der Sohn geht aus dem Vater hervor wie der Glanz aus dem Licht, ohne eine Trennung. Glanz ist vom Licht verschieden, aber nie vom Licht getrennt. Glanz macht wahrnehmbar und sichtbar, was Licht ist. Glanz vermittelt (1 Tim 2,5) zwischen den Menschen und dem Licht, gehört aber auf die Ebene des Lichtes. Das will sagen, daß der Sohn Gottes, wenngleich aus dem Vater „geworden“, doch Gott sei. Er ist auch weder materiell noch körperlich.[58]

4.2.4 Abbild des Vaters

Vorsichtig deutet Origenes „Prägemal seines Wesens“ erstens in Richtung Einprägung von Gottes Wesen, d. h. in Richtung eines Offenbarungsmittlers, der in Menschwerdung und Kreuz seine unsichtbare Gottheit „in Übersetzung“ zeigt.[59] Inkarnation und Tod Jesu verendlichen die Gottheit des Sohnes Gottes nicht. Denn es ist noch eine zweite Interpretation möglich: „Man kann auch so sagen: Indem die Weisheit zuerst in sich selbst darstellt, was sie den übrigen offenbaren will, und aus diesen (Darstellungen) Gott von jenen erkannt und begriffen wird, nennt man auch die Weisheit ein ‚Prägebild des Wesens Gottes‘.“[60] Damit ist wiederum betont, daß die Mittlerschaft des Sohnes Gottes keine Depotenzierung seiner Logoswirklichkeit und Gottgleichheit bedeuten kann. Vielmehr handelt es sich um ein Sichtbarmachen des Wesens Gottes, und zwar des Vaters in jener Gestalt, die unserem Erkenntnisvermögen angepaßt ist. Es handelt sich darum, „daß der Sohn Gottes, eingegangen in die geringe Gestalt des menschlichen Leibes, auf Grund der Ähnlichkeit der Werke und der Kraft die ungeheuere und unsichtbare Größe Gott Vaters in sich erkennen ließ [...].“[61] Die Knechtsgestalt des Logos kommt also einer Übersetzung gleich, die das Gleiche, die Gottwesentlichkeit, anders, d. h. in menschlicher Gestalt, ausdrückt. In CC spricht Origenes sogar von Jesus als von einem aus Gottheit und Menschheit zusammengesetzten Wesen.[62]

[57] PA I 2,7–8 Gö, 137–141.
[58] PA I 2,7 Gö, 137 u. 139.
[59] PA I 2,8 Gö, 139 u. 141.
[60] PA I 2,8 Gö, 139.
[61] PA I 2,8 Gö, 141.
[62] Vgl. CC I 66 (GCS 2, 111,20–23; vgl. auch L. Lies, Vom Christentum zu Christus nach Origenes' ›Contra Celsum‹. In: ZKTh 112 (1990, 150–177, hier 164).

4.2.5 Dem Vater gleich an Macht und Herrlichkeit

Anhand der fünf Aussagen über die Weisheit (Weish 7,25f.), nämlich Kraft Gottes zu sein, Herrlichkeit, ewiges Licht, Wirkkraft und Güte Gottes, betont Origenes, daß der Sohn als eine zweite Wirklichkeit, als eine für sich existierende Kraft charakterisiert werde, die von dem einen ewigen Vater ihr ewiges Sein ableite. Besonders der Ausdruck „Dunsthauch von Gottes Kraft“[63] beweist ihm dies. Unter ‚Kraft Gottes‘ versteht Origenes die Stärke, die Vorsehung, die Schöpfermacht über Sichtbares und Unsichtbares, ja die alles Geschaffene zusammenhaltende Gegenwart Gottes. „Der ‚Dunsthauch‘ und sozusagen die Stärke dieser ganzen großen, ungeheueren ‚Kraft‘ nahm nun eine selbständige Existenz an.“[64] Diese ist der Sohn. Und: „Es gibt aber keine (Zeit), zu der sie [die Kraft] nicht war.“[65] Mit dem Vater ist seine Kraft, der Sohn geworden, aber immer gegeben, und zwar in selbständiger Existenz.

Origenes diskutiert anschließend die biblische Aussage, die Weisheit sei „Ausfluß der Herrlichkeit des Allmächtigen“.[66] Origenes betont, das Wort ‚allmächtig‘ setze voraus, daß alles existieren muß, über das jemand Macht habe, um ihn als allmächtig bezeichnen zu können. Würde etwas zeitlich später hinzukommen, wäre er vorher nicht allmächtig. Für die göttliche Allmacht heißt dies, daß alles von Ewigkeit her existiert haben muß, über das Gott seine Allmacht ausübt. Dieses „alles“ meint jedoch nicht die Schöpfung in der Zeit, sondern vor der Zeit, letztlich den Logos als Wahrheit, in dem alles, was Gott will, enthalten ist: „Daraus möge er (man) erkennen, daß die Bezeichnung ‚der Allmächtige‘ bei Gott nicht die Priorität haben kann vor der Bezeichnung ‚Vater‘, denn durch den Sohn ist der Vater allmächtig.“[67] Daraus folgt aber zugleich, daß auch der Sohn allmächtig sein muß, der das Wort und die Weisheit des Vaters ist.[68] Noch einmal verdeutlicht Origenes dies an dem Ausdruck „Ausfluß der Herrlichkeit des Allmächtigen“ (Weish 7,25), mit dem die Heilige Schrift die Weisheit bezeich-

[63] PA I 2,9 Gö, 143 u. 145.
[64] PA I 2,9 Gö, 143.
[65] PA I 2,9 Gö, 143.
[66] PA I 2,10 Gö, 145–151.
[67] PA I 2,10 Gö, 147.
[68] PA I 2,10 Gö, 149. Dieser Text gilt manchen als von Rufin verdeutlichend eingeschoben, um den Subordinatianismus des Origenes abzuschwächen. Dem muß nicht so sein. In CC 8,14 (GCS 3, 231, 11–20) haben wir einen Paralleltext. Zugleich aber auch CC 2,9 (GCS 2, 135,24–26): „So lehren auch wir, daß Gott, das Wort, der Sohn des allmächtigen Gottes es ist, der in Jesus gesprochen hat.“ Vgl. zum ganzen L. Lies, Vom Christentum zu Christus nach Origenes’ ›Contra Celsum‹. In: ZKTh 112 (1990), 150–177, hier 160.

net. Damit hat die Weisheit, d. h. Christus an der Allmacht Gottes teil. Diese Allmacht Gottes umfaßt durch den Logos alles, was der Logos allmächtig leitet, aber auch die Freiheiten, auf die der Logos (durch seine Verkündigung) Macht ausübt, ohne diese Freiheiten zu besetzen oder zu zerstören. „Gott Vater ist allmächtig dadurch, daß er die Herrschaft über alle Dinge hat, über Himmel und Erde, Sonne, Mond und Sterne und alles, was darinnen ist (vgl. Ps 145 [146] 6). Die Herrschaft darüber übt er durch sein Wort aus, da ja ‚im Namen Jesu jedes Knie sich beugt derer, die im Himmel, auf Erden und unter der Erde sind' (Phil 2,10). Und wenn sich jedes Knie vor Jesus beugt, dann ist es zweifellos Jesus, ‚dem alles untertan ist', und er selbst ist es, der in allem die Herrschaft ausübt und ‚durch den alles dem Vater untertan ist' (vgl. 1 Kor 15,27f.): denn es ist durch die Weisheit, d. h. durch den Logos (Wort und Vernunft), nicht durch Gewalt und Zwang unterworfen. Und so liegt eben darin, daß er alles beherrscht, seine Herrlichkeit; sie ist die ‚reinste und klarste Herrlichkeit' der Allmacht, weil alles durch Logos und Weisheit [cum ratione et sapientia], nicht durch Gewalt und Zwang [vi et necessitate] unterworfen ist."[69] So hat Origenes neuerlich die „Gleichwesenhaftigkeit" von Vater und Sohn erwiesen und die Unterschiedenheit der Personen betont.

Damit steht aber auch die Unterschiedenheit der Herrlichkeit des Logos von anderen Herrlichkeiten, des Wesens des Sohnes Gottes vom Wesen der geschaffenen Dinge zur Diskussion an. Einen Hinweis sieht der Alexandriner im Ausdruck „reinste und klarste Herrlichkeit". Der Unterschied zu einer im klassischen Sinn geschaffenen Herrlichkeit liegt darin, daß der Logos die Herrlichkeit des Vaters schlechthin ist, während die endlichen Wirklichkeiten diese Herrlichkeit nur akzidentiell besitzen. Sie können sie einmal mehr tragen, können sie zum anderen aber wieder verlieren. Daher kann ihre Herrlichkeit nicht „rein und klar" genannt werden. „Aber die Weisheit Gottes, die sein eingeborener Sohn ist, ist in allen Stücken unwandelbar und unveränderlich [inconvertibilis et incommutabilis]; alles Gute ist in ihm als Wesenseigenschaft [substantiale] und kann darum niemals verändert oder umgewandelt werden; und deshalb wird ihre Herrlichkeit als rein und lauter bezeichnet."[70] Diese Gedanken dürften nicht rufinische Überformungen sein, allenfalls Paraphrasen. Sie finden sich auch in CC.[71]

Die Heilige Schrift nennt die Weisheit „Glanz des ewigen Lichtes" (Weish 7,26). Hier kommt es Origenes auf das „ewig" an. Er definiert „ewig" als das, „was weder einen Anfang des Seins [initium ut esset] hatte

[69] PA I 2,10 Gö, 149 u. 151.

[70] PA I 2,10 Gö, 151.

[71] Vgl. zum ganzen L. Lies, Vom Christentum zu Christus nach Origenes' ›Contra Celsum‹. In: ZKTh 112 (1990), 150–177.

noch jemals aufhören kann zu sein, was es ist.“[72] Wenn die Weisheit Glanz des ewigen Lichtes ist, dann ist sie selbst auch der ewige Glanz des ewigen Lichtes. „Wenn dieser Satz in seiner vollen Bedeutung verstanden wird, so ergibt sich klar, daß das Sein des Sohnes vom Vater selbst herabsteigt [subsistentia filii ab ipso patre descendit]; aber nicht in der Zeit [non temporaliter] und von keinem anderen Anfang aus als, wie gesagt, von Gott selbst.“[73]

Weiter beschreibt die Heilige Schrift die Weisheit als „fleckenlosen Spiegel von Gottes Wirkkraft“ (Weish 7,26). Ein Spiegel bildet exakt ab. Wird die Weisheit als fleckenloser Spiegel von Gottes Wirkkraft angesehen, dann bildet sie ohne Abweichung des Vaters Kraft ab, mit der er wirkt, „wenn er schafft, wenn er seine Vorsehung walten läßt, wenn er richtet, wenn er die einzelnen Dinge zu ihrer Zeit ordnet und verwaltet.“[74] Und damit hat Origenes eine Erklärung des anderen, nun neutestamentlichen Bibelzitats gefunden: „Die Werke, die der Vater tut, tut gleicherweise auch der Sohn. Der Sohn kann nichts von sich selber tun, außer was er den Vater tun sieht“ (Joh 5,19). Daß es sich um einen „fleckenlosen“ Spiegel handelt, sagt für Origenes: Zwischen Vater und Sohn besteht kein Unterschied in der Wirkmacht, keiner in der Bewegung, überhaupt keine Unähnlichkeit.[75] Solche und die folgenden Argumentationen richten sich vor allem gegen jene gnostischen Gruppen, die zwischen Vater und Sohn das Gefälle von Gott und Demiurgen vertraten. Origenes betont daher: Es sei nicht so, daß der Sohn im materiellen Bereich das wirke, was der Vater vorher in geistigen Substanzen gestaltet habe. Die Begründung, die Origenes anführt, ist nicht leicht einzusehen: Im Evangelium heißt es nicht, daß der Sohn „Gleichartiges“ [similia facere] tut, sondern daß er dasselbe „gleicherweise“ [similiter facere] tut.[76] Origenes hebt hier hervor, daß der Akt, mit dem der Sohn etwas tut, nicht verschieden ist von dem Akt des Vaters. Es ist ein und dasselbe identische Wirken. Es kann auch nicht in verschiedene Bereiche aufgeteilt werden, als ob der Vater für das Wirken im Reich der geistigen, der Sohn im Bereich der materiellen Wirklichkeiten zuständig sei. – Kurzum, das Bild vom Spiegel ermöglicht es Origenes, die wesensgleiche und identische Kraft von Vater und Sohn auszusagen. Oder anders, allgemeiner: Alles, was der Vater hat, hat auch der Sohn.

[72] PA I 2,11 Gö, 153.
[73] A. a. O.
[74] PA I 2,12 Gö, 153.
[75] A. a. O.
[76] PA I 2,12 Gö, 155.

4.2.6 Subordinatianismus

Über den origenischen Subordinatianismus wurde viel diskutiert, so daß wir nicht umhin können, auf diese Frage noch gesondert einzugehen.

Erstens bleibt wahr, was Hanson aufgewiesen hat: Origenes dürfte den Begriff der Wesensgleichheit von Vater und Sohn ‚homoousios' nicht verwendet haben.[77] Hanson liefert den Beweis in einer Argumentation ›ex impossibilitate‹. Die unmittelbaren Schüler des Origenes verwenden ‚homoousios' nicht, ja lehnen den Begriff ab. Die späteren Verteidiger (nach dem Konzil von Nicäa) des Alexandriners wollen die Rechtgläubigkeit des Origenes verteidigen und fügen diesen Begriff ein, werden aber dann widersprüchlich, da sie einmal Vater und Sohn als zwei Ousiai lehren und zugleich Vater und Sohn als homoousioi bekennen. Origenes kann daher den Begriff noch nicht gekannt und verwendet haben. Kommt er vor, ist er Interpolation seiner Verteidiger.

Zweitens: Es ist aber auch wahr, was Wolfgang Marcus[78] herausgearbeitet hat. Origenes kann wohl von zwei Ousiai, der des Vaters und des Sohnes sprechen. Zugleich finden sich Texte, die den Sohn dem Vater unterordnen. Die Frage lautet daher, ob wir es mit einem ontisch-ousiologischen Subordinatianismus zu tun haben, der im Sohn eine reale Wesensminderung gegenüber dem Vater sieht. Oder haben wir es mit einer ganz anderen Art, nämlich mit einem gnoseologisch-ökonomischen Subordinatianismus zu tun, der seinerseits den ersten nicht nur ausschließt, sondern sachlich die Wesensgleichheit von Vater und Sohn fordert. Es gelingt Marcus, diesen letzteren besonders in CC, aber auch in PA nachzuweisen.

4.2.7 Systematische Einsichtnahme

Origenes geht es in dem voranstehenden Themenkreis „Sohn" (PA I 2) um drei grundsätzliche Einsichten.

Erstens ist der Sohn gegenüber dem Vater eine eigene Wirklichkeit. Die Begriffe, die diese eigenständige Wirklichkeit ausdrücken, sind noch nicht ganz klar: Substanz, Natur, Wesen, Subsistenz, Existenz [ousia und hyposta-

[77] Richard P. C. Hanson, Did Origen apply the word homoousios to the Son? In: Epektasis (FS J. Daniélou). Hrsg. von J. Fontaine und Ch. Kannengiesser. Paris 1972, 293–303.

[78] Wolfgang Marcus, Der Subordinatianismus als historiologisches Problem. Ein Beitrag zu unserer Kenntnis von der Entstehung der altchristlichen ‚Theologie' und Kultur unter besonderer Berücksichtigung der Begriffe OIKONOMIA und THEOLOGIA. München 1963, 152–163.

sis]. Klar ist jedoch die Sache. Dem Sohn kommt gegenüber dem Vater eine eigene wirkliche Existenz zu.

Zweitens: Um einen Zweigott-Glauben zu vermeiden, betont Origenes bei der Verschiedenheit der Existenz von Vater und Sohn die Einheit. Der Grund der Einheit liegt im Vater. Der Sohn wird ihm zugeordnet in ontologischer Gleichheit (Wort, Glanz, Macht, Kraft, Herrlichkeit). Dies geschieht aber in logischer Nachordnung. Logisch folgt der Glanz dem Licht. Ontologisch ist dort, wo Licht ist, auch Glanz. Wenn wir die Begrifflichkeiten von Marcus übernehmen, so müssen wir sagen: Origenes kennt einen gnoseologisch-heilsökonomischen Subordinatianismus, der jedoch einen ontisch-ousiologischen Subordinatianismus gerade ausschließt.

Drittens: Origenes deutet das Werden des Logos, das in Zeugung (Sohn), in Sprechen (Wort) etc. geschieht, nicht als Seinsminderung des Logos. Jedoch besteht eine Abhängigkeit des Sohnes gegenüber dem Vater. Der Sohn ist in Freiheit vom Vater von Ewigkeit her gewollt. So bietet sich für Origenes die Möglichkeit, alle gnostischen Emanationen aus dem Gottesbild zu verbannen.

4.3 Der Heilige Geist

4.3.1 Bezeugt durch die Schrift

Zur Frage der geistigen, d. h. immateriellen Wirklichkeit Gottes, die keine Trennung wie im materiellen Bereich zuläßt, gehört auch die nach dem Heiligen Geist. Sie ist für Origenes besonders schwierig zu beantworten. Den Vater könnte man noch aus der Schöpfung erschließen. Einige Philosophen machen zudem die Existenz eines Logos plausibel. Hingegen sind Existenz und Eigenart des Heiligen Geistes nur aus der Heiligen Schrift Alten und Neuen Testamentes zu vermitteln.[79] Für uns ist die Interpretation der Kapitel I 3,1–4,5 doppelt schwer, weil sich hier Gedanken finden, die von Rufin erst nach den kirchlichen Aussagen um das Konzil von Konstantinopel (381) eingeführt werden konnten und so die authentischen Aussagen des Origenes in Richtung der späteren kirchlichen Lehre verdeutlichen und damit vielleicht verfälschen. Hinzu kommt, daß Hieronymus, Justinian etc. ganz andere Akzente setzen als die Paraphrase des Rufin.[80] Dennoch

[79] PA I 3,1–4 Gö, 159–169.

[80] Vgl. zur Interpretation von PA I 3 u. a. Manlio Simonetti, Sull' interpretazione di un passo del ›De principio‹ di Origene (I 3,5–8). In: Riv. di cult. class. e med. 6 (1964), 15–32; Helmut Saake, Der Tractatus-philosophicus des Origenes in ›Peri Archon‹ I 3. In: Hermes 101 (1973), 91–114; Ders., La notion de la Trinité à visée pansotériologique chez Origène et son déplacement intra-ecclesial chez Athanase d'Alexandrie. In:

gilt: Viele Stellen der Heiligen Schrift zeigen die Existenz des Heiligen Geistes.[81]

Origenes folgert daraus aber auch das Wesen [substantia] des Heiligen Geistes. Erstens wird der Heilige Geist bei der Taufe in gleichem Atemzug mit Vater und Sohn genannt, gehört also – was das Heil der Menschen betrifft – zu des Vaters und des Sohnes Heilswirksamkeit. Gott ist damit als dreifaltig charakterisiert.[82] Zweitens wird die Sünde wider den Heiligen Geist nicht vergeben.[83] Der Heilige Geist muß daher von überragender Wirklichkeit sein. Drittens wird er in der Schrift niemals „Geschöpf" [ktisma] genannt, obwohl man es im Zusammenhang mit der Logos-Weisheit findet.[84]

4.3.2 Gleichewig dem Vater und dem Sohn

Mehrere Positionen sind ausgeschlossen: Erstens könnte man annehmen, daß der Heilige Geist größer sei als der Logos, denn die Sünde wider Christus wird vergeben, die wider den Heiligen Geist nicht.[85] Der Heilige Geist ist jedoch nicht größer als der Vater und der Sohn. Letztlich gründet das darin, daß der Vater Ursprung des Sohnes und des Geistes ist.[86]

Zweitens ist der Heilige Geist nicht im Laufe der Zeit Gott gleich geworden. Origenes erkennt das daraus, daß sowohl der Sohn als auch der Heilige Geist den Vater offenbaren, also den Vater auf eine Weise kennen, wie es sonst keinem Menschen zukommt.[87] Dabei muß man annehmen, daß der Heilige Geist dieses offenbarte Wissen nicht vom Sohn hat, sondern gleich ursprünglich. Andernfalls müßte man annehmen, daß der Heilige Geist einen Erkenntnisfortschritt gemacht habe von der Nichtkenntnis zur Kenntnis des Vaters und letztlich erst dann zum Heiligen Geist geworden wäre. Der Heilige Geist wäre „veränderlich" und nicht Gott.[88] Damit steht der Heilige Geist auf der Höhe von Vater und Sohn und ist gottgleich.[89]

Ch. Kannengiesser (Hrsg.), Politique et Théologie chez Athanase d'Alexandrie. Paris 1974, 295–304; Henri Crouzel, Les personnes de la Trinité sont-elles de puissance inégal selon Origène, ›Peri Archon‹ I 3,5–8. In: Gregorianum 57 (1976), 109–125.

[81] PA I 3,2 Gö, 161.

[82] A. a. O.

[83] A. a. O.

[84] PA I 3,3 Gö, 163.

[85] PA I 3,2 Gö, 161.

[86] PA I 3,7 Gö, 177 u. 179.

[87] PA I 3,4 Gö, 167.

[88] PA I 3,4 Gö, 169.

[89] PA I 3,5 Gö, 169.

4.3.3 Unterschieden in der Wirkweise

Origenes argumentiert nach dem Aufweis der trinitätsimmanenten „Gleichwesenhaftigkeit" folgerichtig, wenn er anschließend die Unterschiedenheit von Vater, Sohn und Geist aus ihren verschiedenen heilsökonomischen Funktionen ermitteln will. Origenes nimmt den Gedanken der Tauformel wieder auf. Allerdings, so weisen Texte des Hieronymus und des Justinian und sogar eine Bemerkung des Rufin aus, dürfte Origenes hier mißverständlich geredet haben. Einerseits muß die „vollständige Trinität" dieses Heil der Taufe wirken. Andererseits müssen dem Vater, dem Sohn und dem Geist verschiedene Funktionen zukommen. Es ist also bei unserer Analyse der verschiedenen Funktionen zu beachten, daß es um das eine Wirken der Trinität geht: „Hier scheint es mir angebracht, zu untersuchen, was der Grund dafür ist, daß einer, der durch Gott ‚wiedergeboren wird' (vgl. 1 Petr 1,3) zum Heil, des Vaters, des Sohnes und des heiligen Geistes bedarf und das Heil nicht empfängt, wenn nicht die Trinität vollständig [integra trinitas] ist; und daß es nicht möglich ist, des Vaters und des Sohnes teilhaftig zu werden ohne den heiligen Geist. Bei dieser Erörterung ist es nun erforderlich, das besondere Wirken des heiligen Geistes und das des Vaters und des Sohnes abzugrenzen."[90]

Man beachte, die Analyse der Verschiedenheit der trinitarischen Funktionen dient der Einheit des Heils. Das hat, wie das folgende Zitat ausweist, Justinian nicht gesehen: „*Ich glaube*, daß Gott Vater, der das All zusammenhält, zu jedem Seienden durchdringt und einem jeden aus seinem eigenen (Sein) verleiht zu sein, was es ist. Weniger weit als der Vater (wirkt) der Sohn, der nur zu den vernunftbegabten Geschöpfen hindurchdringt, denn er steht an zweiter Stelle nach dem Vater; noch weniger weit der heilige Geist, der nur bis zu den Heiligen hindurchdringt. Insofern ist also die Macht des Vaters größer als die des Sohnes und des heiligen Geistes; größer sodann die des Sohnes als die des heiligen Geistes; und die Wirksamkeit des heiligen Geistes ihrerseits übertrifft die von allem, was sonst heilig ist."[91] Justinian schreibt so, als ob Origenes einen ontisch-ousiologischen Subordinatianismus propagierte, der eine massive stufenweise Seinsminderung von Vater über Sohn zu Geist einschließt. Auch Hieronymus, der ja gerne dogmatisch formuliert, äußert sich in diese Richtung.[92] Hingegen behält die Übersetzung des Rufin die Frage des Zusammenwirkens der verschiedenen Heilsfunktionen von Vater, Sohn und Geist im Auge. Denn

[90] PA I 3,5 Gö, 169.

[91] Fr. 9, Just. Ep. ad Menam (p. 208,26–32 Schw.), gr. Text hier Gö, 168, dt. Text Gö, 169 u. 171.

[92] Hier: Ep. 124,2 (p. 98,1–6 Hi.), lat. Text Gö, 168.

mitten in der Diskussion der Verschiedenheit der Funktionen erinnert er an die Einheit: „Damit ist ganz klar gesagt, daß es in der Trinität keine Unterscheidung [discretio, hier besser Trennung] gibt, sondern das, was ‚Gabe des Geistes' heißt, durch den Dienst des Sohnes vermittelt und von Gott Vater gewirkt wird. ‚Dies alles aber wirkt ein und derselbe Geist und teilt einem jeglichen zu, so wie er es will' (1 Kor 12,11)."[93] Und Origenes fährt fort: „Nach diesen Erklärungen bezüglich der Einheit von Vater, Sohn und heiligem Geist wollen wir nun zum begonnenen Ablauf unserer Erörterung zurückkehren."[94]

Nach Rufins Paraphrase sieht die Unterschiedenheit der Funktionen (zunächst wohl Justinian und Hieronymus recht gebend) folgendermaßen aus: Der Vater gibt als Ursprung von allem überhaupt das Sein und kann sich auf alles, was existiert, beziehen. Der Sohn als der Logos bezieht sich nur auf die vernunftbegabte Schöpfung, die an ihm durch ihre Vernünftigkeit naturhaft schon Anteil hat, während der Heilige Geist die vernunftbegabte Schöpfung heiligt. Auf den ersten Blick kommt dem Vater die umfänglichste Wirksamkeit zu, dem Sohn eine relativ eingeschränkte, dem Heiligen Geist die am wenigsten umfängliche, eine Aussage, die zu den eben erwähnten Mißverständnissen und Beschuldigungen gegenüber Origenes geführt hat.

Origenes beweist die Verschiedenartigkeit der Wirksamkeit der drei göttlichen Personen wiederum aus der Heiligen Schrift.[95] Natürlich interessiert ihn besonders die Wirksamkeit des Heiligen Geistes, insofern sie als Heiligung bezeichnet wird.[96] Aber plötzlich kommt eine zweite Sicht auf, die heilsökonomische. Origenes faßt zusammen: Der Heilige Geist ist der Geist der Erneuerung einer geistbegabten Schöpfung; er schafft sich selbst das neue Gottesvolk, läßt den alten Sauerteig vergehen und zeigt sich im auferstandenen Christus als der, der den ersten der Entschlafenen lebendig macht. Obwohl selbst Gott, ist er doch nicht mit Vater und Sohn identisch.

Diese verschiedenen Wirksamkeiten von Vater, Sohn und Geist bedeuten Verschiedenheit, jedoch nicht Trennung; sie sind gerade in ihrer Verschiedenheit und vermeintlichen Begrenztheit aufeinander abgestimmt. Origenes zeigt diese Abstimmung am Aufstieg der Seele zu Gott und betont sie durch „umgekehrt" [rursum]. Er zeigt die neue Perspektive auf von unten nach oben. Wiederholen wir es nochmals. Zunächst gilt:

„Gott Vater verleiht allen Geschöpfen das Sein; die Teilhabe an Christus

[93] PA I 3,8 Gö, 179.

[94] A. a. O.

[95] PA I 3,6 Gö, 174 u. 175.

[96] Wiederum findet Origenes dazu viele Hinweise im Neuen Testament; vgl. PA I 3,7 Gö, 175, 177 u. 179.

aber, insofern er der Logos ist, macht sie vernünftig. Infolgedessen können sie entweder Lob oder Tadel verdienen, da sie zur Tugend und zur Schlechtigkeit fähig sind. Daher tritt folgerichtig noch die Gnade des heiligen Geistes hinzu, um die, die nicht wesenhaft heilig sind, durch Teilhabe an ihm heilig zu machen. Sie haben also (1) das Sein von Gott Vater, (2) das Vernünftig-Sein vom Logos, (3) das Heilig-Sein vom heiligen Geist; und umgekehrt[97] werden sie erst nach der Heiligung durch den heiligen Geist fähig, Christus aufzunehmen, insofern er Gottes Gerechtigkeit ist; und wer durch die Heiligung des heiligen Geistes zu dieser Stufe gelangt ist, erlangt außerdem auch die Gabe der Weisheit durch die Wirksamkeit des heiligen Geistes. [...] Dadurch erscheint auch das Wirken des Vaters, das allen das Sein verleiht, strahlender und erhabener, wenn ein jeder durch die Teilhabe an Christus, sofern er die Weisheit, die Erkenntnis und die Heiligung ist, zu höheren Stufen fortschreitet; und wenn man durch die Teilhabe am heiligen Geist geheiligt ist, wird man noch reiner und lauterer und empfängt würdiger die Gnade der Weisheit und der Erkenntnis. Schließlich, wenn man alle Flecken der Unreinheit und der Unwissenheit entfernt und abgewaschen hat, gelangt man zu einem solchen Grad von Lauterkeit und Reinheit, daß das Sein, das man von Gott empfangen hat, so beschaffen ist wie es Gottes würdig ist, der ja das Sein in reiner und vollkommener Weise verliehen hat. Dann hat das Seiende die gleiche Würde wie der, der es ins Sein rief. Denn wer genau so ist, wie sein Schöpfer ihn wollte, wird dann auch von Gott die Gnade erhalten, daß seine Tugend Dauer hat und auf ewig bleibt. Damit dies eintreffe und damit unaufhörlich und untrennbar mit dem, der da ist, vereinigt seien, die von ihm geschaffen sind: zu diesem Zweck hat die Weisheit die Aufgabe, die Geschöpfe zu lehren und zu erziehen und zur Vollkommenheit zu führen mit der Stärkung und unaufhörlichen Heiligung des heiligen Geistes, durch die allein sie Gott fassen können. [...] Je mehr wir von dieser Seligkeit kosten, um so mehr muß in uns das Verlangen danach sich ausbreiten und wachsen; immer glühender und vollkommener müssen wir den Vater, den Sohn und den heiligen Geist in uns aufnehmen und festhalten."[98]

War der erste Gedanke von der Begrenztheit der Tätigkeiten von Sohn und Geist zunächst gemäß der Schöpfungsordnung entwickelt worden, so zeigen sich im Umkehrverhältnis, nämlich in der Erlösungsordnung die besonderen Wirksamkeiten und so auch ihre trinitarische Funktion in ihrer Einheit. Origenes ist sachlich wieder bei der Frage nach der Bedeutung der Taufformel angekommen.

Obwohl der Heilige Geist „nur" für die geistigen Seienden zuständig ist

[97] Hier beginnt die neue Perspektive, nun nicht mehr von oben nach unten (katabatisch), sondern von unten nach oben (anabatisch).

[98] PA I 3,8 Gö, 179, 181, 183 u. 185.

und dort besonders für ihre Heiligung, so steht er wegen der Heiligung dennoch nicht über Vater und Sohn. Wäre dem so, wäre das gegen die Einheit in Gott. Daher muß man die Funktionen des Geistes auch als Tätigkeit des Vaters und des Sohnes bezeichnen. „Damit ist ganz klar gesagt, daß es in der Trinität keine Unterscheidung [discretio, hier besser Trennung] gibt, sondern das, was ‚Gabe des Geistes' heißt, durch den Dienst des Sohnes vermittelt und von Gott Vater gewirkt wird. ‚Dies alles aber wirkt ein und derselbe Geist und teilt einem jeglichen zu, so wie er will' (1 Kor 12, 11)."[99]

Am menschlichen Heilsweg des Aufstieges zu Gott kann Origenes gut zeigen, daß der Vater, der Sohn und der Geist je verschieden zusammenarbeiten, damit der Mensch sein ewiges Ziel erreicht. Er kann aber auch aufzeigen, daß der dreifaltige Gott, wenn es um das Heil geht, immer als Dreieinheit wirkt: „Doch wir wollten die Wohltaten Gottes aufzeigen, die uns durch Vater, Sohn und heiligen Geist erwiesen werden, deren Dreiheit der Quell aller Heiligkeit ist, [...]."[100]

4.3.4 Geworden vor der Zeit, nicht geschaffen in der Zeit

Origenes hatte betont, daß der Heilige Geist nicht geschaffen und deshalb von gleicher Würde wie Vater und Sohn ist. Dennoch muß er da und dort doch von einem Werden des Heiligen Geistes gesprochen haben, das seine Gegner leicht als Ktisma in der Zeit deuten konnten, das ganz ähnlich dem Werden des Logos (von Ewigkeit her geworden durch den ewigen Willen des Vaters) Verwirrung stiftete. Rufin hat die entsprechenden Stellen wohl unterdrückt. Hätte Origenes deutlicher geredet, wären Nachrichten, die wir besitzen, unverständlich. Justinian überliefert von Origenes: „... Daß nun alles, was es auch sei, außer dem Vater und Gott des Alls, geworden [geneton; an anderer Stelle ktisma] ist, nehmen wir auf Grund logischer Folgerung an."[101] Sogar Rufin erwähnt diese Unklarheit. Origenes betone einerseits, in der Schrift keinen Hinweis auf das Gewordensein [factus] oder das Geschaffensein [creatus] des Heiligen Geistes gefunden zu haben. In seinen Ausführungen rechne er ihn dann doch unter die Geschöpfe [creatura].[102] Wenn man der Nachricht des Hieronymus[103] glauben kann, dann bezieht sich die Inkonsequenz des Origenes entsprechend dem eben nach Justinian zitierten Text auf die Erkenntnis, daß alles, was nicht Gott Vater

[99] PA I 3, 8 Gö, 179.
[100] PA I 4, 2 Gö, 187.
[101] Fr. 7, Just. Ep. ad Menam [p. 210, 7–10 Schw.]; Gö, 163.
[102] Vgl. Ruf. De adult. 1, 28–32 Gö, 162.
[103] Hier: Ep. 124, 2 [p. 97, 23–89, 1 Hi.]; Gö, 162.

ist, geworden sein muß. Das muß nicht subordinatianistisch verstanden werden, sondern kann ganz in Analogie zur Zeugung des Sohnes aus dem Vater, die ja auch ein Werden des Sohnes, wenngleich ein ewiges Werden ist, gedeutet werden. Dies muß man nicht gemäß der vergröbernden Nachricht des Epiphanius verstehen, der Heilige Geist sei vom Sohn geschaffen und so nach Origenes ein Geschöpf eines Geschöpfes [ktisma ktismatos].[104] Man darf also die Befürchtung des Rufin, Origenes widerspreche sich selbst, nicht allzu ernst nehmen, da die Unterscheidung von Werden einerseits und aus Nichts (sc. geschaffen) Werden andererseits sprachlich noch nicht entwickelt war. Es paßt durchaus zu Origenes, ein ewiges Werden des Heiligen Geistes anzunehmen, das von dem des Sohnes unterschieden ist und doch nicht Geschöpflichkeit und vor allem nicht Zeitlichkeit und Materialität besagt. Schließlich haben die Väter des Konzils von Konstantinopel (381) auch „nur" von einem „Hervorgehen" des Heiligen Geistes zu reden gewußt. Hinweise für unsere Deutung finden wir in den Bezeichnungen der Sendung des Geistes durch den Vater, in dem Einwohnen des Geistes in der Seele des Menschen, in der Verleihung des Heiligen Geistes an die Apostel etc.[105] Texte in der rufinischen Übersetzung dürften nicht immer rufinische Glättungen sein. Wären sie es, so hätten sie klarer zu sein und würden nicht, wie der folgende, aus Bibelzitaten bestehen: „Man darf aber überhaupt nichts in der Trinität größer oder kleiner nennen, da der eine Quell der Gottheit mit seinem Logos alles umfaßt, mit dem ‚Geist seines Mundes' aber heiligt, was der Heiligung würdig ist. So steht es in Psalm (Ps 32 [33], 6): ‚Durch das Wort des Herrn sind die Himmel gefestigt, und durch den Geist seines Mundes all ihre Macht'."[106]

Wir haben es hier mit den beginnenden, vielleicht sprachlich noch stümperhaften Versuchen zu tun, eine Einheit und Verschiedenheit von Vater, Sohn und Geist zu denken, ohne den biblischen klareren Aussagen über Gott den Vater, den Ungewordenen und Ewigen, den Ursprung von allem, Gewalt anzutun. Origenes ist nämlich bemüht, die Geistfunktion der Heiligung der Tätigkeit des Vaters und des Sohnes dienstbar zu machen.[107]

Diese heilsökonomische Sicht der Wirksamkeit des dreifaltigen Gottes bereitet die weitere Auffassung vor, daß der Abfall des Menschen von Gott nicht momentan, sondern stufenweise geschieht. Erst verliert der Abfallende die Heiligkeit, dann die Vernunft (des Glaubens); wenn Gott der Vater diesen Fallenden nicht im Sein erhalten würde, würde er sich in Nichts auflösen.[108]

104 Vgl. Epiph. Haer. 64, 5, 11; Gö, 162.
105 Vgl. PA I 3, 7 Gö, 175 u. 177.
106 PA I 3, 7 Gö, 179.
107 PA I 3, 8 Gö, 183.
108 Vgl. PA I 3, 8 Gö, 185.

4.3.5 Systematische Einsichtnahme

Erstens: Trotz der schwierigen Argumentation des Origenes, die wir nur gebrochen durch die unterschiedlichen Aussagen des Rufin, des Justinian und des Hieronymus besitzen, kann man mit relativer Sicherheit annehmen, daß Origenes dem Heiligen Geist die Gottheit gleich dem Vater und dem Sohne zugesprochen hat bzw. dies wenigstens wollte. Daher sind alle jene Texte, die einen ontologisch-ousiologischen Subordinatianismus nahelegen, in einer ontologisch-ousiologischen Perspektive zu verstehen. In der Heilsgeschichte sind die göttlichen Funktionen nicht begrenzt.

Zweitens: Der Heilige Geist ist nicht geschaffen in der Zeit, sondern von Ewigkeit geworden vor der Zeit ähnlich dem Logos. Er gehört auf die Ebene des Vaters. Dieses Werden kann aber nur in einer logischen Unterordnung unter den Vater ausgesagt werden. Dieses Werden bedeutet jedoch keine ousiologische Seinsminderung. Damit ist zugleich die Einheit und die dreifache Verschiedenheit in Gott ausgesagt.

4.4 Systematische Verdeutlichung

Origenes gelingt es erstens, trotz der unterschiedlichen Existenzweise des ungewordenen Vaters und des gewordenen (gezeugten) Sohnes und des ebenfalls gewordenen Heiligen Geistes sachlich die Ungeschaffenheit und Geistigkeit des dreifaltigen Gottes nachzuweisen, da der Vater ewige Bewegung ist. Es gelingt dem Origenes zweitens, dieses ewige Werden in Gott vom zeitlichen Werden der Welt abzusetzen und alle emanatianistischen Tendenzen auszuschalten. Es gelingt ihm drittens, die Einheit Gottes und die Eigenwirklichkeit der drei Personen durch den Aufweis aus der Heilsgeschichte zu verdeutlichen.

5. Die Schöpfung

5.1 Die Schöpfung der Geistwesen

Das große Problem der Theologie des Origenes besteht in der von ihm vertretenen geistigen Schöpfung, die ein Mittleres zwischen der ungeschaffenen Wirklichkeit Gottes und unserer Welt ist. Für Origenes gibt es ein ewiges Werden in Gott, ein materielles in dieser Welt und zudem noch ein geistiges Werden der unsichtbaren Welt der Geistwesen, die zwischen Gott und der hiesigen Welt liegt. Das Werden des Sohnes und des Geistes in Gott ist ungeschaffen, geschaffen sind jedoch die werdenden unsichtbaren geistigen

Wesen und unsere sichtbare Welt. Wieso kommt nun Origenes auf diese Schöpfung geistiger Wesen als Zwischenwirklichkeit zwischen Gott und dieser sichtbaren Welt? Tatsächlich erschließt sie Origenes aus dem Zueinander seines Gottes- und Menschenbildes. Systemimmanent postuliert Origenes diese Zwischenwelt aus dem gerechten und guten Schaffen Gottes einerseits und aus der konkreten, vorfindlichen qualitativen Verschiedenheit und so Vielheit der Wirklichkeit dieser Welt andererseits.

Gott ist die Gerechtigkeit schlechthin und schafft deshalb nur Wirklichkeiten, die alle auf gleicher Seinshöhe stehen und allein numerisch verschieden sind. Es wäre in den Augen des Origenes eine Ungerechtigkeit Gottes, der Substanz nach bessere und schlechtere Wesen zu schaffen, etwa Engel, Teufel und menschliche Seelen. Diese qualitative Verschiedenheit muß aus der Selbstbestimmung dieser Wesen selbst kommen. Sie müssen also die Freiheit haben, die Seinshöhe oder Seinsniedrigkeit, auf der sie stehen, selbst zu erringen. Damit wird das Engelsein, das Menschsein oder das Teufelsein einer geistigen Kreatur Ausdruck der Freiheit dieser geistigen Wesen.

Origenes verdeutlicht dies mehrfach im Unterschied zu Gott. Gott kommt das Gutsein und das Gerechtsein wesenhaft zu, allen nicht göttlichen Wesen jedoch nur akzidentell. Gott kann sein Wesen, d. h. sein Gutsein niemals verlieren. Die geschaffenen geistigen Wesen können ihr Gutsein gewinnen oder verlieren, sie können ihr Bösesein sich selbst zuziehen oder es auch wieder aufgeben. Engel, Menschen und Teufel sind daher nicht ihrem Wesen nach gut oder böse, sondern nur ihrer akzidentellen, willentlichen Selbstbestimmung nach. Daher ist der Aufweis dessen, was ein Engel, was ein Teufel, was ein Mensch ist letztlich immer ein Aufweis ihrer eigenen Selbstbestimmung. Man kann sogar sagen, daß die Freiheit und Selbstbestimmung geistiger Wesen geradezu ein Indiz für die Endlichkeit dieser geistigen Schöpfung abgibt. Moralisches Gutsein wird zum ontischen Gutsein.

5.1.1 Ewigkeit der Geistwesen

Zunächst betont Origenes gerade vom Gedanken der Unveränderlichkeit her, daß Gott in ewiger Bewegung sein muß. Wäre er es nicht, hätte er sich gewissermaßen nur irgendwann einmal bewegt, dann hätte er sich verändert und wäre veränderlich. Faktisch gibt es aber die Schöpfung. Hat er sich also doch irgendwann bewegt und etwas getan, das er vorher noch nicht getan hatte? Das „Irgendwann“ und so die Zeitlichkeit schließt Origenes aus mit der Vorstellung von der ewigen, unveränderlichen Bewegung Gottes. Da Gott ewige Bewegung ist und seine Kräfte, der Heilige Geist und der

Logos, ewig in Bewegung sind, muß, falls es tatsächlich eine Schöpfung durch Gott geben soll, diese Schöpfung von gleicher zeitlicher Ewigkeit sein wie Gott selbst:

„Dies also nennen wir die selige und ursprunghafte Trinität. Dies ist der gute Gott, der gütige Vater aller; gleichzeitig auch die wohltätige, weltschöpferische und vorsehende Kraft. Daß diese Kräfte Gottes auch nur für einen Augenblick einmal untätig gewesen wären, das ist eine gleichzeitig unsinnige und gottlose Annahme. Denn es ist unerlaubt, auch nur eine leichte Vermutung zu hegen, daß diese Kräfte, durch die Gott zuvörderst in angemessener Weise erkannt wird, jemals ohne eine ihnen entsprechende Tätigkeit und ohne Bewegung gewesen wären. Denn man kann nicht annehmen, daß sie, die in Gott sind, ja, die Gott sind, von außen gehindert wurden, und auch nicht, daß es zwar kein Hindernis gab, sie aber aus Unlust oder Nachlässigkeit nicht tätig waren und etwas Angemessenes wirkten. Und so kann man keinen Augenblick denken, in dem nicht jene wohltätige Kraft wohlgetan hätte. Daraus folgt, daß es immer (Wesen) gab, denen sie wohltun konnte, nämlich ihre Geschöpfe, und denen sie, nach Ordnung und Verdienst wohltuend, ihre Wohltaten kraft der Vorsehung zuteilen konnte. So ergibt sich, daß Gott zu keiner Zeit nicht Schöpfer, Wohltäter und Vorsehung-Übender war.“[1]

Der Gedanke ist klar. Der Vater wäre nicht ewig, würde er nicht ewig im Logos und im Geist, seinen beiden Kräften, wirken. Daher muß es auch eine ewige Wirkung bzw. ein ewiges Ziel dieser Wirkungen geben: die ewige Schöpfung in Gott. Diese Schöpfung muß geistig sein, weil in Gott nichts Materielles gefunden werden kann. Zugleich betont Origenes auch, diese Schöpfung sei ewig in der Weisheit Gottes, d. h. im Logos aufgehoben, weil der Logos die ordnende Kraft des Vaters ist und der Vater immer einen Sohn gehabt hat.[2] Origenes formuliert: „Auf diese Weise können wir vielleicht, soweit es unserer Schwachheit möglich ist, zu einer frommen Auffassung von Gott kommen: einerseits nicht behaupten, daß die Geschöpfe ungeworden und gleich ewig mit Gott seien, andererseits aber auch nicht, daß Gott, nachdem er vorher nichts Gutes gewirkt habe, sich verändert habe zum Wirken hin.“[3] Man beachte hier, daß Origenes zwei Ewigkeiten kennt: eine der geschaffenen Schöpfung und eine des ungeschaffenen Schöpfers.

Untersuchen wir die Implikationen dieses Gedankens: Origenes kennt eine geistige, ewige Schöpfung, die ihr Sein und Dauern ganz in Gott hat. Sie ist auf eine andere Weise geworden als etwa der Heilige Geist und der Sohn geworden sind. Letztere sind eben nicht geschaffen. Es gibt also eine

[1] PA I 4,3 Gö, 189.
[2] Vgl. PA I 4,4 Gö, 191.
[3] PA I 4,5 Gö, 191.

geschaffene Wirklichkeit, die aufgrund von Gottes Ewigkeit ohne Anfang und ohne Ende geworden ist. Und es gibt die ungewordene und ungeschaffene Wirklichkeit des Vaters ohne Anfang und Ende, zudem das ungeschaffene ewige Werden des Sohnes (und des Geistes). Die geschaffene ewige geistige Welt ist „Praeformatio“ oder „Praefiguratio“ gegenüber der unseren, die „substantialiter facta“[4] ist. Daraus folgt für Origenes gemäß verschiedenen Schriftstellen, daß alles, was in unserer Welt existiert, schon vorher war.[5] Allerdings kann dann das Werden unserer vorhandenen Welt, also die Überführung der präfigurativen in die substantielle Welt nicht unmittelbar und ausschließlich auf Gott zurückgehen. Denn Gott hätte durch diese Schöpfung in der Zeit eine Veränderung vom Nicht-Schaffen zum Schaffen erlitten, was Origenes ja gerade durch die Annahme einer ewigen geistigen Welt ausschließen will. Auch nicht ein Demiurg hat diese konkrete Welt gestaltet, sondern die Freiheit der endlichen ewigen unter sich anfangs qualitativ gleichen geistigen Geschöpfe hat das getan.

Blicken wir nochmals zurück: Unter der Rücksicht der Unveränderlichkeit und Notwendigkeit Gottes ist die Freiheit der geistigen, ewigen, jedoch geschaffenen Wirklichkeiten das Prinzip der Veränderung. Unter der Rücksicht der Gerechtigkeit Gottes, nur qualitativ gleiche, also nur numerisch viele geistige Schöpfungswirklichkeiten von Ewigkeit hervorgebracht zu haben, ist die Freiheit das Prinzip qualitativer Verschiedenheit, und es besteht, so verlängern wir den Gedanken, der Verdacht, daß die Freiheit zum Prinzip der konkreten Ungerechtigkeit wird. Unter der Rücksicht der Ungeschöpflichkeit Gottes ist Freiheit, weil Prinzip der Veränderung, auch wesentlicher Ausdruck der Geschöpflichkeit, auch der ewigen Schöpfung. Es gibt also in Gott die ewige Notwendigkeit, die zugleich Bewegung ist und die den göttlichen Personen zukommt; es gibt in Gott aber auch die Freiheit, die der geistigen Schöpfung zukommt und wesenhaft geschaffen ist. Daher braucht Origenes nicht sehr um eine Vermischung von ewiger Ungeschaffenheit Gottes und ewigem Geschaffensein der geistigen Schöpfung zu fürchten. Beide sind durch ewige Notwendigkeit und ewige Freiheit voneinander ver- und geschieden. Damit hat Origenes den archimedischen Punkt seiner Schöpfungslehre bezüglich unserer konkreten Welt gefunden: die Freiheit der ewig geschaffenen Geistwesen.[6]

[4] Vgl. PA I 4,5 Gö, 191.
[5] PA I 4,5 Gö, 191.
[6] PA I 5,1 Gö, 195.

5.1.2 Engel, Teufel, Dämonen und Menschen

Es ist also nun die Aufgabe des Origenes, die sowohl im irdischen Leben erfahrenen wie auch in der Schrift[7] aufgezählten, nicht nur numerisch verschiedenen Wesen (Engel, Teufel, Dämonen, Menschen) daraufhin zu untersuchen, woher ihnen diese je eigene Qualität zukommt.

Ein erster Grund, der aber wegen der Gerechtigkeit Gottes von Origenes sofort ausgeschlossen wird, könnte Gottes Wille selbst sein: Gott hat diese qualitative Verschiedenheit willentlich geschaffen. Origenes fragt jedoch: „Hat Gott, der Schöpfer des Alls, einige von ihnen so heilig und selig geschaffen, daß sie überhaupt nichts Gegenteiliges in sich aufnehmen können, und einige so, daß sie ebensowohl Tugend wie Schlechtigkeit überhaupt nicht aufnehmen können, sondern nur in der Seligkeit verweilen können, und daß wieder andere so geschaffen sind, daß sie beides in sich aufnehmen können?“[8] Noch einmal anders: Origenes fragt, ob den von Gott geschaffenen, jedoch gleichewig mit Gott existierenden Wesen das Gutsein oder das Bösesein substantiell oder nur akzidentell zukommt. Das heißt, kommt ihnen ihre Qualität substantiell zu, dann nur durch den Willen des Schöpfers und dies seit Ewigkeit; kommt sie ihnen akzidentell zu, dann durch ihre eigene Freiheit und nicht seit Ewigkeit.[9] Im ersten Fall wäre der gute oder böse Wille zugleich mit ihrem Wesen entstanden, Gute und Böse wären „nicht jünger als ihr Wesen“[10] selbst. Bezüglich der bösen Wesen würde das heißen, daß Gott in sie das Bösesein selbst hineingelegt hat. Das wäre aber ein Widerspruch gegen die Gutheit und Güte Gottes. Daher muß Origenes annehmen, daß Gott auch die guten Wesen nicht bei der Schöpfung vor der Zeit zu notwendig guten Wesen erschaffen hat. Notwendige Gutheit findet sich nur beim Logos-Christus und bei dem Heiligen Geist. Das notwendig gute Wesen von Sohn und Geist geht aus dem Vater hervor.[11] Wir haben hier nochmals einen Unterschied zwischen den seit Ewigkeit gewordenen Personen Sohn und Geist und den seit Ewigkeit gewordenen, d. h. vor der Zeit geschaffenen geistigen Wesen festzuhalten. Sohn und Geist sind wesenhaft gut, weil es dort keine Zusammensetzung[12] gibt, während der gewordenen geistigen Schöpfung (in Gott) die Wirklichkeit des Guten (oder Bösen) akzidentell zukommt und auch wieder verloren werden kann, weil dort Zusammensetzung möglich ist. Womit sich diese Wesen

[7] Vgl. PA I 5,1–2 Gö, 193–199.
[8] PA I 5,3 Gö, 199.
[9] Vgl. PA I 5,3 Gö, 201.
[10] A. a. O.
[11] A. a. O.
[12] A. a. O.

zusammensetzen, ob mit Gutheit oder Schlechtigkeit, liegt in ihrer Freiheit. Kontingenz verweist bei geistigen Wesen auf Freiheit. Freiheit wird so zum Grund personaler Darstellung kontingenter (geistiger) Wesen und damit auch zum geschaffenen Grund der Vielheit der Stufungen zwischen guten und bösen Wesen.[13]

5.1.3 Gefallene Engel

Wie schon in seinen Erörterungen über die Trinität, so greift nun Origenes nach Vorlage seiner Gedanken über die „Schöpfung" der geistigen Wesen wieder auf die Bestätigung durch die Heilige Schrift zurück: „Aber es soll nicht scheinen, als ob wir unsere Ansicht über so bedeutende und schwierige Dinge allein von der Folgerichtigkeit des Denkens bestimmen ließen und die Hörer mit bloßen Wahrscheinlichkeitsschlüssen zur Zustimmung nötigten. Darum wollen wir zusehen, ob wir auch den heiligen Schriften irgendwelche Sätze entnehmen können, durch deren Autorität unsere Ansicht glaubwürdiger gemacht und gestützt wird."[14]

Origenes findet die Bestätigung beim Propheten Hesekiel (Hes 28,1–10.11–19), daß es sich bei dem dort genannten König von Tyrus nicht um einen Menschen handeln kann, sondern um eine höhere Kraft, „die von der Höhe herabstürzte und in das Niedere und Schlechtere verstoßen wurde"[15], und daß überhaupt „diese entgegengesetzten, bösen Mächte nicht von Natur als solche geschaffen sind, sondern vom Besseren zum Schlechteren gelangt und ins Geringere verwandelt worden sind; ferner, daß die seligen Kräfte nicht von einer solchen Wesensart sind, die das Gegenteil nicht aufnehmen könnte, sei es aus bewußtem Wollen oder aus Nachlässigkeit und mangelnder Vorsicht in der Bewahrung ihres seligen Zustandes."[16]

Die Aussagen in Hesekiel beweisen Origenes, daß es sich bei dem dort angesprochenen König nicht um einen Menschen handeln kann, sondern „daß diese Macht vorher heilig und selig war und aus dieser Seligkeit, nachdem in ihr Missetat gefunden wurde, niederstürzte und zur Erde sank und daß sie nicht von Natur und durch die Schöpfung von solcher Art gewesen ist. Wir glauben also, daß diese Aussagen sich auf einen Engel beziehen, der die Aufgabe erhalten hatte, das Volk der Tyrier zu regieren, und dem auch die Sorge für ihre Seelen anvertraut war."[17] Hier hat also ein gefallener

[13] PA I 5,3 Gö, 201–203.
[14] PA I 5,4 Gö, 205.
[15] A. a. O.
[16] A. a. O.
[17] PA I 5,4 Gö, 209.

Engel, Origenes nennt ihn „Gegenmacht" [adversaria bzw. contraria virtus], zur Strafe bzw. zur Bewährung und Besserung die Regentschaft über die Tyrier erhalten.

Einen weiteren biblischen Beweis für seine These findet Origenes in Jes 14,12–22 und Luk 10,18. Nach dem Alexandriner handelt es sich um den Sturz des „abtrünnigen" [apostata] Engels, der Licht war gleich dem Morgenstern, in die Finsternis dieses Erdentales. Nun ist er der Anführer derer, die seiner Schlechtigkeit folgen.[18] Dann faßt Origenes zusammen: „Die Gegenmächte werden also ‚Abtrünnige' genannt und sollen einst ‚ohne Makel' gewesen sein. Makellosigkeit kommt aber außer dem Vater, dem Sohn und dem Heiligen Geist niemand wesenhaft [substantialiter] zu, sondern Heiligkeit ist bei jedem Geschöpf [creatura] etwas Hinzutretendes [accidens res]; was aber hinzutritt, kann auch wieder wegfallen. Wenn nun diese Gegenmächte einst ohne Makel waren und unter jenen weilten, die auch jetzt noch ohne Makel geblieben sind, so ergibt sich daraus, daß von der Substanz und der Natur her [neque substantialiter vel naturaliter] niemand ohne Makel und auch niemand befleckt ist. Aus diesen Überlegungen folgt, daß es von uns und von unseren Bewegungen abhängt, ob wir selig und heilig sind oder ob wir durch Trägheit und Nachlässigkeit aus der Seligkeit in die Bosheit und Verdammnis fallen, was so weit gehen kann, daß ein allzu großer Fortschritt in der Bosheit – wenn man so sagen darf – und eine so weit getriebene Vernachlässigung seiner selbst bis zu dem Zustand führt, wo (ein Wesen) zu einer sogenannten Gegenmacht wird."[19]

5.1.4 Geistige Wesen in kosmischem Dienst

Origenes fragt, ob die kosmischen Wirklichkeiten wie Sonne, Mond und Sterne beseelt sind. Denn in Christus als dem Wort und der Weisheit Gottes seien eben die geschaffenen unsichtbaren Wirklichkeiten nicht als materielle Gegebenheiten, sondern als lebendige Wesen und als unkörperliche und substantielle Mächte [incorporeae substantivaeque virtutes] zu verstehen.[20]

Origenes versteht seine Erörterung eher als eine Frage, über die die Kirche keine klaren Aussagen gemacht hat und über die auch die Schrift in verschiedener Weise interpretiert werden kann. Allerdings verschärft sich diese Frage noch: „Da ferner die Untersuchung klar ergeben hat, daß alles geworden und geschaffen ist und daß unter dem Gewordenen nichts ist, das nicht

[18] PA I 5,5 Gö, 209 u. 211.
[19] PA I 5,5 Gö, 213.
[20] PA I 7,1 Gö, 233 u. 235.

Gutes wie Böses in sich aufnehmen könnte und zu beidem fähig wäre – wie kann man es dann damit vereinbaren, was auch einige der Unsrigen annehmen, daß nämlich Sonne, Mond und Sterne unwandelbar seien und zum Bösen unfähig? Einige haben dasselbe von den heiligen Engeln angenommen, die Häretiker sogar von denjenigen Seelen, die bei ihnen ‚geistige Naturen' [spiritales naturae] heißen."[21]

Nun findet Origenes in Hiob 25,5 den Hinweis, daß die Sterne nicht ganz rein sind, und faßt dies als Tadel auf. Wo aber etwas Tadelnswertes, dort muß auch die Möglichkeit des Lobes gelten, also ist dort auch Freiheit anzunehmen.[22] Damit müssen nach Origenes die Gestirne als beseelt und auch als mit Freiheit begabt angesehen werden. Dieses bestätigt ihm wieder die Heilige Schrift, wenn sie davon spricht, daß die Gestirne die Befehle von Gott empfangen haben (vgl. Jes 45,12). Nur vernünftige und freie Wesen können Befehle empfangen. Daher können sie gelobt und getadelt werden. In Hiob 25,5 sieht, wie gesagt, Origenes einen solchen Tadel ausgesprochen.[23]

Um aber nun herauszuarbeiten, ob diese Beseelung der Sterne im Sinne einer Straf- bzw. Bewährungssituation ihrer geistigen Naturen zu deuten ist, muß Origenes die Frage lösen, ob diese Beseelung mit der Schöpfung der Geistwesen selbst geschehen ist oder ob die Beseelung der Sterne nachträglich zur Schöpfung dieser Geistwesen geschah. Er bringt einen Analogieschluß, den er als Wahrscheinlichkeitsbeweis bezeichnet: „Wenn die Seele des Menschen, die ja als menschliche niedriger steht, nicht als mit dem Körper zusammen gebildet, sondern als eigens von außen eingesetzt sich erweist, dann um so mehr die Seele jener beseelten Wesen, die himmlisch heißen."[24] Für Origenes steht fest, daß die Seele vor dem menschlichen Leib gebildet wurde. Mit einigen – für uns heute kaum stichhaltigen Bibelversen – will er aufzeigen, daß nach der Schrift Gott schon Menschen, d. h. Seelen gekannt hat, bevor sie überhaupt geboren wurden. Noch mehr, daß Gott sogar Menschen begnadet hatte, bevor sie aus dem Mutterschoß hervorgingen wie etwa Johannes den Täufer. Da aber Gott gerecht ist und niemand begnadet, der es nicht verdient, müssen diese Seelen schon vor dem Leib existiert und Gottes Wohlgefallen durch ihre früheren Taten gefunden haben: „Es darf ja nicht scheinen, als erfülle Gott irgendwelche Menschen mit dem heiligen Geist ohne Urteil und nicht nach ihrem Verdienst, und als heilige er sie ohne Verdienst. Wie würden wir dann dem Wort ausweichen können (Röm 9,14; 2,11): ‚Gibt es denn Ungerechtigkeit bei Gott? Das sei

21 PA I 7,2 Gö, 235.
22 PA I 7,2 Gö, 237.
23 PA I 7,3 Gö, 239.
24 PA I 7,4 Gö, 241.

ferne!' Und: ,Gibt es ein Ansehen der Person vor Gott?' Das wäre nämlich die Folge einer Lehre, nach der die Seelen zusammen mit den Körpern ins Dasein treten."[25]

Mit einer akrobatischen Zusammenstellung von Schriftzitaten aus dem Alten und dem Neuen Testament führt Origenes seine Leser zu der Auffassung, die Sterne seien beseelt, weil sie der Eitelkeit, d. h. nach Pred 1,14 all dem unter der Sonne, und das heißt wieder, der Materie unterworfen sind und so dem Menschen durch ihr Licht dienen müssen. Und dies nach Röm 8,20–21 nicht aus eigenem, sondern aus Gottes Willen. Nun hofft diese Kreatur und seufzt nach der Erlösung, die Gott verheißen hat, nämlich nach der Freiheit von diesem Dienst. Diese Freiheit wird dann sein, wenn diese Geistwesen nicht mehr den Menschen oder der Beseelung von Sternen dienen müssen, sondern sich ganz Christus und in ihm dem Vater übergeben haben.[26]

Kurzum, es gibt nach Origenes geistige – ewige – Substanzen, die nach dem Willen Gottes die Gestirne beseelen und im Gehorsam gegenüber dem Schöpfer, d. h. mit Freiheit begabt, diese Gestirne nach ihrem vorausgegangenen Fall zur eigenen Bewährung lenken.

5.1.5 Freiheit und Verdienst der Engel

Grundthese für das Verständnis der verschiedenen Arten und Funktionen der Engel, wie sie die heiligen Schriften nennen, ist die Gerechtigkeit Gottes. Alle Engel sind das, was sie sind, und tun das, was sie tun, aufgrund eines bestimmten Auftrages Gottes, den sie wegen ihrer Verdienste erhalten und der ihnen nicht mit ihrer Schaffung schon ins Wesen gegeben ist: „[...]; man darf nicht glauben, es sei Zufall, daß einem bestimmten Engel ein bestimmtes Amt zugewiesen wird, z. B. Raphael die Aufgabe zu pflegen und zu heilen, Gabriel die Kriege zu lenken, Michael sich der Gebete und Bitten der Menschen anzunehmen. Diese Ämter, so muß man annehmen, haben sie sich verdient, und zwar in der Weise, daß jeder einzelne aufgrund seiner Verdienste, entsprechend seinem Eifer und seinen Tugenden, die er vor der Schaffung dieser Welt geübt hat, (ein solches Amt) erhielt. Damals ist dann in der Ordnung der Erzengel dem einen diese, dem andern jene Art Amt übertragen worden, andere waren würdig, in die Ordnung der Engel eingereiht zu werden und unter diesem oder jenem Erzengel oder unter jenem Führer und Oberen seines eigenen Ranges tätig zu sein. All das wurde, wie gesagt, nicht nach dem Zufall und unterschiedslos, sondern nach der

25 A. a. O.
26 PA I 7,5 Gö, 241, 243, 245.

vollkommen angemessenen und gerechten Entscheidung Gottes eingerichtet und nach den Verdiensten geordnet. Gott selbst entschied und billigte, daß einem Engel die Kirche von Ephesus anzuvertrauen sei, einem anderen die von Smyrna (vgl. Offb 2,1.8); daß ein Engel zu Petrus, ein anderer zu Paulus gehören sollte (vgl. Apg 12,7; 27,23); dann bestimmte er für all die ‚Kleinen', die in der Kirche sind, welche Engel jeweils den einzelnen zugeordnet werden sollten, und daß diese ‚täglich das Angesicht Gottes sehen' sollten (vgl. Matth 18,10); ja auch wer der Engel sein sollte, der ‚sich lagert um die her, so Gott fürchten' (vgl. Ps 33[34],8)."[27]

Die in unserer Welt vorfindliche „Ungerechtigkeit" veranlaßte, wie Origenes beteuert, andere Theologen, um sie Gott nicht anzulasten, viele Schöpfer anzunehmen[28]: „Daß ein und demselben Schöpfer wesensverschiedene Gattungen von vernünftigen Geschöpfen zuzuschreiben wären, scheint ihnen widersinnig, und das ist es in der Tat; indessen verkennen sie den Grund von deren Verschiedenheit. Sie sagen nämlich, es sei unlogisch, daß ein und derselbe Schöpfer, ohne Verdienste als Grund, den einen Herrschaftsgewalt überträgt, andere der Herrschaft unterordnet; die einen zum Fürstentum erhebt, andere zu Untertanen der Fürsten macht. All das, meine ich, wird widerlegt und abgetan durch unsere oben dargestellte Theorie [consequentia rationis], aus der sich ergibt, daß die Ursache der Verschiedenheit und Mannigfaltigkeit unter den einzelnen Geschöpfen von ihren eigenen Bewegungen herrührt, die teils lebhafter, teils träger sind, entsprechend ihrer Tugend und Schlechtigkeit, nicht aber aus ungleicher Behandlung durch den Ordner der Welt."[29]

Damit ist des Origenes Argumentation wieder eingemündet in die Grundoptionen seines theologischen Systems: Gottes Gerechtigkeit und Güte. Seine Ungeschaffenheit, Gerechtigkeit und Notwendigkeit stehen Geschaffenheit, qualitativer Verschiedenheit und so Freiheit gegenüber. Was gewisse Gnostiker dazu bringt, Demiurgen als Schöpfer der qualitativen Verschiedenheit in der Welt anzunehmen, das schreibt Origenes der Freiheit dieser geistigen Welt selbst zu.[30]

5.1.6 Die menschlichen Seelen

Natürlich dürfen in einer Untersuchung über die geistige Schöpfung Gottes die menschlichen Seelen nicht fehlen. Sie sind in gleicher Weise geistige

27 PA I 8,1 Gö, 253.
28 PA I 8,1 u. 2 Gö, 253 u. 254.
29 PA I 8,2 Gö, 255.
30 A. a. O.

Substanzen, mit Freiheit begabt, und stehen anfangs auf der gleichen Seinshöhe wie die anderen geistigen Wesen. Ihr Stand in der Leiblichkeit dieser Welt ist auf ihre Freiheit und so auf ihr „Verdienst" bei vorweltlichen Taten zurückzuführen: „Die dritte Ordnung der Vernunftwesen machen jene Geister aus, die von Gott als geeignet befunden werden, das Menschengeschlecht zu bilden, d. h. die Menschenseelen. Aus ihnen werden, wie wir sehen, manche kraft ihrer Fortschritte in die Ordnung der Engel erhoben, nämlich jene, die zu ‚Kindern Gottes' (vgl. Röm 8,14 u. ö.) werden und zu ‚Kindern der Auferstehung' (vgl. Luk 20,36); oder die, welche die Finsternis verlassen und das Licht lieben und so zu ‚Kindern des Lichtes' (vgl. Luk 16,8) werden; oder die, die allen Kampf überwinden und ‚friedfertig' (vgl. Matth 5,9) werden und so zu ‚Kindern des Friedens' (vgl. Luk 10,6) und ‚Kindern Gottes' werden; oder die, die ‚ihre Glieder töten, die auf Erden sind' (vgl. Kol 3,5) und nicht nur die körperliche Natur, sondern auch die unsicheren und unzuverlässigen Bewegungen der Seele überschreiten und ‚dem Herrn anhangen', ganz Geist geworden, so daß sie stets ‚ein Geist mit ihm' sind (vgl. 1 Kor 6,17) und mit ihm ein jedes richten, bis sie dahin gelangen, daß sie vollkommen ‚geistig' werden und ‚alles richten', das Wort und die Weisheit Gottes und ‚von niemand gerichtet werden' (vgl. 1 Kor 2,15)."[31] Natürlich gibt es auch den umgekehrten Fall, daß die Seele aufgrund ihrer Entscheidung zur Schlechtigkeit immer mehr sinkt in die Niederungen, bis hin, daß sie „viehisch" wird.[32]

5.2 Die materielle und gefallene Schöpfung: Freiheit und Vorsehung

Hier wäre eigentlich als Vorbereitung zum Verständnis der konkreten materiellen Welt ein Abschnitt über den Fall der Geistwesen und über die Funktion der Materie einzufügen. Origenes bringt dies aber später, gewissermaßen im Sinne einer Implikation oder eines Postulats seines Denkens. Dennoch: An vielen Orten im vorausgehenden Text von PA hat Origenes vom Fall der Geistwesen gesprochen. In einem uns erhaltenen Text des Rufin ist das Eingehen der geistigen Wesen in Körper entweder aufgrund des eigenen Falles zur Strafe und Läuterung oder im Dienst der anderen spärlich behandelt. Von der dem Sündenfall der Geistwesen innewohnenden Dynamik spricht folgender Rufin-Text: „Eine Folge übergroßer Nachlässigkeit und Trägheit ist es, wenn jemand so weit herabsinkt und sich erniedrigt, daß er in die Laster unvernünftiger Tiere verfällt und mit einem dichten

[31] PA I 8,4 Gö, 261 u. 263.
[32] PA I 8,4 Gö, 263 u. 264.

Körper verbunden werden kann."[33] Wenn im I. Buch von PA die Schöpfung und auch der Fall der Geistwesen stets unter der Perspektive des guten und gerechten Gottes stand, so rücken sie nun in den folgenden Gedanken des Origenes, die um die faktisch gefallene diesseitige Welt kreisen, mehr in den Mittelpunkt. Dennoch gibt Origenes seine theologische Perspektive nicht auf. Immer noch sieht er dies alles „mit den Augen Gottes".

5.2.1 Vorsehung

Erlösung der Welt hat nach Origenes entscheidend mit der Überwindung der „ungerechten" qualitativen Verschiedenheit der Geistwesen zu tun.

Ausgangspunkt ist für ihn die aus der Entfernung von Gott und seinem Willen entstandene Mannigfaltigkeit der geistigen Wesen: „Auf den ersten Blick ist ersichtlich, daß der Bau der Welt im Ganzen, der überaus mannigfaltig ist, aus den vernünftigen und göttlicheren Wesen und (ihren) verschiedenen Körpern besteht; aber auch aus den vernunftlosen Lebewesen, nämlich den wilden Tieren, den Haustieren, den Vögeln und allem, was im Wasser lebt; ferner aus den Weltregionen, nämlich der des Himmels oder der Himmel, der Erde, des Wassers, und aus der Luft in der Mitte und dem sogenannten Äther, und schließlich aus allem, was aus der Erde emporsprießt."[34] Justinian faßt das Gesagte verdeutlichend zusammen: „Da also die Welt so überaus mannigfaltig ist und so viele Vernunftwesen enthält, was soll man da als Grund für ihre Entstehung anderes angeben als die Mannigfaltigkeit des Abfalls der Wesen, die in verschiedenem Grade von der Einheit herabgesunken sind?"[35]

Origenes begegnet den durch die Freiheit (zur Sünde) entstandenen unterschiedlichen Wesen und ihrer qualitativ verschiedenen Vielheit in dieser Welt mit der Kategorie der Vorsehung: „Nun gestaltet und lenkt Gott durch die unaussprechliche Kunst seiner Weisheit alles, was wie auch immer entsteht, zu irgendeinem Nutzen und zum gemeinsamen Fortschritt des Gesamten; und so bringt er auch die Geschöpfe, die von sich aus durch ihren geistigen Unterschied so weit voneinander entfernt waren, zu einer gewissen Einheit des Wirkens und des Strebens: zwar bleiben die geistigen Bewegungen verschieden, aber sie machen zusammen die Fülle und Vollkommenheit der *einen* Welt aus, und gerade die geistige Verschiedenheit führt zu dem *einen* Ziel der Vollkommenheit. Denn eine einzige Kraft ist es, die die

[33] PA I 5,3 Gö, 205.

[34] PA II 1,1 Gö, 285.

[35] Fr. 18, Just. Ep. ad Menam [p. 211,13–16 Schw.]; Text Gö, 284, Übers. Gö, 285 u. 287.

ganze Mannigfaltigkeit der Welt umfaßt und zusammenhält und die verschiedenen Bewegungen auf *ein* Werk hinlenkt, damit nicht das riesige Weltgebäude durch die Uneinigkeit der Geister sich auflöse. Und deshalb meinen wir, daß Gott, der Vater des Alls, zum Heil all seiner Geschöpfe nach dem unaussprechlichen Plan seines Wortes und seiner Weisheit das Einzelne so angeordnet hat, daß einerseits all die einzelnen Vernunftwesen – mögen sie nun Geister oder Intelligenzen heißen – nicht gegen ihren freien Willen mit Gewalt zu etwas anderem gezwungen werden als wozu ihre geistige Bewegung hindrängt – sonst könnte es scheinen, als würde ihnen dadurch die Freiheit des Willens genommen, was geradezu ein Eingriff in die Eigenart ihres Wesens wäre – und daß andererseits die verschiedenen Bewegungen ihres Wollens sich zur Harmonie einer einzigen Welt in angemessener und nutzbringender Weise zusammenfügen: die einen brauchen Hilfe, die anderen können Hilfe geben; andere bringen die Fortschreitenden in Bedrängnisse, in denen ihr Eifer sich bewähren kann, so daß sie nach dem Sieg um so sicherer auf der wiedererrungenen Stufe stehen, da sie diese durch Schwierigkeiten und Nöte hindurch erreicht haben."[36]

Die Vorsehung ist es also, die die gefallene und in die unterschiedliche Vielheit geratene Schöpfung zusammenhält, ohne die Freiheit dieser geistigen Geschöpfe anzutasten. In dieser Vorsehung drückt sich der Heilswille Gottes gegenüber seiner Schöpfung aus. Die Vielheit gefallener und nicht gefallener geistiger Wesen wird in der Einheit der Vorsehung nicht überwunden, sondern zu einem sinnvollen und nützlichen Ganzen geführt.

Origenes entwirft sogar ein Bild von dieser Schöpfungsharmonie, wenn er die Weltordnung als ein großes Lebewesen bezeichnet, dessen Seele die vorsehende Kraft des Allschöpfers ist, die wir hier als den Logos bezeichnen müssen: „Obgleich also die Weltordnung im Ganzen in verschiedene Amtsbereiche gegliedert ist, darf man doch nicht glauben, sie sei unharmonisch und widersprüchlich. Wie unser Leib *einer* ist, aber aus vielen Gliedern zusammengefügt (vgl. 1 Kor 12,12), und von *einer* Seele zusammengehalten wird, so muß man, meine ich, auch das Weltganze gleichsam als ein ungeheuer großes Lebewesen ansehen, das wie von *einer* Seele von Gottes Kraft und Planung beherrscht wird."[37] Mit vielen Bibelzitaten belegt Origenes seine Auffassung, um dann abschließend zu folgern: „Schließlich, wenn Paulus in der Rede vor den Athenern sagt (Apg 17,28): ‚In ihm leben wir, bewegen wir uns und sind wir.' Denn inwiefern leben wir, bewegen wir uns und sind wir in Gott außer darum, daß er mit seiner Kraft die Welt umfaßt und zusammenhält? Und inwiefern ist dieser Himmel Gottes Thron und die Erde seiner Füße Schemel, wie der Erlöser selbst sagt, es sei denn darum,

[36] PA II 1,2 Gö, 287 u. 289.
[37] PA II 1,3 Gö, 289.

daß im Himmel wie auf Erden seine Kraft alles erfüllt, wie er es auch sagt (Jer 23,24): ‚Bin ich es nicht, der Himmel und Erde füllt? spricht der Herr.‘ Daß also Gott, der Vater des Alls, die ganze Welt mit der Fülle seiner Kraft erfüllt und zusammenhält, wird nach diesen Ausführungen, glaube ich, jeder leicht zugeben.“[38]

Beachten wir die Axiomatik des origenischen Systems. Die Vorsehung erscheint als das der (geschaffenen und gefallenen) Freiheit adäquate Verhalten der (ungeschaffenen) Notwendigkeit Gottes. Tiefer bedacht heißt dies: Die Vorsehung ist die Vermittlung zwischen der „Notwendigkeit“ des sich immer bewegenden Gottes und der Freiheit der Geschöpflichkeit. Ein weiteres: Die Vorsehung ist personaler Ausdruck göttlicher Notwendigkeit gegenüber der Freiheit der Geschöpfe.

5.2.2 Apokatastasis

Es ist christliche und biblisch begründete Glaubensüberzeugung, daß diese sichtbare Welt einen Anfang und ein Ende hat. Das betont Origenes des öfteren.[39] Wie nun das Sichtbare einen Anfang hat, so hat es auch nach Schrift und Kerygma ein Ende.[40] Daraus folgen zwei Aussagen über Gott keineswegs. Erstens, daß Gott einmal müßig gewesen sei und dann irgendwann in dieser Zeit die sichtbare Welt erschaffen habe, also von der Ruhe in die Bewegung übergegangen sei. Zweitens, daß Gott diese materielle Welt von Ewigkeit her erschaffen habe. Vielmehr folgt daraus, daß Gott immer in Tätigkeit war und es immer Welten gegeben hat,[41] aber nicht diese.[42]

Die Schrift spricht, wie Origenes betont, von dieser sichtbaren Schöpfung im Begriff der „Grundlegung“ [katabole]. Und dieser Begriff ist ihm dann auch der Hinweis für die sichtbare Welt als abgefallene [kataballein] Welt.[43] Ihr Ende wird der Übergang in die unsichtbare und ewige Wirklichkeit sein.[44] Damit ist für Origenes der Begriff ‚katabole‘ bestimmt. Alle sichtbaren Wirklichkeiten sind aus der unsichtbaren Wirklichkeit heruntergestiegen, sei es, daß sie dies verdient haben, sei es, daß Gott sie selbst zum Dienst am Weltganzen gesandt hat. „Es scheint also auf Grund dieser Überlegungen, daß mit dem Ausdruck ‚Grundlegung‘ allgemein die Versetzung

[38] A. a. O.
[39] PA III 5,1 Gö, 623.
[40] PA III 5,1 Gö, 623 u. 625.
[41] PA III 5,3 Gö, 627.
[42] PA III 5,3 Gö, 625 u. 627.
[43] PA III 5,4 Gö, 629.
[44] PA III 5,4 Gö, 631.

all dieser Wesen von oben nach unten bezeichnet wird."[45] Zugleich hegt die ganze so grundgelegte Schöpfung den Wunsch, von dieser Grundlegung als dem Dienst der Vergänglichkeit wieder befreit zu werden.[46] Diese Welt muß von Gott so groß geschaffen sein, daß sie alle gefallenen Seelen zur Läuterung aufnehmen kann.[47] Origenes gibt deutlich das Kriterium an, warum er auf eine solche Schöpfungsidee kommt: „Denn daß alle Vernunftgeschöpfe eines Wesens sind, ergibt sich aus vielen Beweisen; nur unter dieser Voraussetzung läßt sich Gottes Gerechtigkeit bei all seinen Verfügungen über sie verteidigen; denn dann hat ein jedes (Vernunftgeschöpf) in sich selbst die Ursache dafür, daß es in diesen oder jenen Rang des Lebens eingeordnet wird. Diese Anordnung hat Gott erst nachträglich getroffen; doch sah er schon gleich zu Beginn der Welt voraus, welche ursächlichen Verknüpfungen eintreten würden bei denen, die wegen eines Mangels an Intelligenz eingekörpert zu werden verdienten, und bei denen, die von der Begierde nach Sichtbarem hingerissen wurden, aber auch bei denen, die mit Willen oder wider Willen den zu diesem Zustand Herabgesunkenen gewisse Dienste zu leisten genötigt wurden von dem, der sie ‚auf Hoffnung unterwarf' (vgl. Röm 8,20)."[48]

Die Frage nach Anfang und Ende dieser konkreten und sichtbaren Welt ist auf dem Hintergrund der vorausgehenden Gedanken nur konsequent. Man kann sie so beschreiben: Wie wird die aus der absoluten Notwendigkeit herausgefallene Freiheit, besonders wenn sie sich zum Schlechten hin bewegt hat, wieder zu dieser Notwendigkeit zurückkehren? Wird die Vorsehung siegen?[49] Wie wird es mit dem Ende der Welt sein?[50] Origenes bietet hier nur Erwägungen, die nach ihm nicht als eigentliche Lehre der Kirche verstanden werden müssen.[51]

Origenes hatte betont, daß über den Zusammenhang von Ende und Vollendung keine klare kirchliche Lehre vorliege. Wohl lagen damals pythagoräische, platonische Gedanken in der Luft, aber auch Ideen der valentinianischen Gnosis, wie sie uns Irenäus überliefert hat.[52] Auf alle Fälle deutete Origenes schon in seinem Exkurs über das „Ende" die Frage nach der Apokatastasis, d. h. nach der vollständigen Wiederherstellung des Anfangs an: „(Alle aber) werden wieder durch die Güte Gottes, die Unterwerfung unter Christus und die Einheit im heiligen Geist zu dem einen Ende gebracht, das

[45] A. a. O.
[46] A. a. O.
[47] PA III 5,4 Gö, 633.
[48] PA III 5,4 u. 5 Gö, 633.
[49] PA III 5,5 Gö, 635.
[50] A. a. O.
[51] PA I 6,1 Gö, 215.
[52] Iren. Adv. haer. II 12,4.

dem Anfang gleicht."[53] Dennoch gab auch dort Origenes zu bedenken: „Nun muß man wissen, daß einige von denen, die von dem einen Ursprung, von dem wir sprachen, herabgesunken sind, sich in solche Schande und Schlechtigkeit gestürzt haben, daß sie unwürdig wurden jener Erziehung, die das Menschengeschlecht durch das Fleisch mit Hilfe der himmlischen Mächte erfährt, sondern daß sie im Gegenteil sogar zu Feinden und Widersachern derer werden, die eine Erziehung erhalten."[54] Natürlich taucht hier auch schon die Frage der Bekehrung des Teufels als Gegenmacht auf.[55] Doch keine universelle Wiederherstellung?

Gleicht die Welt am Ende wirklich ihrem Anfang? Dazu gibt Origenes – wir werden sehen, daß dies nicht ganz seine persönliche Meinung ist – zu überlegen: „Denn zweifellos wird man feststellen, daß ihr Ende noch immer mit viel Unterschiedlichkeit verbunden ist, und diese Unterschiedlichkeit am Ende dieser Welt wird wieder Gründe und Anlässe geben für die Mannigfaltigkeit in einer anderen Welt, die nach dieser kommt, so daß das Ende dieser Welt der Anfang einer künftigen sein wird."[56]

5.2.3 Freiheit von Vergänglichkeit

Für Origenes gibt es neben dem Vater, dem Sohn und dem Heiligen Geist, die ungeschaffene Wirklichkeiten sind, auch geschaffene geistige Wesen. Die geschaffenen Wesen sind nach Kol 1,16–18 in, durch und auf Christus hin geschaffen. Mit diesen geschaffenen Wesen sind die unsichtbaren, d. h. geistigen, und die sichtbaren, d. h. körperlichen Wesen gemeint.[57] Die Gestirne sind geistige Wesen, deren moralischer Zustand sich in Körperlichkeit ausdrückt. Sie gehorchen, wie gesagt, einem bestimmten Plane Gottes.[58] Ähnlich den menschlichen Seelen müssen auch die übrigen geistigen Wesen schon vor ihrer Einwohnung in Körpern existiert haben. Das folgt erstens aus der Überlegung, daß Gott nicht Wesen von verschiedener Seinshöhe schaffen kann. Das wäre gegen seine Gerechtigkeit. Das folgt aber zweitens aus der Verheißung der Schrift, die Kreatur werde frei werden vom Dienst der Vergänglichkeit (Röm 8,20–21)[59], d. h. der Körperlichkeit. Ist die geistige Kreatur nun dem Dienst an der Vergänglichkeit im Sinne von Körperlichkeit unterworfen, dann kann das nicht an Gott, sondern allein an

[53] PA I 6,2 Gö, 219.
[54] PA I 6,3 Gö, 225.
[55] Vgl. PA I 6,3 Gö, 227.
[56] PA II 1,3 Gö, 291.
[57] PA I 7,2 Gö, 237.
[58] PA I 7,3 Gö, 239.
[59] PA I 7,5 Gö, 241.

der Freiheit der geistigen Kreatur liegen. Körperlichkeit ist daher selbstverschuldete Strafsituation.[60] Die Befreiung aus dem Dienst der Vergänglichkeit geschieht dann, wenn Christus sein Reich dem Vater übergeben wird (1 Kor 15,24), so daß Gott „alles in allem" sein wird (vgl. 1 Kor 15,28). Konkret heißt dies: Die geistigen Wesen werden dann von Gott ausgefüllt und allein in ihm leben.[61]

Würde der Gedanke hier enden, so würde es im Reich des Vaters keine Materie und keine Körperlichkeit geben, denn die geistigen Wesen werden dort nicht von Materie ausgefüllt, sondern von Gott. Sie werden auch nicht mit Materie umkleidet, sondern von Gott. Aber der Gedanke endet hier nicht, sondern Origenes greift die Frage nach dem Wesen des Körperlichen wieder auf bei der Frage nach dem Ende unserer sichtbaren Welt.[62] Er wird zu dem Ergebnis kommen, daß es tatsächlich eine Art verklärte Materie gibt im Reiche des Vaters.[63]

5.2.4 Materie ist geschaffen

Nach der damaligen Popularphilosophie, die Origenes hier übernimmt, ist die Materie das Prinzip der körperlichen Vielheit. Wenn also sich geistige Wirklichkeiten durch ihr Abwenden von Gott sozusagen profilieren, dann ist dies immer mit Materie verbunden. Daher entsteht in einer soteriologisch orientierten Schöpfungstheologie notwendig auch die Frage nach der soteriologischen Bedeutung der Materie. Dies müssen wir bei Origenes beachten.

Zunächst erklärt Origenes sein Verständnis von Materie, um so besser das Wesen der Körperlichkeit zu bestimmen: „Unter Materie also verstehen wir das, was den Körpern zugrunde liegt, d. h. das, woraus nach Zufügung und Einpflanzung von Qualitäten Körper entstehen. An Qualitäten aber nennen wir vier: das Warme, das Kalte, das Trockene, das Feuchte. Wenn diese vier Qualitäten der Materie zugefügt werden, welche ihrem eigentlichen Begriffe nach unabhängig von den besagten Qualitäten ist, bringen sie die verschiedenen Arten von Körpern hervor. Diese Materie ist zwar, wie gesagt, ihrem eigentlichen Begriffe nach ohne Qualitäten, findet sich jedoch niemals ohne die Qualitäten vor. Diese Materie hat eine solche Menge und Beschaffenheit, daß sie hinreicht für alle Körper in der Welt, deren Existenz Gott wollte, und daß sie dem Schöpfer in allen Stücken zu allen Ge-

[60] PA I 7,5 Gö, 243.
[61] PA I 7,5 Gö, 247.
[62] PA II 1,4 Gö, 291.
[63] Vgl. PA II 2,2 Gö, 299.

stalten und Formen, die er wollte, zu Diensten war, indem sie die Qualitäten in sich aufnahm, die er durch seinen Willen ihr auferlegte."[64]

Aus diesem Text geht klar hervor, daß die Materie als Prinzip der Körperlichkeit nach dem Willen Gottes geschaffen ist und daß sie in der konkreten Welt genau jene Kombinationen von Eigenschaften aufnimmt, die Gott ihr als Körper für die verschiedensten geistigen Wirklichkeiten oder Seelen als gerecht bestimmt hat.

Origenes kämpft daher gegen zwei Hauptgegner: einerseits gegen jene, die die Materie als ewig bezeichnen und so ein göttliches Gegenprinzip gegen den wahren Gott aufstellen, andererseits gegen jene, die die Ordnung der Welt und die Art des Soseins der irdischen Dinge rein dem Zufall zuschreiben.[65] Dabei ist zu beachten, daß es nach Origenes die Vorsorge Gottes selbst ist, die die Materie erschafft. Das folgt wiederum aus der Argumentation des Origenes gegen jene, die der Materie Ewigkeit und dem Entstehen der konkreten Schöpfung Zufälligkeit zuschreiben: „Dieser Stoff, so meinen sie, sei ihm [sc. Gott] nicht durch seine Vorsorge [non sua provisione], sondern durch Zufall zur Hand gewesen, und das, was er zufällig vorgefunden habe, sei imstande gewesen, hinzureichen für das gewaltige Werk und für die Macht seines Wirkens; es habe den Plan seiner ganzen Weisheit in sich aufgenommen und sich so zur Welt gegliedert und gestaltet."[66] Es folgen dann, wie es zur Argumentationsstruktur des Origenes gehört, Beweise aus der Heiligen Schrift.

5.2.5 Materie in Zeit oder Ewigkeit

Für Origenes muß Geschöpflichkeit von sich aus noch nicht Anfang in der Zeitlichkeit heißen. Er kann durchaus fragen, ob es so etwas wie eine ewige Schaffung der Materie vor der Zeit gegeben hat zusammen mit den geistigen Substanzen, ja, daß diese sie hervorbringen. Origenes verbirgt sich mit dieser Frage hinter der folgenden Formulierung: „An dieser Stelle pflegen einige zu untersuchen, ob ebenso, wie der Vater den eingeborenen Sohn zeugt und den heiligen Geist hervorbringt, nicht aus dem Nichtsein, sondern insofern der Vater Ursprung und Quell des Sohnes und des heiligen Geistes ist und dabei kein Vorher und Nachher gedacht werden kann, – ob ebenso auch zwischen den Vernunftwesen und der körperlichen Materie eine analoge Verbindung oder Verwandtschaft anzunehmen ist. Um das umfassender und gründlicher zu erforschen, pflegen sie den Anfang der Erör-

[64] PA II 1,4 Gö, 291 u. 293.
[65] PA II 1,4 Gö, 293 u. 295.
[66] PA II 1,4 Gö, 293 u. 295.

terung zu der Frage hinzulenken, ob eben dies Körperliche, welches Träger und Gefäß des Lebens und der Bewegung der geistigen und vernünftigen Wesen ist, gleich ewig mit diesen dauert, oder ob es, wenn es seine Dienste getan hat, untergehen und verschwinden wird. Um das genauer zu erfassen, scheint zunächst die Frage erforderlich, ob es möglich ist, daß die Vernunftwesen ganz ohne Körper bleiben, wenn sie zum Gipfel der Heiligkeit und Seligkeit gekommen sind – was mir persönlich sehr schwierig und fast unmöglich scheint –; oder ob sie notwendig immer mit Körpern verbunden sind."[67]

Machen wir uns die verschiedenen Gedanken klar. Ein erster Gedanke sucht nach einer Analogie des Verhältnisses von Vater und Sohn im dreifaltigen Gott zu dem Verhältnis von geistigen Wesen und Materie. Zwischen Vater und Sohn gibt es keine Zeitlichkeit im Sinne des Vorher und Nachher. Wenn der Vater vorhanden ist, ist auch der Sohn vorhanden. Entsprechend würde das Verhältnis der Materie zu den geschaffenen geistigen Wesen lauten: Immer wenn geschaffene geistige Wesen vorhanden sind (und sich in ihrer Freiheit bewegen), dann ist Materie vorhanden. Natürlich, so ist Origenes zu verdeutlichen, wäre die Materie mit den jeweiligen geistigen Wesen *mit*geschaffen. Das eschatologische Ende wäre eine Art wie auch immer vorzustellender Auferstehung des Fleisches. Diese erste Frage ist aber nur dann entscheidbar, wenn feststeht, daß geschaffene geistige Wesen nie ohne Materie bestehen können.

Stellte man jedoch positiv fest, daß geistige Wesen auch ohne Materie existieren können, dann folgte ein anderer, zweiter Erklärungsgrund. Die Materie würde je nach Bewegung der geistigen Wesen von Fall zu Fall geschaffen, und sie verginge, wenn das geistige Wesen einen Zustand erreicht hat, in dem es ganz in Gottes Heiligkeit eingetaucht ist. Es gäbe also keine Analogie zum Verhältnis von Vater und Sohn.

Aus der Antwort, daß alle geschaffenen geistigen Naturen zugleich mit ihrer geschaffenen Materie verbunden sind und so auf ihre verschiedene Art Körper bilden, folgt der Schluß, daß Gott allein, weil ungeschaffen, auch unkörperlich ist. Zugleich kann man, weil Materie vollkommene Rezeptivität ist, auch die verschiedenen Zustände der geschaffenen geistigen Wesen an ihr erkennen, etwa dunkel oder licht, kalt oder heiß etc. Man kann sich dann durchaus auferstandene verklärte, d. h. vergeistigte Körperlichkeit vorstellen, die den Zustand einer Seele im Reiche Gottes darstellt.[68]

Aus der Meinung, daß geschaffene geistige Wesen ohne Materie existieren können, folgt nicht nur eine periodische Schöpfung der Materie, sondern auch die Gefahr, die Auferstehung des Leibes zu leugnen. Wenn uns

[67] PA II 2,1 Gö, 297.
[68] Vgl. PA II 2,2 Gö, 299.

die Übersetzung des Rufin nicht trügt, scheint Origenes daher diese letzte Position nicht vertreten zu haben.[69]

Besonders das kirchliche Bekenntnis zur Auferstehung und ihre biblisch-paulinische Lösung (1 Kor 15,53–56), daß das Sterbliche die Unsterblichkeit anziehen muß, hilft dem Alexandriner hier weiter: „Der Apostel scheint damit etwa folgende Auffassung anzudeuten. Wenn er sagt ‚*dieses* Vergängliche‘ und ‚*dieses* Sterbliche‘, mit der Geste des Berührens und Hinweisens, auf was sonst paßt das als auf die körperliche Materie? Diese Materie des Körpers also, die jetzt vergänglich ist, wird Unvergänglichkeit anziehen und von dem Augenblick an, wo eine Seele, die vollkommen und in den Lehren der Unvergänglichkeit unterwiesen ist, sich seiner bedient.“[70] Origenes ist der Auffassung, daß die vollkommene Seele gewissermaßen das unvergängliche und unsterbliche Kleid des Leibes ist, weil sie selbst ganz in der Ewigkeit des Logos ruht und Christus selbst angezogen hat. Denn es gilt: „Was ist aber Unvergänglichkeit und Unsterblichkeit anders als die Weisheit und das Wort und die Gerechtigkeit Gottes, die die Seele gestalten, bekleiden und schmücken.“[71] Materie ist also geeignet, auch den himmlischen Zustand der Seele auszudrücken.

5.2.6 Anzahl der Welten

Die nun folgenden Fragen gleichen einer Wiederholung in analogem Kontext jener eben angesprochenen Probleme. Zählen wir die Fragen auf, die unser Text nach Rufin vorgibt: 1. Gab es vor unserer Welt schon eine andere Welt, und war sie gegebenenfalls unserer Welt gleich oder nicht, oder gab es gar keine Welt, allenfalls nur jenen Zustand der Geistwesen in der Weisheit des Vaters? 2. Wird es nach unserer Welt eine Zeit der Reinigung und der Erziehung geben, der dann das Ende von allem folgt, wie eben alles am Anfang war? Oder wird zur Bestrafung und Besserung der gefallenen geistigen Naturen eine neue Welt sein, ähnlich der jetzigen, vielleicht besser oder schlechter?

Die erste Frage, ob es vor unserer Welt schon andere Welten gab, die unserer Welt gleich waren, beantwortet Origenes nach Rufin kurz. Wenn es vor unserer Welt und nach unserer Welt noch Welten geben sollte, dann sind sie nicht gleich, wenn man nicht die Freiheit der geistigen Naturen aufhebt. Letzeres wäre die Bedingung für zwei vollkommen gleiche Welten. „Dies läßt sich, meine ich, mit keinem vernünftigen Grund stützen, sofern die

[69] A. a. O.
[70] PA II 3,2 Gö, 303.
[71] PA II 3,2 Gö, 307.

Seelen durch ihre Willensfreiheit angetrieben werden und ihre Fortschritte und Rückschritte gemäß der Kraft ihres Willens erfahren. Denn die Seelen werden nicht durch einen Kreislauf, der nach langen Zeiträumen in dieselbe Bahn zurückkehrt, dazu getrieben, dies oder jenes zu tun oder zu begehren; sondern worauf sich ihr persönlicher freier Entschluß richtet, dahin lenken sie den Lauf ihrer Handlungen."[72] Im übrigen gilt für Origenes nach Rufin: „Über Zahl und Art (dieser Welten) gestehe ich nichts zu wissen; wenn einer sie aufzeigen könnte, würde ich gern von ihm lernen."[73]

Bleibt noch der zweite Teil der ersten Frage zu beantworten, ob es vor unserer Welt tatsächlich andere Weltzeiten (Äonen) gegeben hat. Origenes findet hier Auskunft in Hebr 9,26: „Nun aber, am Ende der Zeitalter, ist er [sc. Christus] einmal erschienen, durch sein Opfer die Sünde aufzuheben." Für Origenes folgt aus diesem Zitat ein Doppeltes: Einmal gab es vor unserer Welt noch andere Äonen [saecula], zum anderen ist Christus nur in diesem heutigen Äon für unsere Sünden gestorben.[74]

Ob es nach diesem Äon wirklich weitere „zukünftige" Äonen und Weltzeitalter gibt, sagt ihm Eph 2,7: „Auf daß er erzeige in den zukünftigen Zeitaltern den überschwenglichen Reichtum seiner Gnade durch seine Güte gegen uns." Für Origenes deutet dieser Vers auf „viele Zeitalter" hin.[75] Am Ende wird aber „etwas Größeres" als die Äonen kommen; es wird dies ein Zustand sein, „wo nicht mehr alles in einem Äon ist, sondern ‚Gott alles in allen' (vgl. 1 Kor 15,28)."[76]

5.2.7 Ort der Glückseligkeit

Eine entscheidende Frage ist für Origenes, in welche Bereiche der kosmischen Wirklichkeit eigentlich der Ort der Glückseligkeit des Menschen gehört. Dazu untersucht er zunächst die verschiedensten Bedeutungen von „Kosmos" im Gebrauch der Heiligen Schrift, um sich dort Anregungen und Auskünfte für die Beantwortung seiner Frage zu holen. Wir können dies hier übergehen und gleich zum Ergebnis der Untersuchung kommen.

Erstens: Origenes sieht in der Auskunft Jesu zwei Hinweise: einmal, daß Jesus nicht von dieser Welt [kosmos] ist, und zum anderen, daß es auch eine Welt bei Gott oder in Gott gibt. Letztere ist keinesfalls zu verwechseln mit dem Reich der Ideen bei Platon: „Es entspricht ganz und gar nicht unserer

[72] PA II 3,4 Gö, 311.
[73] PA II 3,4 Gö, 313.
[74] Vgl. PA II 3,5 Gö, 313.
[75] A. a. O.
[76] PA II 3,5 Gö, 315.

Absicht, einen körperlosen Kosmos anzunehmen, der nur in der Vorstellung des Geistes, im schwankenden Reich des Gedankens existiert. Ich sehe nicht, wie man sagen könnte, daß der Erlöser von dort sei oder daß die Heiligen dorthin gehen würden. Vielmehr muß der Erlöser zweifellos etwas Herrlicheres meinen als unsere Welt hier, wonach zu streben er auch die an ihn Glaubenden auffordert und mahnt."[77] Aber Origenes gibt sich noch nicht zufrieden: „Die Frage ist freilich, ob diese Welt, die er meint, von der unsrigen getrennt ist und unterschieden in Ort, Beschaffenheit und Würde; oder ob sie nur an Würde und Beschaffenheit überlegen ist, aber (räumlich) innerhalb der Grenzen unserer Welt liegt. Letzteres ist mir wahrscheinlicher, aber es bleibt ungewiß und ist für das Denken des menschlichen Geistes, wie mir scheint, noch recht ungewohnt."[78]

Zweitens diskutiert Origenes die eben angefragte Möglichkeit, daß das Reich der Seligen ein Ort sei, der von dem unseren räumlich völlig getrennt ist. Eine solche Auffassung könnte auf die Sphären der Fixsterne, auf die von Mond, Sonne und anderen Sternen verweisen und vor allem den Himmel über ihnen als Ort der Seligen meinen.[79] Origenes tritt dieser Meinung nicht näher.

Bleibt für Origenes noch die andere Möglichkeit: Der Ort der Seligen ist von dieser Welt nicht räumlich getrennt, sondern mit ihr räumlich identisch. Diese Identität ist aber nach der Auffassung des Origenes nur anzunehmen, wenn diese sichtbare Welt von der Welt der Seligen qualitativ verschieden ist. Es reicht ihm nicht, diese räumliche Identität durch die Unvergänglichkeit der Schöpfung zu beweisen.[80]

Bleibt die dritte Frage nach der qualitativen Verschiedenheit des Kosmos hier und dort. Dazu erklärt Origenes prinzipiell aufgrund biblischer Stellen, man müsse diese beiden Welten bezüglich ihrer Sichtbarkeit bzw. Unsichtbarkeit unterscheiden. Unsere Welt ist sichtbar, die jenseitige für uns jetzt noch nicht. Das besage aber nicht, daß diese jenseitige Welt prinzipiell unsichtbar sei wie Gott selbst. Wäre sie prinzipiell unsichtbar, dann wäre sie ungeschaffen und Gott gleich.[81]

Mit Hieronymus läßt sich zusammenfassen: „Dreifach sind also die Annahmen über das Ende, die sich uns anbieten, und der Leser selbst mag prüfen, welche davon die wahre und die bessere ist. (1) Entweder werden wir ohne Körper weiterleben, wenn wir erst Christus und dann auch Gott ‚un-

[77] PA II 3,6 Gö, 319.

[78] A. a. O.

[79] Vgl. PA II 3,6 Gö, 319.

[80] PA II 3,6 Gö, 323. Einige andere Bibelstellen, besonders 2 Kor 4,18–5,1, zieht Origenes zur Bestätigung heran (vgl. ebd. PA II 3,6 Gö, 323).

[81] PA II 3,6 Gö, 323.

terworfen‘ werden und Gott ‚alles in allem ist‘ (vgl. 1 Kor 15,28). (2) Oder: So wie (alles), was Christus unterworfen ist, mit Christus Gott unterworfen wird und eine enge Verbindung (mit ihm) eingeht, so wird auch die körperliche Substanz ihre bestmögliche Beschaffenheit erreichen und sich in Äther auflösen, weil dieser von besonders reinem und einfachem Wesen ist. (3) Oder schließlich: Jene Sphäre, die wir oben die Fixsternsphäre genannt haben, und alles was von ihrem Kreise umschlossen wird, wird in Nichts vergehen; jene Sphäre aber, von der der äußere Gürtel selbst umschlossen und umgürtet wird, wird ‚die gute Erde‘ heißen (vgl. Ex 3,8) und ebenso wie die andere Sphäre, die diese ‚Erde‘ kreisend umgibt und ‚Himmel‘ heißt, den Heiligen zur Wohnstätte bewahrt bleiben.“[82] Rufin äußert sich nicht so deutlich.[83]

5.3 Systematische Verdeutlichung

Die materielle Schöpfung in ihrer Vielheit hat nach Origenes die vor der Zeit geschaffenen Geistwesen bzw. deren Freiheit zur Voraussetzung. Gott in seinem notwendigen Gutsein handelt an der Freiheit der Menschen mit personaler Vorsehung, um die ursprüngliche Einheit mit sich wiederherzustellen, ohne dabei die Freiheit der Geistwesen aufzuheben. Dazu dient auch die von Gott geschaffene Materie. Materie ist im Licht der Heilspädagogik Gottes Heilsinstrument, wenngleich sie auch Strafsituation bedeuten kann. Nicht ganz geklärt ist das Bestehenbleiben der Materie im Eschaton. Origenes scheint eine verklärte Leiblichkeit aufgrund des biblischen Kerygmas anzunehmen.

[82] PA II 3,7 Gö, 325 u. 327 = Hier. Ep. 124,5 [p. 102,16–103,6 Hi.]; Text Gö, 324.
[83] PA II 3,7 Gö, 327.

III. TEIL: ZUSAMMENSCHAU DES KIRCHLICHEN KERYGMAS: UNDOGMATISCHE DOGMATIK (PA II 4–III 6)

Man hat sich in der Forschung von PA bis in unsere Tage gewundert und nach Erklärungen gesucht, warum die Textstücke PA II 4–III 6 weithin eine thematische Wiederholung von PA I 1–II 3 darstellen. Man hat beobachtet, daß sich die Textreihe PA II 4–III 6 formal mehr an das in der Praefatio genannte Kerygma hält, während PA I 1–II 3 mehr dem klassischen Traktat der ›Physik‹ entspricht.

Uns scheint zudem, daß die Textreihe PA II 4–III 6 drei formale Elemente stärker betont: erstens die aus dem Kerygma entspringende heilsgeschichtliche Dimension des Glaubens, zweitens die diesem Denken entgegenstehenden Häresien und drittens die beim gedanklichen Durchdringen des Kerygmas entstehenden Aporien. In dieser dreifachen Sicht ist die Theologie des Origenes undogmatisch. Erstens: Die Heilsgeschichte, an deren Anfang und Ende der dreifaltige Gott steht, ist nach Origenes vom Menschen her gedanklich nicht abzuschließen. Wir werden dies besonders im Zusammenhang mit der Apokatastasislehre erkennen können. Zweitens: Die Häresien, nach Origenes einem falschen Schriftverständnis entspringend, sind innerhalb der Geschichte der Kirche nicht prinzipiell auszuschließen. Die Schriftinterpretation kann von Menschen nicht abgeschlossen werden. Als Wort Gottes und vom Heiligen Geist durchseelter Buchstabe bleibt ihr Inhalt Geheimnis, das sich nur in Gott selbst entbirgt. Drittens bleibt auch der natürliche Verstand immer auf dem Weg zum Geheimnis Gottes unterwegs.

Kurzum, niemals wollte und konnte Origenes, obwohl er innere Zusammenhänge des Kerygmas suchte, eine allseits abgeschlossene Dogmatik erstellen. Nur so ist das bewußte Offenlassen von theologischen Fragen und Aporien verständlich. PA nennen wir daher eine undogmatische Dogmatik.

Unsere sich nun anschließenden Gedankenkreise dürften dies verdeutlichen. Je nach Gegenstand der Erörterung stellt Origenes mehr die heilsgeschichtliche Sicht des Bekenntnisses, mehr dessen Gefährdung durch Häresien oder mehr die gedankliche Aporie seiner Durchdringung in den Vordergrund des Interesses.

Wir sind der Meinung, daß unter diesen Rücksichten die zweite Textreihe PA II 4–III 6 sich theologischer gibt als die erste. Das zeigt sich besonders in den Erörterungen des Origenes, die die Konstruktionspunkte der origenischen Axiomatik (etwa der gute und gerechte Gott, die Freiheit des Menschen) und ihre Implikationen oder Konsequenzen angehen (Sündenfall, Materie, Apokatastasis).

6. Der Gott der Heilsökonomie: Glaube in Bewährung

6.1 Der Gott der Schöpfung und Geschichte: der Vater Jesu Christi

Hier geht es, wie Origenes selbst betont, um die Festigung und die Sicherheit des Glaubens an den einen Gott, Vater, Sohn und Geist,[1] weniger um neue theologische Entfaltungen. Vielmehr geht es gegen die häretische Bezweiflung von seiten der Marcioniten, der Valentinianer oder der Anhänger des Gnostikers Basileides. Origenes zieht besonders Paulustexte heran, die Marcion zur Stützung seiner Auffassung in Anspruch genommen hatte.[2] Aber es geht unserem Alexandriner auch um den Glauben der einfachen Menschen, der in besonderer Weise durch Irrtum bedroht ist.[3] Sind es doch die einfachen Menschen, die sich Gott körperlich vorstellen, ja sogar als sichtbar und voller Affekte.[4] Origenes verdeutlicht, daß dies besonders an ihrer falschen buchstäblichen Bibelauslegung liegt.[5] Ebenso will er warnen, daß auch die Häretiker[6] sich eines falschen Schriftgebrauches bedienen und so auf falsche Fragestellungen kommen: etwa ob Gott gut *oder* gerecht[7] sei. Vor allem will Origenes deutlich machen, daß Gott nicht ein Gott der Prädestination ist, als ob er gute und schlechte Wesen geschaffen habe, wie dies die Häretiker behaupten. Er will aufzeigen, daß Gott deshalb nicht die Natur, sondern die freie Tat des Menschen beurteilt.[8]

Eine der gefährlichsten und tiefgreifendsten Irrlehren, die in der Alten Kirche aufkamen, war die des Marcion. Der Bischofssohn und Reeder aus Sinope am Schwarzen Meer tauchte mit seiner Lehre in Ephesus und später in Rom auf. Als begabter Organisator bildete er eine Gegenkirche und verlieh so seiner Häresie auch institutionellen Halt. Wenn Origenes das Heilshandeln Gottes in der Welt, im Alten Bund und in der Kirche darstellen wollte, dann mußte er sich mit Marcion auseinandersetzen. Dieser hatte zwei Götter unterschieden: den schwachen Demiurgen, der die Welt erschaffen hat und den das Alte Testament als Gott Abrahams verkündet, und

[1] PA II 4,1 Gö, 329.
[2] Vgl. PA II 4,2 Gö, 333 u. 335; PA II 5,4 Gö, 353.
[3] PA II 4,3 Gö, 335.
[4] PA II 4,3 u. 4 Gö, 237–239.
[5] PA II 4,4 Gö, 339.
[6] PA II 5,2 Gö, 343.
[7] PA II 5,1 Gö, 341 u. 343.
[8] PA II 5,2 Gö, 245.

den neutestamentlichen Vater Jesu Christi, den unbekannten Gott des Lichtes und der Erlösung. Die beiden Testamente haben daher nichts miteinander zu tun. Der gute Gott und Vater Jesu Christi wird nicht vom Alten Testament verkündet. Daher auch nicht sein Sohn Jesus Christus.

Der Gott des Alten Testamentes schafft eine sichtbare, endliche und unvollkommene Welt. Der Vater Jesu und Jesus selbst kommen aus einer unsichtbaren Welt des Lichtes. Der Gott des Alten Testamentes behandelt die Menschen nach seiner Willkür und daher ungerecht. Nur der Gott des Neuen Testamentes ist der Gott der Liebe. Er ist der gute Gott. Der Gott des Alten Testamentes ist, weil er als unvollkommener Gott nur Unvollkommenes hervorbringt, der böse Gott. Mit all diesen Fragen muß sich Origenes auseinandersetzen, wenn er den einen Gott zugleich als den Schöpfer und Vater des Erlösers verteidigen will gegen die, „die meinen, der Vater unseres Herrn Jesus Christus sei ein anderer Gott als der, der Mose das Gesetz mitteilte und die Propheten sandte, der Gott der Väter Abraham, Isaak und Jakob. Denn wir müssen zunächst in diesem Punkt des Glaubens Sicherheit gewinnen."[9]

6.1.1 Der Gott Abrahams und der Vater Jesu

Origenes weist zunächst nach, daß das Neue Testament die alttestamentlichen Prophezeiungen über den Messias auf Jesus anwendet und damit das Alte Testament auf sich bezogen sieht. Wenn also Marcion die beiden Testamente völlig voneinander trennt, irrt er. Gerade die messianischen Prophezeiungen, die Jesus auf sich hin verkündet versteht, beweisen, daß der Gott des Alten Testamentes, der durch die Propheten gesprochen hat, nicht nur nichts mit Christus zu tun hat, sondern der Vater Jesu ist. Auch die Apostel haben dem Alten Testament Autorität zugebilligt. Besonders deutlich erweist sich der Gott des Alten Testamentes als der Vater Jesu, wenn Jesus zu den Juden, die sich zum Alten Testament bekennen, sagt: „‚Seid vollkommen, wie auch euer Vater im Himmel vollkommen ist, der seine Sonne aufgehen läßt über Gute und Böse und regnen läßt über Gerechte und Ungerechte' (Matth 5,48 u. 45). Das legt auch einem wenig scharfsinnigen Menschen die sichere Einsicht nahe, daß er seinen Jüngern keinen anderen Gott zur Nachahmung empfiehlt als den Schöpfer des Himmels und der Erde."[10]

Für den Exegeten Origenes ist es von entscheidender Bedeutung, daß die beiden Testamente nicht auseinander gerissen werden dürfen. Er verweist auf das Wort Jesu: „So hat auch der Erlöser selbst, als man ihn fragte,

[9] PA II 4,1 Gö, 329.
[10] PA II 4,1 Gö, 331.

welches Gebot das größte von allem im Gesetz sei, geantwortet (Matth 22,36–40): ‚Du sollst den Herrn, deinen Gott lieben von ganzem Herzen, von ganzer Seele und von ganzem Gemüte. Das andere aber ist diesem gleich: Du sollst deinen Nächsten lieben wie dich selbst.‘ Und er fügte hinzu: ‚An diesen zwei Geboten hängt das ganze Gesetz und die Propheten.‘ Dieses Gebot lenkt zweifellos die Zuneigung auf den Gott des Gesetzes, denn dies war mit den gleichen Worten vom Gesetz verkündet worden (vgl. Deut 6,5). Wie konnte da der Erlöser dem, den er erziehen und zum Jünger heranbilden wollte, gerade dieses Gebot vor allen anderen ans Herz legen“?[11] Auch der Hinweis auf die paulinischen Schriften bestätigt, daß der Gott des Alten Bundes der des Neuen Bundes ist. Dies ist um so wichtiger zu bemerken, da Marcion Paulus von „alttestamentlichen“ Vorstellungen purgiert hatte. „Paulus sagt (2 Tim 1,3): ‚Ich danke meinem Gott, dem ich diene von meinen Voreltern her in reinem Gewissen‘ und zeigt damit deutlich, daß er zu Christus nicht als zu einem neuen Gott gekommen ist. Denn an welche Voreltern des Paulus sollte man denken als an die, mit Bezug auf welche er selbst sagt (2 Kor 11,22): ‚Sie sind Hebräer? Ich auch! Sie sind Israeliten? Ich auch.“[12]

Es ist nicht notwendig, alle die verschiedenen Schriftstellen aufzuzählen, die Origenes beweisen, daß Jesus gerade den Gott Abrahams und Isaaks als seinen Vater anerkannt hat und AT und NT nicht auseinandergerissen werden dürfen.

6.1.2 Sichtbar – unsichtbar

Marcion hatte von dem Vater Jesu als von dem unsichtbaren Gott gesprochen, während das Alte Testament in seinen Theophanien von einem sichtbaren Gott zu sprechen scheint. Origenes greift diese Problematik auf: „Sie sagen: Es steht geschrieben (Joh 1,18): ‚Niemand hat Gott je gesehen‘; jener Gott aber, den Mose verkündet, ist von Mose gesehen worden und vorher von seinen Vätern; der aber, der von dem Erlöser verkündet wird, ist von gar niemand gesehen worden. Fragen wir sie also unsererseits, ob dieser Gott, zu dem sie sich bekennen und der ein anderer sein soll als der Schöpfergott, sichtbar ist oder unsichtbar.“[13]

Origenes bietet zwei Möglichkeiten der Antwort, die uns seine Argumentationsmethode erkennen lassen: Wenn sie behaupten, Gott sei sichtbar, machen sie Gott zu etwas Materiellem. Wenn sie sagen, er sei unsichtbar,

[11] PA II 4,2 Gö, 333.
[12] PA II 4,2 Gö, 333 u. 335.
[13] PA II 4,3 Gö, 337.

muß er auch für den Erlöser unsichtbar sein. Das widerspricht aber exakt der Heiligen Schrift (Joh 14,9): „Wer den Sohn gesehen hat, hat auch den Vater gesehen.“ Origenes löst das Dilemma, indem er zwischen „Sehen“ und „Erkennen“ unterscheidet. Sehen kann man nur mit körperlichen Sinnen Körperliches, erkennen kann man mit geistigen Fähigkeiten Geistiges. Das alttestamentliche Sehen Gottes muß als geistiges Erkennen gedeutet werden, was wiederum auch zuläßt, daß der Sohn den Vater ebenfalls erkennen kann.

Ein Anhaltspunkt, den Gott des Alten und des Neuen Testamentes als verschiedene Götter zu betrachten, war für die Marcioniten die Tatsache, daß der alttestamentliche Gott sich in den Affekten des Zornes, der Rache und der Reue zeigt. Origenes weist darauf hin, daß auch das Neue Testament Gott solche Affekte zuschreibt. Solche Affekte dürfen weder im Alten noch im Neuen Testament buchstäblich gedeutet werden. Vielmehr müssen die Erklärungen der Aussagen über Gott Gott angemessen (regula pietatis bzw. regula fidei) sein, d. h. sie müssen geistlich verstanden werden.[14] Mit diesem Hinweis will Origenes sagen, daß die Schriftinterpretation der Marcioniten unsachlich ist und so ihre Argumente der Schriftgrundlage entbehren.

6.1.3 Gerecht – gut

Marcion hatte mit vielen Textstellen des Alten Testamentes nachweisen wollen, daß der Gott Abrahams, Isaaks und Jakobs alle Schuldigen bestraft und insofern ein gerechter Gott sein muß, während der Vater Jesu, da er sich von Barmherzigkeit leiten läßt und Jesus als den Erlöser sendet, ein guter Gott ist. So konnte der Bischofssohn vom Schwarzen Meer neuerlich seine These bekräftigen, daß der Gott des Alten Testamentes und der Gott des Neuen Testamentes zwei verschiedene Götter sein müssen. Ja, noch mehr: Gerechtigkeit und Güte gehen in Gott nicht zusammen, sondern fordern zwei Götter.

Origenes geht nun in seiner bewährten Methode voran, indem er zunächst die Bücher der Heiligen Schrift zu Rate zieht, um die Meinung des Marcion zu entkräften. Danach sucht er Vernunftgründe, die die biblischen Erkenntnisse stützen und verdeutlichen. Im Blick auf die Bibel ist es für Origenes leicht, Marcion eine unsaubere und tendenziöse Darstellung nachzuweisen. So zeigt das Alte Testament deutlich Schandtaten der Menschen, die von Gott aus Barmherzigkeit nicht bestraft wurden. Daraus folgt, daß der Gott des Alten Testamentes zugleich gerecht und barmherzig ist. Ähn-

[14] PA II 4,4 Gö, 339 u. 341.

liche Texte lassen sich nach Origenes auch im Neuen Testament finden, so daß dem guten Vater Jesu die Gerechtigkeit nicht abgesprochen werden kann. Für Origenes steht also fest, daß die Bücher der Heiligen Schrift, weil sie den Gott des Alten Testamentes und den Gott des Neuen Testamentes als zugleich gerecht und gut bezeichnen, es nicht zulassen, zwischen Gerechtigkeit und Barmherzigkeit bzw. Güte einen unüberbrückbaren Gegensatz oder auch nur eine Unvereinbarkeit zu konstruieren. Daher kann auch die formale Definition des Marcion, der Gerechtigkeit und Güte als unvereinbar bezeichnen wollte und so zwei Götter postulierte, nicht stimmen.[15]

Vielmehr gibt nach Origenes der biblische Befund, besonders der des Alten Testamentes, an, daß Gott seine Güte in einer gewissen erzieherischen Pädagogik der Strafe ausüben kann, wenn er nicht sofort bestraft. Ja, noch deutlicher führt Origenes die Auslegung des Marcion vom gerechten Gott des Alten Testamentes ad absurdum, wenn er auf offenkundige Ungerechtigkeiten Gottes hinweist, von denen das Alte Testament berichtet. Besonders deutlich scheint ihm hierfür die Rache Gottes bis in die dritte und vierte Generation zu sprechen.[16] Marcions alttestamentliche Gottesbeschreibung stimmt also nicht mit den biblischen Texten überein.

Ähnlich argumentiert nun Origenes gegen die neutestamentliche Auslegung des Marcion. Dort ist Gott nicht nur barmherzig, sondern er verurteilt auch Sünder zur ewigen Höllenstrafe bzw. droht sie an. Marcion dürfte gemäß seiner behaupteten Unvereinbarkeit von Gerechtigkeit und Gutheit den Vater Jesu nicht gut nennen. Ja, es gibt sogar Hinweise, daß dieser Gott des Neuen Testamentes nicht einmal die Gerechtigkeit erfüllt, die Marcion vom Gott des Alten Testamentes fordert, besonders dann, wenn er Menschen, die er von den Wegen und Zäunen in ihren schlechten Kleidern zum Hochzeitsmahl hatte einladen lassen, dann während des Mahles gerade ob ihrer Kleidung fesseln und in den Kerker werfen läßt. Ist hier Gott nicht nur nicht als gut, sondern sogar als ungerecht beschrieben, so fragt Origenes. Marcions neutestamentliches Gottesbild entspricht genausowenig dem biblischen Befund wie sein alttestamentliches Bild von Gott.[17]

Dann beschließt Origenes seine biblischen Ausführungen und leitet zu den Vernunftargumenten über: „Diese (Überlegungen), die wir aus der Autorität der (heiligen) Schriften hergeleitet haben, sollen genügen, um die gewöhnlichen Argumente der Häretiker zu widerlegen. Aber es scheint angebracht, auch auf Grund von Vernunftschlüssen [ex ratione] kurz mit ihnen zu reden."[18] Origenes betont: Die beiden Begriffe „gerecht" und „gut" sind

[15] PA II 5,1 u. 2 Gö, 341–343.
[16] PA II 5,2 Gö, 343–345.
[17] PA II 5,2 Gö, 345–347.
[18] PA II 5,3 Gö, 347.

nicht in einem sich gegenseitig ausschließenden Sinne zu verstehen. Beide meinen eine Tugend. Tugend sagt etwas Gutes. Daher schließt die Gerechtigkeit unter der Rücksicht der Tugend etwas Gutes ein. Andererseits widerspricht die Meinung, Gerechtigkeit sei nichts Gutes, also etwas Schlechtes, der allgemeinen Überzeugung und dem sittlichen Handeln der Menschen. Auch die Auffassung, Gerechtigkeit sei etwas Indifferentes, also weder gut noch schlecht, wird nicht von der Überzeugung der Menschen getragen. Daher schließt nach Origenes das alttestamentliche und das neutestamentliche christliche Gottesbild, wenn es die Gerechtigkeit betont, auch die Gutheit und Güte Gottes ein. Die Bestätigung hierfür findet Origenes wieder in der Heiligen Schrift. Eine Trennung in zwei Götter, einen guten und einen gerechten Gott, trifft deshalb nicht zu, weil die Gerechtigkeit Gottes immer im Dienst der Güte Gottes steht. Selbst die bei der Sintflut umgekommenen Menschen, die ja gerecht bestraft wurden, sind nicht ohne Hoffnung (1 Petr 3,18–21) geblieben.[19]

In einem zweiten Argument geht Origenes von der einmal angenommenen Verschiedenheit von gerecht und gut aus: „Angenommen, das Gerechte sei etwas anderes als das Gute. Nun ist dem Guten das Böse entgegengesetzt, dem Gerechten das Ungerechte. Also wird auch das Ungerechte etwas anderes sein als das Böse, und ebenso wie bei euch der Gerechte nicht gut ist, so wird auch der Ungerechte nicht böse sein, und umgekehrt: wie der Gute nicht gerecht ist, so wird auch der Böse nicht ungerecht sein. [...] Was folgt daraus? Gehen wir denselben Weg in umgekehrter Richtung: sie werden nicht abstreiten können, daß der Böse nicht auch ungerecht sei, der Ungerechte böse. Wenn nun diese Gegenteile untrennbar zusammenhängen, das Böse mit der Ungerechtigkeit und die Ungerechtigkeit mit dem Bösen, so muß auch der Gute untrennbar sein vom Gerechten, der Gerechte vom Guten. So wie wir Bosheit und Ungerechtigkeit als ein und dieselbe Schlechtigkeit erklären, so müssen wir auch Güte und Gerechtigkeit als ein und dieselbe Tugend ansehen."[20]

Die Schrift und das theologische Schlußverfahren, etwa daß ein guter Baum gute Früchte bringt, daß konkret das alttestamentliche Gesetz sich als gut erzeigt, erweisen den alttestamentlichen Gott als einen guten Gott.

Ein letztes Argument, daß Gerechtigkeit und Gutheit nicht zu trennen sind, wendet sich neuerlich gegen die Marcioniten. Letztere behaupteten, die Aussage Jesu, nur der himmlische Vater Jesu sei gut, schließe aus, den alttestamentlichen Gott als gut zu bezeichnen. Tatsächlich gelingt es jedoch Origenes, auf viele Stellen des Alten Testamentes hinzuweisen, die Gott als gut bezeichnen, während viele Stellen des Neuen Testamentes den Vater

[19] PA II 5,3 Gö, 347–351.
[20] PA II 5,3 Gö, 351.

Jesu gerecht nennen. Aufgrund der Unterscheidung von „gerecht" und „gut" können weder das Alte Testament und das Neue Testament auseinandergerissen noch zwei Götter konstruiert werden.

Aufgrund der klaren Schriftaussagen, aufgrund der Vernunft und aufgrund vernünftigen Schlußverfahrens innerhalb der Aussagen der Heiligen Schrift ist die marcionitische Lehre vom guten neutestamentlichen Vater Jesu und dem von ihm verschiedenen gerechten Gott des Alten Testamentes nicht gerechtfertigt.[21]

6.2 Der Gott der Menschwerdung: Jesus Christus

Nachdem die Einzigkeit Gottes gegen alle marcionitische Bedrohung nachgewiesen wurde, steht nun für Origenes die Mittlerschaft zwischen Gott und geschöpflichem Menschen zur Diskussion. Dabei handelt es sich besonders um Jesus Christus. Es geht jedoch nicht so sehr um die Gleichewigkeit des Sohnes, sondern vielmehr um die theologische Frage der Vermittlung von Gott und Geschöpf, sei letzteres nun sichtbar oder unsichtbar.[22] Wir haben hier eine kleine[23] Erlösungslehre über Christus vor uns, allerdings so entfaltet, daß Origenes seine schon gemachten Aussagen über Gott einbringen kann. Origenes möchte die Menschen zum Staunen[24] anregen, besonders darüber, daß wir in Christus ein Doppeltes finden: Manches, „das so menschlich ist, daß es sich nicht von der allgemeinen Gebrechlichkeit der Sterblichen unterscheidet, und anderes, das so göttlich ist, daß es einzig zu dem ersten und unaussprechlichen Wesen der Gottheit (quae [(...)] illi primae et ineffabili naturae conveniant deitatis) paßt."[25] Und das Motiv, das Origenes leitet: „Wir beschäftigen uns nicht aus Lust am Wagnis, sondern weil der Gang der Untersuchung es an dieser Stelle verlangt; und unsere kurze Darstellung gibt mehr den Inhalt unseres Glaubens wieder als die Ergebnisse menschlicher Vernunftschlüsse."[26] Es handelt sich also um eine Glaubenssicherung, besonders durch das Staunen betont, und zugleich um eine theologische Glaubensentfaltung. Allerdings verschweigt Origenes nicht, daß auch hier Schwierigkeiten zu meistern sind, die sich aus seiner Lehre über die Seele Christi ergeben.[27] Es geht Origenes auch um die Klä-

[21] PA II 5,4 Gö, 351–355.

[22] PA II 6,1 Gö, 357.

[23] PA II 6,1 Gö, 359: „Denn unmöglich ist es, (alles) niederzuschreiben, was zum Lobpreis des Erlösers gehört."

[24] Vgl. PA II 6,1 u. 2 Gö, 357 u. 361.

[25] PA II 6,2 Gö, 359; vgl. auch 361.

[26] PA II 6,3 Gö, 363.

[27] PA II 6,5 Gö, 375.

rung von Problemen, die gerade durch sein theologisches System entstehen. Im einzelnen behandelt Origenes:

6.2.1 Vater und Sohn: Wesensgleichheit

Staunend sammelt Origenes aus der Heiligen Schrift die Aussagen über den Mittler Christus. Dabei verliert dieser Mittler nicht seine Gottgleichheit, die ihm als ewiges Wort zukommt: „,Niemand kennt den Vater denn nur der Sohn, und niemand kennt den Sohn denn nur der Vater' – denn wer kann wissen, was die ,Weisheit' sei, als der, der sie hervorbrachte? wer kann die ,Wahrheit' in voller Klarheit kennen als der Vater der Wahrheit? wer schließlich konnte das ganze Wesen seines eigenen ,Wortes' durchdringen, welches selbst Gott ist (vgl. Joh 1,1) und dessen Wesen aus Gott stammt, als allein der Gott, bei dem der Logos war (vgl. Joh 1,1)? – (wenn wir uns all diese Aussagen vor Augen halten), so müssen wir zu der Überzeugung kommen, daß niemand anders diesen Logos, diese Weisheit, diese Wahrheit kennt ,denn nur der Vater' (vgl. Matth 11,27). Von ihm steht geschrieben (Joh 21,25): ,Die ganze Welt, achte ich, würde die Bücher nicht fassen, die zu schreiben wären': nämlich von dem Glanz und der Würde des Gottessohnes."[28] Wir können getrost aus dieser Zusammenstellung der biblischen Aussagen über den Sohn Gottes als Wort und Weisheit die Gleichwesenhaftigkeit des Sohnes mit dem Vater herauslesen. Origenes hat sich an anderen Stellen deutlich darüber geäußert.

Staunen erregt in Origenes aber auch der Kontrapunkt: daß dieser erhabene und „über allem stehende"[29] Sohn Gottes Mensch geworden ist. Durch die Propheten vorausverkündet und durch die Apostel nach seiner Himmelfahrt bezeugt, ließ er sie alle schon an der „Kraft seiner Gottheit"[30] teilhaben.

6.2.2 Zwei-Naturen-Lehre

Staunen erregt auch, daß der Sohn Gottes, der das Wort und die Weisheit des Vaters ist, „in den engen Grenzen jenes Menschen, der in Judäa erschien, anwesend war, wie der Glaube sagt; daß Gottes Weisheit in den Schoß einer Frau einging, als Kind geboren wurde und weinte wie alle kleinen Kinder [...]."[31] Oder: „Wir finden so manches an ihm, das so mensch-

[28] PA II 6,1 Gö, 357.
[29] PA II 6,1 Gö, 359.
[30] A. a. O.
[31] PA II 6,2 Gö, 359.

lich ist, daß es sich nicht von der allgemeinen Gebrechlichkeit der Sterblichen unterscheidet, und anderes, das so göttlich ist, daß es einzig zu dem ersten und unaussprechlichen Wesen der Gottheit [primae et ineffabili naturae deitatis] paßt. Da stockt der beschränkte menschliche Verstand und weiß, vom Staunen ergriffen, nicht, wozu er sich neigen, was er festhalten, wohin er sich wenden soll. Wenn er Gott denkt, sieht er einen Sterblichen; wenn er einen Menschen annimmt, erblickt er einen Sieger über das Reich des Todes, der mit der Beute aus dem Totenreich zurückkehrt (vgl. Eph 4,8)."[32]

Aufgrund dieser Betrachtung kommt Origenes zur Zwei-Naturen-Lehre: „Aus diesen Gründen muß man mit aller Vorsicht und Ehrfurcht darauf achten, daß bei einem und demselben das wirkliche Vorhandensein von beiden Naturen aufgewiesen wird: es soll bei der göttlichen, unaussprechlichen Substanz nichts genommen werden, was unwürdig und unpassend wäre [in uno eodemque ita utriusque naturae veritas demonstretur, ut neque aliquid indignum et indecens in divina illa et ineffabili substantia sentiatur]; andererseits sollen die Ereignisse (im Leben Jesu) auch nicht betrachtet werden als vorgetäuscht durch falsche Trugbilder."[33] Hier muß eines deutlich gesagt werden: Origenes kennt und vertritt die Zwei-Naturen-Lehre. Wir haben in ›Contra Celsum‹ originale griechische Texte, in denen Origenes dies verdeutlicht. Die Bedenken von Studer[34] sind weithin unbegründet,[35] wenngleich wir gerne zugeben, daß die diesbezüglichen Begrifflichkeiten ihre klare Begrenzung noch nicht gefunden haben. Origenes vertritt sogar ansatzweise die Idiomenkommunikation, wie wir noch zeigen werden. Zugleich betont unser Alexandriner in unserem Kontext die wirkliche Menschwerdung des Logos gegen allen damals aufgekommenen Doketismus, einer Irrlehre, die Christus nur einen Scheinleib zugestehen wollte.

6.2.3 Bedingungen zur Menschwerdung

Die Mittlerschaft des ewigen Logos zu der geschaffenen Wirklichkeit dieser Welt und besonders mit den Menschen schildert Origenes gewissermaßen in einem Fokus, in der Vereinigung von Logos und Seele. Einerseits

[32] A. a. O.

[33] PA II 6,2 Gö, 361.

[34] Vgl. Basil Studer, Zur Frage der dogmatischen Terminologie in der lateinischen Übersetzung von Origenes, ›De principiis‹. In: Epektasis. Mélanges patristiques offerts au Cardinal Jean Daniélou. Publiés par Jacques Fontaine et Charles Kannengiesser. Paris 1972, 403–414.

[35] Vgl. Lothar Lies, Vom Christentum zu Christus nach Origenes' ›Contra Celsum‹. In: ZKTh 112 (1990), 150–177.

kann sich der Logos nicht unmittelbar mit dem Fleisch und der Materie verbinden. Als Mittleres dient Origenes hier die Seele. Er nimmt eine geschaffene präexistente Seele an, die in besonderer Liebe zum Logos erglüht war und mit ihm ein Geist geworden (vgl. 1 Kor 6,17), ganz Anteil am Logos hatte: „Und zwar richtet das Maß dieses Anteils sich nach der Stärke der Liebe, mit der das betreffende Geschöpf ihm anhing. Nun kam es infolge der Willensfreiheit zur Verschiedenheit unter den Vernunftwesen, ob sie wärmere oder schwächere Liebe zu ihrem Urheber hegten.“[36] Man beachte, daß in dem Geschehen der Menschwerdung der Freiheit der präexistent geschaffenen Seele Jesu große Bedeutung zukommt. Dies führt aber nicht dazu, daß die Seele Jesu nun die eigentliche Erlösungstat vollbracht habe, wie man da und dort lesen kann, und das Subjekt der Erlösung sei. Zwei Gedanken sind hierbei streng zu beachten. Erstens: Die Seele kann von ihrer Konstitution her sowohl Göttliches, hier den Sohn Gottes, aufnehmen, sie kann aber auch gleichzeitig Materielles und Leiblichkeit in sich aufnehmen: „Diese Seelensubstanz [substantia animae] nun vermittelt zwischen Gott und dem Fleisch, denn eine Verbindung von Gott und Materie war ohne Vermittlung nicht möglich. So wurde, wie gesagt, der Gott-Mensch geboren, wobei jene Substanz in die Mitte trat [illa substantia media existente]. Für sie (die Seele) war es ja nicht naturwidrig, einen Körper anzunehmen; und andererseits konnte jene Seele als vernünftige Substanz [substantia rationabilis] ihrer Natur nach auch Gott aufnehmen, in welchem sie, wie wir vorhin sagten, als dem Logos, der Weisheit und der Wahrheit schon ganz aufgegangen war [cesserat].“[37]

Zweitens: Besonders dieser Text weist auf einen weiteren wichtigen Gesichtspunkt hin, der zu beachten ist, wenn man nach dem Subjekt der Erlösung fragt. Wenngleich die Seele in der Vereinigung mit dem Logos ganz in ihn aufgegangen ist [cesserat], so heißt dies nicht, daß sie in Gott ihr Sein verloren habe. Vielmehr ist sie so mit dem Logos verbunden, daß sie das will und tut, was der Logos tut. Sie hat ihre Freiheit ganz in den Dienst dieses Logos gestellt. Aussagen über den personalen Logos können von ihr und Aussagen über die Seele können vom Logos gemacht werden. Hier ist die Idiomenkommunikation schon entdeckt: „Aus diesem Grunde – weil sie [sc. die Seele] ganz im Sohne Gottes ist oder den Sohn Gottes ganz in sich aufnimmt – heißt diese Seele mit Recht, samt dem Fleisch, welches sie angenommen hat, ‚Gottes Sohn‘ und ‚Gottes Kraft‘, ‚Christus‘ und ‚Gottes Weisheit‘; andererseits wird der Sohn Gottes, durch den alles geschaffen ist (vgl. Kol 1,16), ‚Jesus Christus‘ und ‚Menschensohn‘ genannt. Einerseits heißt es, der Sohn Gottes sei gestorben (vgl. Röm 5,10), nämlich gemäß

[36] PA II 6,3 Gö, 361 u. 363.
[37] PA II 6,3 Gö, 363.

jener Natur [pro ea scilicet natura, quae mortem utique recipere poterat], die zum Tode fähig war; andererseits wird er ‚Menschensohn' genannt und (gleichzeitig) verkündet, daß er kommen soll in der Herrlichkeit seines Vaters mit den heiligen Engeln (vgl. Matth 16,27 u. Par.). Darum wird auch in der ganzen Schrift von der göttlichen Natur ebenso mit menschlichen Ausdrücken geredet, wie die menschliche mit der Auszeichnung der göttlichen Titel geschmückt wird."[38]

Origenes kennt noch nicht den Begriff der Person, der in der klassischen Idiomenkommunikation vorausgesetzt wird. Dennoch spürt er die Notwendigkeit, von dem einen Logos auch Menschliches auszusagen. Die Seele dient ihm nicht nur zur seinshaften Vermittlung von Gottheit und Materie oder Leiblichkeit, sie dient ihm auch dazu, diese Vereinigung als eine personale Einheit darzustellen. Beachtet man aber, daß diese Seele so mit dem Logos verbunden ist, daß sie einerseits ihr Sein nicht verliert, andererseits aber alle personale Aktivität vom Logos ausgeht, wird der Logos zum eigentlichen Subjekt der Heilsinitiative, und dies nicht in einem monophysitischen Sinn, sondern in einem perichoretisch-personalen Sinn. Ist doch die Seele ganz im Sohne Gottes und der Sohn Gottes ganz in der Seele. Dabei ist zu beachten, daß es doch Gott war, wenngleich aufgrund der Verdienste dieser Seele, der diese Seele erwählte. Es ist aber auch zu betonen, daß die Freiheit der sich an den Logos bindenden präexistenten Seele Bedingung dafür ist, daß der Logos seinerseits sich dieser Seele schenkt.

Origenes entwickelt diese Auffassung aus verschiedenen Schriftstellen: „Dafür, daß vollkommene Liebe und echte, reine Zuneigung ihr [sc. der Seele] diese untrennbare Einheit mit Gott eingetragen hat, daß es also nicht aus Zufall oder Ansehen der Person (vgl. 1 Petr 1,17) geschah, daß Gott diese Seele annahm, sondern auf Grund ihrer sittlichen Vorzüge, höre man als Beweis den Propheten, welcher zu ihr sagt (Ps 44 [45],8): ‚Du liebtest Gerechtigkeit und haßtest gottloses Wesen; darum hat dich Gott, dein Gott, gesalbt mit Freudenöl mehr denn deine Gesellen.' Sie wird also um ihrer Liebe willen mit Freudenöl gesalbt, d. h.: die Seele wird, mit dem Worte Gottes (vereint), zu Christus. Denn die Salbung mit Freudenöl bedeutet nichts anderes als das Erfülltwerden vom heiligen Geist; der Zusatz ‚mehr denn deine Gesellen' aber gibt an, daß die Gnade des Geistes ihr nicht in derselben Weise verliehen wurde wie den Propheten, sondern daß die Fülle des Wortes Gottes selbst wesenhaft in ihr war [sed ipsius verbi dei in ea substantialis inerat plenitudo], wie auch der Apostel sagt (Kol 2,9): ‚In ihm wohnt die ganze Fülle der Gottheit leibhaftig'."[39]

Origenes zieht aus dieser innigen Einheit von Logos und Seele die Folge-

[38] PA II 6,3 Gö, 365.

[39] PA II 6,4 Gö, 365 u. 367.

rung, daß die Seele Jesu nach ihrer Vereinigung mit dem Logos niemals der Sünde, d. h. der Entscheidung gegen den Logos fähig war. Dennoch verliert die Seele nicht ihre prinzipielle Freiheit: „Vielleicht findet jemand eine Schwierigkeit darin, daß, wie wir oben gezeigt haben, in Christus eine vernünftige Seele ist, und daß die Natur einer solchen Seele, wie wir bei unseren Erörterungen immer wieder aufgewiesen haben, sowohl zum Guten wie zum Bösen fähig ist. Diese Schwierigkeit läßt sich folgendermaßen auflösen. Es ist nicht zu bezweifeln, daß die Natur jener Seele dieselbe war wie die aller Seelen; sonst könnte man sie nicht ‚Seele' nennen, wenn sie nicht in Wahrheit eine Seele war. Da nun allen diese Fähigkeit zukommt, zwischen Gut und Böse zu wählen, hat diese Seele Christi die ‚Liebe zur Gerechtigkeit' (vgl. Ps 44 [45], 8) gewählt, derart daß sie entsprechend der Größe der Liebe unwandelbar und untrennbar an ihm hing; und so schloß die Festigkeit des Entschlusses, die überwältigende Größe der Zuneigung und die unauslöschliche Wärme der Liebe jeden Gedanken an Umkehr und Veränderung aus. Was ursprünglich von freier Entscheidung abhing, ist durch die Wirkung langer Gewohnheit jetzt zur Natur geworden. So muß man annehmen, daß in Christus zwar eine menschliche Vernunftseele war, daß sie aber keinen Gedanken an Sünde und keine Möglichkeit dazu hatte."[40] Dann bringt Origenes das später berühmt gewordene Beispiel des vom Feuer durchglühten Eisens, das wieder auf eine perichoretische Vorstellung der Einheit von Logos und Seele hinweist: „Ebenso ist auch jene Seele, die sich stets, wie das Eisen im Feuer, im Logos, in der Weisheit, in Gott befindet, ist alles was sie tut, was sie empfindet, was sie erkennt, Gott. Darum kann man sie nicht als veränderlich und wandelbar bezeichnen; sie besitzt die Unveränderlichkeit, indem sie von der Vereinigung mit dem Wort Gottes unaufhörlich durchglüht ist."[41]

An dieser Glut haben alle die teil, die mit dieser Seele Jesu verbunden sind: „Etwas von der Wärme des Wortes Gottes, so muß man annehmen, ist zu allen Heiligen gedrungen; in dieser Seele aber hat sich, wie wir glauben, das göttliche Feuer selbst wesenhaft [ignis divinus substantialiter requievisse credendus est] niedergelassen, und von hier ist ein Teil der Wärme zu den anderen gedrungen."[42]

Ein weiteres Beispiel für die Einheit von Logos und Seele in Christus bietet das Bild vom Salbgefäß. Ein von guter Salbe volles Gefäß kann unmöglich schlechte Düfte aus der Umwelt aufnehmen. Zugleich kann dieses Bild auch die wesenhafte Einwohnung des Logos in der Seele Christi schildern, während in den anderen Seelen der Logos nur als Duft einwohnt.[43]

[40] PA II 6,5 Gö, 367 u. 369.

[41] PA II 6,6 Gö, 369.

[42] A. a. O.

[43] PA II 6,6 Gö, 369 u. 371.

Auch das Bild vom Schatten, den eine Person oder ein Gegenstand wirft, kann hilfreich sein, die Einheit von Logos und Seele zu erklären. Die dem Logos anhängende Seele Christi ist wie der Schatten des Logos. Daran kann Origenes, wie er glaubt, bestimmen, „was in Christus die Natur der göttlichen Weisheit sei und was die sei, die er zum Heil der Welt angenommen hat."[44] Und Origenes fährt begründend fort: „Denn wie der Schatten unseres Körpers nicht von diesem zu trennen ist und all seine Bewegungen und Gebärden ohne Abweichung mitmacht, so war die Seele Christi untrennbar mit ihm verbunden und vollführte alle Handlungen und Bewegungen entsprechend seinen Bewegungen und seinem Willen."[45]

Wir stellen fest, daß Origenes einerseits das „Ungetrennt" von Seele und Logos, andererseits das „Unvermischt" von Gottheit und Seele lehrt, wie es 200 Jahre später das Konzil von Chalcedon verkünden wird. Die Seele Jesu ist nach den vorausgehenden Bemerkungen des Origenes nicht prinzipiell unfrei, sondern nur faktisch, durch die Bindung der Treue, eine wahrlich höhere Art der Freiheit.

6.2.4 Die Sendung Christi

Origenes ist aufgrund seines Gottesbildes der Auffassung, daß das Werden der Welt als „katabole" nicht hinreichte, den Prozeß des Abfalls der geistigen Schöpfung von Gott zu bremsen, schon gar nicht die Rückführung zu Gott einzuleiten: „Wir sagten, daß alle Seelen, die in dieser Welt weilten, zahlreicher Diener oder Lenker oder Helfer bedurften; in den jüngsten Zeiten aber, als schon das Ende der Welt nahe bevorstand und das ganze Menschengeschlecht dem völligen Untergang zustrebte, da Schwäche nicht nur über die Geführten, sondern auch über die mit der Aufgabe des Führens Betrauten kam: da hatte (das Menschengeschlecht) nicht mehr eine Hilfe von dieser Art nötig, Verteidiger, die ihm selbst wesensähnlich [similibus sui defensoribus] waren, sondern es verlangte nach der Hilfe seines Urhebers und Schöpfers selbst, daß er die verderbte und entwürdigte Ordnung wiederherstelle: bei den einen den Gehorsam, bei den anderen die Herrschaft. So kam es, daß der eingeborene Sohn Gottes, der das Wort und die Weisheit des Vaters war, obwohl er ‚beim Vater in der Herrlichkeit war, die er hatte, ehe die Welt war' (vgl. Joh 17,5), ‚sich selbst entäußerte, Knechtsgestalt annahm und gehorsam wurde bis zum Tode' (vgl. Phil 2,7–8), um jene Gehorsam zu lehren, die nichts anderes als durch Gehorsam das Heil erlangen konnten; und außerdem, um die verderbten Gesetze des Lenkens und Herr-

[44] PA II 6,7 Gö, 371.
[45] A. a. O.

schens wiederherzustellen, indem er ‚alle Feinde unter seine Füße legte' (vgl. 1 Kor 15,25). Eben dadurch, daß er ‚herrschen muß, bis daß er seine Feinde unter seine Füße lege und den letzten Feind vernichte, den Tod' (vgl. 1 Kor 15,25–26), will er die Herrscher in der Handhabung der Herrschaft unterweisen. *Und* da er nicht nur gekommen war, die Ordnung des Lenkens und Herrschens wiederherzustellen, sondern, wie gesagt, auch die des Gehorchens, hat er zunächst in sich selbst erfüllt, was er von anderen erfüllt sehen wollte, und ist deshalb dem Vater ‚gehorsam geworden bis zum Tod am Kreuze' (vgl. Phil 2,8); ja noch mehr: bei der Vollendung der Welt umfaßt er in sich alle die, die er ‚dem Vater unterwirft' (vgl. 1 Kor 15,28) und die durch ihn zum Heil kommen, und heißt darum selber mit ihnen und in ihnen ‚dem Vater unterworfen' (vgl. 1 Kor 15,28)."[46]

Diese Unterwerfung darf nicht in einem negativen Sinne mißverstanden werden. Vielmehr, wie die Unterwerfung des Sohnes unter den Vater nicht bedeutet, daß er vorher nicht unterworfen war, gewissermaßen frei, so bedeutet die Unterwerfung der Seelen unter Gott nicht eine neue Art Sklaverei, sondern vielmehr das Heil, „die Seligkeit unserer Vollendung".[47] „Wenn es heißt, der Sohn sei dem Vater unterworfen, so wird damit die vollkommene Wiederbringung der ganzen Schöpfung bezeichnet, und wenn es heißt, die Feinde seien dem Sohn Gottes unterworfen, so ist darin die Rettung und Wiederherstellung [reparatio] der Verlorenen zu sehen."[48]

Diese Wiederherstellung wird sich nicht in Gewalt und gegen die Freiheit der Geschöpfe vollziehen, sondern „durch Wort, Vernunft, Wissen, Aufmunterung der Besseren, gute Lehren, auch durch angemessene, der Sache entsprechende Strafdrohungen, welche in gerechter Weise gegen jene gerichtet sind, die die Sorge um ihr Heil und ihren Nutzen vernachlässigen und sich um ihre Unversehrtheit nicht bekümmern."[49] Bei dieser Wiederherstellung hilft auch der Heilige Geist.[50]

6.3 Der Gott der Heilsökonomie: der Heilige Geist

Origenes behandelt immer noch das christliche Gottesbild, so auch den Heiligen Geist, hier jedoch theologischer als im ersten Buch von PA. Origenes betreibt mehr Pneumatologie, weniger Trinitätstheologie. Wiederum ist er an der Sicherung des Glaubens interessiert, denn wiederum stehen dem

[46] PA III 5,6 Gö, 635 u. 637.
[47] PA III 5,7 Gö, 639.
[48] A. a. O.
[49] PA III 5,8 Gö, 639 u. 641.
[50] PA III 5,8 Gö, 641.

Alexandriner jene Häretiker gegenüber, die schon die Einheit Gottes geleugnet hatten, vor allem die Marcioniten und die Anhänger des Valentin. Origenes hat den Glauben zu stärken, daß der Geist des Alten Testamentes auch der Geist Jesu Christi und des Neuen Testamentes ist.[51] Gerade so entsteht die Frage nach der besonderen unterschiedlichen Wirksamkeit des Geistes im Alten Bund und im Neuen Bund gegen den Montanismus[52], weiter die nach der rechten Vorstellung von der Gottgleichheit und Wirksamkeit[53], ja, auch die nach dem rechten Begreifen des Unterschiedes der Parakletfunktion des Geistes und des Logos.[54] Im einzelnen entfaltet Origenes sein Anliegen so:

Zunächst hat er aufzuweisen, daß der Geist der Propheten und der Geist der Apostel ein und derselbe Geist sind: „Wie es ein und derselbe Gott und ein und derselbe Christus ist, so auch ein und derselbe heilige Geist, der in den Propheten und in den Aposteln war, d. h. sowohl in denen, die vor dem Kommen Christi an Gott glaubten, wie in denen, die durch Christus ihre Zukunft bei Gott fanden.“[55] Allerdings ist der Heilige Geist die Kraft der Universalisierung des Heiles. Im Alten Testament noch auf wenige beschränkt, so betont Origenes für die neutestamentliche Zeit: „Jetzt aber gibt es eine unzählbare Menge von Gläubigen, die vielleicht nicht alle der Ordnung nach und mit voller Klarheit den systematischen Zusammenhang der geistigen Deutungen erklären können, die aber doch fast alle überzeugt sind, daß weder die Beschneidung körperlich zu verstehen ist noch die Sabbatruhe noch die blutigen Tieropfer [...]. Dieses Verständnis wird ohne Zweifel durch die Kraft des heiligen Geistes allen eingegeben.“[56]

Besonders an der Bedeutung von Paraklets „Tröster“ kann man erkennen, daß der Heilige Geist viele Gnadengaben schenkt, die ihn auf die Ebene Gottes heben und ihn nicht mit anderen Geistern verwechseln lassen: „Das Evangelium schreibt ihm solche Macht und Würde zu, daß es heißt (vgl. Joh 16,12–13), die Apostel könnten ‚noch nicht fassen‘, was der Erlöser sie lehren wolle, ‚bis der heilige Geist komme‘, der sich in ihre Seele ergießen werde und sie erleuchten könne über das Verständnis der Trinität und den Glauben daran.“[57] Hier liegt ein Argument vor, um die Gottheit des Heiligen Geistes zu erweisen. Der Heilige Geist lehrt Höheres und Göttlicheres als andere „Geister“: „Wir müssen also wissen, daß der Paraklet der heilige

[51] PA II 7,1 Gö, 373 u. 375.
[52] PA II 7,2 Gö, 377.
[53] PA II 7,4 Gö, 379.
[54] PA II 7,4 Gö, 381.
[55] PA II 7,1 Gö, 375.
[56] PA II 7,3 Gö, 377.
[57] A. a. O.

Geist ist, der Höheres lehrt, als es mit Worten sich äußern läßt, Dinge, die sozusagen ‚unaussprechlich' sind und ‚welche zu sagen dem Menschen nicht freisteht' (vgl. 2 Kor 12,4), d. h. welche mit menschlicher Sprache nicht ausgedrückt werden können."[58]

Paraklet heißt auch Tröster: „... denn wenn einer am heiligen Geist teilhaben darf, so bringt ihm die Erkenntnis der unaussprechlichen Geheimnisse gewiß Tröstung und Freudigkeit des Herzens. Denn wenn er die Gründe von allem, was geschieht, sein Warum und sein Wie, mit Hilfe des Geistes erkannt hat, kann seine Seele in nichts mehr verstört werden (vgl. Joh 14,26–27) oder Trauer empfinden; und nichts kann ihn erschrecken, wenn er, dem Wort Gottes und seiner Weisheit anhangend, ‚Herr Jesus spricht im heiligen Geist' (vgl. 1 Kor 12,3)."[59]

6.4 Systematische Verdeutlichung

Die Ausführungen über den dreifaltigen Gott sind nun weniger philosophisch, mehr heilstheologisch gehalten, beachten vor allem die innerkirchlichen Häresien und versuchen eine tiefere Begründung des christlichen Glaubens.

7. Das Drama der Seele: Schöpfung, Fall und Verheissung

7.1 Die Seele

Das 8. Kapitel des 2. Buches von PA handelt von der Seele und ist nach der Auskunft des Origenes[1] eine eingeschobene „generelle" Untersuchung [de anima generaliter inquirere][2] mit Definition,[3] mit Erörterung der Bereiche, in denen Seelen vorkommen könnten (Tiere, Menschen, Engel), besonders eine Untersuchung der für das Denken des Origenes wichtige Frage, „ob es vielleicht eine Substanz gibt, die dadurch, daß sie Seele ist, unvollkommen ist".[4] Vor allem aber diskutiert der Alexandriner, ob es eine Art Erlösung von dieser Unvollkommenheit geben kann[5], was diese Uner-

[58] PA II 7,4 Gö, 379.
[59] PA II 7,4 Gö, 379 u. 381.
[1] Vgl. PA II 9,1 Gö, 399.
[2] PA II 8,1 Gö, 381.
[3] PA II 8,1 Gö, 383.
[4] PA II 8,2 Gö, 385.
[5] PA II 8,3 Gö, 389.

löstheit[6] bedeutet und wie man sich diese Unerlöstheit als Wirklichkeit des Teufels[7] vorstellen könnte. Origenes stellt aber auch die Frage nach der Verwirklichung der Seele in den Himmelskörpern,[8] sogar in Gott.[9] Er beschließt die Erörterung: „Dies haben wir nach unserem Vermögen über die vernünftige Seele vorgetragen, mehr zur Erwägung des Lesers denn als fest hingestellte Lehre.“[10]

Nach diesem Überblick ist die Frage nach der Bedeutung dieser Untersuchung relativ leicht zu beantworten. Eine erste Antwort könnte sein, Origenes behandelt hier ausführlich seine Seelenlehre, die schon an den verschiedensten Stellen seines Werkes aufgetaucht ist. Gestützt würde diese Auffassung durch den Hinweis, daß sich ja das Werk PA aus den verschiedensten Vorlesungen, in etwa auch monographischer Art, zusammensetzt.

Dennoch geben wir einer zweiten Deutung den Vorzug. Origenes bereitet mit dem 8. Kapitel in etwa seine Ausführungen über die konkrete Schöpfung und deren Erlösung vor. Wer seine Wertungen über den Anwendungsbereich des Begriffes Seele und vor allem die über die Seele selbst aufmerksam liest, stellt bald fest, daß Seele nicht den Idealzustand der geistigen Wesen darstellt, sondern schon andeutungsweise den Zustand der gefallenen geistigen Schöpfung meint.

Er läßt sich zu dieser Erkenntnis führen durch die Definition von Seele: „Sie sei eine Substanz mit Vorstellungs- und Strebevermögen.“[11] Die Bibel selbst nennt manchmal das Blut den Sitz der Seele. Ein solcher Sitz der Seele können auch Körpersäfte sein bei jenen Lebewesen, die kein Blut aufweisen. Solche Lebewesen wären also beseelt. Nun bleibt die Frage, ob die Definition von Seele auch auf Engel und schließlich auf Gott angewendet werden darf. Die Heilige Schrift gibt nirgends einen Hinweis darauf, daß Engel eine Seele haben oder Seelen sind. Dennoch scheint die Definition von Seele rein gedanklich auch auf die Engel anwendbar zu sein. Mit anderen Worten: Eine Offenbarungswahrheit von der Seele der Engel gibt es nicht, allein die Vernunft macht eine solche Annahme sinnvoll.

Von der Seele Gottes hingegen sprechen viele biblische Texte. Handelt es sich also um eine Offenbarungswahrheit, daß Gott eine Seele habe?[12] Dazu der Alexandriner: „Schwierig ist es aber, ein Urteil darüber abzugeben, wie es zu verstehen sei, daß in der Schrift von der Seele Gottes die Rede ist: denn wir bekennen ein für allemal, daß seine Natur einfach und ohne jede

[6] PA II 8,3 Gö, 391.
[7] A. a. O.
[8] PA II 8,3 Gö, 395.
[9] PA II 8,5 Gö, 397 u. 399.
[10] PA II 8,5 Gö, 399.
[11] PA II 8,1 Gö, 381 u. 383.
[12] PA II 8,1 u. 2 Gö, 383–385.

Zufügung und Beimischung ist; und doch scheint, wie auch immer das zu verstehen ist, zuweilen von der Seele Gottes die Rede zu sein."[13] Origenes schlägt folgende Lösung vor: „Alles, was bei Gott in körperlicher Weise benannt wird, z. B. Finger, Hände, Arme, Augen, Mund, Füße – mit all diesen Benennungen körperlicher Organe sind nach unserer Auffassung nicht diese menschlichen Organe gemeint, sondern bestimmte Kräfte Gottes. Ebenso muß man auch bei dem Ausdruck ‚die Seele Gottes' annehmen, daß damit etwas anderes gemeint ist. Und wenn wir es wagen dürfen, hierin etwas Weitergehendes zu sagen, so ist vielleicht die Seele Gottes als sein eingeborener Sohn zu verstehen. Denn wie die Seele dem ganzen Körper eingefügt ist und alles bewegt, lenkt und in Tätigkeit setzt, so hängt auch der eingeborene Sohn Gottes, welcher sein Wort und seine Weisheit ist, mit jeder Kraft Gottes zusammen und ist in sie eingefügt. Es ist vielleicht ein Hinweis auf dieses Geheimnis, wenn Gott in der Schrift als Körper bezeichnet und beschrieben wird. Doch ist auch zu erwägen, ob der Eingeborene vielleicht deshalb als Gottes Seele verstanden wird, weil er selbst zu diesem ‚Ort der Heimsuchung' (vgl. Ps 43 [44], 20) gekommen und niedergestiegen ist in das ‚Tal der Tränen' (vgl. Ps 83 [84], 7) und an den Ort unserer Erniedrigung; wie es im Psalm heißt (Ps 43 [44], 20): ‚Da du uns erniedrigt hast am Ort der Heimsuchung.' Schließlich weiß ich, daß einige bei der Erklärung des Heilandswortes im Evangelium (Matth 26, 38 u. Par.): ‚Meine Seele ist betrübt bis zum Tode' es auf die Apostel beziehen; damit habe er sie, da sie über seinem übrigen Leibe stünden, als seine Seele bezeichnet. Denn da die Menge der Gläubigen sein ‚Leib' heißt (vgl. 1 Kor 12, 27 u. ö.), mußten, wie sie sagen, die Apostel, da sie aus der Menge herausragten, als seine ‚Seele' verstanden werden."[14] Diese für uns ungewohnten Überlegungen des Origenes über die Seele Gottes deuten in die Richtung, daß der Begriff Seele nicht auf Gott angewendet werden kann und immer etwas mit Niedrigkeit, mit Abstieg, mit „unten" zu tun hat.

Um nun darüber Auskunft zu geben, ob die menschliche Seele, obwohl sie eine Substanz mit vernunftgemäßem Vorstellungs- und Strebevermögen [substantia rationabiliter sensibilis et mobilis][15] ist, auch in Richtung Abstieg, Fall und Niedrigkeit verstanden werden könne, greift Origenes wie immer auf die Heilige Schrift zurück. Dort findet er die paulinische Unterscheidung von pneumatischem und psychischem Menschen (vgl. 1 Kor 2, 14 und 1 Kor 15, 44). Paulus veranschlagt dort den psychischen Menschen nicht so hoch wie den pneumatischen Menschen. „Auf Grund dieser Stellen fragen wir, ob es vielleicht eine Substanz gibt, die dadurch, daß sie Seele ist,

[13] PA II 8, 2 Gö, 385.
[14] PA II 8, 5 Gö, 397–399.
[15] PA II 8, 2 Gö, 385.

unvollkommen ist."[16] Ist sie doch von der Vollkommenheit herabgesunken.[17] Origenes überlegt kontrollierend in die Gegenrichtung, „ob vielleicht die Seelen, wenn sie das Heil erlangt haben und in die Seligkeit eingegangen sind, aufhören, Seelen zu sein."[18] Auch der Gedanke, daß Gott in der Schrift als Feuer bezeichnet wird, während die Engel als Feuerflammen und die Heiligen als vor Feuer glühend erwähnt werden, bestätigt seine Auffassung. „Während nun Gott Feuer ist, die Engel Feuerflammen und die Heiligen glühend im Geiste, muß man umgekehrt von denen, die von der Liebe Gottes abgefallen sind, zweifellos sagen, daß sie in seiner Liebe erkaltet, kalt geworden sind."[19]

Den Gedanken von der Abkühlung der Seele findet Origenes ebenfalls in der Schrift bestätigt, denn die Schrift bezeichnet jene Wirklichkeiten, die sich von Gott entfernt haben, als kalt: etwa den Teufel, die Schlange, die Drachen in den Meerestiefen. „Wenn nun also das Heilige als feurig, hell und heiß bezeichnet wird, das Gegenteil aber als kalt, und wenn es heißt, daß bei den Sündern ‚die Liebe erkalte' (vgl. Matth 24,12), so ist zu fragen, ob vielleicht auch die Bezeichnung ‚Seele' (psyche) davon hergenommen ist, daß sie von einem göttlicheren und höheren Zustand ‚erkaltet ist' (psychesthai); das heißt davon, daß sie von ihrer natürlichen und göttlichen Wärme erkaltet ist und so zu ihrem jetzigen Zustand und zu ihrer jetzigen Bezeichnung gekommen ist."[20]

Origenes beobachtet noch zusätzlich in der Heiligen Schrift die Tatsache, daß dort der Begriff Seele kaum in einem lobenden, sondern mehr in einem tadelnden Sinne Verwendung findet.[21] Ein Text des Hieronymus bestätigt: „Der Nus [mens] wird durch seinen Fall zur Seele, und die Seele wiederum wird, wenn sie mit Tugenden ausgestattet ist, zum Nus. Wenn wir über die Seele des Esau nachforschen, so können wir feststellen, daß er wegen früherer Sünden zu einem tieferstehenden Leben verurteilt wurde (vgl. Röm 9,13). Und was die ‚Himmlischen' (vgl. 1 Kor 15,40) betrifft, so ist zu überlegen, ob die Seele der Sonne – oder wie man sie nennen will – nicht erst bei der Erschaffung der Welt zu existieren begonnen hat, sondern (schon früher), bevor sie in den leuchtenden und glühenden Körper eintrat. Ähnliches können wir von Mond und Sternen annehmen: daß sie zwar wegen voraufgehender Ursachen gegen ihren Willen gezwungen wurden, sich ‚der Eitelkeit zu unterwerfen' (vgl. Röm 8,20), (jetzt aber) um des künf-

[16] PA II 8,2 Gö, 387.
[17] PA II 8,3 Gö, 387.
[18] PA II 8,3 Gö, 389.
[19] PA II 8,3 Gö, 391.
[20] PA II 8,3 Gö, 391 u. 393.
[21] PA II 8,3 Gö, 393.

tigen Lohnes willen nicht ihren eigenen Willen, sondern den des Schöpfers tun, von dem sie ihrem jeweiligen Dienst zugeteilt sind."[22]

Damit ist für Origenes aber auch schon die Frage des individuellen Zustandes der Seelen beantwortet. Er ergibt sich aus der jeweiligen Entfernung des Geistwesens vom durchglühenden Logos: „Wenn dem so ist, so scheint mir, daß der Abstieg der Vernunft [nous, mens] nicht als ein bei allen gleicher anzusehen ist, sondern daß sie sich entweder mehr oder weniger in Seele umwandeln kann. Einige Intelligenzen [mentes] bewahren noch etwas von der früheren Kraft, andere gar nichts oder nur wenig. Daher kommt es, daß einige Menschen von Kind an einen schärferen Verstand zeigen, andere einen langsameren, einige aber von Geburt ganz stumpf und völlig lernunfähig sind."[23] Mit dem Blick auf die biblische Verwendung von „Seele", besonders im Zusammenhang mit der Seele Christi, ergibt sich für Origenes, „daß die Seele etwas Mittleres ist zwischen dem schwachen Fleisch und dem willigen Geist [spiritus promptus]."[24]

Es sei hier verdeutlicht, daß nach dieser Auffassung die Seele ein Zustand des Nus ist, der in Wirklichkeit nicht sein sollte. Hier deutet sich die schwierige Frage an, ob die sündenlose Seele Christi eigentlich noch eine Seele ist. Eines steht jedoch fest: Seele ist eine zu vereindeutigende, letztlich auch zu erlösende Wirklichkeit. Origenes benötigt diese Theorie des Abfalls von Gott, um die Individualität allen (belebten) Seins erklären zu können.

7.2 Materielle Schöpfung: Fall und Heilsereignis

Mit der Frage nach der Natur der Seelen, nach der Seele Christi und der Leiblichkeit Christi war die Frage der Schöpfung schon aufgetaucht. Mit der Deutung der Individualität und der Freiheit der nicht-göttlichen Seienden ist die Frage nach der jetzigen Schöpfung, besonders die nach ihrem Beginn, verschärft aufgegeben, „soweit die Vernunft ein solches Beginnen des Schöpfergottes denken kann."[25] Dieses Nachdenken über das „Beginnen" läßt noch einmal einen Blick werfen auf die Anfänge der Geistwesen[26] und auf die Beziehung ihres Anfangs zum Fall,[27] auf die aus Vorsehung daraus entstehende Vielheit der unterschiedlichen, jedoch beseelten Sterne, auf die unterschiedlichen Menschen und Tiere,[28] die gerade in dieser Vielfalt

[22] PA II 8,3 Gö, 395; Text: Hier. Ep. 124,6 (p. 104, 1–16 Hi).
[23] PA II 8,4 Gö, 397.
[24] A. a. O.
[25] PA II 9,1 Gö, 399.
[26] PA II 9,2 Gö, 405.
[27] A. a. O.
[28] PA II 9,3 Gö, 407.

doch noch im Zueinander geordnet[29] sind. Dieser Zustand des „geordneten Falls" läßt seinerseits auf einen gerechten Schöpfer und sein nur Gerechtes und damit Gleiches schaffendes Wort schließen.[30] Besonders geht es Origenes um das Problem, „auf welche Weise diese große Verschiedenheit und Mannigfaltigkeit der Welt mit der umfassenden Norm der Gerechtigkeit [Gottes] vereinbar sei."[31] Origenes wendet sich neuerlich gegen Marcion und seine Erklärung der Vielheit,[32] indem er Gott als den höchsten guten und gerechten Grund der Schöpfung angibt, der durch die Vorsehung Gerechtigkeit und Güte durchhält in Lohn und Strafe.

Wir erkennen im Zusammenhang der Schöpfungslehre einen Kleintraktat, der Gerechtigkeit Gottes, Vorsehung, Freiheit des Menschen, Sündenfall und Belohnung in eins denkt. Wir haben es hier mit einer theologischen Systemskizze des Origenes zu tun.

7.2.1 Geistige Vielheit

Die Schöpfungslehre des Origenes beginnt mit einer schwer verständlichen Aussage, die Justinian uns überliefert. Es geht um den Beginn der Schöpfung und damit um den Schöpfungsakt selbst: „Bei (diesem) gedachten Beginn rief Gott durch seinen Willen eine solche Zahl von Vernunftwesen ins Dasein, wie er durchwalten konnte; denn man muß auch Gottes Macht für begrenzt erklären und nicht unter dem Vorwand frommer Scheu ihr die Umgrenzung nehmen. Denn wenn Gottes Macht unbegrenzt ist, so folgt, daß sie sich nicht einmal selbst denken kann; denn das Unbegrenzte ist seinem Wesen nach nicht umfaßbar."[33] Rufin fährt dann fort: „Ferner hat Gott auch nach der Aussage der Schrift alles geschaffen ‚mit Zahl und Maß' (vgl. Weish 11,20 [21]). Die ‚Zahl' wird man aus folgendem Grunde richtig auf die Vernunftwesen oder Intelligenzen [aptabitur rationabilibus creaturis vel mentibus] beziehen: Diese sollen so viele sein, daß Gottes Vorsehung für sie sorgen, sie regieren und zusammenhalten kann. Das ‚Maß' dagegen wird man folgerichtig auf die körperliche Materie beziehen, denn diese wurde, wie man annehmen muß, in einer Menge von Gott geschaffen, von der er wußte, daß sie ihm zur Einrichtung der Welt ausreichen würde."[34]

[29] PA II 9,4 Gö, 407 u. 409.

[30] PA II 9,4 Gö, 409.

[31] A. a. O.

[32] PA II 9,5 Gö, 412.

[33] PA II 9,1 Gö, 401; Text [lat. u. griech.] bei Gö, 400 = Fr. 24, Just. Ep. ad Menam [p. 190,7–14 Schw.).

[34] PA II 9,1 Gö, 403.

Origenes weist dann noch darauf hin, daß es sich hier um die Schöpfung vor unserer konkreten Schöpfung handelt, also um die Welt der geistigen Wesen.[35] In diese Welt gehört auch die Materie. Das ist insofern nicht widersprüchlich, da sie ja in ihrer raumzeitlichen Verwirklichung ebenso wie die geistigen Wirklichkeiten alle möglichen Bestimmungen, etwa Körperlichkeit aufnehmen kann. Origenes scheint, wie wir noch deutlicher darzustellen haben werden, ein geistiges Prinzip der konkreten Materie anzunehmen, etwa die Materia prima, die wirklich ist, aber doch auch wieder ihrer konkreten Verwirklichung harrt.

7.2.2 Konkrete Vielheit

Damit ist das Fundament für die Vielheit in der Welt gelegt. Aus der Hand Gottes sind die vielen endlichen Seienden als geistige Wirklichkeiten hervorgegangen, die sich untereinander nicht unterschieden. Dennoch liegt in ihrem Geschaffensein eine gewisse Labilität: „Diese Vernunftwesen, die [...] am Anfang geschaffen wurden, wurden geschaffen, nachdem sie vorher nicht waren; und sie erhielten eben dadurch, daß sie nicht waren und dann zu sein begannen, notwendigerweise ein wandelbares und veränderliches Sein; denn alles, was ihre Substanz [substantiae earum virtus] an Kraft enthielt, lag nicht von Natur darin, sondern war durch die Güte des Schöpfers bewirkt. (Die Eigenschaft), daß sie sind, ist also nicht ihnen eigen und nicht ewig, sondern eine Gabe Gottes. Denn sie existierten nicht immer, und alles was gegeben ist, kann wieder genommen werden und verschwinden. Die Ursache des Verschwindens aber wird darin liegen, daß die Bewegung der Geister nicht in richtiger und lobenswerter Weise erfolgt. Denn der Schöpfer gewährte den Intelligenzen, die er schuf, willensbestimmte, freie Bewegungen, damit in ihnen ein ihnen eigenes Gut entstehe, da sie es mit ihrem Willen bewahrten. Doch Trägheit, Überdruß an der Mühe, das Gute zu bewahren, und Abwendung und Nachlässigkeit gegenüber dem Besseren gaben den Anstoß zur Entfernung vom Guten. Vom Guten abzulassen bedeutet nun nichts anderes als ins Schlechte zu geraten. Denn es ist sicher, daß das Schlechte im Fehlen des Guten besteht. So kommt es, daß man in dem gleichen Maße in Schlechtigkeit gerät, wie man sich vom Guten entfernt. In dieser Weise wurde jede Intelligenz, je nach ihren Bewegungen, wenn sie das Gute mehr oder weniger vernachlässigte, zum Gegenteil des Guten, also zum Schlechten hingezogen. Es scheint, daß hier der Keim, die Ursache liegt, die der Schöpfer des Alls zum Anlaß nahm, um entsprechend der Verschiedenheit der Intelligenzen, d. h. der Vernunftgeschöpfe – einer

[35] A. a. O.

Verschiedenheit, deren Entstehung man den oben angeführten Gründen zuschreiben muß, – eine mannigfache und vielfältige Welt zu schaffen."[36]

Man beachte, zwei Grundeinsichten bestimmen die Erklärung der vorhandenen Welt: 1. die Kontingenz, die das nicht-notwendige und so verdankte Sein in numerischer Vielheit besagt und „seinslabil" ist. Da es sich aber 2. um Kontingenz von Intelligenzen handelt, muß es sich um eine „geistige" Labilität, sprich Freiheit, handeln. Sie macht die individuell-qualitative Verschiedenheit aus.

In der freien Selbstbestimmung der geistigen Wesen zum Guten, d. h. zum Verbleiben bei Gott, oder zum Schlechten, d. h. zur Entfernung von Gott, liegt die individuelle qualitative Verschiedenheit. Die Verschiedenheit der Individuen resultiert aus der freien Entfernung bzw. Nähe zu Gott.

Im folgenden erläutert Origenes diese seine Gedanken im einzelnen, indem er die beiden eben genannten Einsichten näher entfaltet.

Zunächst zeigt er die verschiedenen Wirklichkeiten auf, die alle in dem einen Kosmos zusammengefaßt sind: Engel, Himmelskörper, Menschen, reiche und arme, gesunde und kranke, freie und leibeigene; es gibt Tiere in der Luft, auf der Erde und im Wasser. Zudem spricht uns die Schrift von sichtbaren und vor allem von unsichtbaren Mächten.

Diese Verschiedenheit kann nicht von Gott kommen. Denn nach Auskunft der Schrift wurde alles in Christus, d. h. im Wort, und das heißt wieder, in Weisheit und Gerechtigkeit geschaffen. Daraus folgt, daß die Schöpfung in ihrer Vielheit ursprünglich gerecht war. Woher also die ungerecht erscheinende Vielheit in der Welt?[37]

Marcion und die Gnostiker Valentin und Basilides hatten behauptet, daß die Naturen der Seelen verschieden seien. Ihrer Meinung nach hat Gott qualitativ verschiedene geistige Wesen geschaffen, etwa die Engel im Himmel oder die geistigen Wesen, die Sonne, Mond und Sterne beseelen. Und alle zeigen an ihren Funktionen und Diensten den Unterschied. Die einen sind mächtiger, andere schwächer. Origenes sieht hier ein Element der Ungerechtigkeit, die in Gottes Handeln hineingelegt wird.[38] Diese „Ungerechtigkeit" darf nicht in Gottes Tat, sondern muß in den geistigen Wirklichkeiten, letztlich in ihrer Freiheit selbst gelegen sein. Dennoch bricht diese Vielheit nicht auseinander. Gottes Vorsehung hält sie zusammen, bestimmt sie, ohne die Freiheit der Geistwesen zu zerstören, zu gegenseitiger Hilfe.[39]

Seine Überzeugung läßt sich Origenes wieder durch die Heilige Schrift bestätigen. Selbst der Unterschied von Jakob und Esau kann nicht auf Got-

[36] PA II 9,2 Gö, 403 u. 405.
[37] PA II 9,4 Gö, 409.
[38] PA II 9,5 Gö, 409 u. 411.
[39] PA II 9,6 Gö, 413 u. 415.

tes Wille unmittelbar übertragen werden. Vielmehr muß vor dem Ereignis der leibhaftigen Geburt schon ein unterschiedlicher Gebrauch der Freiheit in einem „Vorleben" stattgefunden haben, so daß die Ereignisse um die Geburt schon Folge einer freien Entscheidung sind.[40]

7.2.3 Soteriologie der Schöpfungstat

Origenes blickt nicht nur auf die eschatologische Zukunft, auf die Trennung von guten und bösen geistigen Wesen, ja auch nicht nur auf die ihrer Liebe und Nähe zu Gott entsprechende Zuweisung ihres Platzes im Gesamt des Kosmos. Origenes blickt vom Ende auch auf den Anfang dieser konkreten Welt zurück. Es ist dies sein ausgesprochenes Interesse an der Heilsökonomie, die er aufgrund seiner Option für den guten und gerechten Gott entwerfen muß. Origenes betreibt Theologie. Die geistige, vor dem Sündenfall existierende Welt ist eine in dieser Theologie eingeschlossene Denkmöglichkeit, die ebenfalls von seinem Gottesbild geprägt ist.[41]

7.3 Eschaton

Innerhalb der origenischen Theologie ist die Frage nach der Übereinstimmung oder Verschiedenheit von Anfang und Ende der Schöpfung entscheidend. Das hängt mit dem Gottesbild des Alexandriners zusammen. Es geht daher konkret um die Auferstehung, das Gericht und die Verheißung der Glückseligkeit.

7.3.1 Auferstehung

Zur richtigen Vorstellung von der Auferstehung ist nicht nur das christliche Kerygma wichtig, sondern auch, die Frage nach (Anfang und) Ende der Schöpfung richtig zu beantworten. Daher möchte Origenes erstens die falschen außerkirchlichen Vorstellungen von Auferstehung zurückweisen und eine dem Kerygma entsprechende Vorstellung bieten von der Auferstehung des Leibes, „befreit von Verweslichkeit und Sterblichkeit" (vgl. 1 Kor 15,53).[42] Er muß sich daher Gedanken machen über die Gestalt des Auferstehungsleibes und zugleich zweitens die innerkirchlichen falschen Vorstel-

[40] PA II 9,7 Gö, 417.
[41] PA II 9,8 Gö, 417 u. 419.
[42] PA II 10,1 Gö, 419 u. 421.

lungen korrigieren.[43] Wir haben es hier mit einem eigentlichen theologischen Traktat zu tun, der über die Antworten der „Physik" hinausgeht.

Denn im Hintergrund dieser Ausführungen des Origenes steht das ihn bewegende Bild der Schrift vom gerechten und guten Gott in Einheit mit der Lehre von der Auferstehung.

Zunächst steht die Frage an, welches Wesen überhaupt aufersteht. Da die Auferstehung den Tod voraussetzt, muß die Wirklichkeit, die auferstehen soll, etwas prinzipiell Sterbliches sein. Sterblich ist aber der körperliche Leib (corporis ergo resurrectio fiet). Genau das bestätigt die Bibel, wenn sie von der Auferstehung des Leibes spricht. Die Seele ist ja nach der Überzeugung des Origenes geistig und daher unsterblich. Daraus folgt: „Wenn die Leiber auferstehen, tun sie es zweifellos, um uns zu bekleiden; und wenn wir Leiber haben müssen – und das ist sicherlich notwendig –, so werden wir in keinem anderen als in unserem eigenen Leib sein."[44] Wenn diese Leiber aber tatsächlich unsterblich sein sollen, dann dürfen sie nicht mehr körperlich sein; das würde sie ja der Sterblichkeit neuerlich anheimgeben. Sie müssen vielmehr unsterblich sein, d. h. sie müssen anstatt körperliche nun unkörperliche, also geistige Leiber geworden sein.[45] Die Materie hat also dann eine geistige Bestimmung aufgenommen. Biblisch heißt das, ihre „Unehre" wurde in die „Herrlichkeit" verwandelt [transmutare], und dies ist mit dem Bekleiden identisch. Origenes sagt dies alles wiederum mit ausdrücklichem Hinweis auf die Schrift.

Bleibt dem Origenes die Aufgabe, an gewissen innerkirchlichen Vorstellungen von einer allzu massiven Vorstellung von Auferstehung einige Korrekturen anzubringen. Gilt nämlich für die Leugner der leiblichen Auferstehung des Menschen das „peccant per defectum", so für die nun zu behandelnden innerkirchlichen Auffassungen das „peccant per excessum". Letztere denken zu materialistisch von der Auferstehung. Origenes argumentiert: Wenn die biblische begründete Verwandlung des sterblichen zum unsterblichen Leibe wahr ist, dann kann der auferstandene Leib nicht mehr in dem Sinne materiell sein, in dem er sterblich ist, sondern muß, weil unsterblich, geistig geworden sein. Wiederum steht hinter dieser Argumentation der analoge Gedanke von der „materia prima", die ja auch fähig ist, die verschiedensten Bestimmungen von außen zu erhalten und zu tragen. Ähnlich schenkt das Wort Gottes, das dem leibhaftigen Menschen ja schon die Existenz im Diesseits verliehen hat, nun eine Existenzweise, eine Vergeistigung und Vergöttlichung zu empfangen, die den Leib geistig und unsterblich macht. Damit hat der Mensch, so fügen wir an, seine Leiblichkeit nicht ver-

[43] PA II 10,3 Gö, 425 u. 427.
[44] PA II 10,1 Gö, 421.
[45] A. a. O.

loren. Sein formbarer Leib hat die Körperlichkeit und Sterblichkeit verloren und dafür die Geistigkeit und Unsterblichkeit erhalten.[46] Der Leib ist nur nicht mehr körperlicher Leib, sondern geistiger Leib. Aber er bleibt Leib, wie es dem kirchlichen Kerygma entspricht.

Origenes kann dies auch in einer gewissen heilsgeschichtlichen Sicht verdeutlichen. Der Mensch ist geschaffen nach Gottes Bild und Ähnlichkeit (vgl. Gen 1,26). In der ersten Schöpfung hat der Mensch den Bildcharakter Gottes erhalten. Es ist seine Bemühung, nun Gott in diesem Leben ähnlich zu werden, ihn gewissermaßen nachzuahmen, um diese Ähnlichkeit zu erwerben.[47] „Nachdem ihm zu Anfang die Fähigkeit zur Vervollkommnung kraft der Würde des ‚Bildes' gegeben war, sollte er schließlich am Ende selber durch eigenes Wirken die vollkommene ‚Ähnlichkeit' vollenden."[48] Allerdings stellen sich hier dem Origenes Fragen bezüglich dieser vollkommenen Ähnlichkeit. Letztlich scheint ihm diese Ähnlichkeit in eine vollkommene Einheit einzumünden, in der Gott alles und in allem ist.[49] Und hier wiederholen sich die Fragen nach der Leiblichkeit des Menschen bei Gott, Probleme, die mehr Implikationen des origenischen Denkens sind und die wir im Zusammenhang mit der Apokatastasislehre behandeln.

7.3.2 Gericht

Eine der entscheidenden Wahrheiten des Christentums ist die Lehre vom Gericht am Ende der Welt. Auch darüber muß sich Origenes äußern, wenn er über die „Letzten Dinge" sprechen will. Es geht ihm aber um mehr. Ihm scheint es auf die reinigende „Anamnese"[50] anzukommen. Er sucht nach Bildern aus der Heilkunde, um diese Reinigung verständlich zu machen.[51] Natürlich sollten seine Gedanken mit der Heiligen Schrift übereinstimmen, besonders was diese Reinigung durch die Strafe angeht.[52] Sogar die Trennung von Gottes Geist und der Seele[53], aber auch die Lehre von den Schutzengeln wird hier für Origenes bedeutsam.[54] Auch hier haben wir es mit einer ausgesprochen theologischen Erörterung zu tun.

Wiederum ist für die einzelnen Fragen die Bibel der Ausgangspunkt und

[46] PA II 10,3 Gö, 425 u. 427.
[47] Vgl. PA III 6,1 Gö, 643.
[48] PA III 6,1 Gö, 645.
[49] PA III 6,1 Gö, 645.
[50] PA II 10,4 Gö, 429.
[51] PA II 10,6 Gö, 433.
[52] PA II 10,6 Gö, 433 u. 435.
[53] PA II 10,7 Gö, 435.
[54] PA II 10,7 Gö, 437.

gibt das Thema vor, etwa die Vorstellung vom ewigen Feuer (vgl. Matth 25,41). Die Bedeutung und das tiefere Verständnis dieses Feuers ermittelt Origenes aus dem Vergleich jener Bibelstellen, die vom Feuer sprechen. So kann er schließlich gemäß seiner allegorisch-geistigen Schriftauslegung feststellen, daß es sich bei der Strafe des Feuers nicht um ein physikalisches Feuer handeln kann, sondern daß dieses Feuer mit dem Fieber zu vergleichen ist, das uns überfällt, wenn unser Leib unbekömmliche Speisen zu sich genommen hat: „Ebenso sammelt die Seele, wie ich meine, eine Menge von schlechten Handlungen und ein Übermaß von Sünden in sich an, und zu gegebener Zeit bricht diese ganze Ansammlung von Übeln aus und entzündet sich zur Strafe und zur Pein. Der menschliche Geist selbst, das Gewissen, hat durch göttliche Kraft alles in sein Gedächtnis aufgenommen, er hat beim Sündigen in sich selbst gewisse Zeichen und Figuren eingeprägt, und so wird er alles Häßliche, Schändliche oder gar Gottlose, das er getan hat, vor seinen Augen ausgebreitet sehen, sozusagen eine Geschichte seiner Untaten [historiam quandam scelerum suorum]. Dann wird das Gewissen selbst durch seinen eigenen Stachel getrieben und gepeinigt; es wird Ankläger und Zeuge gegen sich selbst.“[55]

Wiederum belegt Origenes diese Meinung mit Bibelstellen, um dann zum Ergebnis der ganzen Erörterung über das „Höllenfeuer“ zu kommen: „Hieraus erkennt man, daß es Qualen gibt, die im Bereich der Seelensubstanz selbst entstehen, unmittelbar aus den schlimmen Affekten der Sünden.“[56] Man beachte auch hier, nicht Gott bestraft eigentlich, sondern das Unrecht und die Sünde bestrafen sich selbst. In die gleiche Richtung weisen andere Beispiele und Bilder, die Origenes zum Verständnis dieses Feuers beibringt, etwa der Gedanke, daß eine Seele, die nicht in der Ordnung Gottes lebt, wegen ihrer eigenen Unordnung innerlich zu zerreißen droht. Aber auch hier sieht Origenes noch eine pädagogische Funktion (Gottes): „Nachdem diese Auflösung und Zerreißung der Seele einer prüfenden Behandlung durch Feuer unterworfen worden ist, wird sie zweifellos wieder gefestigt, so daß sie dauerhafter gefügt und wiederhergestellt ist.“[57] Überhaupt kommt es Origenes auf die Pädagogik Gottes an, wenn er über Leid und Strafe der Seele redet. Letztlich geht es Gott immer um die Beseitigung der Krankheit der Seele. Das bestätigt ihm auch wiederum die Heilige Schrift des Alten[58] und des Neuen Testamentes.[59] Auch andere Ausdrücke, die die Strafe Gottes bezeichnen, etwa „Zweiteilung“ und „Finsternis draußen“

[55] PA II 10,4 Gö, 429.
[56] PA II 10,4 Gö, 431.
[57] PA II 10,5 Gö, 431 und 433.
[58] PA II 10,6 Gö, 433 u. 435.
[59] PA II 10,7 Gö, 435 u. 437.

oder „Gefängnis“, müssen in geistig-allegorischer Weise interpretiert und verstanden werden.[60]

7.3.3 Himmlische Verheißung

Zur eschatologischen Bestimmung des Menschen gehören die in der Offenbarung in Christus begründeten Verheißungen. Schon in seiner Definition von Seele hatte Origenes darauf hingewiesen, wie sehr sie in ihren Initiativen ein Ziel braucht, um nicht um sich und letztlich um ihren körperlichen Zustand selbstvergessen zu kreisen. Daher sind die falschen Zielvorstellungen zu entlarven,[61] die vor allem in einer jüdisch orientierten buchstäblichen Auslegung der Heiligen Schrift ihre Grundlage finden. Zugleich ist die Frage zu beantworten, ob dieses Land der Seligkeit identisch ist mit dem hiesigen. Wieder ist es Anliegen des Origenes, die biblischen Verheißungen, wie in anderen Bereichen der Theologie, auch hier geistig auszulegen.[62] Schlußendlich geht es um die beseligende Gemeinschaft mit dem Logos und um die Erhellung dieser Gemeinschaft durch analoge Beispiele.[63] Aber auch die Fülle der in der Seligkeit geschenkten Erkenntnis möchte Origenes seinen Lesern mitteilen,[64] etwa des Planes der Vorsehung,[65] die Ordnung der Sterne und überhaupt des Alls.[66] Gott selbst wird der Lehrer sein.[67] Wiederum haben wir es hier mit einem im eigentlichen Sinn theologischen Traktat zu tun.

Die christlich glaubende Seele weiß um ihr Ziel, mit Christus einst in Gott verborgen zu sein.[68] Damit wird die Beschreibung des Weges dorthin wichtig. Origenes grenzt dieses Ziel ab von jenen Zielen, die die Welt und der Bauch vorgaukeln und die nicht die wahren Ziele der Ewigkeit sind. Diese Ziele, die Welt und Bauch dem Menschen vorspiegeln, transponieren in Wahrheit die Ziele des Diesseits ins Jenseits. Heute würde man eher sagen, diese innerweltlichen Ziele stellen eine Transposition des Jenseits ins Diesseits dar. Betrachten wir die Argumentation nun schrittweise.

Origenes ist der Auffassung, daß diese Umkehrung aufgrund einer falschen Schriftauslegung, also im Gegensatz zu den Zielen der Schrift ge-

[60] PA II 10,8 Gö, 437 u. 439.
[61] PA II 11,2 Gö, 441 u. 442.
[62] PA II 11,2 Gö, 443.
[63] PA II 11,4 Gö, 445.
[64] PA II 11,5 Gö, 451.
[65] PA II 11,6 Gö, 453.
[66] PA II 11,7 Gö, 455.
[67] PA II 11,7 Gö, 457.
[68] PA II 11,1 Gö, 439 u. 441.

schieht.[69] Daher ist es Aufgabe der Schriftkundigen, die Verheißung der Christen mit der richtigen Schriftauslegung darzustellen. Diese Verheißung besagt einen zur ewigen Wahrheit aufsteigenden Erkenntnisprozeß. Daher beschreibt auch Origenes die ewige Seligkeit als Erkenntnis und Schau. Zu diesem Aufstieg kann sich die Seele schon in dieser Welt vorbereiten durch Loslösung von allem Körperlichen und Materiellen. Zugleich muß sie sich nähren von der Weisheit als ihrer eigentlichen Speise. So gewinnt die Seele die Möglichkeit ihrer eschatologischen Verwirklichung.[70]

Origenes ist sich bewußt, daß es eine natürlich Trägheit der Seele und des Geistes gibt, sich auf diesen Weg zu begeben. Er greift, um den Menschen anzustacheln, auf dessen natürliches Erkenntnisstreben zurück[71] und gebraucht eine Analogie zwischen der Idee, die der Künstler in ein Kunstwerk legt, und dem Plane Gottes, der in der Schöpfung verwirklicht ist: „Erst recht und über allen Vergleich hinaus brennt unser Geist von unendlichem Verlangen, den Plan dessen kennenzulernen, was wir als Gottes Werk erkennen. Diese Sehnsucht, dieses Verlangen, so glauben wir, ist sicherlich von Gott in uns hineingelegt; und wie das Auge von Natur nach dem Licht und dem Sehen begehrt und unser Körper von Natur nach Speise und Trank verlangt, so hat unser Geist ein ihm eigenes natürliches Verlangen, die Wahrheit Gottes zu wissen und die Gründe der Dinge zu erkennen. Wir haben aber von Gott dieses Verlangen nicht dazu empfangen, daß es niemals erfüllt werden sollte oder könnte; sonst würde es scheinen, daß Gott der Schöpfer in unseren Geist die ‚Liebe zur Wahrheit' (vgl. 2 Thess 2,10) vergeblich hineingelegt hat, wenn sie niemals ihr Ziel erreicht."[72]

In unser Bemühen, das der Skizze eines Gemäldes gleicht, trägt Gott im Eschaton die entsprechenden Farben ein.[73] Diese Sehnsucht und ihre Erfüllung durch Gott bestätigt dem Origenes wieder die Heilige Schrift, wenn sie andeutet, wie sehr der Mensch die inneren Gesetze der Engelwelt, der Himmelskörper, ja, der Menschen und ihrer Seelen durchschaut und bis in die Gesetze der Heilkraft der Pflanzen Einsicht nehmen kann.[74] Es wird diese Erkenntnis unaussprechliche Freude auslösen.[75]

Die Erkenntnis der Dinge und der Bereiche des Seins geschieht in einem Aufstieg zu Gott bzw. während eines Verweilens in den verschiedenen Bereichen, bis sie gänzlich erkannt sind. Origenes schildert also diesen Auf-

[69] PA II 11,2 Gö, 441 u. 443.
[70] PA II 11,3 Gö, 445.
[71] PA II 11,4 Gö, 445.
[72] PA II 11,4 Gö, 447.
[73] A. a. O.
[74] PA II 11,5 Gö, 449 u. 451.
[75] PA II 11,6 Gö, 451 u. 453.

stiegsprozeß als Lernprozeß, der von der Pädagogik Gottes geleitet wird: „Ich glaube nämlich, daß alle Heiligen, wenn sie aus diesem Leben scheiden, an einem Ort auf der Erde weilen, den die heilige Schrift ‚Paradies' nennt, gleichsam an einer Stätte der Erziehung und sozusagen in einem Hörsaal, einer Schule der Seelen. Dort werden sie über alles, was sie auf der Erde gesehen haben, belehrt, und sie erhalten auch einige Hinweise auf das Folgende, Bevorstehende, so wie sie in diesem Leben einige Hinweise auf das Bevorstehende, wenn auch nur ‚durch einen Spiegel und in einem dunklen Wort', so doch wenigstens ‚stückweise' (vgl. 1 Kor 13,12) bekommen hatten – Dinge, die dann deutlicher und klarer den Heiligen an ihrem Ort und zu ihrer Zeit offenbart werden."[76] Es handelt sich um den Aufstieg der Seele zu Gott, um das Wohnen in den vielen Wohnungen beim Vater. Jesus Christus, der menschgewordene Sohn Gottes begleitet die aufsteigenden Seelen, weil er überall sein und alles durchdringen kann.[77]

In diesem Aufstieg erkennt die Seele die Gesetze der Sterne, die Ordnungen der unsichtbaren Wirklichkeiten, bis dorthin, wo sie Gott von Angesicht zu Angesicht schaut. Hieronymus hat uns ein entsprechend formalisierendes Fragment überliefert, das die bleibende Leibverbundenheit, die Origenes bekannt, schlichtweg nicht beachtet,[78] während sich Rufin allgemeiner ausdrückt.[79]

7.4 Systematische Verdeutlichung

Origenes hat im Voranstehenden ein Stück Heilsgeschichte in seine Schöpfungslehre einbezogen und in ihr das Drama von Fall und Aufstieg der Seele beschrieben. Viele Fragen mußte er beiseite lassen, aber sein Koordinatensystem „Freiheit der Geistwesen und Vorsehung Gottes" konnte er gut ins Spiel bringen. Auch hier arbeitete Origenes weit theologischer als im entsprechenden Abschnitt des ersten Zyklus.

[76] PA II 11,6 Gö, 453 u. 455.
[77] PA II 11,6 Gö, 455.
[78] PA II 11,7 Gö, 457; Text: Hier. Ep. 124,7 [p. 105, 3–10 Hi.], hier Gö, 456.
[79] PA II 11,7 Gö, 457.

IV. TEIL: OPTIONEN UND IMPLIKATIONEN DES ORIGENISCHEN SYSTEMS

8. Optionen in PA

Das origenische Denksystem impliziert philosophische und theologische Optionen, um die Origenes aufgrund seines Kampfes gegen Marcion sehr wohl weiß. Zwei Optionen hängen formal und inhaltlich eng zusammen, jene vom guten und zugleich gerechten Gott und jene von der Schrift Alten und Neuen Testamentes als dessen Wort an die Menschen. Die Schrift stützt die Option vom guten und gerechten Gott, die Option vom guten und gerechten Gott fordert die Einheit der Schrift. Mit dem Gottesbild ist jedoch nicht nur die Option für die Einheit der Schrift, sondern auch die Option für die Freiheit der geschaffenen Geistwesen verbunden. Origenes entscheidet sich für die Freiheit der Geistwesen, um seine Option für den guten und gerechten Gott angesichts der qualitativ verschiedenen Wirklichkeiten innerhalb der Schöpfung durchhalten zu können. Schrift und Freiheit behandelt Origenes im III. und IV. Buch von PA.

8.1 Das origenische Schriftverständnis

Aus u. a. didaktischen Gründen haben wir die Lehre von der Schrift unserer Einführung vorangestellt. Hier nur einige allgemeine Bemerkungen. Origenes hatte in seiner Darstellung des christlichen Glaubens stets auf die Heilige Schrift verwiesen, in der das Wort Gottes zusammengefaßt ist. Daher ist eine hermeneutische Implikation seines Systems die richtige Schriftauslegung. Wie wir gesehen haben, waren ja die Häresien eines Marcion und die der Gnostiker nach der Meinung des Origenes in einer falschen Schriftauslegung begründet. Daher impliziert nicht nur das Denksystem des Origenes, sondern überhaupt die Erhellung des kirchlichen Glaubens die Lehre von der rechten Schriftauslegung. Origenes nimmt dazu Stellung im IV. Buch von PA. Wir können dieses Bemühen als den Versuch einer theologischen Hermeneutik der Schrift und der Theologie überhaupt bezeichnen. Die Darstellung seiner Lehre von der Schrift und ihrer Grundlage für Glaube und Theologie haben wir schon im Einleitungsteil behandelt.

8.2 Die Willensfreiheit

Die andere Art von Option haben wir im theologischen Denksystem des Origenes ebenfalls immer wieder gefunden: die der Freiheit. Immer wieder waren wir auf sie gestoßen, ob es um die Zeugung des Sohnes, die Schaffung der Welt, den Sündenfall der Menschen, die Bekehrung der Seelen, die Bereitschaft der Seele Jesu, zusammen mit dem Logos einen Leib anzunehmen, oder um die Frage des allgemeinen Gerichtes am Ende der Zeiten gegangen ist. Vor allem verschärfte sich diese Frage nach der Freiheit besonders im Kontext der Erlösungslehre. Ist der Mensch wirklich frei, so daß er für seine Schuld verantwortlich gemacht, aber auch für seine von der Freiheit begleitete sittliche Anstrengung des Aufstieges belohnt werden kann? So ist die menschliche Freiheit eine nun philosophisch und theologisch zu untersuchende Option des origenischen Denkens. Aber die Freiheit ist nicht nur eine denkerische Implikation des origenischen Systems. Sie ist auch die Weise des Origenes, das christliche Gottesbild zu verteidigen. Stets rief er die Freiheit der Geistwesen an, wenn es darum ging, die verschiedensten Zustände der Welt nicht Gott, sondern jemandem anderen anzulasten. Sehr zugespitzt kann man sogar sagen, daß Origenes den marcionitischen Demiurgen oder die gnostischen Dämonen, die ja die ungerechte Vielheit in der Welt erklären sollten, durch die Freiheit der Geistwesen ersetzt. Es bleibt zu fragen, ob es ihm gelungen ist, diese Freiheit vom Hauch des Demiurgischen und des Dämonischen zu befreien.

Während die Willensfreiheit eine echte Option des origenischen Denkens ist, so ist die Lehre von der Apokatastasis mehr eine Konsequenz des Zueinanders von Gottesbild und Freiheitsauffassung. Wir wollen verdeutlichen, daß diese viel diskutierte und dem Origenes oft angelastete Vorstellung von der Apokatastasis nicht als primärer Gegenstand seiner Theologie ausgegeben werden darf.

8.2.1 Unfrei gegenüber Gott?

Origenes ist sich, wie wir gesagt haben, bewußt, daß der christliche Glaube mit seiner Lehre von Gericht, von gnadenhafter Belohnung und Strafe, die Freiheit des Menschen voraussetzt und impliziert.[1] Wir haben es also mit einer aus dem Gesamtglauben der Kirche erschlossenen und so mit einer theologischen Anthropologie zu tun.

Um überhaupt anzugeben, worüber er spricht, ordnet Origenes die Freiheit der Kategorie der Bewegung beseelter Wesen zu und definiert sie ge-

[1] PA III 1 Gö, 463.

genüber jenen unbeseelten Wirklichkeiten als Bewegung, die der Mensch *in sich selbst* hat. Um nun diese Art auch von der der Tiere und Pflanzen zu unterscheiden, stützt er sich auf die Formulierung: „Von dem, was in sich selbst die Ursache der Bewegung hat, sagt man teils, daß es ‚von sich' bewegt werde; ‚aus sich' das Unbeseelte, ‚von sich' das Beseelte. Das Beseelte wird ‚von sich' bewegt, indem in ihm eine Vorstellung [phantasia] entsteht, die einen Antrieb hervorruft."[2] Bei den Tieren sind diese Vorstellungen angeboren und durch den Instinkt gebunden. Beim Menschen, dem vernunftbegabten Lebewesen kommt zu seinen nicht angeborenen Vorstellungen noch die Vernunft hinzu, die die Vorstellungen und ihre Dynamik als gut oder schlecht, als schön oder häßlich beurteilt. Wenn dieses Urteil gefällt ist, dann wählt die Freiheit das eine oder andere.[3]

Eine gewisse Schwierigkeit bezüglich der Freiheit sieht Origenes in der Tatsache, daß wir Menschen uns nicht immer gegen gewisse Eindrücke wehren. Heben diese nicht die Freiheit auf? Er antwortet: „ [...]; aber die Entscheidung, das Ereignis so oder anders zu verarbeiten, ist einzig und allein Sache der Vernunft in uns; und diese aktiviert uns auf Grund der (in ihr liegenden) Voraussetzungen entweder zu jenen Antrieben, die uns zum Schönen und Angemessenen veranlassen, oder sie führt uns fehl auf den entgegengesetzten Weg."[4] Nach Origenes ist der Mensch kein Produkt von Fremdbestimmung.[5] Wer sich als ein Wesen der Fremdbestimmung versteht, der setzt sich Steinen gleich, die nur von außen her bewegt werden können. Zudem, wer sich als ein Wesen von Fremdbestimmung versteht, verleugnet oder verfälscht das rechte Verständnis von der Willensfreiheit. Denn er gibt vor, seine Handlungen seien programmiert. Gerade alle Erziehung[6], so betont Origenes, straft eine solche Position Lügen.[7]

Entsprechend seinem theologischen Vorgehen fragt Origenes auch hier zunächst nach den Aussagen der Schrift über den Menschen und seine Freiheit, um sich so die Vernunftgründe bestätigen zu lassen.[8] Dennoch weiß er auch Stellen aus dem Alten und Neuen Testament vorzutragen, die genau das Gegenteil zu lehren scheinen, nämlich es liege nicht in unserer Macht, die Gebote Gottes zu halten. Zwei alttestamentliche Texte sind es vor allem, die Origenes hier stellvertretend für andere[9] zu einer längeren Diskussion heranzieht: die Verstockung Pharaos durch Gott selbst (Ex 4,21;

[2] PA III 1,2 Gö, 465.
[3] PA III 1,3 Gö, 467 u. 469.
[4] PA III 1,3 Gö, 469.
[5] PA III 1,4 Gö, 469 u. 471 u. ö.
[6] PA III 1,5 Gö, 473.
[7] PA III 1,5 Gö, 475.
[8] PA III 1,6 Gö, 475, 477, 479 u. 481.
[9] Vgl. PA III 1,7 Gö, 481.

7,3)[10] und die Einpflanzung eines Herzens aus Fleisch anstelle jenes aus Stein (Hes 11,19–20). Sagen solche Ereignisse nicht die Aufhebung der menschlichen Freiheit, ja, sogar eine gewisse Prädestination aus? Wird hier die Tätigkeit Gottes zum Konkurrenten der menschlichen Freiheit? Und tatsächlich findet Origenes sogar Stellen im Neuen Testament, die auch dies noch nahelegen: „Das allein genügt schon, um die Menge in Verwirrung zu stürzen und zu der Meinung zu bringen, der Mensch sei nicht freien Willens, sondern Gott rette und verderbe, wen er wolle."[11]

Origenes kennt gnostische Gruppen, die zur Untermauerung ihrer dualistischen Lehre diese biblische Rede von der Verstockung des Pharao heranziehen. Sie trennen die Menschen in zwei Arten, in die der geistigen Menschen [pneumatikoi] und in die der irdischen Menschen [choikoi]. Nach allgemeiner Überzeugung, auch der des Origenes, können „irdische" Menschen nicht gerettet werden. Verstockung heißt nach der Lehre dieser Gnostiker, daß Gott tatsächlich diese Menschen, die dem Irdischen, Bösen und dem Materiellen anhaften, darin beläßt und sie deshalb nicht rettet. Des Origenes Entgegnung lautet: Pharao war nicht von „irdischer Natur" [choikes physeos], d. h. nicht seinem Wesen und von Natur her verstockt, weil er ja unter den vielen Wundern und Zeichen stand, die Gott gerade ihm gegenüber gewirkt hatte. Er hätte also gehorchen können. Und doch hat ihn Gott verstockt. Warum? Origenes antwortet: weil „Gott seiner bedarf, um zur Rettung der Menge seine Großtaten zu zeigen gegenüber dem fortgesetzten Ungehorsam, und daß er deshalb sein Herz verstockt."[12] Im übrigen gilt für Origenes gegen die dualistische Gnosis ganz allgemein das Argument, daß eine Natur, die der Rettung und des ewigen Lebens gar nicht fähig ist, auch nicht verstockt werden muß. Ebenso umgekehrt: Ein Wesen, das zur Gottesschau von Gott prädestiniert ist, bedarf nicht nochmals der Gnade Gottes, diese Schau dann auch tatsächlich zu erreichen. Denn wer für die Gnade plädiert, der schließt die Prädestination aus, wer sich hingegen für die Prädestination starkt macht, schließt die Gnade aus. Origenes will damit sagen, daß eine Prädestinationslehre die Verstockung und eine Verstockung die Prädestinationslehre ausschließt.

Es scheint nun so, und auch hier kennt Origenes Leute, die das behaupten, Gott selbst verstocke das Herz des Pharao in dem Sinne, daß er selbst ihm die Freiheit nimmt. Das paßt mit dem christlichen Gottesbild nicht zusammen.[13] Verdammnis eines der Freiheit beraubten Verstockten setzt Gott ins Unrecht.[14]

[10] PA III 1,7 Gö, 481.
[11] PA III 1,7 Gö, 485.
[12] PA III 1,8 Gö, 487.
[13] PA III 1,9 Gö, 489.
[14] PA III 1,9 Gö, 491.

Nach der großkirchlichen Lehre ist Gott gerecht und gut. Wie muß, so fragt Origenes, bei solch einem Gottesbild Verstockung dargestellt werden? Er hilft sich mit dem biblischen Bild, daß Gott regnen läßt über Gerechte und Ungerechte, daß aber die Wirksamkeit eine andere ist beim Gerechten und beim Ungerechten. Und dazu wieder ein Bild: Die Sonne, die gleichermaßen stark scheint über Pflanzen, die fest im Erdreich verwurzelt sind, und Pflanzen, die nicht fest verwurzelt sind, läßt die verwurzelten noch mehr gedeihen und die weniger verwurzelten versengt sie. Oder der Regen: Er kann fest verwurzelte Pflanzen tränken, nützliche Saat zum Nutzen aufgehen lassen. Er kann aber auch nicht verwurzelte Pflanzen wegspülen, Samen von Unkraut wachsen lassen.

Origenes will damit sagen, der Grund, daß das gleiche Tun Gottes Segen oder Verstockung bringt, liegt nicht bei Gott, sondern in den Menschen selbst. Gott bleibt gerecht, weil er alle gleich behandelt. Er bleibt gut, weil sein Handeln eben seine Gnade ist.[15] Diese Überlegungen wendet nun Origenes auf die Verstockung an: „Ebenso macht der eine Akt (Gottes), der durch Mose geschah, einerseits die Verstockung des Pharao aufgrund seiner Schlechtigkeit sichtbar, andererseits die Folgsamkeit der (den Hebräern) zugesellten Ägypter, die mit diesen zusammen aufbrachen (vgl. Ex 12,38).“[16]

Origenes sieht in diesem Zusammenhang noch ein psychologisches Problem. Die Menschen könnten ja Gott anklagen und sagen, daß er gar nicht bzw. zu spät eingreife, so daß es zu einer solchen Verstockung im Menschen kommen kann. Dazu der Alexandriner: „Er [Gott] läßt aber die Menschen im allgemeinen deshalb ohne Strafe, damit der sittliche Wert eines jeden auf Grund seiner freien Entscheidungen geprüft werde; so sollen die Guten durch die erfolgte Prüfung sichtbar werden, und die anderen (die Schlechten) sollen nicht verborgen bleiben [...].“[17] Und weiter: „Dies ist für jeden zuträglich, damit er bemerkt, was er sich selbst zuzuschreiben hat und was der Gnade Gottes. Wer nicht seine eigene Schwäche gespürt hat und die Gnade Gottes, der wird, wenn er Wohltaten empfängt, ohne sich selbst vorher erprobt und sich selbst verurteilt zu haben, sich einbilden, es sei seine eigene sittliche Leistung, was ihm (in Wirklichkeit) von der himmlischen Gnade geschenkt wird. Dies aber, weil es Dünkel hervorruft und Aufgeblasenheit, wird zur Ursache des Falles (vgl. Spr 16,18?); das ist nach unserer Meinung auch im Falle des Teufels geschehen, der zu der Zeit, als er noch ohne Fehl war, sich selbst die Vorzüge, die er hatte, als Verdienst zuschrieb.“[18] Daraus zieht Origenes als Konsequenz die Lehre von der Heils-

[15] PA III 1,10 Gö, 491, 493 u. 495.
[16] PA III 1,11 Gö, 497.
[17] PA III 1,12 Gö, 503.
[18] PA III 1,12 Gö, 505.

pädagogik Gottes: „Wer also sich selbst überlassen wird, der wird auf Grund einer göttlichen Entscheidung sich selbst überlassen; und wenn Gott gegen einige Sünder langmütig ist, so ist er das nicht ohne vernünftigen Grund, sondern weil es ihnen zuträglich ist in Anbetracht der Unsterblichkeit der Seele und der Unendlichkeit der Zeit, wenn ihnen nicht rasch zur Heilung verholfen wird, sondern wenn sie langsam zu ihr geführt werden, nachdem sie viel Übel erfahren haben. Auch Ärzte [...] glauben, es sei besser, jemand eine Zeitlang im Zustand der Entzündung und der Krankheit zu halten, damit er um so zuverlässiger die Gesundheit wiedererlangt, als daß er scheinbar schneller zu Kräften kommt, später aber einen Rückfall hat und die raschere Heilung sich als vorübergehend erweist. In derselben Weise handelt auch Gott [...]: in seiner Langmütigkeit läßt er den Dingen ihren Lauf, ja er zieht sogar durch äußere Einflüsse das verborgene Übel hervor, damit der Mensch gereinigt wird, der durch Nachlässigkeit die Samen der Sünde in sich aufgenommen hat; er soll sie, wenn sie zum Vorschein kommen, ausspeien, und wenn er dabei auch in noch größere Not gerät, so kann er doch später, nach der Reinigungskur, die auf das Übel folgt, seine ursprüngliche gesunde Konstitution wiedererlangen. Denn Gott lenkt die Seelen nicht im Hinblick auf die, sagen wir, fünfzig Jahre des irdischen Lebens, sondern auf die unendliche Ewigkeit; denn er hat die geistige Substanz unvergänglich gemacht und ihm selbst verwandt, und die vernünftige Seele ist nicht von der Heilung ausgeschlossen, als wäre sie auf das Leben hier auf Erden beschränkt."[19]

Die unterschiedlichen Ergebnisse der an allen gleich handelnden Tat Gottes kommen aus der freien Entscheidung des Menschen. Je nach dem Streben der Menschen ändert sich auch die Frucht der Tat Gottes. Bei Menschen, die schnell hoch hinaus wollten, aber nicht genug Erdreich hatten, kann es zur Verdorrung kommen: „Für diese bestimmte Seele, welche vorzeitig das Höhere wollte und nicht auf dem regelrechten Wege zu ihm [Gott] vorangeschritten war, war es besser, das zu erlangen, was sie wollte; sie sollte in diesem Punkte zu einer Verurteilung ihrer selbst kommen und die Geduld aufbringen, sich danach im Verlauf langer Zeit der naturgemäßen (Vorbereitung, vergleichbar einer) Bearbeitung des Bodens, zu unterziehen. Denn unzählig, könnte man sagen, sind unsere Seelen, und unzählig ihre Eigenarten; sie haben alle möglichen Bewegungen, Absichten, Impulse und Strebungen; einer allein ist der beste Betreuer für sie, der die rechten Zeiten kennt und die passenden Mittel der Behandlung, die Erziehungsmethoden und die Wege: der Gott und Vater des Alls, welcher auch weiß, auf welchem Wege er den Pharao führt durch all seine Schicksale und sogar

[19] PA III 1,13 Gö, 507 u. 509.

durch das Ertrinken im Meer (vgl. Ex 14,28). Dies ist ja nicht etwa das Ende von Gottes Plänen mit dem Pharao, denn das Ertrinken bedeutet kein völliges Vergehen."[20]

Auch das Einsetzen des Herzens aus Fleisch anstelle des Herzens aus Stein scheint, wie Origenes betont, zunächst der Freiheit des Menschen zu widersprechen. Denn wenn Gott den Menschen zu guten Taten erst befähigen muß, indem er ihm ein Herz aus Fleisch schenkt, dann ist der Mensch mit dem Herz aus Stein aus sich heraus nicht fähig, das Gute zu vollbringen. Er ist unfrei und wählt notwendig das Schlechte. „So wird einer sprechen, der von den bloßen Worten ausgeht und die menschliche Freiheit aufheben will."[21] Des Origenes Lösung ist wiederum eine pädagogische: „Wer sich in Unwissenheit und Unbildung befindet und seines eigenen Mangels gewahr wird, sei es durch die Mahnung eines Lehrenden oder einfach aus sich selbst heraus, der vertraut sich einem an, von dem er glaubt, er könne ihn hinführen zu Bildung und Tugend; und während dieser sich dem Erzieher anvertraut, verheißt ihm jener, er werde die Unbildung aus ihm wegnehmen und Bildung in ihn hineinbringen. Dabei ist es keinesweg so, daß für das Ziel der Erziehung und der Abwendung von der Unbildung nichts auf den ankäme, der sich (doch) selbst zu der (geistigen) Behandlung begeben hat, sondern es ist so, daß (der Lehrer) den zu bessern verheißt, der es (selber) will. Ebenso verheißt das Wort Gottes, von denen, die sich zu ihm begeben, die Schlechtigkeit – die als ‚steinernes Herz' bezeichnet wird – wegzunehmen, nicht ohne daß jene es wollen, sondern nachdem sie sich (ihm als) dem Arzt der Kranken anvertraut haben. So findet man in den Evangelien, daß die Kranken zu dem Erlöser kommen, ihn um Heilung bitten und dann auch geheilt werden."[22]

Gegen diese Lösung bringt Origenes selbst die Schwierigkeit vor, daß das deutliche Hören der Botschaft, besonders das Verstehen der Gleichnisse Geschenke Gottes sind, so daß sich die Konsequenz ergibt: Wer von Gott nicht das deutliche Hören geschenkt bekommt, der hört schlecht und falsch und kann daher auch nicht sittlich rechtschaffen nach dem Worte Gottes handeln und ist somit unfrei. Wenn Marcioniten dies Argument vorbringen, dann widersprechen sie sich selbst, wollen sie doch alle „Ungerechtigkeit" vom Gott des Neuen Testamentes fernhalten. Aber in Wirklichkeit liegt auch hier ein pädagogisches Mittel vor, das Gott benutzt, um zu zeigen, wie sehr man sich zu Christus hinbewegen muß, um ihn zu verstehen. Man darf nicht draußen bleiben. Allerdings ist der Weg von draußen nach drinnen notwendig. Er verhindert ein oberflächliches Wahrnehmen. Erst in seiner

[20] PA III 1,14 Gö, 513.
[21] PA III 1,15 Gö, 517.
[22] PA III 1,15 Gö, 517 u. 519.

Mühe läßt dieser Weg uns Christus tiefer erkennen, weil man auch die Entfernung von ihm tiefer erfahren hat.[23]

Eine weitere Deutung dieses Hörens in Gleichnissen draußen könnte sein, daß jene ihre Reinigung nach einem Sündenfall vor diesem Leben noch nicht ganz vollzogen haben und daher gerade dieses Stück Wegs noch brauchen, um zu einer beständigeren Reue zu kommen.[24] Allerdings gibt es auch Menschen, die die Botschaft Christi noch nicht hören, auch nicht einmal in Gleichnissen. Wahrscheinlich deshalb, so meint Origenes, weil sie noch weiter weg sind und nicht die Würdigkeit besitzen, Christus – wenn auch nur undeutlich – wahrzunehmen.[25]

Einen neuerlichen Einwand gegen die Willensfreiheit könnte jemand mit dem Hinweis auf die Schrift vortragen und sagen (Röm 9,16), daß unser Vollbringen nicht an unserer Freiheit, sondern an Gottes Erbarmen gelegen ist. Dagegen gibt Origenes unter anderem zu bedenken: „Da das menschliche Wollen nicht genügt zum Erreichen des Zieles, und auch nicht das Laufen der Menschen, die mit Athleten verglichen werden, zum Erlangen des ‚Kleinods der Berufung von oben durch Gott in Christus Jesus' (vgl. Phil 3,14) [...], (deshalb) ist es richtig zu sagen: ‚Es liegt nicht an jemandes Wollen oder Laufen, sondern an Gottes Erbarmen.'"[26] Etwas später kommt Origenes zu allgemeinen Aussagen, „daß wir von Gott [nicht] das Bestimmte, Spezielle haben: die Bewegung zum Schlagen, zum Töten oder zum Wegnehmen fremden Eigentums; sondern wir haben das Allgemeine, die Bewegung, von Gott erhalten, und wir selbst gebrauchen diese Bewegung zum Schlechten oder zum Guten. Ebenso haben wir von Gott, sofern wir Lebewesen sind, das Vollenden erhalten und auch das Wollen vom Schöpfer bekommen, aber wir selbst gebrauchen das Wollen entweder zum Besten oder zum Gegenteil, und ebenso das Vollenden."[27]

Zu dem Einwand, daß die Verschiedenheit der Menschen, letztlich auch die moralische, von Gott selbst so geschaffen sei, da er ja Gefäße der Ehre und der Unehre schuf (Röm 9,18–21), entgegnet Origenes: „Wenn nämlich der, der sich gereinigt hat, ein ‚Gefäß zu Ehren' wird, wer es aber verabsäumt, sich einer Reinigung zu unterziehen, ein ‚Gefäß zu Unehren', so liegt, soweit man aus dieser Stelle schließen kann, die Ursache keineswegs beim Schöpfer. Denn der Schöpfer macht nicht ‚Gefäße der Ehre' und ‚Gefäße der Unehre' von Anfang her kraft seines Vorherwissens, da er nicht kraft dieses Wissens vorher verdammt oder vorher rechtfertigt, sondern er

23 PA III 1,17 Gö, 525.
24 A. a. O.
25 PA III 1,17 Gö, 529 u. 531.
26 PA III 1,19 Gö, 537.
27 PA III 1,20 Gö, 543.

macht zu ‚Gefäßen der Ehre' die, die ‚sich gereinigt' haben, und zu ‚Gefäßen der Unehre' die, die es verabsäumt haben, sich einer Reinigung zu unterziehen. Daraus folgt, daß es voraufgehende Ursachen für die Herstellung der ‚Gefäße zur Ehre und zur Unehre' sind, wegen derer der eine (Mensch) zur Ehre, der andere zur Unehre (geboren) wird."[28] In Wirklichkeit sind von Gott alle gleich und aus der gleichen Substanz geschaffen, kein Geschöpf war edler als das andere.[29] Es ist die Freiheit des Menschen in der vorausgegangenen Welt, die das Sosein hier bestimmt,[30] wie sie auch das Sosein in der zukünftigen Welt beeinflußt.[31] Daß es sich hier um Denkimplikationen des origenischen Systems handelt, bestätigt auch Hieronymus.[32] Die Lehre von der Gerechtigkeit und Güte Gottes bestimmt die Heilspädagogik im System des Origenes, während diese Heilspädagogik die Freiheit des Menschen und zugleich die Apokatastasislehre impliziert.

Abschließend sagt Origenes zur menschlichen Freiheit im Blick auf Gottes Handeln: „Weder ist unsere Freiheit ohne das (Vorher)-Wissen Gottes zum sittlichen Fortschritt, wenn nicht auch wir einen Beitrag zum Guten leisten. Weder bewirkt unsere Freiheit ohne das (Vorher-)Wissen Gottes und den vollen Gebrauch des (göttlichen) Beitrages, der unserer freien Entscheidung angemessen ist, daß jemand (ein Gefäß) zur Ehre oder Unehre wird; noch schafft Gottes Verfügungsmacht allein jemand (als Gefäß) zur Ehre oder Unehre, wenn er nicht als Grundlage sozusagen für die unterschiedliche (Bestimmung) unsere eigene sittliche Entscheidung hat, die entweder zum Besseren oder Schlechteren hinneigt."[33]

8.2.2 Unfrei gegenüber den bösen Geistern?

Nachdem Origenes die Freiheit des Menschen gegenüber Gottes Einwirkung aufgewiesen hat, geht es nun um die Frage nach der Freiheit des menschlichen Willens gegenüber den Einwirkungen der bösen Mächte. Auch hier greift Origenes, da er eine Antwort im Lichte des Wortes Gottes geben will, auf die Schriften des Alten und des Neuen Testamentes zurück.

Ein oberflächlicher Befund, so bestätigt Origenes, scheint den Schluß nahezulegen, der Mensch besitze gegenüber der Macht Satans keine Freiheit, ja, es gebe sogar Hinweise, daß Gott selbst den Satan benutzt, um dem

[28] PA III 1,21 Gö, 547 u. 549.
[29] PA III 1,22 Gö, 551.
[30] PA III 1,23 Gö, 555.
[31] PA III 1,23 Gö, 557.
[32] Hier. Ep. 124, 8 [p. 106,5–23 Hi.], lat. Gö, 556, dt. Gö, 557.
[33] PA III 1,24 Gö, 559 u. 561.

Menschen zu schaden, wenngleich es auch alttestamentliche Stellen gibt, die von einer göttlichen Bestrafung Satans für solche Taten sprechen. Es scheint also mehr oder weniger so, daß der Mensch eben gegenüber dem Bösen nicht frei[34] ist, „daß es gewisse unsichtbare Feinde gibt, die gegen uns kämpfen [...]. Daher meinen die Einfacheren [simpliciores] unter denen, die an den Herrn Christus glauben, alle Sünden, die die Menschen begingen, kämen von diesen feindlichen Mächten, die den Geist der Sünder bedrängen, insofern in diesem unsichtbaren Kampfe die Gewalten sich überlegen erwiesen. Wenn also, um es einmal so auszudrücken, der Teufel nicht existierte, würde überhaupt kein Mensch sündigen."[35] Damit ist das Anliegen des Origenes in der folgenden Argumentation schon verdeutlicht. Der Mensch muß für seine Sünde verantwortlich sein, weil ein Gericht am Ende seines Lebens stattfindet, das Gott selbst abhält. Ist der Mensch nun für seine Sünden nicht verantwortlich, sei es, weil er gegenüber dem Satan unfrei sei, sei es, weil es keine Sünde gäbe, wenn es keine Versuchung durch Satan gäbe, dann wäre das Gericht unsinnig und Gott nicht der Gott der Gerechtigkeit.

Es gibt nach Origenes eine Versuchbarkeit des Menschen, die notwendig aus seinen leiblichen oder auch geistigen Strebungen aufsteigt und die mit dem Teufel zunächst nichts zu tun hat. So steigen körperliche Strebungen notwendig [necessitates corporales] auf etwa in der Gestalt des Hungers, des Geschlechtstriebes oder anderer Triebe. Diese Strebungen liegen in der Natur und sind zunächst notwendig und vor allem moralisch indifferent. Sie können nun vom Menschen in seiner Freiheit zum Guten oder Schlechten bestimmt werden. Der Hunger ist das Bedürfnis des Menschen nach Nahrung. Diese Nahrungsaufnahme ist notwendig zur Erhaltung des Lebens. Wird diesem Trieb aber übermäßig Raum gegeben und wird er nicht durch die Vernunft bestimmt, kann er sich gewissermaßen verselbständigen und zur unvernünftigen Völlerei verleiten. Ebenso der Geschlechtstrieb. Er ist notwendig, weil hier die Natur nach Fortpflanzung sucht. Gerät dieser Trieb aber außer Kontrolle, kann er den Menschen zur Unordnung und zum zerstörerischen Chaos der Nur-Lust verleiten. Das hat alles noch nichts mit teuflischem Einfluß zu tun, sondern ist in die Verantwortung der von der Vernunft erleuchteten Freiheit und Selbstbestimmung des Menschen gegeben. Hier sollten wir beachten, daß Origenes ganz im Gegensatz zu bestimmten gnostischen Sekten (Elchasaiten) die Existenz des Geschlechtstriebes nicht verteufelt und nicht mit dem Bösen oder einem widergöttlichen Prinzip zusammenbringt.[36] Die von der menschlichen Vernunft geleitete Freiheit hat

[34] PA III 2,1 Gö, 563 u. 565.
[35] PA III 2,1 Gö, 565 u. 567.
[36] PA III 2,2 Gö, 567.

also darauf zu achten, daß es keine unordentlichen Übertreibungen (oder Untertreibungen) gibt. Gleiches gilt für geistige Strebungen wie Liebe, Erkenntnis u. a.

Allerdings erkennt Origenes in den aus dem Menschen selbst kommenden Trieben, gerade dann, wenn sie sich ungezügelt und unordentlich ausleben können, seien sie wie gesagt geistige oder körperliche Strebungen, Ansatzpunkte satanischer Aktivität. Die bösen Geister und Dämonen finden nämlich in den unkontrollierten Strebungen Freiräume, in denen sie sich festmachen können und die Strebungen über das normale Maß hinaus ins für den Menschen selbst Unerträgliche forcieren, ja, so weit, daß der Mensch schließlich von solch einem Dämon gänzlich beherrscht wird.[37] Auch diese Auffassung sieht Origenes deutlich in der Heiligen Schrift bestätigt, wenn dort immer wieder betont wird, der Mensch werde nicht über seine Kraft versucht werden: „Unter diesen Umständen können wir von keiner stärkeren Versuchung versucht werden als von einer ‚menschlichen', da es von uns heißt (1 Kor 10,13): ‚Es soll euch keine Versuchung treffen denn eine menschliche. Denn Gott ist getreu, er wird euch nicht versuchen lassen über euer Vermögen'."[38] Letztlich ist damit gemeint, „daß jeder nach Größe und Kraft seiner Tugend versucht wird."[39] Mit anderen Worten, Gott in seiner Vorsehung und Menschenliebe schützt die Freiheit des Menschen auch gegenüber den bösen Mächten.

Eine wichtige Frage behandelt in diesem Zusammenhang unser Alexandriner. Er fragt, ob aus der Zusicherung Gottes, daß wir nur gemäß unserer eigenen Kraft versucht werden, dann auch notwendigerweise und in jedem Falle folge, daß wir in diesem Kampfe siegen werden. Mit dem Hinweis auf die Schrift antwortet er: „Da Gott uns nur gemäß unseren Kräften und nicht über sie hinaus versuchen läßt, heißt das nicht, daß wir faktisch siegen, sondern daß wir faktisch siegen *können* (vgl. 1 Kor 10,13)."[40] Dabei erspart uns Gott auch nicht das Ertragen, sondern er gibt uns das Ertragenkönnen (vgl. 1 Kor 10,13). Er gibt uns auch dort, wo uns der böse Geist verführen will, einen Schutzengel zur Seite, da die menschliche Natur zu schwach wäre, gegen alle Dämonen auf einmal zu kämpfen. Der Schutzengel ist die Hilfe, die die göttliche Vorsehung uns schenkt.[41]

Mit diesen Argumentationen hat Origenes verdeutlicht, daß beides, Siegen und Verlieren in unserer Hand liegen, wenngleich es tatsächlich Ver-

[37] PA III 2,2 Gö, 569.

[38] PA III 2,3 Gö, 571.

[39] A. a. O.

[40] PA III 2,3 Gö, 573.

[41] PA III 2,4 Gö, 575 u. 577 mit Hinweis auf alttestamentliche Stellen und Pastor Herm. Mand. 6,2.

suchbarkeit durch die Dämonen gibt. Es gibt aber auch Sünde dort, wo man noch nicht vom Einfluß der Dämonen sprechen kann, dort nämlich, wo die menschliche Freiheit sich nicht der Mittel bedient, die Antriebe des Geistes und des Leibes durch die Vernunft zu beurteilen und zu ordnen. Zugleich ist deutlich, daß man die Sünde der Menschen nicht auf die Dämonen abschieben kann. Der Mensch trägt die Verantwortung für seine Tat. Gott hat ein Recht auf das Gericht.

In einer Großaufnahme, die die spirituelle Fähigkeit der Unterscheidung der Geister zeigt, beobachtet Origenes nun die Einflüsterungen der bösen Geister und ihre Einwirkung auf die Strebungen, um noch deutlicher die Freiheit des Menschen herausstellen zu können. Ganz allgemein gilt ihm: „Man muß indessen annehmen, daß all das, was unserem Herzen Gutes und Böses eingeflüstert wird, nichts anderes für uns bedeutet als nur einen Anstoß, einen Anreiz, der uns zum Guten oder Bösen veranlassen kann. Es ist uns aber möglich, wenn die böse Macht uns zum Schlechten zu reizen beginnt, die bösen Einflüsterungen von uns zu weisen, den verwerflichen Einflüssen zu widerstehen und nichts Schuldhaftes zu tun; und umgekehrt ist es möglich, daß wir, wenn die göttliche Macht uns den Anstoß zum Besseren gibt, keine Folge leisten: denn die Fähigkeit zur freien Entscheidung bleibt uns in beiden Fällen gewahrt."[42]

Diese Kämpfe sind nicht körperlicher, sondern geistiger Natur: „Man darf natürlich nicht annehmen, dergleichen Kämpfe würden mit der Stärke des Körpers oder mit sportlichem Können geführt, sondern es kämpft Geist gegen Geist, ähnlich wie Paulus den uns bevorstehenden Kampf ‚gegen Fürsten und Gewalten und gegen die Weltherrscher der Finsternis' darstellt (Eph 6,12). Die Art dieser Kämpfe muß man sich so vorstellen, daß Verluste, Gefahren, Schande und Anklagen gegen uns ins Werk gesetzt werden, wobei die feindlichen Mächte nicht darauf abzielen, daß uns nur diese (Unglücke) treffen, sondern daß wir dadurch zu großem Zorn, zu übertriebener Trübsal oder zu äußerer Verzweiflung gereizt werden, oder, was noch schlimmer ist, daß wir, erschöpft und vom Überdruß besiegt, zu Klagen gegen Gott getrieben werden, er lenke das menschliche Leben nicht mit Billigkeit und Gerechtigkeit; dadurch sollen wir im Glauben geschwächt werden, die Hoffnung verlieren oder der wahren Lehre abspenstig gemacht und zu gottlosen Meinungen über Gott gebracht werden."[43] Allerdings sind diese Versuchungen und auch andere Heimsuchungen von Gott zugelassen.[44] Origenes schließt: „Aus all dem geht hervor, daß alle Ereignisse in dieser Welt, die man als [ethisch] indifferent betrachtet, seien sie nun betrüblich,

[42] PA III 2,4 Gö, 577.
[43] PA III 2,6 Gö, 583.
[44] A. a. O.

seien sie von beliebiger anderer Art, in ihrer besonderen Art zwar nicht von Gott gewirkt sind, aber auch nicht ohne Gott, insofern Gott die bösen und feindlichen Mächte, die dergleichen bewirken möchten, nicht nur nicht hindert, sondern ihnen sogar gestattet es zu tun, allerdings nur zu bestimmten Zeiten und gegenüber bestimmten Personen. [...] Darum lehrt uns die heilige Schrift, alles was uns trifft als von Gott geschickt auf uns zu nehmen, in dem Wissen, daß nichts ohne Gott geschieht."[45]

8.2.3 Unfrei gegenüber den guten Geistern?

Nachdem Origenes aufgewiesen hat, daß der Mensch gegenüber Gott und den bösen Geistern frei ist, bleibt noch zu untersuchen, ob dieser auch gegenüber den Einsprechungen der guten Geister seine Freiheit bewahren kann. Grundsätzlich ist Origenes der Überzeugung, daß unsere Gedanken entweder aus uns oder von den bösen oder guten Geistern kommen oder von Gott geschickt sind.[46] Schließlich kennt er die Lehre der Schutzengel, aber auch die vom bösen Engel, die beide den Menschen begleiten. „Man muß indessen annehmen, daß all das, was unserem Herzen Gutes oder Böses eingeflüstert wird, nichts anderes für uns bedeutet als nur einen Anstoß, einen Anreiz, der uns zum Guten oder Bösen veranlassen kann. Es ist uns aber möglich, wenn die böse Macht uns zum Schlechten zu reizen beginnt, die bösen Einflüsterungen von uns zu weisen, den verwerflichen Einflüssen zu widerstehen und nichts Schuldhaftes zu tun; und umgekehrt ist es möglich, daß wir, wenn die göttliche Macht uns den Anstoß zum Besseren gibt, keine Folge zu leisten: denn die Fähigkeit zur freien Entscheidung bleibt uns in beiden Fällen gewahrt."[47] Gleiches gilt für die Erinnerungen, die uns etwa von uns selbst, von bösen oder guten Engeln oder von Gott eingegeben werden.[48] Origenes kommt zu dieser Auffassung aufgrund der stoischen Erkenntnislehre. „Das vernunftbegabte Lebewesen jedoch hat zu der Vorstellungskraft hinzu noch Vernunft [logon echei – rationis vim], welche die Vorstellungen beurteilt und die einen verwirft, die anderen annimmt, auf daß das Lebewesen auf Grund von letzteren gelenkt werde. Im Wesen der Vernunft liegen nun die Voraussetzungen für die Erkenntnis des (sittlich) Schönen und Häßlichen. Wenn wir diesen folgen und das Schöne und Häßliche erkennen, wählen wir das Schöne und meiden das Häßliche. Deshalb verdienen wir Lob, wenn wir uns dem Tun des Schönen hingeben, und

[45] PA III 2,7 Gö, 585 mit Hinweis auf Matth 10,29 und Hiob 7,1.
[46] PA III 2,4 Gö, 575 mit der entsprechenden biblischen Begründung.
[47] PA III 2,4 Gö, 577.
[48] Vgl. PA III 2,4 Gö, 577 u. 579 mit biblischer Begründung.

Tadel, wenn wir das Gegenteil tun."[49] Der Mensch kann also das, was von ihm, von Gott, von guten oder bösen Engeln kommt, beurteilen und ist daher frei.

8.2.4 Freiheit des Verstandes

Origenes sieht sehr deutlich, daß nicht nur der freie Wille beeinflußt werden kann, wenn der Mensch ihn nicht durch seine Vernunft schützt. Auch der menschliche Verstand ist Beeinflussungen zum Guten, vor allem aber Beeinflussungen zur Verwirrung und zur „Sünde des falschen Wissens" ausgesetzt.[50] In nochmaliger Überlegung versucht Origenes dem Problem beizukommen und fragt, ob es nun eine von außen kommende Verwirrung des Verstandes gibt, gegen die man sich nicht wehren kann.

Nach dem Schriftbefund unterscheidet Origenes drei Arten von Weisheit, die den menschlichen Verstand beeinflussen können: die Weisheit Gottes, die Weisheit der Fürsten dieser Welt und die Weisheit dieser Welt. Die Weisheit Gottes ist in Jesus Christus geoffenbart und dient wie er zu unserer Erlösung, während die Weisheit dieser Welt die Erkenntnis der Dinge dieser Welt bedeutet.[51] Hingegen besagt die Weisheit der Fürsten dieser Welt die Lüge und das Bemühen, die Menschen von Gottes Weisheit abzubringen und sie zu verwirren.[52] Allerdings ist zu beachten, daß die Fürsten dieser Welt zunächst ihren Irrtum nicht durchschauten, ihn für Wahrheit hielten und deshalb anderen verkündeten, die in ihrem territorialen Machteinfluß standen. Sind sie doch wirklich Fürsten.[53]

Hinzu kommen aber auch „Fürsten", die sich speziellen Tätigkeiten der Menschen widmen und sie begleiten. Solche Fürsten begleiten etwa die Poeten, die Seher, die Orakelsprecher, die Magier und Zauberer. Sie alle gaukeln den Menschen Wahrheiten vor, wo gar keine sind. Letztlich sind es dämonische Mächte und Kräfte, die in diesen so verwirrten Menschen am Werk sind.[54] Umgekehrt gibt es auch die Beeinflussung des Verstandes durch Gott: „Heilige und fleckenlose Seelen, die sich mit aller Hingabe und Reinheit Gott geweiht und von jeder Berührung mit den Dämonen ferngehalten haben, die sich durch große Enthaltsamkeit gereinigt und mit frommem, religiösem Wissen gebildet haben, erhalten hierdurch Anteil am Gött-

[49] PA III 1,3 Gö, 467 u. 469.
[50] PA III 2,7 Gö, 585.
[51] PA III 3,2 Gö, 589.
[52] PA III 3,2 Gö, 589 u. 591.
[53] PA III 3,1 Gö, 587 u. 589.
[54] PA III 3,3 Gö, 595.

lichen und verdienen sich die Gnade der Prophetie und der anderen Gaben Gottes. Dementsprechend muß man annehmen, daß die, die sich den feindlichen Mächten willig zeigen, nämlich durch ein tätiges Leben oder durch ein (geistiges) Streben, das jenen lieb und angenehm ist, von ihnen die Eingebung erhalten und ihrer Weisheit und Lehre teilhaftig werden. So kommt es, daß sie vom Wirken jener Mächte erfüllt werden, denen sie sich zuvor in den Dienst gegeben haben."[55] Jene Mächte und Dämonen, die gegen die christliche Wahrheit und gegen Christus Lügen vorbringen, tun dies weniger aus Irrtum, sondern aus Bosheit und Mißgunst gegenüber den Christen, die aufgrund ihrer Teilhabe an der göttlichen Weisheit aufsteigen zu Gott.[56] Für Origenes ist deutlich, daß der Verstand des Menschen durch böse und gute Geister beeinflußt wird. Die bösen rauben ihm entweder ganz den Verstand oder verwirren ihn durch Lügen, während die Wirkkraft eines guten Geistes den Verstand des Menschen zum Guten, ja, zum Besseren hinlenkt. Nur in den Fällen, da der gute Geist die Seele bewegt, geht der Mensch seines freien Willens nicht verlustig.[57]

Ganz dem ureigensten Denken des Origenes entspringt die Frage, warum Menschen schon von Kindheit an in das Kraftfeld Gottes oder in das Kraftfeld der Dämonen gezogen werden. Seine Lösung ist auch hier: Solche Menschen erhalten die Belohnung oder die Strafe für ihr Verhalten, das noch vor ihrer Geburt stattgehabt hat: „Angesichts all dieser Fälle kann man, scheint mir, wenn man überzeugt ist, daß alles in dieser Welt von Gottes Vorsehung geleitet wird, wie es auch unser Glaube sagt, nur eine Erklärung geben, die die göttliche Vorsehung von jeglichem Vorwurf der Ungerechtigkeit freihält: nämlich, daß man bei ihnen gewisse frühere Ursachen annimmt; die Seelen hätten, bevor sie im Körper geboren wurden, irgendeine Schuld auf sich geladen in ihrem Denken oder in ihren Bewegungen, und dafür seien sie von der göttlichen Vorsehung zu Recht verurteilt worden, dies zu leiden. Denn die Seele ist immer freien Willens, sowohl wenn sie in diesem Körper ist, als auch wenn sie außerhalb des Körpers ist; und der freie Wille hat immer eine Bewegung zum Guten oder Schlechten, und ein Vernunftwesen, sei es eine Intelligenz oder eine Seele, kann nie ohne eine gute oder schlechte Bewegung sein. Dann leuchtet es ein, daß diese Bewegungen die Gründe abgeben für Verdienste, noch bevor (die Vernunftwesen) irgendwelche Handlungen in dieser Welt ausführen; und auf Grund dieser Verdienste werden sie durch die göttliche Vorsehung gleich von Geburt an, ja sozusagen schon vor der Geburt, guten und bösen Geschicken unterworfen."[58]

[55] A. a. O.
[56] PA III 3,4 Gö, 595 u. 597.
[57] PA III 3,4 Gö, 597 u. 599.
[58] PA III 3,5 Gö, 599 u. 601.

Origenes geht gedanklich noch einen Schritt weiter und behauptet, daß auch die Einflüsterungen der verschiedenen Geister, die den Verstand entweder zum Guten oder zum Bösen hinführen wollen, ebenfalls auf Beziehungen mit ihnen zurückgehen, die die Seele vor der leiblichen Geburt hatte. Hatten doch die Seelen entweder Gott oder dem Teufel in sich Raum gegeben.[59]

8.2.5 Frei gegenüber der Leiblichkeit?

Origenes hat die Freiheit des Menschen gegenüber Gott, gegenüber den Engeln und Dämonen verteidigt. Er stellt sich nun nur konsequent die Frage, ob die Seele und so in ihr das Wollen des Menschen auch gegenüber dem Körper frei ist. Das setzt eine Untersuchung voraus, ob man tatsächlich von einer Eigenwirksamkeit des Körpers gegenüber der Seele reden kann, ja, ob es sinnvoll ist, im Unterschied zur Geistseele des Menschen sogar von einer Seele des Fleisches zu sprechen.[60] Es handelt sich um eine „tiefgreifende Untersuchung, bei der die von verschiedenen Seiten kommenden Argumente erörtert werden müssen."[61] Angesichts der Vielfalt von Meinungen[62] erklärt Origenes sich bereit, eine eigene Lösung dieser Frage vorzulegen.[63] Allerdings läßt er, da es nicht unmittelbar um die Auslegung des Kerygmas, sondern mehr um die Absicherung seines theologischen Entwurfes geht, seinen Lesern die Freiheit, sich ihm anzuschließen oder ihn mit guten Gründen abzulehnen.[64]

Origenes kann sich aufgrund der verschiedenen Lehrmeinungen drei Möglichkeiten des Verhältnisses von Seele und Leib vorstellen.

Erstens könne man der Auffassung sein, im Menschen gebe es zwei Seelen, eine göttlich-himmlische und eine niedere, etwa das Lebensprinzip des Leibes, das, wenn es dem Fleische dient, zum Schlechteren tendiert.[65] Diese Position scheint einen gewissen Anklang in der Schrift zu finden. Die bessere Seele, so sagen jene, die dieser Auffassung sind, sei vom Heiligen Geist erfüllt, die körperliche zeuge der Leib weiter, und sie werde Kraft des Fleisches genannt. Sie sitze etwa im Blut oder in sonstigen Lebenssäften und gelte als „materieller Geist".[66] Diesem Geist komme eben die Weisheit

[59] PA III 3,6 Gö, 601.
[60] Vgl. PA III 4,1 Gö, 603.
[61] PA III 4,3 Gö, 613.
[62] PA III 4,3 Gö, 615.
[63] PA III 4,3 Gö, 613.
[64] PA III 4,5 Gö, 621.
[65] PA III 4,1 Gö, 603.
[66] PA III 4,2 Gö, 607.

des Fleisches (1 Kor 1,26) zu.[67] Es handelt sich also, so meint Origenes, um eine Seele, die nicht schlechthin Fleisch ist, natürlich auch nicht die geistige Seele, sondern zwischen Fleisch und Geist steht. Dieser Seele kommt auch ein Wille zu, während dem Fleisch als solchem der Wille fehle.[68] Diese Seele kann sich also willentlich entweder der geistigen Seele anschließen oder aber dem Fleische dienen. Origenes' Lösung, wem sich nun dieser Wille der „mittleren" Seele anschließen soll, ist pädagogisch orientiert. Wenn diese mittlere Seele sich dem Fleisch unterwirft, wird sie die Qual des Fleisches und der Lust erfahren und sich aus „Leidensdruck" leichter und freiwillig bekehren hin zur geistigen Seele. Denn bleibt die „mittlere" Seele gleichsam „in suspenso", dann ist sie weder kalt noch warm. Vielmehr gilt von ihr: „Wenn aber die Seele sich noch nicht dem Geiste zugekehrt hat und mit ihm eins geworden ist; wenn sie noch am Körper hängt und an Fleischliches denkt, dann scheint sie weder in einem guten Zustand noch auch eindeutig in einem schlechten, sondern gleicht sozusagen einer Tierseele. Besser ist es, wenn sie, sofern das möglich ist, dem Geist anhängt und geistig wird; wenn das aber nicht möglich ist, ist es ihr zuträglicher, sogar der Bosheit des Fleisches Folge zu leisten, als in ihrem eigenen Willen zu verharren und im Zustand eines vernunftlosen Tieres zu bleiben."[69] Mit dieser Aussage markiert Origenes deutlich sein pädagogisches Interesse. Unter der Knechtschaft des Fleisches erfährt die sinnenhaft orientierte Seele das Ziel ihres wahren Wollens, sich der geistigen Seele anzuschließen. Allerdings sagt Origenes nicht, ob gerade diese Vorstellung vom Menschen richtig ist oder nicht. Eher meint er, in einem Bedingungsverhältnis sprechen zu sollen: Wenn man der vorgetragenen Auffassung von zwei Seelen im Menschen ist, ergibt sich die Konsequenz, daß auch die Seele, die nicht die geistige ist, frei ist und in der Mitte steht zwischen geistiger Seele und Fleisch. Sie kann immer nur dem einen oder anderen dienen.[70]

Es gibt aber, wie Origenes betont, zweitens auch noch die Vorstellung, daß die eine Seele des Menschen als das den Leib schlechthin informierende und gestaltende Prinzip gilt, so daß der Leib nur aufgrund dieser Informiertheit eine gewisse Eigendynamik entfalten kann.[71] Die Konsequenz dieser Position, so ihre Vertreter, sei, „es gebe in uns nur einen Bewegungsantrieb, nur ein Leben ein und derselben Seele, deren Rettung und Verderben ihr selbst auf Grund ihrer Handlungen zuzuschreiben sei."[72] Origenes

[67] PA III 4,2 Gö, 609.
[68] PA III 4,2 Gö, 611.
[69] PA III 4,3 Gö, 615.
[70] PA III 4,2 Gö, 611.
[71] PA III 4,1 Gö, 603 u. 605.
[72] PA III 4,4 Gö, 615.

begründet diese Auffassung vor allem mit dem natürlichen Triebleben des Menschen. Man muß nicht zwei Seelen annehmen, wenn durch das eine Lebensprinzip Seele der Körper nun seine eigene Aktivität zu entfalten beginnt, etwa Hungergefühle entstehen läßt oder Samenflüssigkeit produziert und unwillkürlich ausstößt.[73] Die Vertreter dieser Auffassung interpretieren dann mit Recht die biblische Aussage, das Fleisch streite wider den Geist, so, daß die Dynamik leiblicher Funktionen die Seele von ihren höheren Aufgaben abziehen kann, so daß sie sich freiwillig ausschließlich den körperlichen Bedürfnissen widmet. Dem Fleisch komme daher kein Wollen im eigentlichen, sondern nur in einem „uneigentlichen [abusive] Sinne" zu, wie es ja auch die Redewendung verdeutlicht, daß ein zerstörtes Haus wieder aufgebaut werden wolle. Niemandem wird es einfallen, dem Haus einen eigenen Willen zuzuschreiben.[74] Vielmehr, so behaupten nach Origenes die Vertreter dieser Meinung, gelte es zu beachten: Wenn die Seele mehr und mehr den Affekten des Fleisches dient, dann wird sie vergröbert und sozusagen zu Fleisch „und sie bekommt ihren Namen von dem, worauf sich ihr Interesse und ihr Wille vorwiegend richtet."[75] Wiederum besteht hier das Interesse des Origenes, eine Schaffung schlechter Seelen durch Gott auszuschließen.[76]

Mit dieser Antwort hat Origenes auch die dritte mögliche Position schon behandelt und als nicht diskutabel erwiesen: Der Mensch bestehe aus einer dreiteiligen Seele, die in einen vernünftigen und einen unvernünftigen Teil aufgesplittert sei, wobei der unvernünftige Part sich in die Begierden und die Affekte des Zornes ausgliedere. Und diese Begierden und Affekte stritten wider Gott.[77] Eine solche Auffassung kommt doch sehr nahe an einen im Menschen herrschenden Dualismus heran. Origenes fragt infolgedessen völlig richtig: „Wenn man dies so annimmt, wo liegt dann noch der Unterschied gegen die, die behaupten, es seien verschiedene Naturen von Seelen geschaffen, die ihrem Wesen nach zur Rettung oder zum Untergang bestimmt seien? Das ist doch nur die Lehre von Irrgläubigen, die Gottes Gerechtigkeit nicht in frommem Denken zu wahren vermögen und darum solche gottlosen Erfindungen aufstellen."[78]

Es geht also Origenes, wenn dies hier zusammenfassend zu sagen erlaubt ist, nicht darum, eine eigentliche Anthropologie aufzustellen,[79] sondern

[73] PA III 4,4 Gö, 617 u. 619.
[74] PA III 4,4 Gö, 619.
[75] PA III 4,5 Gö, 621.
[76] A. a. O.
[77] PA III 4,1 Gö, 605.
[78] PA III 4,5 Gö, 621.
[79] A. a. O.

jene Elemente einer Anthropologie zu ermitteln, die seinem Gottesbild, genauer seinem Bild von der Gerechtigkeit Gottes entsprechen. Gott schafft nicht verschiedene Seelen, vielmehr nur gleiche. Die Verschiedenheit kommt aus dem freien Wollen dieser Seelen. Kurzum, die Seele ist auch sittlich frei von den Gesetzmäßigkeiten des Leibes.

9. Theologische Implikationen in PA: Apokatastasis

9.1 System der Apokatastasis

Schon jetzt ist deutlich, daß die Auffassung von der Apokatastasis nicht das primäre Interesse origenischer Theologie ist. Vielmehr ergeben sich diese Fragen aus den Optionen des Gottesbildes und der Freiheit der Geistwesen. Es handelt sich also um eine theologische Implikation.

9.1.1 Anfang der sichtbaren Schöpfung

Hier geht es um einige wichtige Punkte der Lehre vom Anfang und vom Ende der Schöpfung, wie sie das christliche Kerygma aufgibt: „daß diese Welt geschaffen [factus] ist und von einem bestimmten Zeitpunkt an begonnen hat, und daß sie – entsprechend dem allgemeinen Glauben an eine Vollendung der Zeit – durch ihre Verderbnis vergehen wird."[1]

Aber warum nun nochmals die Erörterung dessen, was schon an vielen Orten behandelt ist? Bei genauer Lektüre jedoch drängt sich als einzig mögliche Antwort auf: Origenes gibt hier einen Systementwurf seines Denkens preis. Es geht eigentlich gar nicht so sehr um den Anfang der Welt, sondern um den Anfang, wie er mit einer bestimmten Vorstellung der Heilsgeschichte gegeben ist. Besonders deutlich wird dies, wenn Origenes, nachdem er seinen Systementwurf entfaltet hat, jene Fragen aufzählt, die dieser Entwurf impliziert.[2] Es handelt sich um Fragen nach der Art und Weise, wie die göttliche Vorsehung, letztlich der dreifaltige Gott die Wiederherstellung der Welt bewerkstelligt, ohne die Freiheit der Geistwesen aufzuheben.

Sogar Häretiker mit ihrer allzu leiblichen Auffassung der Schriftauslegung stimmen mit Origenes und der kirchlichen Lehre überein, erstens „daß alles Sichtbare von einem bestimmen Zeitpunkt an geschaffen ist"[3];

[1] PA III 5,1, Gö, 623.
[2] PA III 5,8 Gö, 641.
[3] PA III 5,1 Gö, 625.

zweitens, daß es einen letzten Tag, somit ein Ende der Zeit und ein Vergehen der Gestalt dieser Welt gibt.[4]

Für diejenigen, die unsere sichtbare Welt nicht als endlich anerkennen, bemüht Origenes seine öfter[5] vorgebrachte Überzeugung: Erstens, daß der unendliche Gott nur Endliches schaffen kann, weil er selbst nichts Unendliches umgreifen kann. Das Unendliche ist unumfaßbar.[6] Zweitens, daß Gott von Ewigkeit her Bewegung ist, daß er von Ewigkeit her, also vor aller Zeit Geistwesen geschaffen hat und es auch nach dieser Zeit wieder einen geistigen neuen Himmel und eine neue Erde geben wird.[7] Drittens, daß die jetzige sichtbare Welt von der Bibel als „Grundlegung" [katabole] bezeichnet wird, d. h. durch einen Fall der Welt der Geister entstanden ist, aufgrund dessen die gesamte Schöpfung nach Erlösung ruft.[8] Um diesen Fall nicht dem gerechten Gott anzulasten, muß die vor unserer sichtbaren Welt tätige freie Entscheidung der Geistwesen selbst diesen Fall und so unsere Welt provoziert haben.[9]

Zugleich ist die ordnende Vorsehung Gottes mit im Spiel, damit dieser Fall nicht zum totalen Chaos wird. Sie ordnet das Zueinander der freien Entscheidungen der Geistwesen und die Konsequenzen, die aus diesen Entscheidungen folgen, indem sie jedem Wesen seinen gerechten Platz in dieser sichtbaren Welt zuspricht, sei es zur Strafe in Hinblick auf Besserung, sei es zur Unterstützung von gefallenen Geistwesen, die in noch schlimmerer Situation sind und Hilfe brauchen.[10]

Schließlich sendet Gott Vater seinen Sohn, um die Menschen wieder zu sich zurückzuführen. Menschwerdung, Kreuz und Tod offenbaren in besonderer Weise den Gott geschuldeten Gehorsam.[11] Ziel all dieses ist die Unterwerfung Christi und aller Geistwesen unter Gott Vater, damit Gott alles in allem und in allen ist; denn darin besteht die Seligkeit der Geistwesen und so auch der Menschen.[12] „Diese Unterwerfung wird sich erfüllen nach bestimmten Weisen, Regeln und Zeiten, nämlich nicht durch einen Zwang, der zur Unterwerfung drängt, und nicht durch Gewalt wird die ganze Welt Gott untertan, sondern durch Wort, Vernunft, Wissen, Aufmunterung der Besseren, gute Lehren, auch durch angemessene, der Sache entsprechende Strafdrohungen, welche in gerechter Weise gegen jene gerichtet sind, die

[4] A. a. O.
[5] PA II 9,1 Gö, 401 u. 403; PA IV 4,7 Gö, 808.
[6] PA III 5,2 Gö, 625.
[7] PA III 5,3 Gö, 627 u. 629.
[8] PA III 5,4 Gö, 631 u. 633.
[9] PA III 5,5 Gö, 633 u. 635.
[10] PA III 5,5 Gö, 633 u. 635.
[11] PA III 5,6 Gö, 635 u. 637.
[12] PA III 5,7 Gö, 637 u. 639.

die Sorge um ihr Heil und ihren Nutzen vernachlässigen und sich um ihre Unversehrtheit nicht bekümmern."[13] Es ist dies das Problem, wie Gott in der Wiederherstellung der Welt siegen wird.

9.1.2 Ende der sichtbaren Schöpfung

Auch in der Frage nach dem Ende dieser Welt scheint sich Origenes auf den ersten Blick zu wiederholen. Bei genauerem Hinsehen kann man jedoch die Nuancen noch in Rufins Übersetzung erkennen. Hier geht es jetzt weniger um den biblischen Befund über das Ende der Welt. Hier geht es um die im origenischen System grundgelegten und mitgegebenen Fragen. Unser jetziger Abschnitt gehört ganz in den „ordo quaestionis", nämlich in den nach der Apokatastasis [consummatio omnium].[14] Er akzentuiert Vollendung des Menschen, wie sie sich aus seinem System ergibt.

Geschaffen ist der Mensch als Abbild Gottes. Der Mensch sollte sich in seiner Freiheit bis zur Ähnlichkeit [besser: Gleichbild] Gottes entwickeln.[15] Aber mit dem Begriff des Gleichbildes ergeben sich sofort Schwierigkeiten: erstens die Frage, ob die bleibende Körperlichkeit des Menschen überhaupt eine Ähnlichkeit und so Gemeinschaft mit dem unkörperlichen Gott[16] zuläßt; zweitens, was es bedeutet, daß Gott alles in allem sein wird.[17] Origenes antwortet gemäß seinem System, daß die Geistwesen dann an Gott allein genug haben werden, daß auch der qualitative Unterschied unter den Geistwesen vergehen wird.[18] Werden dann, so verschärft sich die Frage in einem Fragment des Hieronymus,[19] Körper noch sinnvoll und nötig sein? Wird damit eine neue irdische Welt aus einem neuerlichen Abfall kommen? Origenes antwortet mit dem Hinweis auf den „geistigen Körper", wie er ihn in 1 Kor 15,44 erwähnt findet. In den Augen des Alexandriners handelt es sich um einen unvergänglichen, nicht körperlich-materiellen Leib, sondern um eine Wirklichkeit aus Licht und Glanz.[20] Origenes bekennt sich also zur Auferstehung des Leibes, wie das kirchliche Kerygma dies vorschreibt. Allerdings besteht für ihn und sein System die Frage zu Recht, ob es sich um je einen individuellen Leib oder einen allgemeinen Leib handelt. Die Frage

[13] PA III 5,8 Gö, 639 u. 641.
[14] PA III 6,1 Gö, 643.
[15] PA III 6,1 Gö, 643 u. 645.
[16] PA III 6,2 Gö, 645–649.
[17] PA III 6,2 Gö, 649.
[18] PA III 6,2 Gö, 651.
[19] Hier. Ep. 124,10 [p. 111,9–112,12 Hi.]; lat. Text Gö, 650 u. 652, dt. Gö, 651 u. 653.
[20] PA III 6,4 Gö, 655.

stellt sich besonders deshalb, weil Materie und Körperlichkeit im origenischen Denken vor allem den Abstand von Gott und die sittliche Verfassung eines Geistwesens zum Ausdruck bringen.[21] Es gibt Gründe, die nahelegen, daß wir alle unseren gleichen Leib haben werden.[22] Unser Leib ist jedoch nicht mit einem neugeschaffenen ätherischen Körper zu verwechseln. Er hat vielmehr teil an dem einen Geist, in dem die Seele mit Gott verbunden und Gott alles in allem ist.[23] Weil es nun diesen Abstand von Gott nicht mehr gibt und daher auch keine materielle Leiblichkeit mehr notwendig ist, gibt es auch keinen Tod mehr, was nicht heißt, daß es keine Leiblichkeit mehr gibt. Sie ist nur nicht mehr sterblich.[24] Origenes wahrt also das Kerygma und seine Antworten. Er behandelt auch kurz die Frage, ob es nur eine einzige verklärte Körperlichkeit geben wird, an der alle Geistwesen teilhaben, da die Materie ja den individuellen Abstand der Geistwesen von Gott nicht mehr anzeigen kann, weil eben Gott alles in allem ist.[25] Allerdings läßt Origenes den Leser die Entscheidung zu einem individuellen oder allgemeinen Leib selbst treffen.[26]

9.2 Textgrundlage

Wichtige Optionen des origenischen Denkens wie die Lehre vom guten und gerechten Gott, wie die Lehre von der Freiheit der von ihm geschaffenen Geistwesen münden ein in die sogenannte Apokatastasislehre. Ihre biblische Grundlage findet diese Lehre in 1 Kor 15,23–28: „Es gibt aber eine bestimmte Reihenfolge: Erster ist Christus; dann folgen, wenn Christus kommt, alle, die zu ihm gehören. Danach kommt das Ende, wenn er jede Macht, Gewalt und Kraft vernichtet hat und seine Herrschaft Gott, dem Vater, übergibt. Denn er muß herrschen, bis Gott ihm alle Feinde unter die Füße gelegt hat. Der letzte Feind ist der Tod. Sonst hätte er ihm nicht alles zu Füßen gelegt. Wenn es aber heißt, alles sei unterworfen, ist offenbar der ausgenommen, der ihm alles unterwirft. Wenn ihm dann alles unterworfen ist, wird auch er, der Sohn, sich dem

[21] A. a. O.
[22] PA III 6,6 Gö, 661.
[23] PA III 6,6 Gö, 663.
[24] PA III 6,5 Gö, 657 u. 659.
[25] PA III 6,8 Gö, 663 u. 665.
[26] PA III 6,9 Gö, 667. Gö, 667 Anm. 25 meint, hier sei die Alternative von Körperlosigkeit und ‚geistigem Körper' angesprochen. Diese Alternative gibt keinen Sinn. Der Text redet von „körperlicher Natur und ‚geistigem Körper'". Origenes läßt diese Alternative offen. Zudem hat Origenes vorher die biblische Auffassung und das kirchliche Kerygma von der Auferstehung des Leibes verteidigt.

unterwerfen, der ihm alles unterworfen hat, damit Gott herrscht über alles und in allem."[27]

Die Auslegung der Texte, die in PA die Apokatastasis wiedergeben wollen, ist schwierig. Eine Schwierigkeit liegt zunächst in der von Origenes selbst gewählten Methode der Darstellung seiner Auffassung: Einerseits wehrt sich Origenes gegen Verdächtigungen jener im theologischen Denken Ungeübten, die ihm bei der Abfassung seiner Gedanken über das Ende [finis] der Welt, das er zugleich auch als Vollendung [consummatio] der Welt deutet, Häresie vorwerfen könnten.[28] Hingegegen beansprucht Origenes für das Verständnis seiner in PA vorgetragenen Vorstellungen vom Ende und der Wiederherstellung der Welt folgendes zu beachten: „Dabei sprechen wir unsererseits mit großer Behutsamkeit, mehr als Untersuchende und Erörternde denn als fest und sicher Behauptende. Wir haben oben angegeben, über welche Dinge man eine klare Lehre aufzustellen hat, und das haben wir, glaube ich, auch nach Kräften bei der Behandlung der Trinität getan; über das jetzige Thema dagegen halten wir, so gut wir können, eine (dialektische) Übung ab, die mehr den Charakter einer Disputation als einer Lehre hat."[29] Diesen Hinweis nimmt er dort wieder auf, wo es ihm um weitere Implikationen und etwaige Denkschwierigkeiten seiner Vorstellung vom Ende der Welt geht: „Über das Ende, die Vollendung von allem, haben wir früher schon nach unseren Kräften gehandelt, soweit die Autorität der heiligen Schrift es möglich machte. Dies genügt, meine ich, zur Unterweisung; (doch wollen wir) auch jetzt noch einige Punkte erwähnen, da uns die Abfolge der Untersuchung zu diesem Thema geführt hat."[30] „Abfolge der Untersuchung" zeigt, daß es hier um Probleme des origenischen Denkens geht.

Es wird also für uns darauf ankommen, die gläubige Meinung des Origenes von den Gedanken, die zu einer dialektischen Übung innerhalb eines möglichen Denksystems gehören, abzuheben und das eine nicht mit dem anderen zu vermischen. Wir werden zeigen, daß in dieser bewußten oder unbewußten (?) Vermischung bzw. Trennung sich die beiden Übersetzer Hieronymus und Rufin unterscheiden. Ist Hieronymus mehr an den formalen und dialektischen Gedankenläufen des Origenes interessiert und berichtet so, als hätte Origenes wie ein „Behauptender" gesprochen, so geht es Rufin mehr darum, den Glauben des Origenes von den formal und gedanklich möglichen Positionen, die Origenes auch erwähnt, abzusetzen. Dies sei an einigen Texten verdeutlicht.

[27] Text ist der deutschen Einheitsübersetzung entnommen. Freiburg i. Br. 1980.
[28] PA I 6,1 Gö, 215.
[29] A. a. O.
[30] PA III 6,1 Gö, 643.

9.2.1 Hieronymus und andere

Es fällt auf, daß nach der Textwiedergabe des Hieronymus das Ende der Welt in den Augen des Origenes erstens mit dem Vergehen der Materie gegeben, zweitens universell ist und drittens in Richtung Pantheismus geht.[31] Konkret geht es um die Auferstehung. Hieronymus berichtet in seinem 124. Brief von der Auffassung des Origenes: „Und wenn wir so weit fortgeschritten sind, daß wir nicht mehr Fleisch und Leib, ja vielleicht auch nicht mehr Seelen sind, sondern Vernunft und Denken, die sich der Vollkommenheit nähern, von keiner Wolke der Verwirrung getrübt, so wird (diese Vernunft) die vernünftigen, intelligiblen Wesenheiten ‚von Angesicht zu Angesicht' schauen (vgl. 1 Kor 13,12)."[32] In PA III 6,1 fragt Hieronymus[33] neuerlich nach der Unkörperlichkeit der himmlischen Existenz des Menschen: „Wie wir schon oft sagten, entsteht ein Anfang wieder aus einem Ende, und deshalb ist zu fragen, ob es auch danach Körper geben wird, oder ob wir einst ohne Körper leben werden, nachdem sie zu nichts vergangen sind, und ob anzunehmen ist, daß dann das Unkörperliche ein unkörperliches Leben führen wird, so wie wir es von Gott wissen."[34] Nach einigen Bibelversen, die auf die Unkörperlichkeit hinweisen, fährt Hieronymus fort: „Entweder muß man nämlich annehmen, daß der Gott des Alls mit einem Körper bekleidet und mit irgendeiner Materie umgeben wird, so wie wir mit Fleisch, und daß auf diese Weise am Ende die Ähnlichkeit zwischen dem Leben Gottes und dem der Heiligen hergestellt wird; oder, – wenn dies unpassend ist – und das (muß doch) zumal bei denen (gelten), die wenigstens zu einem geringen Teil Gottes Erhabenheit empfinden und die Herrlichkeit der ungewordenen, alles übersteigenden Natur ahnen wollen –, dann müssen wir eine von zwei Möglichkeiten wählen: entweder müssen wir die Hoffnung auf Ähnlichkeit mit Gott aufgeben, falls wir immer dieselben Körper besitzen werden; oder, falls uns die Seligkeit eines Lebens verheißen ist, das dem göttlichen gleich ist, müssen wir in demselben Zustand leben wie Gott."[35] Auch Justinian berichtet von der eschatologischen Körperlosigkeit des Menschen.[36]

[31] Wir halten uns an die Untersuchung von H. Crouzel, L'apocatastase chez Origène. In: Ders., Les fins dernières selon Origène. Aldershot 1990, XII, 282–290, hier 284. Erstveröffentlichung in L. Lies (Hrsg.), Origeniana quarta. Innsbruck 1987, 282–290.

[32] PA II 11,7 Gö, 457; Text Hier. Ep. 124 (p. 105,3–10 Hi.) Gö, 456.

[33] PA III 6,1 Gö, 647 u. 648; Text Hier. Ep. 124,9–10 (p. 109,19–111,9 Hi.) Gö, 644 u. 646.

[34] PA III 6,1 Gö, 647.

[35] PA III 6,1 Gö, 647 u. 649.

[36] PA III 6,2 Gö, 649; Text Fr. 27, Ep. ad Menam (p. 211,28–212,2 Schw.) Gö, 648.

Hieronymus formuliert in seinem Origenesreferat bezüglich eines neuerlichen Abfalles von Gott: „Es ist nicht zu bezweifeln, daß nach gewissen zeitlichen Zwischenräumen erneut Materie ins Dasein tritt, Körper entstehen und die Mannigfaltigkeit einer Welt aufgebaut wird auf Grund der verschiedenen Willens(bewegungen) der Vernunftgeschöpfe, welche nach der vollkommenen Seligkeit bis zum Ende aller Dinge allmählich herabsinken und dabei so viel Bosheit in sich aufnehmen, daß sie sich ins Gegenteil verwandeln, da sie nicht willens sind, im Anfangszustand und im Besitz ungetrübter Seligkeit zu verharren. Man muß auch wissen, daß viele Vernunftgeschöpfe bis zur zweiten, dritten und vierten Welt im Anfangszustand verharren und der Veränderung in sich keinen Raum geben; daß andere so wenig von ihrem alten Zustand absinken werden, daß sie fast nichts verloren zu haben scheinen; und daß einige in einem großen Fall in den untersten Abgrund stürzen werden. Und Gott, der für alles fürsorgt, weiß bei der Schöpfung der Welten die einzelnen zu gebrauchen nach ihrem Verdienst, nach der Zweckmäßigkeit und nach dem Kausalzusammenhang, der den geregelten Gang der Welt aufrechterhält und (überhaupt erst) in Gang setzt: [...].“[37]

Hieronymus und jene, die innerhalb der origenistischen Streitigkeiten Origenes referieren, sprechen dogmatisch, also in einem Sinne, als ob genau dies die Auffassung des Origenes sei. Crouzel[38] weist auf ein Beispiel in PA IV 3,13 hin. Dort spricht Hieronymus dogmatisch, indem er das Problem nennt und es einleitet mit „cumque dixisset“ im Sinne des: Nehmen wir einmal an, Origenes hätte gesagt. Es kommt ihm also nicht so sehr darauf an zu referieren, was Origenes gesagt hat, sondern es kommt darauf an, das Problem anzugehen, zu dem des Origenes Ausführungen hindrängen, hier z. B. ob ein Gleichbild bestehe zwischen himmlischem und irdischem Evangelium.

9.2.2 Rufin

Vergleichen wir hingegen dazu Texte, die Rufins Art des Referates bringen, so fällt auf, daß er mehr daran interessiert ist, das zu sagen, was Origenes rechtgläubig gesagt hat bzw. sagen wollte, und er erst in zweiter Linie an der „dogmatischen“ Formalisierung eines Problems interessiert ist. Wenn Hieronymus so tut, als lehrte Origenes die totale Gleichheit und Einheit mit Gott, so gibt Rufin die Auskunft des Origenes wieder: „Ich glaube nun, daß

[37] PA III 6,3 Gö, 651 u. 653; Text Hier. Ep. 124,10 (p. 111,9–112,12 Hi.) Gö, 650 u. 652.

[38] Crouzel, L'apocatastase chez Origène, 283f.

der Satz, Gott sei ‚alles in allem' bedeutet, daß Gott auch in jedem einzelnen ‚alles' ist. In dem einzelnen aber wird er auf folgende Weise ‚alles' sein: Wenn der vernünftige Geist gereinigt ist von aller Hefe der Sünde, wenn alle Trübung der Bosheit gänzlich beseitigt ist, dann wird alles, was er empfinden, erkennen und denken kann, Gott sein; er wird nichts anderes mehr denn Gott empfinden, Gott denken, Gott sehen, Gott haben; Gott wird das Maß all seiner Bewegungen sein; und so wird Gott für ihn alles sein. Dann gibt es keine Unterscheidung mehr von Gut und Böse, da es nirgendwo etwas Böses gibt – denn Gott ist alles für jenen, der keine Berührung mehr mit dem Bösen hat –; und er wird nicht mehr begehren ‚zu essen vom Baume der Erkenntnis des Guten und Bösen' (vgl. Gen 2,17), weil er immer im Guten ist und Gott für ihn alles ist. Wenn also das Ende zum Beginn zurückkehrt, der Ausgang der Dinge mit dem Anfang zusammenfällt und jenen Zustand wiederherstellt, den die Vernunftwesen damals hatten, als sie noch nicht ‚vom Baume der Erkenntnis des Guten und Bösen zu essen' brauchten; wenn dadurch jede böse Empfindung beseitigt und bis zur völligen Reinheit weggewaschen ist und allein Gott, der einzige Gute, für ihn ‚alles' wird, und wenn nicht in wenigen oder einigen, sondern in allem er selbst alles ist – nirgends mehr ‚der Tod', nirgends der ‚Stachel des Todes' (vgl. 1 Kor 15,55–56), nirgends etwas Böses –, dann wird wahrhaft Gott ‚alles in allem' sein."[39]

Aus diesem Text des Rufin geht deutlich hervor, daß die dogmatische Formalisierung des Hieronymus, es werde wieder aufgrund der bleibenden Freiheit und Beweglichkeit der Vernunftwesen ein neuer Abfall kommen, eine Denkmöglichkeit zur absoluten Aussage macht. Dagegen zeigt gerade unsere Stelle bei Rufin, daß Origenes auch bei Wahrung der Freiheit der Geistwesen nicht notwendig zu einem neuen Abfall kommen muß.[40]

Rufin geht es weiter um die Frage nach der Körperhaftigkeit derer, die bei Gott sind: „Hier fragen einige, ob nicht die Beschaffenheit der Körpersubstanz, wenn sie auch bis aufs letzte gereinigt und ganz geistig geworden ist, ein Hindernis bildet für die Würde der ‚Ähnlichkeit' und die Eigenschaft der ‚Einheit'. Die göttliche Natur ist ja grundsätzlich unkörperlich, und eine Wesenheit, die im Körper ist, kann nicht mit Fug und Recht als ‚ähnlich' oder ‚eins' mit ihr bezeichnet werden, zumal da der Satz ‚Der Sohn ist mit dem Vater eins' (vgl. Joh 10,30) nach der wahren Glaubenslehre auf die Besonderheit ihrer Natur zu beziehen ist."[41]

Wie gesagt, Rufin referiert hier. Er spricht nicht dogmatisch, als ob Origenes dies so gesagt habe. Hingegen ist er vielmehr bemüht, den Ausgleich

[39] PA III 6,3 Gö, 649 u. 651.
[40] Vgl. bzgl. Pantheismus PA II 6,5 Gö, 367 u. 369.
[41] PA III 6,1 Gö, 645.

zu verdeutlichen zwischen der Unkörperlichkeit Gottes und der „Gottähnlichkeit" des Menschen, indem er auf einen verklärten Leib bzw. die Auferstehung des Fleisches hinweist: „Hieraus können wir schließen, wie rein, wie fein und wie herrlich die Beschaffenheit dieses Körpers sein muß, wenn wir ihn vergleichen mit den jetzigen Körpern, die, selbst wenn sie himmlisch und leuchtend sind, doch ‚mit Händen gemacht' und sichtbar sind. [...] Es besteht kein Zweifel, daß die Natur unseres jetzigen Körpers durch den Willen Gottes, der sie so gemacht hat, in jene Beschaffenheit eines allerfeinsten, reinsten und leuchtendsten Körpers vom Schöpfer übergeführt werden kann, je nachdem wie der Stand der Dinge es verlangt und das Verdienst des Vernunftwesens es fordert."[42]

Daraus wird deutlich, daß Origenes, wie sich Crouzel ausdrückt, eine „Theologie im Vollzug" wählt, um seine Meinung darzulegen. Origenes geht nicht dogmatisch voran, sondern versucht aus den verschiedensten, zunächst nur hypothetischen Möglichkeiten jene zu bestimmen, die der Schrift und der Glaubensregel am besten entspricht. Wer also eine Denkmöglichkeit bei Origenes schon als Lehre des Origenes ansieht, bevor Origenes selbst sie gemessen hat, der wird dem großen Alexandriner nicht gerecht.

Wir können hier feststellen, daß Origenes an eine definitive Wiederherstellung der gefallenen Welt denkt und die Möglichkeit eines neuerlichen Falles faktisch ausschließt, wenngleich die abstrakte und nicht an den Glaubensquellen gemessene Denkmöglichkeit bleibt.

9.3 Elemente der Apokatastasislehre

In den populären Darstellungen der origenischen Apokatastasislehre werden nicht immer jene theologischen Elemente berücksichtigt, die für den eigentlichen Vollzug der Wiederherstellung der gesamten Schöpfung entscheidend sind. Es ist nicht nur die Freiheit der Geistwesen, die diese Wiederherstellung bewirkt, bzw. wieder zu einem neuerlichen Abfall verleitet, wie Hieronymus uns erklären will.[43] In den folgenden Abschnitten seien einige Elemente genannt, die ebenfalls berücksichtigt werden müssen, um die origenische Meinung von der Apokatastasis nicht einseitig darzustellen.

[42] PA III 6,4 Gö, 655.
[43] PA III 6,3 Gö, 651; Text Hier. Ep. 124,10 (p. 111,9) Gö, 650.

9.3.1 Universeller Fall?

Eine universelle Wiederherstellung läßt die Frage nach einem universellen Fall stellen, ob Apokatastasis bei Origenes voraussetzt, daß es tatsächlich einen universellen Fall gegeben habe. PA I 5,5; I 6,2; I 8,4; II 9,6; IV 2,7 weisen darauf hin. Allerdings hat die Seele Jesu diesen Fall nicht mitgemacht. Die entscheidende Frage aber, der wir gesondert nachgehen werden, ist die, ob auch der Teufel in einer umfassenden Apokatastasis bekehrt wird.

9.3.2 Selbstbestimmung der Geistwesen und Heilssorge Gottes

Eine erste Auskunft zur Erklärung der allgemeinen Wiederherstellung, die Origenes auch in anderem Zusammenhang immer durchhält, ist jene, daß Makellosigkeit oder Bosheit dem Geschaffensein geistiger Wesen nicht substantiell, sondern nur akzidentell zukommen. Nach allgemeiner Überzeugung können Akzidentien an einer Substanz fehlen, hinzukommen oder sich verändern. Dies gilt auch für den Teufel. „Die Gegenmächte werden also ‚Abtrünnige' genannt und sollen einst ‚ohne Makel' gewesen sein. Makellosigkeit kommt aber außer Gott dem Vater, dem Sohn und dem heiligen Geist niemand wesenhaft zu, sondern Heiligkeit ist bei jedem Geschöpf etwas Hinzutretendes; was aber hinzutritt, kann auch wieder wegfallen. Wenn nun diese Gegenmächte einst ohne Makel waren und unter jenen weilten, die auch jetzt noch ohne Makel geblieben sind, so ergibt sich daraus, daß von der Substanz und der Natur her niemand ohne Makel und auch niemand befleckt ist. Aus diesen Überlegungen folgt, daß es von uns und von unseren Bewegungen abhängt, ob wir selig und heilig sind oder ob wir durch Trägheit und Nachlässigkeit aus der Seligkeit in Bosheit und Verdammnis fallen, was so weit gehen kann, daß ein allzugroßer Fortschritt in der Bosheit – wenn man so sagen darf – und eine so weit getriebene Vernachlässigung seiner selbst bis zu dem Zustand führt, wo (ein Wesen) zu einer sogenannten Gegenmacht wird."[44] Hieraus folgt aufgrund der vorgegebenen Ontologie logisch der Schluß, daß auch der Satan seine Makel verlieren kann und sich von einer Gegenmacht wieder zu einem dienenden Geist entwickeln kann. Allerdings zieht, wie wir noch aufzeigen werden, Origenes diesen Schluß nicht.

Der zweite Text gibt uns neben der Freiheit der Geistwesen noch andere Elemente an: „(Alle aber) werden wieder durch die Güte Gottes, die Unterwerfung unter Christus und die Einheit im heiligen Geist zu dem einen

[44] PA I 5,5 Gö, 213.

Ende gebracht, das dem Anfang gleicht. Diese sind es, die ‚im Namen Jesu ihr Knie beugen' und dadurch ein Zeichen ihrer Unterwerfung geben; die ‚Himmlischen, Irdischen und Unterirdischen' (vgl. Phil 2,10). In diesen drei Bezeichnungen ist das ganze All gemeint; alle die Wesen, die von dem einen Anfang her durch ihre jeweiligen eigenen Bewegungen auf verschiedene Wege gebracht wurden und nach ihrem Verdienst in den verschiedenen Seins-Ordnungen ihren Platz erhielten. Denn die Güte war ihnen nicht substantiell eigen, wie Gott, seinem Christus und dem heiligen Geist. Dieser Dreiheit allein, dem Urheber aller Dinge, ist Güte substantiell eigen, alle anderen haben sie als Hinzukommendes und wieder Wegfallendes, und selig sind sie dann, wenn sie an der Heiligkeit, Weisheit und an der Gottheit selbst teilhaben."[45]

Neben den ontologischen Voraussetzungen des Substanz-Akzidensverhältnisses erwähnt Origenes hier also eine weitere Vorgegebenheit, die für die Frage nach der universellen Apokatastasislehre entscheidend ist. Die Verschiedenheit der Seinsgrade ist einerseits sehr wohl Ausdruck der freien Selbstbestimmung der geschaffenen geistigen Wesen. Theoretisch liegt es also an der Freiheit der Geistwesen, ob sie wieder zurückkehren wollen oder nicht. Tatsächlich fügt aber andererseits Origenes zur Ermöglichung dieser Heimkehr noch das Wirken der Güte Gottes an, wie sie dem dreipersonalen Gott wesenhaft zukommt. Es ist die Schrift und die Glaubensüberzeugung der Kirche, die über die Ontologie hinaus noch Bedingungen nennen kann und muß, wenn von Wiederherstellung der Schöpfung geredet wird. Es ist also nicht nur die Freiheit des Menschen zu berücksichtigen, wenn man Origenes' Theorie der Wiederherstellung der Welt erörtern will, sondern auch Gottes Heilssorge.

9.3.3 Gottes Vorsehung als Strafe

Ein dritter Text charakterisiert die gefallene Welt nicht nur als eine Konstellation, die durch die freie Entscheidung der Geistwesen zustande gekommen ist, sondern auch durch Gottes Vorsehung und Heilsplan. Alle Abgefallenen sind an der Stelle angekommen, die ihrem Verdienst entspricht, sei dies Verdienst nun negativ oder positiv verstanden, Strafe oder Lohn. Zugleich betont Origenes an der gleichen Stelle, wie sehr es die Gnade Gottes ist, daß jemand seine Freiheit zum Guten einsetzt und so auch dafür belohnt wird.[46] Umgekehrt: Origenes ist zugleich der Auffassung, daß die Existenz Satans als Gegenmacht auch die Weise einer besonderen Strafe ist.

[45] PA I 6,2 Gö, 219 u. 221.

[46] Vgl. PA I 8,4 Gö, 259, 261 u. 263.

Und dann fügt er an: „... sie haben ihre Eigenschaft als ‚Fürstentümer', ‚Gewalten', ‚Weltherrscher der Finsternis', ‚Geister der Bosheit', ‚böse Geister', ‚unreine Dämonen' nicht auf Grund ihres Wesens und nicht weil sie mit diesen Eigenschaften geschaffen sind; sondern je nach ihren Bewegungen und ihren Fortschritten im Schlechten sind ihnen diese Rangstufen des Bösen zugefallen. Dies ist die zweite Ordnung der Vernunftwesen, die sich so rückhaltlos in die Bosheit gestürzt haben, daß ihnen für die Rückkehr mehr der Wille als die Möglichkeit fehlt, solange ihnen die Wut der Untaten noch Lust bereitet."[47]

Hier weist Origenes nicht nur auf die bleibende ontologische Freiheit der bösen Geister hin. Von ihrer Natur her haben sie die Möglichkeit umzukehren. Aber die Freiheit hat sich faktisch in die Lust an den Untaten verstrickt. Apokatastasis stellt also auch die Frage nach dem faktischen Wollen oder Wollen-Können Satans, nicht nur danach, ob er prinzipiell umkehren könnte. Dieses faktische Nicht-Umkehren-Wollen-Können ist selbstverschuldete Strafe. Es bleibt die Frage, wie Gott in seiner Pädagogik damit umgeht.

9.3.4 Gottes Vorsehung als Heilsplan und Gnade

Ein weiterer Text, der in diesem Zusammenhang wichtig ist, findet sich in PA II 9,6: „Da Gott, der Schöpfer des Alls, gut, gerecht und allmächtig ist, haben wir früher oft nach unseren Kräften mit Beweisen aus den göttlichen Schriften gezeigt. Als er im Anfang das schuf (vgl. Gen 1,1), was er schaffen wollte, nämlich die Vernunftwesen, hatte er keinen Grund für das Schaffen als sich selbst, d. h. seine Güte. Da er also selbst der Grund war für das zu Schaffende, und in ihm keine Verschiedenheit, keine Veränderlichkeit und kein Unvermögen war, schuf er alle Wesen, die er schuf, gleich und ähnlich, da es für ihn keinen Grund für Verschiedenheit und Mannigfaltigkeit gab. Aber da die Vernunftgeschöpfe selbst, wie wir oft dargetan haben und an seinem Orte wieder dartun werden, mit der Fähigkeit der freien Entscheidung beschenkt sind, regte die Willensfreiheit einen jeden entweder zum Fortschritt durch Nachahmung Gottes an oder zog ihn zum Abfall durch Nachlässigkeit. Dies wurde für die Vernunftwesen, wie wir schon früher sagten, zur Ursache der Verschiedenheit; sie hat ihren Ursprung also nicht im Willen und der Entscheidung des Schöpfers, sondern im eigenen freien Entschluß. Gott aber hielt es alsdann für gerecht, für seine Schöpfung nach ihrem Verdienst Sorge zu tragen, und er vereinte die Verschiedenheit der Intelligenzen zur Harmonie *einer* Welt; er richtete sozusagen ein Haus ein, in

[47] PA I 8,4 Gö, 261.

dem nicht nur goldene und silberne Gefäße, sondern auch hölzerne und irdene sein sollten, die einen zu Ehren, die anderen aber zu Unehren (vgl. 2 Tim 2,20), und verwendete dazu diese verschiedenen Gefäße, Seelen oder Intelligenzen. Dies sind, wie ich glaube, die Ursachen, die zur Mannigfaltigkeit dieser Welt führten, indem die göttliche Vorsehung für einen jeden sorgte, je nach der besonderen Art seiner Bewegungen, seiner Gesinnung, seiner Entschlüsse. Auf diese Weise wird der Schöpfer nicht ungerecht erscheinen, wenn er infolge voraufgehender Ursachen jedem nach Verdienst seine Stelle gibt; und man wird auch nicht glauben, Glück oder Unglück der Geburt und das besondere Geschick, das mit ihr gegeben ist, beruhten auf Zufall, und man wird auch nicht verschiedene Schöpfer und wesensmäßig verschiedene Seelen annehmen."[48]

Dieser Text wiederholt die wesentlichen, schon in den vorausgehenden Passagen genannten Elemente, die für eine Apokatastasislehre in Betracht kommen. Hier ist vor allem neu betont die Vorsehung, mit der Gott das durch die Freiheit des Abfalls drohende Chaos in Grenzen hält und auf ein Ziel der Rettung hin ausrichtet. Diese Vorsehung entspringt sowohl der Gerechtigkeit als auch der Liebe Gottes. Es ist also nicht allein die Freiheit der Geistwesen, die an dem konkreten Entstehen dieser Welt beteiligt ist. Es ist auch die Vorsehung Gottes, die ihren Einfluß unbeschadet der Freiheit der Geistwesen ausübt. Diese konkrete Welt ist schon eine Welt, die von der Vorsehung Gottes und seiner Gerechtigkeit so gestaltet ist, daß sie nicht nur den Stand der freien Entscheidung der Geistwesen offenbart, sondern Zufall und Chaos ausschließt und dadurch in der Heilsökonomie Gottes Güte selbst offenbart. Ähnliche Aussagen, aber mehr formal und bezüglich des Verkündigungsanliegens der Schrift, formuliert Origenes im Zusammenhang seiner Ausführungen über die Bedeutung der Schrift.[49]

9.3.5 Definitive Selbstverdammnis

Ein weiterer Text, der bei der Frage nach der Bekehrung Satans zu zitieren ist, stammt aus der 18. Jeremiashomilie, die uns noch griechisch erhalten ist. Origenes deutet Jer 18,1–16[50] und interpretiert den Ton, aus dem der Töpfer ein Gefäß macht, und das durch Feuer erhärtete Tongefäß: „Solange wir in diesem Leben sind, werden wir, da wir sozusagen Tonmaterial sind, nach Töpferart umgeformt. Und wir werden entweder gemäß der

[48] PA II 9,6 Gö, 413–415.

[49] PA IV 7,2 Gö, 723.

[50] Jerhom 18,1 in: Origenes, Die griechisch erhaltenen Jeremiahomilien. Eingel., übers. und mit Erklärungen vers. von Erwin Schadel (BGL 10). Stuttgart 1980, 190f.

Schlechtigkeit oder gemäß der Tugend umgeformt. Wir werden, indes, so umgeformt, daß unsere Schlechtigkeit zerschlagen werden kann, um zu einem neuen und besseren Geschöpf zu werden, aber auch so, daß sich unser Fortschritt nach seiner Ausformung wieder in bloßes Tonmaterial auflösen kann. Sobald wir aber die gegenwärtige Weltzeit hinter uns gelassen haben und uns am Ende des Lebens befinden, dann sind wir vom Feuer durchglüht: Wir wurden zu dem, was unser Werden auch immer bezweckt haben mag, entweder durch das Feuer der feurigen Geschosse des Bösen oder durch das Feuer Gottes. Denn auch ‚unser Gott ist ein verzehrendes Feuer' (Hebr 12,29; Dtn 4,24). Wenn wir, sag' ich, durch dieses oder jenes Feuer zu dem, was unser Werden auch immer bezweckt haben mochte, geworden sind und dann zerschlagen würden, würden wir entweder vom Zustand des wohl geformten Materials her zerschlagen und zugrundegerichtet oder wir könnten vom Zustand des schlecht geformten Materials her nicht mehr neu geschaffen werden und unser Formungsmaterial könnte keine Verbesserung mehr annehmen. Solange wir deshalb im Diesseits sind, solange wir uns gleichsam in den Händen des Töpfers befinden –, gestattet es das Material, auch wenn es seinen Händen entgleiten sollte, wiederhergestellt und erneut geschaffen zu werden. Dies alles mußte allerdings, bevor wir das übrige vernünftig untersuchen können, in etwas faßlicherer Form zu den beiden Arten der Gefäße gesagt werden: Zur Tonmasse, die noch nicht gebrannt worden ist, und zu dem zweiten, bereits gebrannten Gefäß."

Daraus folgt im Klartext, daß die Geistwesen, solange sie nicht in das Feuer eingegangen sind, noch zur Wandlung fähig sind, falls sie aber schon in diesem Feuer leben und ihr Wille als freie Entscheidung ihnen gewissermaßen eingebrannt ist, eine Umkehr nicht mehr möglich ist.

Man kann also sagen, daß die Texte des Origenes eine Erlösung Satans nicht behaupten. Vielmehr hält der Alexandriner sich gegenüber den rein theoretischen Überlegungen, die eine solche Möglichkeit vom Gedanken der bleibenden Freiheit der Vernunftwesen zulassen, dennoch an die Schrift und scheint eine Rettung Satans abzulehnen.

9.3.6 Pantheismus

Eine weitere Frage bezüglich der Apokatastasis ist, ob in der Situation, in der Gott alles in allem ist, die Personalität der Geistwesen, besonders die des Menschen aufgelöst wird. Hierzu spricht der Text aus PA, der die Vereinigung der geschaffenen Seele Christi mit dem ungeschaffenen Logos beinhaltet, eine klare Sprache:

„Um die Sache noch eingehender zu erklären, scheint es angebracht, einen Vergleich zu gebrauchen, obschon in dieser schwierigen Materie auch passende Beispiele nicht leicht zu finden sind. Sprechen wir also mit allem Vorbehalt: Das Metall Eisen kann Kälte und Wärme aufnehmen. Angenommen, ein Eisenbarren liege dauernd im Feuer, nehme mit all seinen Poren das Feuer auf und werde ganz zu Feuer – wenn von diesem Barren das Feuer nicht weicht und er nicht vom Feuer, werden wir dann von diesem Ding, das von Natur ein Eisenbarren ist, aber im Feuer liegt und unaufhörlich glüht, etwa sagen, es könne irgendwann Kälte in sich aufnehmen? Nein, es ist richtiger zu sagen, es sei ganz Feuer geworden, wie wir es in der (Schmiede-) Esse oft sehen: denn man erkennt von ihm nichts anderes als Feuer, und wenn man es anzufassen versucht, spürt man nicht die Wirkung des Eisens, sondern die des Feuers. Ebenso ist auch jene Seele, die sich stets, wie das Eisen im Feuer, im Logos, in der Weisheit, in Gott befindet, ist alles, was sie tut, was sie empfindet, was sie erkennt, Gott. Darum kann man sie nicht als veränderlich und wandelbar bezeichnen; sie besitzt Unveränderlichkeit, indem sie von der Vereinigung mit dem Wort Gottes unaufhörlich durchglüht ist. Etwas von der Wärme des Wortes Gottes, so muß man annehmen, ist zu allen Heiligen gedrungen; in dieser Seele aber hat sich, wie wir glauben, das göttliche Feuer selbst wesenhaft niedergelassen, und von hier ist ein Teil der Wärme zu den anderen gedrungen."[51]

Noch ein weiteres Beispiel bringt Origenes bezüglich des Gefäßes für Salböl. Er interpretiert Hoh L 1,4: „Wie man also den Duft des Salböls von seiner [sc. Gefäß] Substanz unterscheiden muß, so auch Christus von denen, die an ihm Anteil haben. Und wie das Gefäß, das die Substanz des Salböls enthält, auf keinen Fall einen schlechten Geruch aufnehmen kann, während die, die an seinem Geruch teilhaben, wenn sie sich von seinem Duft entfernen, einen üblen Geruch von außen annehmen können: ebenso konnte Christus, wie das Gefäß, das die Substanz des Salböls enthält, unmöglich den entgegengesetzten Geruch in sich aufnehmen, während bei denen, die an ihm teilhaben, die Teilhabe und Aufnahmefähigkeit sich nach ihrer Nähe zu dem Gefäß bemißt."[52]

Daß sich die Wirklichkeit der geistigen Geschöpfe nicht auflösen kann, auch nicht durch einen eschatologischen Weltbrand, verteidigt Origenes gegen die Stoiker in CC VI 71: „Nach der Lehre von uns Christen aber, die wir nachzuweisen versuchen, daß die vernünftige Seele besser ist, als alle körperlichen Dinge, und daß sie ein unsichtbares und unkörperliches Wesen ist, kann Gott, das Wort, durch das alles geworden ist, kein Körper sein, jenes Wort, welches nicht allein bis zu den Menschen, sondern sogar bis zu den am geringsten geschätzten und nur von der Natur regierten Wesen hindurchdringt, damit alles durch das Wort geschieht. Die Stoiker mögen im-

[51] PA II 6,6 Gö, 369.
[52] PA II 6,6 Gö, 369 u. 371.

merhin lehren, daß alle Dinge durch Feuer zerstört werden; wir aber wissen nichts davon, daß ein unkörperliches Wesen durch Feuer zerstört, oder daß die Seele des Menschen oder die Substanz der Engel oder ‚der Thronen oder der Hoheiten oder der Herrschaften oder der Gewalten' im Feuer aufgelöst werden könne."[53]

Crouzel[54] weist noch auf eine andere Stelle in CC hin, die sich mit dem Weltbrand der Stoiker auseinandersetzt: „Wir aber sagen, es werde einmal die Zeit kommen, da das Wort alle vernünftigen Wesen beherrschen und alle Seelen zu seiner Vollkommenheit umgestaltet wird, sobald ein jeder sich einfach der Vollmacht bedient und das wählt, das er will, und in dem, was er gewählt hat, verharrt. Wie es bei den körperlichen Krankheiten und Wunden einige gibt, die durch keine ärztliche Kunst geheilt werden können, so ist es andererseits, wie wir behaupten, unwahrscheinlich, daß bei den Seelen ein von der Sünde herstammendes Gebrechen vorhanden sei, das unmöglich von der über allen waltenden Vernunft und von Gott geheilt werden könnte. Denn da das Wort mit seiner ihm innewohnenden Heilkraft mächtiger ist als alle der Seele anhaftenden Übel, so läßt es diese Kraft nach dem Willen Gottes bei jedem wirken; und so ist das Ende der Dinge die Vernichtung der Sünde. Ob diese aber so erfolgt, daß die Sünde auf keine Weise irgendwo zugelassen werden kann, oder nicht so erfolgt, dies zu lehren, ist nicht Aufgabe der gegenwärtigen Erörterung."[55]

9.4 Apokatastasis im einzelnen

9.4.1 Gott alles in allem

Die vorausstehenden Texte weisen darauf hin, wie sehr sich Origenes bewußt ist, daß die Frage nach der Seligkeit der Geistwesen, d. h. der Engel, Menschen und Teufel ein besonderes Problem in sich birgt.[56]

Die Grundkonzeption, die die Bibel dem Menschen vorlegt, ist in einem Dreischritt zu sehen. Erstens wurde der Mensch konzipiert nach Gottes eigenem Bild und Gleichnis (Gen 1,26). Die faktische Schöpfung des Menschen in Leiblichkeit (vgl. Gen 1,27–28) zeigt aber nur die Abbildlichkeit Gottes. Der Mensch ist noch unterwegs zur Gleichbildlichkeit. Als gefallener und irdischer Mensch hat er den Bildcharakter nicht verloren. Vielmehr

[53] CC VI 71 BKV 53, 194.
[54] Crouzel, L'apocatastase chez Origène. In: Ders., Les fins dernières selon Origène XII, 288.
[55] CC VIII 72 BKV 53, 390.
[56] Vgl. PA III 6,1 Gö, 647 u. 649.

ist es seine Aufgabe, den noch nicht verwirklichten Sinn, Gott gleichbildlich (similitudo) zu werden, durch „Nachahmung Gottes" einzuholen.[57] Das Schöpfungsziel der Menschen geht noch weiter. Die Geistwesen sollen sogar mit Gott „eins" werden (Joh 17,24; 10,30; 17,21). Es geht also der Weg des Heils für den Menschen von der Abbildlichkeit über die Gottähnlichkeit bis zur Einheit mit Gott, so daß dann Gott alles in allen und allem wird.[58]

Das gibt Fragen auf, die, wie wir gesehen haben, von Rufin[59] und Hieronymus[60] gleichermaßen und doch mit unterschiedlichem Interesse gestellt werden und deshalb Fragen des Origenes gewesen sein müssen.

9.4.1.1 Körperlichkeit

Ein erstes Problem, das sich in dem gekürzten Rufintext[61] besonders auf den Menschen, nach dem Text des Hieronymus[62] auf alle gefallenen geistigen Wesen bezieht, ist die Körperlichkeit. Körperlichkeit scheint sowohl einer Ähnlichkeit, aber vor allem der Einheit mit Gott zu widersprechen.[63] Und wenn diese Einheit nach der Heiligen Schrift so sein soll wie die zwischen dem ewigen Vater und dem Sohn, so entsteht das verschärfte Problem sogar, wie etwa geschaffene und mit Leib verbundene Geister mit dem ungeschaffenen Gott eins sein können.[64]

Hieronymus fügt eine bei Rufin[65] nicht deutlich wiedergegebene problematisierende Bemerkung hinzu: „Entweder muß man nämlich annehmen, daß der Gott des Alls mit einem Körper bekleidet und mit irgendeiner Materie umgeben wird, so wie wir mit Fleisch, und daß auf diese Weise am Ende die Ähnlichkeit zwischen dem Leben Gottes und dem der Heiligen hergestellt wird; oder, wenn dies unpassend ist – und das (muß doch) zumal bei denen (gelten), die wenigstens zu einem geringen Teil Gottes Erhabenheit empfinden und die Herrlichkeit der ungewordenen, alles übersteigenden Natur ahnen wollen –, dann müssen wir eine von zwei Möglichkeiten wählen: entweder müssen wir die Hoffnung auf Ähnlichkeit mit Gott aufgeben, falls wir immer dieselben Körper besitzen werden; oder, falls uns die

57 PA III 6,1 Gö, 643.
58 PA III 6,1 Gö, 643 u. 645.
59 PA III 6,1 Gö, 645.
60 PA III 6,1 Gö, 647 u. 649.
61 PA III 6,1 Gö, 645.
62 PA III 6,1 Gö, 647 u. 649.
63 PA III 6,1 Gö, 645, 647 u. 649.
64 PA III 6,1 Gö, 645.
65 A. a. O.

Seligkeit eines Lebens verheißen ist, das dem göttlichen gleich ist, müssen wir in demselben Zustand leben wie Gott."[66]

Auch Justinian begründet mit diesem „Muß", daß dort, wo es wirklich um die Einheit mit Gott geht, weder Materie noch Leiblichkeit Platz haben.[67] Tatsächlich sind nach Origenes reine Körper ohne Lebensprinzip tot.[68]

Daß dieses „dogmatische Muß", so möchten wir die Ausführung des Hieronymus verstehen, gar nicht notwendig ist, zeigen die Lösungsansätze, die Origenes in der Wiedergabe des Rufin andeutet. Letzterer formuliert viel vorsichtiger: Es gehe gar nicht um die Wirksamkeit Gottes in allem, auch in den Körpern, wie dies ja durch die Erhaltung im Sein auch jetzt schon möglich ist. Vielmehr gehe es darum zu verstehen, daß Gott nicht nur in allem und allen ist, sondern daß er in allen ein existentielles „alles" ist: „Zwar sagen wir auch jetzt, daß Gott überall und ‚in allem sei', insofern nichts von Gott leer sein kann; aber wir meinen das nicht so, daß Gott jetzt all das wäre, worin er ist. Daher ist genauer zu betrachten, was dieser (Ausdruck) bedeutet, der die vollkommene Seligkeit und das Ende der Dinge bezeichnen soll: Gott sei nicht nur ‚in allem', sondern auch ‚alles'. Wir wollen also fragen, was dieses ‚alles' ist, das Gott ‚in allem' sein soll."[69]

In einer Art „sed contra" spricht der Text des Rufin die Lösung an, die zunächst die Körperlichkeit weder ein- noch ausschließt: „Ich glaube nun, daß der Satz, Gott sei ‚alles in allem', bedeutet, daß Gott auch in jedem einzelnen ‚alles' ist. In dem einzelnen aber wird er auf folgende Weise ‚alles' sein: Wenn der vernünftige Geist gereinigt ist von aller Hefe der Sünde, wenn alle Trübung der Bosheit gänzlich beseitigt ist, dann wird alles, was er empfinden, erkennen und denken kann, Gott sein; er wird nichts anderes mehr denn Gott empfinden, Gott denken, Gott sehen, Gott haben; Gott wird das Maß all seiner Bewegungen sein; und so wird Gott für ihn alles sein. Dann gibt es keine Unterscheidung mehr von Gut und Böse, da es nirgendwo etwas Böses gibt – denn Gott ist alles für jeden, der keine Berührung mehr mit dem Bösen hat –; und er wird nicht mehr begehren ‚zu essen vom Baume der Erkenntnis des Guten und Bösen' (vgl. Gen 2,17), weil er immer im Guten ist und Gott für ihn alles ist."[70]

Zur Vergewisserung der Überlegung referiert der Text des Rufin nun doch die Meinung einiger, „ewige" Körperlichkeit schließe diese Gemein-

[66] PA III 6,1 Gö, 647 u. 649.

[67] PA III 6,2 Gö, 649; Text Fr. 27, Just. Ep. ad Menam (p. 211,28–212,2 Schw.) Gö, 648.

[68] Vgl. PA III 4,1 Gö, 603 u. 605.

[69] PA III 6,2 Gö, 649.

[70] PA III 6,3 Gö, 649 u. 651.

schaft mit Gott aus.[71] Gerade eine „ewige“ Körperlichkeit ist nach Hieronymus ständige Bedrohung dieser eben genannten Art der Gemeinschaft des Menschen mit Gott.[72] Diese Frage gilt es auch dann zu beantworten, wenn man von einer verklärten Materie oder Leiblichkeit ausgeht. Im Rufinischen Text stellt sich Origenes die Frage, ob bei verklärter Leiblichkeit dieses „Gott alles in allen“ denkbar ist. Die Heilige Schrift gibt ja genügend Stellen an, die eine solche verklärte Leiblichkeit nahelegen, wenn sie zunächst von einem nicht von Händen gemachten Haus spricht, in dem die Seligen wohnen werden. Von diesem Haus und seiner Körperlichkeit spricht Origenes aufgrund der Schrift: „Hieraus können wir schließen, wie rein, wie fein und wie herrlich die Beschaffenheit dieses Körpers sein muß, wenn wir ihn vergleichen mit den jetzigen Körpern, die, selbst wenn sie himmlisch und leuchtend sind [etwa die Sterne], doch ‚mit Händen gemacht‘ und sichtbar sind. Von jenem Körper aber heißt es, er sei ‚ein Haus, nicht mit Händen gemacht, sondern ewig, im Himmel‘. Da nun ‚das Sichtbare zeitlich ist, das Unsichtbare aber ewig‘ (vgl. 2 Kor 4,18), steht hoch erhaben über allen den Körpern, die wir auf Erden und am Himmel sehen, die sichtbar und mit Händen gemacht und nicht ewig sind, jener Körper, der nicht sichtbar und nicht mit Händen gemacht, sondern ewig ist. Aus diesem Vergleich kann man entnehmen, wie groß die Schönheit, der Glanz und das Leuchten des ‚geistigen Körpers‘ sein muß und wie wahr das Wort ist (1 Kor 2,9): ‚Kein Auge hat es gesehen und kein Ohr gehört und in kein Menschenherz ist es gekommen, was Gott bereitet hat denen, die ihn lieben.‘“[73]

Damit hat Origenes aber einen Weg aufgezeigt, wie man sich dann die Körper dort vorstellen muß, die uns hier umgeben. Da sie keine qualitative Verschiedenheit der Seelen anzudeuten haben, können sie selbst auch nicht verschieden sein. Es dürfte wohl nur *eine* verklärte Leiblichkeit geben, an der alle teilhaben: „Es besteht kein Zweifel, daß die Natur unseres jetzigen Körpers durch den Willen Gottes, der sie so gemacht hat, in jene Beschaffenheit eines allerfeinsten, reinsten und leuchtendsten Körpers vom Schöpfer übergeführt werden kann, je nachdem wie der Stand der Dinge es verlangt und das Verdienst des Vernunftwesens es fordert. Denn zu der Zeit, da die Welt der Verschiedenheit und Mannigfaltigkeit bedurfte, bot sich die Materie dem Schöpfer als ihrem Herrn und Urheber für die verschiedenen Gestaltungen und Arten der Dinge in allseitiger Dienstbarkeit an, und er konnte aus ihr die verschiedenen Gestalten der himmlischen und irdischen Dinge bilden; wenn aber die Dinge dahin drängen, ‚daß alle eins werden‘, wie ‚der Vater und der Sohn eins sind‘ (vgl. Joh 17,21 u. 10,30), muß man

[71] PA III 6,3 Gö, 651.
[72] A. a. O.
[73] PA III 6,4 Gö, 655.

folgerichtig annehmen, daß, wo alle eins sind, keine Verschiedenheit mehr existieren wird."[74]

Wenn Gott also alles in allen sein wird und es keine qualitative Verschiedenheit der Seelen mehr gibt, auch die Materie nichts Verschiedenes mehr anzeigen kann und diese Aufgabe verliert, dann zeigt sie in ihrer Herrlichkeit, weil sie ja alles aufnehmen kann, die Einheit der Geistwesen mit Gott an. Es ist also für Origenes gar nicht nötig, über eine Vernichtung der Materie zu spekulieren. Sowohl der kirchliche Glaube an die Schöpfungstat Gottes und die darin eingeschlossene Überzeugung,[75] daß Gott etwas, das er einmal geschaffen hat, niemals wieder ins Nichts versinken läßt, als auch der Glaube an die Auferstehung des Fleisches,[76] verbieten den Gedanken einer leiblosen Ewigkeit. Letztlich ist es die in der Schrift begründete Lehre der Kirche und nicht eine Philosophie, der der Glaube des Christen traut.[77] Allerdings kann dieser Umwandlungsprozeß der Körper lange dauern.[78]

Gegen Ende dieses Aufstiegs wird dann auch unser Körper in die Herrlichkeit des „himmlischen" Körpers gewandelt. Verliert nun der Körper, da er ja keine Verschiedenheit mehr ausdrücken kann, auch die Eigenart, daß er unser Körper ist? Oder müssen wir von einem Allkörper sprechen? Hier entsteht tatsächlich ein gedankliches Problem. Die Logik wird sagen müssen, daß es nur *eine* Körperlichkeit gibt. Aber der Glaube weiß um die Auferstehung des individuellen Leibes. Der Rufinische Text führt aus: Wie sich die vernünftigen Wesen in diesem Aufstieg zu Gott wandeln, „ebenso ist auch von der Körpersubstanz anzunehmen, daß es nicht ein anderer Körper ist, den wir jetzt ‚in Niedrigkeit, Vergänglichkeit und Schwäche' besitzen, und dann ein anderer, den wir ‚in Unvergänglichkeit, Kraft und Herrlichkeit' haben werden (vgl. 1 Kor 15,42–43), sondern daß eben dieser Körper die Schwächen ablegen wird, die er jetzt hat, zur Herrlichkeit umgewandelt wird und so zum ‚geistigen Körper' wird; dann wird das, was ein ‚Gefäß der Unehre' war, durch die Reinigung zu einem ‚Gefäß der Ehre' (vgl. Röm 9,21) und einer Wohnung der Seligkeit."[79] Und wie ganz nebenbei hingesagt, fährt der Rufinische Text weiter fort, um die rein logische Möglichkeit eines neuerlichen Abfalls auszuschließen und gegen die Gefahr der Bedrohung durch die ewige Materie Stellung zu beziehen: „Und in diesem Zustand, so muß man glauben, bleibt er [der Körper] durch den Willen des Schöpfers immer und ohne Veränderung, wie der Ausspruch des Paulus be-

[74] PA III 6,4 Gö, 655. Vgl. auch PA I 6,2 Gö, 219–225.
[75] PA III 6,5 Gö, 657 u. 659.
[76] PA III 6,5 Gö, 657 u. 659.
[77] PA III 6,6 Gö, 661.
[78] PA III 6,6 Gö, 659.
[79] PA III 6,6 Gö, 659 u. 661.

stätigt (2 Kor 5,1): ‚Wir haben ein Haus, nicht mit Händen gemacht, das ewig ist, im Himmel.‘“[80]

Der Glaube fordert also eine Leiblichkeit, die, wie auch immer, eine Identität von hier zu dort durchhält: „Denn weder kann man aus den heiligen Schriften den geringsten Hinweis darauf anführen [daß es sich um einen anderen Leib handelt], noch gestattet eine folgerichtige Erwägung der Sache eine solche Annahme; vor allem spricht der heilige Apostel klar aus, daß den von den Toten Auferstehenden nicht neue Körper gegeben werden, sondern daß sie dieselben Körper erhalten, die sie im Leben gehabt haben, (nur) verwandelt vom Schlechteren zum Besseren.“[81] Damit schließt der Text, der keineswegs ein Rufinischer Einschub zu sein braucht, indirekt eine neuerliche Wandlung der Materie zum Schlechteren aus. Es wird dem Glauben der Kirche nach keinen neuerlichen Abfall geben.

Ein Problem, das wir eben schon kennengelernt haben, muß nun auf dem Hintergrund des kirchlichen Glaubens erörtert werden: Was ist das nun für eine Körperlichkeit, die jedem zukommt, die identisch ist mit dem Körper dieser Welt und die zugleich nicht mehr die in der Freiheit der Geistwesen gelegene Verschiedenheit anzeigen kann? Es handelt sich um die Frage, wie diese Körperlichkeit dann aussieht, wenn alle Seelen von Gott gleich angefüllt sind und ihr Wollen ganz auf Gott gerichtet ist, so daß es keine qualitative geistige, allein die wohl numerische Verschiedenheit gibt. Ein geistiges Wesen wird durch seine freie Selbstbestimmung gewandelt bzw. wandelt sich nur akzidentell. Die körperliche Wesenheit unterliegt hingegen einer substantiellen Wandlung: „[...], daher steht sie zu Diensten für alles, was Gott, der Werkmeister des Alls, ins Werk setzen oder herstellen oder verändern will; er kann daher die körperliche Wesenheit in alle beliebigen Formen und Gestalten, wie sie das Verdienst erfordert, umwandeln und übertragen. Dies will offenbar der Prophet sagen mit dem Wort (Amos 5,8): ‚Gott, der alles schafft und umwandelt.‘“[82] Auf diesem Erkenntnishintergrund versucht Origenes nun die eben gestellte Frage nach der Art der verklärten Leiblichkeit, wenn Gott alles in allem ist und es keine Unterschiede mehr zwischen den geistigen Wesenheiten gibt, zu deuten: „Nun ist aber zu untersuchen, ob dann, wenn ‚Gott alles in allem‘ sein wird, bei der Vollen-

[80] PA III 6,6 Gö, 659 u. 661. Hier handelt es sich nicht um einen Einschub Rufins. Vielmehr dient diese Stelle exakt der Glaubenslogik, wie sie in den voranstehenden Texten deutlich wurde. Dies geht schon daraus hervor, daß unsere Stelle fortfährt: „Denn der Glaube der Kirche erkennt nicht die Lehre einiger griechischer Philosophen an, daß es aus diesem (irdischen) Stoff, der aus vier Elementen besteht, noch einen fünften Stoff gebe, der ein völlig anderer und von unserem Körper verschiedener sei.“ Es handelt sich um die aristotelische „quinta essentia“, den Äther.

[81] PA III 6,6 Gö, 661.

[82] PA III 6,7 Gö, 663.

dung aller Dinge, die gesamte körperliche Wesenheit nur in einer einzigen Erscheinungsform vorhanden sein wird und einzig jene Beschaffenheit des Körpers existieren wird, die in jener unaussprechlichen Herrlichkeit erglänzt, die dem ‚geistigen Körper' zuzuschreiben ist."[83]

Für Origenes gibt hier die Heilige Schrift mit ihrer Spiegelung von irdischer Welt und himmlischer Welt einen Hinweis. Diese irdische Welt vergeht, die himmlische Welt übernimmt die erzieherischen Aufgaben zum weiteren Aufstieg der Geistwesen, bis diese angelangt sind, wo das „sogenannte ‚ewige Evangelium' – (Offb 14,6), jenes immer ‚neue Testament' (Hebr 9,15; 12,24) sein wird, das niemals ‚veralten' wird (vgl. Hebr 8,13)."[84]

Dann kommt Origenes zum Schluß seiner Argumentation: „Auf diese Weise, so muß man annehmen, geschieht es bei der Vollendung und Wiederherstellung aller, daß sie im allmählichen Fortschritt und Aufstieg nach Ordnung und Regel zunächst zu jener Erde und der dortigen Unterweisung gelangen, wo sie für die höheren Lehren vorbereitet werden, denen nichts mehr hinzuzufügen ist. Nach den ‚Verwaltern und Vormündern' (vgl. Gal 4,2) wird Christus der Herr und König des Alls die Herrschaft selbst übernehmen; er wird nach den Unterweisungen der heiligen Mächte die, die ihn fassen können, sofern er die Weisheit ist, selber unterrichten und unter ihnen herrschen, bis er sie einst auch dem Vater unterwirft, ‚der ihm alles unterworfen hat' (vgl. 1 Kor 15,27–28); und so wird, wenn sie aufnahmefähig geworden sind für Gott, für sie ‚Gott alles in allem' sein. Dann wird in der Folge auch die körperliche Natur jenen höchsten Zustand annehmen, zu dem nichts mehr hinzugefügt werden kann."[85] Die Körperlichkeit wird nicht mehr die Verschiedenheit der freien Entscheidung der Geistwesen ausdrücken, sondern wird (wohl) als eine einzige ihre Herrlichkeit darin finden, auszudrücken und darzustellen, daß Gott den geistigen Wesen wieder alles ist und Gott selbst nun auch für die Materie alles ist, dem nichts mehr hinzuzufügen ist.

Abschließend überläßt Origenes dem Leser die Entscheidung, ob er nun mehr die Seligkeit der Geistwesen in Unkörperlichkeit sehen will oder in geistiger Körperlichkeit. Für den Christen Origenes, so scheint uns, ist die Entscheidung klar.

Blicken wir nochmals zurück. Rein gedanklich, von der Logik der Seligkeit der Geistwesen bedarf es der Materie nicht. Aber das kirchliche Bekenntnis zur Auferstehung des Leibes erfordert eine andere Lösung. Origenes findet sie, wie wir sehen, mit, innerhalb und gegen die gängigen Plausibilitäten.

83 PA III 6,8 Gö, 663 u. 665.
84 PA III 6,8 Gö, 665.
85 PA III 6,9 Gö, 665 u. 667.

9.4.1.2 Willensfreiheit

Um die Apokatastasisvorstellung des Origenes umfassend in den Blick zu bekommen, müssen wir noch auf eine von uns bisher in diesem Zusammenhang vernachlässigte Frage eingehen: Wie steht es mit der Willensfreiheit der geistigen Wesen, wenn Gott wirklich allen alles ist? Das Hieronymusreferat weist genau auf diese Frage hin und bekundet thetisch die Gefahr: „Es ist nicht zu bezweifeln, daß nach gewissen zeitlichen Zwischenräumen erneut Materie ins Dasein tritt, Körper entstehen und die Mannigfaltigkeit einer Welt aufgebaut wird auf Grund der verschiedenen Willen(sbewegungen) der Vernunftgeschöpfe, welche nach der vollkommenen Seligkeit bis zum Ende aller Dinge allmählich herabsinken und dabei so viel Bosheit in sich aufnehmen, daß sie sich ins Gegenteil verwandeln, da sie nicht willens sind, im Anfangszustand und im Besitz ungetrübter Seligkeit zu verharren."[86] Wenngleich Hieronymus gerne die Logik der Gedanken mit der Logik des Faktischen verwechselt, d. h. Origenes habe so gelehrt, so gilt doch: Die Frage nach der neuerlichen Treulosigkeit der Geistwesen ist die Kehrseite der anderen Frage, ob Satan zu bekehren ist und bis zu dem Stadium kommt, da auch ihm Gott alles bedeutet. Hat Origenes positiv die Bekehrung des Teufels gelehrt?

9.4.2 Bekehrung des Teufels?

9.4.2.1 Keine Annihilation

Wenn „Gott alles in allem" ist und wenn es unter den Geistwesen keine Unterschiede mehr geben wird, werden auch Tod und Teufel vernichtet sein.[87] Daß der Tod im Eschaton vernichtet sein wird, ist biblische Vorgabe des Glaubens (1 Kor 15,26). Wie ist es aber mit dem Teufel? Origenes fragt hier ausdrücklich, was in diesem Zusammenhang „Vernichtung" bedeutet. Er gibt zu bedenken: Wenn Gott alles in allem ist, muß Gott auch in Satan alles in allem sein, andernfalls nimmt man die Schrift nicht ernst. Daher scheidet nach Origenes die Annihilation des Teufels aus: „Die ‚Vernichtung des letzten Feindes' ist aber so zu verstehen, daß nicht seine von Gott geschaffene Substanz [substantia] vergeht, sondern seine feindliche Willensrichtung, die nicht von Gott, sondern von ihm selbst stammt. Er wird also vernichtet, nicht um (künftig) nicht zu sein, sondern um (künftig) nicht (mehr) ‚Feind' und ‚Tod' zu sein. Denn dem Allmächtigen ‚ist nichts un-

[86] PA III 6,3 Gö, 651.

[87] Vgl. PA III 6,5 Gö, 657 u. 659.

möglich' (vgl. Hiob 42,2), und nichts ist unheilbar für den, der es gemacht hat. Denn er hat alles geschaffen, damit es sei, und was geschaffen ist, damit es sei, kann nicht nicht sein. Es kann wohl Veränderungen und Verschiedenheit in sich aufnehmen und entsprechend seinen Verdiensten höher oder tiefer eingestuft werden, aber ein Vergehen der Substanz kann bei etwas, was von Gott gemacht ist, damit es sei und dauere, nicht eintreten. Denn wenn nach der gewöhnlichen Meinung etwas vergeht, so stimmt der Glaube und die Wahrheit (dieser Auffassung) durchaus noch nicht zu. So meinen die Törichten und die Ungläubigen, unser Fleisch verginge nach dem Tode in der Weise, daß nichts von seiner Substanz übrig bleibe; wir aber, die wir an seine Auferstehung glauben, erkennen, daß im Tod nur eine Umwandlung des Fleisches geschieht, seine Substanz aber, das steht fest, bleibt und wird durch den Willen seines Schöpfers zu einer bestimmten Zeit wieder ins Leben gerufen [...]."[88]

Da in PA eine Annihilation von Geschaffenem generell ausgeschlossen wird und Materie und geistige Wesen geschaffen sind, eine solche Annihilation auch nicht mit dem origenischen Gottesbild übereinstimmen würde, kann man sagen, daß es die Auffassung des Origenes war, der Teufel werde nicht annihiliert.

9.4.2.2 Bekehrung

Damit steht nun aber die Frage an, wie sich Satans geistiges Wesen zu seinem Sein als Widersacher Gottes und der Menschen verhält. „All diese Überlegungen setzen voraus, daß Gott ganz allgemein zwei Wesenheiten geschaffen hat: die sichtbare, körperliche, und die unsichtbare, unkörperliche. Diese zwei Wesenheiten nun unterliegen verschiedenen Umwandlungen. Jene, die unsichtbare, die auch vernunftbegabt ist, wandelt sich durch Gesinnung und Willensentschluß, da sie mit Freiheit der Entscheidung begabt ist, und daher befindet sie sich zeitweise im Guten, zeitweise im Entgegengesetzten. Diese, die körperliche, unterliegt einem Wandel der Substanz; daher steht sie zu Diensten für alles, was Gott, der Werkmeister des Alls, ins Werk setzen oder herstellen oder verändern will; er kann daher die körperliche Wesenheit in alle beliebigen Formen und Gestalten, wie sie das Verdienst erfordert, umwandeln und übertragen."[89] Die „Vernichtung" des Teufels bedeutet also nur die Bekehrung eines Geistwesens, das vorher zu Gott „nein" gesagt hatte, zu einem Wesen, das nun voll und ganz zu Gott „ja" sagt. Dieser Gedanke ist, wenn die Voraussetzungen stimmen, nur kon-

[88] PA III 6,5 Gö, 657 u. 659.
[89] PA III 6,7 Gö, 663.

sequent.[90] Diese Bekehrung müßte, weil ja Gott in seiner Pädagogik die Freiheit der Geistwesen nicht aufhebt, sondern befreit, in Freiheit geschehen, d. h. der Teufel muß diese Bekehrung wollen.[91] Wie steht es aber damit? Es gilt hier ernst zu nehmen, was uns Origenes schon oben von den Widermächten gesagt hat: „... sie haben ihre Eigenschaft als ‚Fürstentümer', ‚Gewalten', ‚Weltherrscher der Finsternis', ‚Geister der Bosheit', ‚böse Geister', ‚unreine Dämonen' nicht auf Grund ihres Wesens und nicht weil sie mit diesen Eigenschaften geschaffen sind; sondern je nach ihren Bewegungen und ihren Fortschritten im Schlechten sind ihnen diese Rangstufen des Bösen zugefallen. Dies ist die zweite Ordnung der Vernunftwesen, die sich so rückhaltlos in die Bosheit gestürzt haben, daß ihnen für die Rückkehr mehr der Wille als die Möglichkeit fehlt, solange ihnen die Wut der Untaten noch Lust bereitet."[92]

Daß diese Vorstellung tatsächlich die Auffassung des Origenes ist, geht aus seiner Auffassung von der nicht mehr lösbaren Verbindung der Seele Jesu mit dem Logos hervor: „Es ist nicht zu bezweifeln, daß die Natur jener Seele dieselbe war wie die aller Seelen; sonst könnte man sie nicht ‚Seele' nennen, wenn sie nicht in Wahrheit eine Seele war. Da nun allen die Fähigkeit zukommt, zwischen Gut und Böse zu wählen, hat diese Seele Christi die ‚Liebe zur Gerechtigkeit' (vgl. Ps 44 [45], 8) gewählt, derart daß sie entsprechend der Größe der Liebe unwandelbar und untrennbar an ihm hing; und so schloß die Festigkeit des Entschlusses, die überwältigende Größe der Zuneigung und die unauslöschliche Wärme der Liebe jeden Gedanken an Umkehr und Veränderung aus. Was ursprünglich von freier Entscheidung abhing, ist durch die Wirkung langer Gewohnheit jetzt zur Natur geworden. So muß man annehmen, daß in Christus zwar eine menschliche Vernunftseele war, daß sie aber keinen Gedanken an Sünde und keine Möglichkeit dazu hatte."[93] Theoretisch hat Satan die Möglichkeit der Bekehrung, faktisch jedoch nicht.

9.5 Das Reich Christi und das Reich des Vaters

Innerhalb der Apokatastasis, bevor Gott alles in allem sein wird, spielt das Reich Christi eine entscheidende Rolle.[94] Origenes selbst weist darauf hin: „Auf diese Weise, so muß man annehmen, geschieht es bei der Vollen-

[90] Vgl. PA III 6,6 Gö, 659.
[91] Vgl. PA III 6,9 Gö, 667.
[92] PA I 8,4 Gö, 261.
[93] PA II 6,5 Gö, 367 u. 369.
[94] 1 Kor 15,23–28.

dung und Wiederherstellung aller, daß sie im allmählichen Fortschritt und Aufstieg nach Ordnung und Regel zunächst zu jener Erde und der dortigen Unterweisung gelangen, wo sie für die höheren Lehren vorbereitet werden, denen nichts mehr hinzuzufügen ist. Nach den ‚Verwaltern und Vormündern' (vgl. Gal 4,2) wird Christus der Herr und König des Alls die Herrschaft selbst übernehmen; er wird nach den Unterweisungen der heiligen Mächte die, die ihn fassen können, sofern er die Weisheit ist, selber unterrichten und unter ihnen herrschen, bis er sie einst auch dem Vater unterwirft, ‚der ihm alles unterworfen hat' (vgl. 1 Kor 15,27–28); und so wird, wenn sie aufnahmefähig geworden sind für Gott, für sie ‚Gott alles in allem' sein."[95] Die Herrschaft Christi beschreibt Origenes als Lehren dessen, der Logos und Weisheit ist. Über sein Lehren, da der Logos auch selbst die Lehre ist, herrscht Christus in den Vernunftwesen, also in denen, die ihn fassen können.[96] Diese Herrschaft des göttlichen Unterrichtens und Lehrens beginnt schon hier, nachdem die Welt langsam dem Untergang zustrebte.[97]

Diese Unterwerfung darf nicht als eine Herabwürdigung des Sohnes gewertet werden. Angenommen, er wäre nicht dem Vater unterworfen und würde sich erst als der Machthaber und Herr unterordnen, dann wäre dies eine Herabwürdigung. In Wirklichkeit ist aber der Sohn dem Vater immer unterworfen, ja seine Macht über die Welt ist zugleich eine Übergabe an den Vater.[98] Darin besteht die Seligkeit der Geistwesen.[99]

Diese Unterwerfung geschieht „nach bestimmten Weisen, Regeln und Zeiten", nämlich nicht „durch einen Zwang, der zur Unterwerfung drängt, und nicht durch Gewalt wird die ganze Welt Gott untertan, sondern durch Wort, Vernunft, Wissen, Aufmunterung der Besseren, gute Lehren, auch

[95] PA III 6,9 Gö, 665 u. 667.

[96] Vgl. zur Vorstellung im Gesamtwerk des Origenes: H. Crouzel, «Quand le Fils transmet le Royaume à Dieu son Père»: L'interprétation d'Origène. In: Ders., Les fins dernières selon Origène. Aldershot 1990, XIII, 359–384. Vorher in: Studia missionalia 33. Rom 1984, 359–384. Crouzel behandelt dieses Problem in drei Unterfragen: 1. Was stellt dieses Reich dar, das Christus in sich errichtet, um es dann dem Vater zu übergeben? 2. Was bedeutet die Unterwerfung des Sohnes unter den Vater, wenn alles dem Sohn unterworfen ist? 3. Worin besteht das Reich, das dem Vater übergeben wird? Es gelingt Crouzel, die Aussagen in PA in das Gesamtwerk des Origenes zu integrieren und so die Authentizität auch der origenischen Aussagen in PA nachzuweisen. Wir selbst werden auf diese Einordnung verzichten und sehen Crouzels Arbeit als Bestätigung unserer Analyse an.

[97] PA III 5,6 Gö, 635 u. 637.

[98] Vgl. zur ganzen Frage Crouzel, «Quand le Fils transmet le Royaume à Dieu son Père»: L'interprétation d'Origène. In: Ders., Les fins dernières selon Origène. Aldershot 1990, XIII, 359–384, hier 369.

[99] Vgl. PA III 5,7 Gö, 637 u. 639.

durch angemessene, der Sache entsprechende Strafdrohungen, welche in gerechter Weise gegen jene gerichtet sind, die die Sorge um ihr Heil und ihren Nutzen vernachlässigen und sich um ihre Unversehrtheit nicht bekümmern."[100] Daß dabei die Willensfreiheit nicht angetastet wird, ist unbezweifelbar Überzeugung des Origenes. Gott und seine Weisheit, die sein Sohn ist, wissen allein, wie man mit der Freiheit der Geistwesen so umzugehen hat, daß sie sich bekehren und die Lehre des Logos annehmen und schließlich ihn aufnehmen.[101] Wir ersehen daraus, daß das Reich Gottes in der Bekehrung der falsch entschiedenen Freiheiten besteht. Seine Gegenwart in der Seele des Menschen hebt die wesenhafte Freiheit nicht auf. Und dennoch scheint ein theoretisch möglicher Abfall praktisch unmöglich zu sein. Diese praktische Unmöglichkeit als eine Modifikation des Rufin zu interpretieren, scheidet aus, weil Crouzel ähnlich lautende Textpassagen in anderen, griechisch erhaltenen Werken des Origenes gefunden hat.[102] Hier weist Origenes auf die Seele Jesu hin, die auch in einer Art freien Entschiedenheit dem Logos anhängt.[103] Origenes verweist, wie schon öfter erwähnt, auf die Einheit von Feuer und Eisen,[104] auf das Bild vom Salböl in einem Gefäß[105] und auf den Schatten, der immer mit dem Schatten werfenden Gegenstand verbunden ist.[106] Daraus folgt, daß Origenes dieses Reich Christi als unvergänglich bezeichnet und einen weiteren Abfall der Seelen, sind sie einmal vom Logos erfüllt, ausschließt. Während Justinian die Möglichkeit des neuerlichen Abfalls betont,[107] hebt Rufin das Bestehenbleiben dieser Einheit mit Christus aufgrund von Joh 17,20–21 hervor[108] und weist auch auf die Möglichkeit der Nichtbekehrbarkeit des Teufels hin: „Oder sollte eine dauerhafte und eingewurzelte Schlechtigkeit durch Gewohnheit zu einer Art Natur werden? Diese Frage muß auch der Leser prüfen, unter der Voraussetzung, daß auf jeden Fall weder in diesen ‚zeitlichen Welten, die wir sehen' noch in den ‚ewigen, die wir nicht sehen' (vgl. 2 Kor 4,18) jener Teil gänzlich aus der Einheit und Harmonie des Endzustandes herausfallen wird."[109] Da die Auffassung vom guten und schlechten Habitus der Seele

[100] PA III 5,8 Gö, 639 u. 641.

[101] PA III 5,8 Gö, 641.

[102] Vgl. zur ganzen Frage Crouzel, «Quand le Fils transmet le Royaume à Dieu son Père»: L'interprétation d'Origène. In: Ders., Les fins dernières selon Origène. Aldershot 1990, XIII, 359–384, hier 369.

[103] PA II 6,7 Gö, 371.

[104] PA II 6,6 Gö, 369.

[105] PA II 6,6 Gö, 369 u. 371.

[106] PA II 6,7 Gö, 371.

[107] PA I 6,2 Gö, 219 u. 221.

[108] PA I 6,2 Gö, 223.

[109] PA I 6,3, Gö, 227.

origenisches Gedankengut ist, paßt es durchaus in sein Denken, einen ewig verdammten, in seiner falschen Entschiedenheit behafteten Teufel anzunehmen. Satan gehörte daher nicht zum Reich Christi.[110]

Damit stellt sich die Frage nach der Einheit und dem Allumfassen des Reiches Christi. Es umfaßt tatsächlich alle im Bekehrungsprozeß befindlichen Geistwesen,[111] nach unserer Interpretation nicht aber den Teufel.[112] Allerdings bleibt auch der Teufel nochmals von der göttlichen Vorsehung in Schranken gehalten.

Am Aufbau des Reiches Gottes ist auch der Heilige Geist beteiligt,[113] indem er dem Logos hilft.[114] Der Heilige Geist bewirkt jedoch die eschatologische Untrennbarkeit der Verbindung der Geistwesen mit dem Logos.[115] Es ist dies die bleibende und unverlierbare Heiligkeit.[116]

Theoretisch besteht nach dem Rufintext im Reiche Gottes die Gefahr des Überdrusses und des neuerlichen teilweisen Abfalles.[117] Das Reich Christi besteht vor allem in der Einheit mit Christus, die bis zu einer Gleichähnlichkeit geht, in der dann, wie in Christus selbst, Gott alles in allem ist[118] und der Stachel des Todes, eben die Sünde und das heißt auch der Abfall, keine Macht mehr hat.[119] Gerade wieder der Rufintext weist darauf hin, daß trotz der Annahme der Freiheit der Geistwesen eine Wiederholung des ersten Abfalles ausgeschlossen ist.[120]

Auf alle Fälle erweist sich das Reich Christi als die ständige Pädagogik der Weisheit Gottes, uns in der Erkenntnis der irdischen Dinge durch ihre himmlische Begründung aufsteigen und dann so in die Wohnungen Gottes gelangen zu lassen. „[...], die Speisen, mit denen er [sc. der Geist] sich (bei

110 Vgl. zur ganzen Frage Crouzel, «Quand le Fils transmet le Royaume à Dieu son Père»: L'interprétation d'Origène. In: Ders., Les fins dernières selon Origène. Aldershot 1990, XIII, 359–384, hier 369f.

111 PA I 7,5 Gö, 241 u. 243.

112 Es ist nicht bei Origenes belegt, aber in sich denkbar, daß die Liebe Gottes gegenüber seinem Geschöpf, auch wenn es der Satan ist, bleibend angeboten ist. Allein die Freiheit Satans hat sich frei so gebunden, daß sie dieser Liebe nicht antworten wollen kann.

113 PA I 3,6 Gö, 175; vgl. auch PA I 3,7 Gö, 175 u. 177.

114 PA I 2,10 Gö, 149.

115 Vgl. zur ganzen Frage Crouzel, «Quand le Fils transmet le Royaume à Dieu son Père»: L'interprétation d'Origène. In: Ders., Les fins dernières selon Origène. Aldershot 1990, XIII, 359–384, hier 383f.

116 PA I 3,8 Gö, 181 u. 183.

117 PA I 3,8 Gö, 183 u. 185.

118 Vgl. PA III 6,1 Gö, 645.

119 PA III 3,3 Gö, 309.

120 Vgl. PA II 3,4 Gö, 311.

diesem aufsteigenden Wachstums- und Reifungsprozeß) nährt, sind Lehrsätze, Einsichten, Ursachenkenntnis."[121]

Es wird deutlich, daß das Reich Christi gegenüber dem Reich des Vaters nicht substantiell verschieden ist. Vielmehr zeigt sich der Unterschied darin, daß das Reich Christi ein Reich im Entstehen, während das Reich des Vaters das gleiche Reich in Vollendung ist.[122]

9.6 Systematische Zusammenfassung

Unser Kapitel zeigte, daß die Lehre von der Apokatastasis, wenngleich biblisch in etwa vorgegeben, doch nicht eine Option des origenischen Denkens sein kann. Die Apokatastasislehre ist eher eine Konsequenz des Verhältnisses zwischen dem guten und gerechten Gott und den freien Geistwesen. Dennoch bleibt Origenes bei aller Eigendynamik seines Systems auf dem Boden des kirchlichen Kerygmas.

10. Philosophische Implikationen

10.1 Philosophisches Milieu

Auf Schritt und Tritt unserer Analysen fiel auf, wie sehr Origenes einerseits die Philosophien seiner Zeit kennt und zugleich ablehnt, aber andererseits sie dennoch wieder in seinen Argumentationen heranzieht, wenngleich er ihnen keine eigentliche Beweiskraft zuspricht.[1] Origenes ist kein zum Christentum bekehrter Philosoph wie Justin oder Klemens von Alexandrien. Vielmehr ist Origenes Christ und Lehrer des christlichen Glaubens in einem intellektuellen Milieu, innerhalb dessen er sich auch mit den Philosophien seiner Zeit auseinanderzusetzen hatte. Schon hierdurch sind zwei Haltungen zur Philosophie, wie wir sie gerade in PA gesehen haben, angezeigt. Origenes kann philosophische Gedanken aufnehmen, wenn sie dem Glauben dienen, und er kann sie streng ablehnen und verurteilen, wenn sie diesem Glauben widersprechen. Daher ist zu erwarten, daß nicht nur die Aufnahme von philosophischen Überzeugungen, sondern auch die Ableh-

[121] PA II 11,7 Gö, 457.

[122] Vgl. zur ganzen Frage Crouzel, «Quand le Fils transmet le Royaume à Dieu son Père»: L'interprétation d'Origène. In: Ders., Les fins dernières selon Origène. Aldershot 1990, XIII, 359–384, hier 384.

[1] Jean Daniélou, Origène. Paris 1948, 85–108; Henri Crouzel, Origène et la Philosophie. Paris 1962; Henri Crouzel, Origène. Paris 1985, 207–215.

nung eklektisch erscheint. Gregor Thaumaturgos bestätigt dies.[2] Dennoch weiß Origenes, wenngleich das christliche Dogma bzw. das christliche Bekenntnis in seiner Geltung von jeglicher Philosophie unabhängig ist, wie sehr gerade die Philosophie geeignet ist, das Problembewußtsein der eigenen Zeit darzustellen. Dies zu kennen, ist für die Verkündigung unerläßlich. Daher beschäftigte sich Origenes ausdrücklich mit den Philosophien seiner Zeit. Welche sind nun diese?

10.1.1 Platonismus

Wir kennen den Hinweis des Eusebius auf die Bemerkungen des Porphyrius, Origenes habe Platon unablässig gelesen.[3] Daniélou verweist auf den von Koetschau erstellten Index der Ausgabe ›Contra Celsum‹ (CC), um die vielen Anklänge an den großen Philosophen zu markieren.[4] Gregor Thaumaturgos nennt uns noch die Kenntnis des Aristoteles und des Chrysipp. Daher findet man bei Origenes auch die großen Themen platonischer Philosophie, etwa die Auffassung, daß Gott von der Schöpfung verschieden ist, die Unsterblichkeit und die Präexistenz der Seelen, die Angleichung an Gott durch Kontemplation. Dennoch sind auch platonische Lehrelemente verschwunden: die Dialektik, die Schauung der Ideen. Es scheint, daß vor allem die platonischen Auffassungen, wie sie die Dialoge Timaios, Phaidros und die Gesetze, aber auch die Briefe überliefern, bei Origenes Aufnahme gefunden haben. Platon steht für Origenes in der Tradition der Mosaischen Offenbarung. Dämonen haben ihm mitgeteilt, was Gott mit diesem Volke und mit der Ankunft des ihm verheißenen Messias vorhat. Dennoch lehnt Origenes die platonische Dreiteilung der Seele ab, ebenso die „Metempsychose“. Bei aller Bewunderung für Platon behält sich Origenes jedoch jene Freiheit vor, die zur Entfaltung des christlichen Kerygmas notwendig ist.

10.1.2 Der Neuplatonismus

Nach dem Bericht des Porphyrius[5] war Origenes Schüler des Ammonius Sakkas, des eigentlichen Begründers des Neuplatonismus, weil auch Lehrer des Plotin. M. Cadiou hatte Origenes ganz zum Neuplatoniker machen wollen. Besonders auch deshalb, weil in der Vita des Plotin Porphyrius von

[2] Gregor Thaumaturgos, Lobrede 14.
[3] Eusebius, Kirchengeschichte VI 19,5.
[4] Jean Daniélou, Origène. Paris 1948, 87.
[5] Eusebius, Kirchengeschichte VI 19,5.

einem Origenes spricht, der zusammen mit Plotin die „Dogmata“ des Ammonius, ihres Lehrers, entfaltete. Von diesem Origenes wird gleichzeitig berichtet, er habe einen Traktat über die Dämonen geschrieben und unter Galenus eine These verfaßt, daß der König allein Poet sei. Die Hypothese, unseren Origenes mit jenem genannten Origenes zu identifizieren, ist schon aus historischen Gründen gänzlich unwahrscheinlich, da unser Origenes zu Beginn der Herrschaft des Galenus 253 schon tot war. Zudem sind auch keine Abhängigkeiten zu Ammonius Sakkas festzustellen, weil letzterer, übrigens auch Plotin, nichts geschrieben hat. Allerdings finden sich bei Hierocles, dem Neuplatoniker des 5. Jahrhunderts, Bemerkungen, daß sich Ammonius Sakkas besonders mit der Vorsehung beschäftigt habe.

Der Bischof Nemesius von Emesa (5. Jh.) weist auf Ammonius Sakkas hin.[6] Aber es ist sehr schwer, an diesen Stellen genaue Parallelen zu Origenes zu finden, da sie sich mit Gedanken des Numenius vermischen.

Bleibt noch die Frage, ob es einen Einfluß Plotins auf Origenes gibt. Obgleich beide Schüler des Ammonius Sakkas waren, so ist es doch unwahrscheinlich, daß die beiden Genies des ausgehenden Hellenismus sich gekannt haben, zumal Plotin nichts geschrieben hat.[7] Wer sind nun die Philosophen, die Origenes in besonderer Weise gelesen und eventuell auch konsultiert hat? Hier hilft uns nun Eusebius[8] weiter, wenn er sich auf eine Nachricht des Porphyrius stützt: Origenes habe nicht nur ständig Platon gelesen, sondern auch die Werke des Numenius, des Kronius, des Apollophanes, des Longinus, des Moderatus, des Nikostrates. Die Lehren der Pythagoräer waren ihm bekannt. Er bediente sich auch der Bücher des Stoikers Cheremon und des Cornutus. Hier liegen die philosophischen Quellen des Origenes: platonisch, pythagoräisch und stoisch orientierte Philosophen des 2. Jahrhunderts n. Chr. Auch die Quellen des Plotin kennt man durch die Nachricht des Porphyrius: die Kommentare des Severus, des Kronius, des Numenius und des Gaius Attikus. Es sind mehr oder weniger auch die des Origenes. Origenes und Plotin denken im gleichen philosophischen Milieu, wahrscheinlich doch angeregt durch ihren gemeinsamen Lehrer Ammonius Sakkas.[9] Kategorisch lehnt Origenes die atheistischen Systeme ab, besonders das des Epikur, und bevorzugt platonisch ausgerichtetes Denken.

[6] PG XL 567 B, 593 B.
[7] Jean Daniélou, Origène. Paris 1948, 90.
[8] Eusebius, Kirchengeschichte VI 9,8.
[9] Vgl. zum Voranstehenden Jean Daniélou, Origène. Paris 1948, 90f.

10.1.3 Der Mittelplatonismus

Philosophiegeschichtlich gesehen, steht Origenes noch in der Zeit und unter dem Einfluß des Mittelplatonismus[10]. Nachdem die Akademie unter Arkesilaos sich dem Skeptizismus zugewandt hatte, führte sie Antiochus von Askalon (ca. 130–ca. 68 v. Chr.) zum Dogmatismus zurück und zeigte zugleich starken Einfluß der Stoa, besonders was die Fragen der „Physik" angeht, die ja die Gottesfrage einschließt. Wir haben schon gesehen, daß Origenes die Anliegen dieser „Physik" im Auge hat, wenn er in Gliederung und Durchführung seines ersten Teils von PA die Fragen nach Gott, nach den geistigen Wesen und der Welt stellt. Man vermutet, daß auf Antiochus die Lehre zurückgeht, die Ideen seien Gedanken Gottes. Auch hier gäbe es Berührungspunkte mit Origenes. Zugleich nimmt Antiochus Elemente der Logik und der Psychologie des Aristoteles auf, Gedanken der Moral von Porticus, eine gewisse Eschatologie von den Pythagoräern.

Seine Inspiration wirkt, wenn auch nicht im Detail, so doch generell bis ins 2. Jahrhundert und erreicht so auch Origenes. Seine Ideenlehre hatte keine Wirkung mehr. Wenn man zu Origenes Zeiten von Platon sprach, dann meinte man den von Antiochus geprägten Typ des eklektischen Platonismus. Er wird auch der der Kirchenväter werden.

Dennoch kann dieser Antiochus nicht als Begründer des Mittelplatonismus angesehen werden, weil bei ihm sich die Prinzipienlehre des späten Platon und der Alten Akademie nicht findet. Erst bei Eudorus von Alexandrien (gest. ca. 25 v. Chr.) finden wir dies. Er bereitet den Monismus und die Hypostasenlehre vor: Das Eine ist Ursache von allem, auch der Materie; er unterscheidet zwischen dem ersten und dem zweiten Einen.

Zum Mittelplatonismus muß man auch den hellenisierenden Juden Philon (ca. 25 v. Chr.–ca. 50 n. Chr.) rechnen, den Origenes gekannt und bezüglich seiner exegetischen Werke „ausgeschlachtet" hat. Philon kann durch seine allegorische Bibelauslegung platonisches und jüdisches Gedankengut verbinden, besonders den jüdischen Monotheismus mit einer platonischen Theologie. Wenngleich Philon kein systematischer Denker war, so sind doch seine philosophisch-theologischen Grundpositionen deutlich: „Gott ist der transzendente Eine und der Grund alles Seienden. Die Materie ist geschaffen. Gott ordnet sie, indem er ihr seinen Sohn, den Logos, gibt, der sie als Schöpfungsmittler nach Art des stoischen Pneumas durchdringt, formt und zusammenhält. Der göttliche Logos ist Urbild der

[10] Vgl. zum Mittelplatonismus neuestens: Friedo Ricken, Philosophie der Antike (Grundkurs Philosophie 6). Stuttgart u. a. 1988, 193ff., allerdings mit Blick auf die Entstehung des Neuplatonismus und vor allem des Denkens Plotins.

menschlichen Vernunft. Die Ideen sind Gedanken Gottes; der Logos ist die Idee der Ideen."[11]

In die Reihe der platonischen Eklektiker des 2. Jahrhunderts gehört vor allem Plutarch (50–125). Origenes zitiert ihn in CC V 57 ausdrücklich. Koetschau hat in seinem Index zu CC zahlreiche Anklänge an Plutarch festgestellt.[12] Ähnlich Antiochus gibt auch Plutarch die Dialektik und die Theologie der Idee auf, besteht auf der Transzendenz Gottes – und dies gegen die Stoiker –, verteidigt aber gleichzeitig das Handeln Gottes in der Welt durch ‚philanthropia' und Vorsehung. In seinem Dialog über die göttliche Gerechtigkeit verteidigt Plutarch die Strafe Gottes als Medizinalstrafe zur Heilung des Menschen. Gott will nicht strafen, sondern helfen. Einer schuldig gewordenen Seele verheißt Gott Hoffnung. Er gibt ihr Zeit zur Bekehrung. Auch bei Origenes haben wir die gleichen Gedanken gefunden. Ein weiterer, für das Verständnis des Origenes wichtiger Tatbestand ist die Auffassung Plutarchs von den Mittelwesen zwischen Gott und den Menschen. Unter stoischem Einfluß stehend, ist es vor allem die Theologie des Logos, die ihm hier weiterhilft. Die Dämonologie ist bei Plutarch weit ausgebreitet. So kann er Wunder, Visionen und Orakel begründen. Sie sind in gewisser Weise Manifestationen des Übernatürlichen in dieser Welt des Menschen. Zugleich verteidigt er die allgemeine Religiosität der einfachen Leute. Die Dämonen werden so zu Mittlern zwischen Gott und den Menschen. Plutarch kennt gute und böse Dämonen. Wer dächte in diesem Zusammenhang nicht an Origenes?

In seinem Werk über Isis und Osiris wendet Plutarch die allegorischen Auslegungsgesetze der Stoiker und der Pythagoräer auf die ägyptischen Mythen an. Hier entsteht ein gewisser Synkretismus und eine «nouvelle parenté avec Origène»[13]. Diese allegorische Methode schloß zugleich auch eine Zahlensymbolik ein. Stoische, pythagoräische und zahlensymbolische Momente ergaben somit das, was man im 2. und 3. Jahrhundert die platonische Allegorese bezeichnete. Plutarch arbeitet ähnliche Ergebnisse aus den Mythen der Ägypter heraus, wie sie andere aus den Homerischen Sagen herausgedeutet hatten: Die Seele des Osiris ist ewig und unvergänglich. Das Sein selbst, das zugleich die Erkenntnis und das Gute ist, ist über alle Vergänglichkeit und jegliche Änderung erhaben. Von ihm kommen die Bilder und Modelle in die körperliche und sinnenhaft erfahrbare Materie. Aber diese Vereinigung dauert nicht allezeit. Sie werden bekämpft durch das Prinzip der Unordnung und des Tumultes, das gegen Horus kämpft, ge-

[11] Friedo Ricken, Philosopohie der Antike (Grundkurs Philosophie 6). Stuttgart u. a. 1988, 194.

[12] Vgl. Jean Daniélou, Origène. Paris 1948, 98.

[13] A. a. O., 99.

gen den von Isis gezeugten Gott, der das sinnenhafte Bild der intelligiblen Welt sein sollte. Aber Horus triumphiert mit der Hilfe des Hermes, d. h. mit Hilfe der Vernunft.

Hier berührt sich Plutarch mit der valentinianischen Gnosis. Dieser Sekte ist Horus essentiell. Hier treffen wir auf den Kontakt des Platonismus mit der Theologie ägyptischer Provenienz. Nicht nur die valentinianische Gnosis, sondern überhaupt die Hermetik umfaßt Lehren, die in Ägypten gerade im Kontakt mit dem Platonismus und der ägyptischen Religion entwickelt wurden. So wird die Auseinandersetzung des Origenes mit der valentinianischen Gnosis zugleich auch eine Auseinandersetzung mit einer Art dualistischem Platonismus auf ägyptischem Boden.

Porphyrius nennt Plutarch nicht unter denen, die Origenes konsultierte. Dennoch ist Plutarch einer der wichtigsten Zeugen des Platonismus des 2. Jahrhunderts und war Origenes bekannt.

Ein wichtiger Zeuge des Mittelplatonismus, der sowohl auf Origenes als auch auf den Neuplatonismus eines Plotin einen deutlichen Einfluß ausübte, war in der 2. Hälfte des 2. Jahrhundert: Numenius.[14] Über seine Beeinflussung des Ammonius Sakkas trifft er auch Plotin, die lateinischen Neuplatoniker (Arnobius, Chalcidius, Macrobius) und vor allem unseren Origenes. Seine Schriften standen in der Bibliothek des Alexandriners. Origenes zitiert ihn viermal in CC (IV 51; I 15; V 57; V 67). Wahrscheinlich Jude, sicher Semit, stammte er aus Apamea in Syrien, Heimat des Posidonius, ganz in der Nähe der Stadt Antiochien. Auch hier liefen orientalisches, jüdisches, christliches Denken zusammen. Von Numenius wissen wir sicher, daß er sich als erster griechischer Philosoph in der jüdischen Theologie gut auskannte. Oft, sogar schon seit Proklus und auch nach Origenes (CC V 57), rangiert Numenius auch unter den Pythagoräern. Dennoch gehört er zum Mittelplatonismus und nimmt analog dem Plutarch, der ägyptisches Gedankengut verwendete, nun jüdisches Gedankengut auf. Er spricht von Gott als ‚basileus', setzt Werden und Sein einander gegenüber, lehrt einen Dualismus von zwei Seelen im Menschen, den Gegensatz zweier Götter. Sein Platonismus ist vor allem in den Briefen Platons begründet, besonders was das starke dualistische Denken angeht. Hier mischt sich Hellenismus mit Vorstellungen der orientalischen Gnosis. Plotin wird sich dagegen wehren.

Die einzelnen Gedanken, die Origenes von Numenius aufnahm, interessieren uns hier besonders (CC I 15). Wir haben schon bei unserer Darstellung von PA gesehen, wie sehr Origenes auf der Unkörperlichkeit Gottes insistiert. In CC V 67 behandelt Origenes die Mythen und kommt auf Numenius zu sprechen (vgl. auch CC V 38). Der wichtigste Text dürfte aber CC

[14] A. a. O., 100ff.

V 7 sein. Hier findet sich nach Daniélou ein Echo der Auffassung des Numenius von den drei Göttern; der Vater, der Schöpfer, der Kosmos. Oder: der Vater, der Sohn, der Enkel. Hier findet sich das Vorbild für die plotinischen Triaden. Eusebius sieht darin einen Hinweis auf die Trinität, deren so geartetes Verständnis dem Glauben nicht ungefährlich sein kann. Numenius kannte schon den Begriff ‚autoagathos' für den ersten Gott, während der zweite Gott oder Demiurg nur gut ist, wenn er genau das tut, was der erste Gott will. Dieser zweite Gott ist nicht in sich gut, sondern leitet seine Gutheit und Güte vom ersten Gott her. In PA haben wir ähnliche Gedanken gefunden.

Auch auf Maximus von Tyrus ist hier einzugehen.[15] Wir kennen 41 seiner Traktate, etwa einen über das Ziel der Philosophie, einen über die Frage, ob man Göttern Statuen weihen soll, einen anderen mit dem Problem, ob die Leiden der Körper schwerer seien als die der Seelen, einen über die Gottesvorstellung Platons, einen mit der Frage, ob die Vergöttlichung die Freiheit (des Menschen) aufhebt, ob das aktive Leben besser sei als das kontemplative, einen über die Liebe etc. Schon diese Fragen haben wir mehr oder weniger alle in PA kennengelernt. Der Gott des Maximus ist der Gott Platons, transzendent und leidunfähig. Zwischen der Welt und ihm gibt es die Dämonen, die das Band [desmos] zwischen Himmel und Erde ausmachen. Sie sind die Interpreten des Willens Gottes gegenüber den Menschen. Sie helfen, begleiten, raten den Menschen und verkünden ihnen Botschaften. Jeder gerechte Mensch hat solch einen Schutzengel. Daher gewinnen auch die Orakel und die Visionen große Bedeutung. Man sagt, er sei von seherischer Begabung gewesen. Die Aufgabe des Menschen besteht darin, sich von der Welt der Erscheinung zu befreien, in die Regionen der Seligen zu gelangen und zum Guten aufzusteigen. Viele dieser Gesichtspunkte nimmt Origenes in CC auf; aber es finden sich auch Anklänge in PA, besonders die bei Maximus vorfindliche Unterscheidung der verschiedenartigen Nahrung von Kindern und im Aufstieg zum Guten Fortgeschrittenen. Letztere werden dann nicht mehr von Bildern, sondern von den Logoi genährt. Origenes nennt in PA ähnliche Gedanken.[16] Die Ausführungen über das Gebet, wie sie Maximus vorlegte, finden sich in Origenes CC VIII 70, aber auch schon bei Philon. Erwähnt sei hier noch die Auffassung über das Entstehen des Bösen. Nach Maximus stammt das Böse aus der ‚exousia psyches', eine Auffassung, die Origenes nicht nur in CC VI 55, sondern vor allem in PA vertritt.

Viele Mittelplatoniker sind nur aufgrund einer generellen Inspiration Platoniker, andere erweisen sich als ausdrückliche Kommentatoren der Werke

[15] A. a. O., 103ff.
[16] PA IV 2,8 Gö, 725.

Platons. Hier ist Attikus zu nennen, von dem Eusebius Textfragmente überliefert hat. Er wehrt sich gegen die Einführung aristotelischer Elemente in die platonische Tradition.

In der weiteren Tradition des Mittelplatonismus ist auch Albinos (2. Jh. n. Chr.)[17] zu nennen. Er hatte den platonisierenden Mediziner Galienus zum Schüler, er selbst war in Athen Schüler des Platonikers Gaius. Seine Philosophie teilt sich in die drei Hauptteile Dialektik, Theorie und Ethik. Die Theorie wiederum gliedert sich in Theologie, Physik und Mathematik. Ziel der Theologie ist es, die Erstursachen zu erkennen [aitia archika]; Gegenstand der Physik ist die umfassende Kenntnis der Natur, d. h. des Menschen und der Tiere, aber auch die Frage, ob es eine Vorsehung gebe oder nicht; und welche Stellung der Mensch in der Welt habe. Genau diese Fragen haben wir in PA des Origenes kennengelernt. Im übrigen scheinen auch Parallelen zwischen dem Didaskalikos und PA vorhanden zu sein: Gott und die göttlichen Dinge; die Welt, der Mensch, die Dämonen; dann die Freiheit, die auch dem Problemkreis der Ethik zugehört. In diesem Abriß der platonischen Philosophie „Didaskalikos" verbindet Albinos platonische mit aristotelischen und stoischen Lehren. „Er kennt zwei Triaden: die Materie, die Ideen und den ersten Gott, der dem Demiurgen des ‚Timaios' entspricht, und: den ersten Gott, dessen Unaussprechlichkeit er betont, den Geist und die Weltseele. Albinos unterscheidet einen zweifachen Ideenbegriff. Die unkörperlichen (platonischen) Ideen sind Gedanken Gottes; ihre Abbilder sind die an die Materie gebundenen (aristotelischen) Formen."[18] Die ‚archai' sind für Albinos zunächst die Materie, die gemäß dem platonischen Timaios beschrieben wird als ‚amorphos', ohne Qualität und ohne Form. Das zweite Prinzip stellen die Ideen dar, die nach Albinos nicht außerhalb Gottes existieren, sondern die ‚noesis' Gottes sind und die Vorbilder [paradeigmata] der sinnenhaft erfahrbaren Welt. Ein drittes Prinzip nennt Albinos das „Unaussprechliche" [arreton]. Es ist das Gute schlechthin. Es ist Vater, weil es der Schöpfer von allem ist. Dieser Vater ist unkörperlich, eine Auffassung, die dem stoischen Denken widerspricht. Man kann es erkennen auf die Weise der Abstraktion, der Analogie und ‚per eminentiam'. Dieser Allvater hat die Vernunft des Himmels und der Seele der Welt geordnet. Er wirkt in dieser Ordnung nicht von außen, sondern von innen heraus, obgleich er selbst unbewegt bleibt. Er selbst hat die Seele der Welt auf sich hingeordnet, denn er gab diesen die Intelligenz. Albinos kennt aber noch einen zweiten Gott [deuteros theos] gegenüber dem ersten Gott [protos theos]. Dieser zweite Gott ist der Himmel, ein lebendiges, mit

[17] Jean Daniélou, Origène. Paris 1948, 105–108.

[18] Friedo Ricken, Philosophie der Antike (Grundkurs Philosophie 6). Stuttgart u. a. 1988, 194.

Seele und Intelligenz begabtes Wesen, das die ihm unterlegene Natur ordnet [diakosmei].

Die Welt ist wiederum ein gezeugter Gott, mit Seele und Intelligenz. Sie ordnet die Natur des Kosmos. Die „Physik" beschreibt diesen Kosmos. Diese Welt umfaßt die vollkommenen Seienden, nämlich die Sterne, die ihrerseits wieder Götter sind. Die Dämonen sind ebenfalls gezeugte Götter. Schließlich sind alle Seienden dieser Welt beseelt. Diese Götter beherrschen die sublunare Welt. Sie bedienen die Orakel, Gedanken, die wir schon bei Plutarch und Maximus von Tyrus finden. All das eben Gesagte ist Werk des Vaters. Es gibt aber noch andere Seinsbereiche, die der Sterblichen: Luft, Erde, Wasser. Der gute Gott überließ diese Schöpfung zweien seiner Kinder. Nachdem die menschliche Gattung einen Aufstand gemacht hatte, verbannte Gott diese Seelen auf die Erde, gab ihnen die Verheißung, aus der Ordnung des Todes dann aufsteigen zu können, wenn sie ihn, den ersten Gott suchen und betrachten. Zugleich vertritt Albinos auch die Seelenwanderung, bis die einzelnen Seelen gereinigt bei Gott ankommen. Angleichen müssen sich die Seelen jedoch dem zweiten Gott.

Viele dieser Gedanken finden wir auf seine Weise bei Origenes. Daniélou weist besonders auf CC hin.[19] Aber auch in PA haben wir viele mehr oder weniger deutliche Entsprechungen zu Albinos gefunden, etwa die Beschreibung der Materie als reine Passivität, gestaltlos und ohne Form. Nach Origenes durchwirkt der Logos die Welt gleich einer Seele, die den Körper belebt.[20] Nicht nur nach CC V 4,7 sind die Sterne beseelt, sondern auch nach PA, wie wir öfter sehen konnten. Auch die Präexistenz der Seelen, der Sündenfall und die pädagogische Verbannung in die Materie fanden wir in PA. Kurzum: «Si le détail est différent, la perspective central est analogue.»[21]

Apuleius von Madaura (geb. ca. 123 n. Chr.) kennt die Triade „erster Gott, Geist und Formen, Seele", wobei die urbildlichen Ideen dem zweiten Prinzip zugeordnet sind.

[19] Jean Daniélou, Origène. Paris 1948, 107f.: Der erste Gott, der Vater ist für Origenes ‚arretos' (CC VII 73); die Wege zu Gott sind auch für unseren Alexandriner Abstraktion und Analogie (CC VII 42); neben dem ersten Gott kennt Origenes den ‚deuteros theos', den Logos, der gleich einer Seele die Welt durchwirkt, ohne jedoch und gegen Albinos die Welt zu vergöttlichen oder gar selbst zu Gott zu machen (CC V 9); allerdings ist auch nach Origenes die Einheit von Sohn zum Vater durch Kontemplation garantiert.

[20] Vgl. PA II 1–3 Gö, 285–327.

[21] Jean Daniélou, Origène. Paris 1948, 108.

10.1.4 Aristoteles

Aristotelisch[22] sind vor allem die dialektischen Elemente und eine Anzahl von Begriffen des origenischen Denkens. Dennoch lehnt Origenes den großen Philosophen weithin ab und wirft ihm die Unterscheidung in drei Arten von Gütern des Menschen vor: das Gut der Seele, etwa die Tugend; dann das Gut des Leibes, Gesundheit und Schönheit; schließlich das dem Menschen von außen her zukommende Gut, Reichtum und Ehre. Für Origenes gibt es, wie wir in PA gesehen haben, nur ein Gut des Menschen, daß Gott alles in allem werde. Auch wegen des (pseudoaristotelischen) Ausschlusses der Wirksamkeit der Vorsehung aus unserer sublunaren Welt tadelt Origenes den Erzieher Alexanders des Großen. Er hält ihn vor allem wohl deshalb für einen Atheisten. Der Tadel des Origenes ist insofern verständlich, weil er die Vorsehung Gottes braucht, um eine Soteriologie für diese konkrete, d. h. sublunare Welt zu entwickeln. Origenes lehnt auch die aristotelischen Gedanken vom Äther als dem fünften, und zwar als einem geistigen Element ab, Origenes billigt ihm hingegen nur eine Qualität zu. Die Gründe, besonders die Identität des irdischen mit dem auferstandenen Leib denkerisch zu bewältigen, haben wir in PA gesehen.

Der Aristotelismus brachte im 2. Jahrhundert keine größeren Philosophen ans Licht. Der bekannteste dürfte Alexander von Aphrodisias gewesen sein. Den Peripatetikern ging es vor allem um naturwissenschaftlich exakte Beobachtungen. Auch leugnen sie die Unsterblichkeit der Seele und die göttliche Vorsehung. Origenes verhielt sich gegenüber diesen Aristotelikern stets skeptisch bis ablehnend, besonders gegenüber ihrer Meinung, es gebe keine Visionen und Wunder (CC II 13; I 43; VII 3; VIII 15). Dennoch sind auch ihre naturwissenschaftlich orientierten Begrifflichkeiten ins Allgemeingut der damaligen Philosophie eingegangen. Insofern finden wir sie auch bei Origenes.

Diese positiv-wissenschaftliche Einstellung teilten die Aristoteliker mit den Skeptikern. Letztere beschäftigten sich vor allem mit Methodenproblemen. Sie leugneten nicht schlichtweg die Fähigkeit der menschlichen Vernunft. Sie tendiert in ihren Augen zur Mystik. Vielmehr vertraten sie einen gewissen Rationalismus sokratischer Prägung. Vor allem die verschiedenen Aussagen über Gott und die Götter regten sie zu einem gewissen Skeptizismus an, der sich dann auch in der Ablehnung von Orakeln und Weissagungen ausdrückte. Orakel und Weissagungen erklärten sie sogar durch einen gewissen Fatalismus des Menschen. Als ihr bekanntester Vertreter im 2. Jahrhundert ist Sextus Empiricus zu nennen. Von der Lektüre dieser Skeptiker riet Origenes seinen Schülern streng ab.

22 Vgl. Henri Crouzel, Origène. Paris 1985, 208f.

Große Ablehnung durch Origenes erfuhren auch die Kyniker. Für sie war die Philosophie mehr eine Art Weisheit zur Lebensbewältigung, nicht aber der Weg, Aussagen über die Wirklichkeit von Gott und Welt zu machen. Ihnen ging es vor allem um die Freiheit, die in einer Art ‚autarkeia' des Menschen besteht. Um diese zu erreichen, bemüht sich der Philosoph um Bescheidenheit: Weder sorgt er sich um Besitz, noch legt er größere intellektuelle Ansprüche an den Tag und verfällt so nicht komplizierten Erklärungstheorien seines Daseins. Eine Hoffnung auf ein Jenseits scheidet aus, ebenso der Polytheismus. Die Kyniker verachteten um ihrer Freiheit willen alle familiären Bande und sozialen Einbindungen. Seine Mission sah der Kyniker in seiner freizügigen Rede, um die anderen Mitbürger zu schockieren und so zu erschüttern. Gegenüber der Religion legte der Kyniker Desinteresse an den Tag.

Ganz im Unterschied zu den Kynikern rebellierten die Epikuräer im 2. Jahrhundert gegen die damaligen religiösen Gepflogenheiten, verkündeten einen strikten Atheismus und leugneten eine Vorsehung. Origenes verurteilte sie des öfteren, besonders in CC. Auch die Platoniker und die Stoiker setzten sich gerade wegen der Leugnung einer Vorsehung und wegen des deklarierten Atheismus von den Epikuräern ab. Für sie alle war die Philosophie der Epikuräer etwas zu dünn geraten, ihre Ablehnungen der Vorsehung und vor allem ihre Verspottung der ‚paideia' zu primitiv.

10.1.5 Die Stoiker

Hingegen erweisen sich die Lehrer der Stoa als Meister der Weisheit. Bei Origenes finden sich viele Ausdrücke der Stoa im Bereich der Psychologie. Sie entspringen einer eingehenden Reflexion über den Menschen.[23] Origenes akzeptiert die Moralvorstellungen der Stoiker,[24] lehnt aber ihre Kosmologie und ihre Theologie als atheistisch ab, auch die Seelenwanderung, die er als ‚metensomatose' bezeichnet. Origenes ist der Überzeugung, daß Gott selbst den sittlichen Sollensanspruch und so die Gesetze des sittlichen Handelns dem Menschen ins Herz geschrieben hat, eine Vorstellung, die Paulus (Röm 2,14ff.) schon von der Stoa übernommen hatte. Wenn auch Origenes mit seinem Vorgänger Klemens die objektive Moral der Stoiker nicht kritisiert, so tadelt er doch ihre subjektive Einstellung. Nicht allein das eigene und das gemeinschaftliche Wohl stehen an erster Stelle sittlichen Handelns, sondern die Liebe zu Gott. Wohlgemerkt, diese Liebe zu Gott kommt nicht noch als „dritte" Liebe zum sittlichen Handeln hinzu, sondern

[23] Vgl. A. a. O., 208f.

[24] Vgl. zur folgenden Moralvorstellung Henri Crouzel, Origène. Paris 1985, 208f.

ist der Rahmen und das Ziel, in der das „bonum commune“ und das eigene Wohlergehen zu integrieren sind. Das Defizit der stoischen Moral hat seinen Grund im religiösen Defizit der Stoiker, letztlich darin, daß diese Moral nicht von einem persönlichen, sich offenbarenden Gott her konzipiert ist. Eine solche Philosophie kann daher auch nicht ein echtes auf Gott bezogenes Leben entwerfen, keine von Gott her kommende Erlösung denken, weil Gnade in ihrem System nicht vorkommen kann. Ist doch letztlich die Liebe Gottes, wie wir es in PA gesehen haben, uneinklagbar und damit auch, weil aus der Freiheit Gottes kommend, unableitbar. Es sind theologische, von seinem Gottesbild genommene Gründe, die Origenes gegen eine philosophische Moral skeptisch machen, wenngleich konkrete Handlungsmaximen hier und dort gleiche Geltung haben. Der Grund der Geltung ist aber in beiden Systemen verschieden: einerseits die Vernunft des Menschen allein, andererseits der Glaube an den sich in Christus offenbarenden Gott. Hier unterscheidet sich Philosophie von „göttlicher“ Philosophie. Die „göttliche“ Philosophie wird die Philosophie nur benutzen, soweit sie ihr dient.

Im 2. Jahrhundert galten Marc Aurel und Epiktet immer noch als die großen Meister der Stoa. Die Stoiker hatten das ursprünglich platonische Vokabular ‚hegemonikon‘, ‚katalepsis‘, ‚apatheia‘, ‚to eph’ hemin‘ bewahrt. Sie hatten die allegorische Homerauslegung praktiziert und Deutungen der Mythen und Symbole vorgenommen. Origenes kannte die Schriften des Cornutus, der im 1. Jahrhundert in Rom lehrte. Cornutus schrieb eine ›Theologia graeca‹, die wir noch besitzen. Er deutete die Homerischen Epen gemäß der stoischen Philosophie: Zeus gilt ihm als Seele der Welt, Hermes als Logos. Nicht nur im Homerischen Dichtwerk fand Cheremon die stoische Philosophie, sondern auch in den Überlieferungen der Priester seiner ägyptischen Heimat. Als Astrologe schrieb er auch über die Kometen.

10.1.6 Pythagoräer

Nach der Liste des Porphyrius, wie sie uns Eusebius erhalten hat, las Origenes auch die Werke des Moderatus von Gades, eines Pythagoräers des 2. Jahrhunderts, und die des Nicomachus von Gerasa, Autor einer arithmetischen Theologie. Die Pythagoräer bildeten nicht eine eigentliche Philosophie, eher vertraten sie ein gewisses religiöses Denken, dessen Mitte die Unsterblichkeit der Seele und das Ideal eines reinen und durch Meditation begleiteten Lebens bildete. Ursprünglich hatte dieses Denken schon Platon beeinflußt; im 2. Jahrhundert fand diese Auffassung in Apollonius von Tyana und Alexander von Abonuteichos ihre hervorragenden Vertreter.

Ersterer hatte Indien besucht und mit Brahmanen Kontakt aufgenommen, ja, sogar in einem Ashram gelebt. Er studierte Astrologie, Medizin und Techniken der Meditation. Er vertrat einen Sonnenkult. Schließlich kam er nach Rom und verschwand dort auf rätselhafte Weise. Origenes nennt ihn einen Magier und Philosophen (CC VI 41). In pythagoreischen Kreisen wurde auch eine Art Seelenwanderung vertreten und Zahlenmystik betrieben. Ihre Frömmigkeit hatte wiederum Einfluß auf die Platoniker des 2. Jahrhunderts.

10.1.7 Bedeutung der Philosophie

Wie kein anderer hat Origenes deutlich gesehen, daß die intellektuelle Ausbildung „indifferent" ist, sie kann zum Guten und zum Bösen führen.[25] Erst der christliche Inhalt entreißt sie dieser Neutralität. So wird sie geeignet, den Glauben allezeit auszuweisen und dies besonders durch die Erkenntnis Gottes. Auch dies haben wir in PA auf Schritt und Tritt wahrnehmen können. Innerhalb des philosophischen Mühens ist eine fundamentale Unterscheidung notwendig, die ihren Grund nicht in der Vernunft des Menschen findet, sondern in der Offenbarung, wie sie in der Schrift zum Ausdruck kommt. Unterläßt man diese Unterscheidung, so landet man in der Häresie wie die falschen Propheten des Alten Testamentes. Sie verkündeten nicht das Wort Gottes, sondern das Sinnen ihres verkehrten Herzens. Der christliche Philosoph trägt nämlich eine ganz andere Weisheit im Herzen, die die Weisheit Gottes schlechthin ist, seinen Sohn. Dieser mystische Aspekt der innigen und vor allem personalen Gemeinschaft mit Christus als der Weisheit Gottes steht über dem intellektuellen der Philosophie. Von dieser Weisheit, wie sie sich in der Schrift kundtut, beurteilt Origenes alle Weisheit und Erkenntnis dieser Welt. Dennoch schließt diese „göttliche Philosophie", nun als Theologie im weiteren Sinn verstanden, Spekulationen der Vernunft nicht aus.

Die entsprechende Passage des Dankschreibens Gregors[26] sei zitiert: „Ja, es ist kein Labyrinth so verwickelt und vielgestaltig, kein Wald so dicht und mannigfaltig, keine Ebene und kein Sumpf so geeignet, die, die sich hineinwagen, festzuhalten, wie das Wort, wenn man sich einem von diesen Philosophen gegenüber befindet. Damit es nun mir nicht gerade so ergehe wie dem großen Haufen, führte er mich nicht etwa nur in eine einzige Anschauung der Philosophen ein und mutete mir auch nicht zu, mich an sie anzuschließen, sondern er führte mich zu allen hin in der Absicht, daß ich mit

[25] Vgl. A. a. O., 212ff.

[26] Gregor Thaumaturgos, Lobrede 14.

keiner der hellenischen Lehrmeinungen unbekannt bleiben sollte. [...] So sammelte er alles, was von sämtlichen Philosophen brauchbar und der Wahrheit entsprechend war, und legte es mir zur Annahme vor, während er alles, was falsch war, aussonderte, wie überhaupt, so ganz besonders das, was in bezug auf Religion bloße Ausgeburt des Menschengeistes war."

10.2 Philosophische Elemente in PA

Da die Textausgabe Görgemanns-Karpp, die wir unserer Werkseinführung zugrunde legen, genügend Hinweise auf die philosophischen Einflüsse, Anklänge und Zitate in PA gibt, können wir uns hier auf die wichtigsten, das Kerygma und die philosophischen Denkelemente, beschränken. Dazu halten wir die sachliche Gliederung des origenischen Aufbaus von PA durch, so wie wir es auch bei der Darstellung des Inhaltes getan haben: Gottesbild, Geistwesen, Welt und die im heilsgeschichtlichen Kerygma implizierten Probleme, die wir im III. Teil unserer Einführung vorstellten: Freiheit, Materie, Apokatastasis etc.

10.2.1 Gottesbild

Origenes polemisiert gegen die gnostisch-demiurgische Auffassung, Gott sei ein Körper,[27] wie es seiner Meinung nach Melito von Sardes behauptet hatte, wendet sich dabei gegen die gnostischen Anthropomorphismen, während die Unkörperlichkeit Gottes, die Origenes verteidigt, besonders von Numenius vertreten wurde.[28] Zugleich polemisiert unser Alexandriner gegen die Lehre des Simon Magus,[29] der in heraklitischer Tradition behauptete, das Feuer sei Anfang der Welt,[30] bekämpft die stoische Geistvorstellung, besonders die Meinung, der Heilige Geist sei von ganz dünner Materie.[31] Origenes wehrt sich im Einklang mit der mittelplatonischen und hermetischen Vorstellung von der Transzendenz Gottes gegen die Illusion sinnenhafter Gotteserfahrung. Das Höhlengleichnis Platons und der Sonnenvergleich des Albinos zieht er zur Klärung der Frage der Gotteserkenntnis ebenso heran wie die stoische Grundidee, daß der menschliche Geist Gott wie durch einen Funken erkennen kann.[32] Gott als Einheit und Eins-

[27] PA I 1,1 Gö, 101.
[28] A. a. O.
[29] Vgl. Hipp. Ref. VI 9.
[30] PA I 1,2 Gö, 103.
[31] PA I 1,3 Gö, 103.
[32] PA I 1,5 Gö, 107 u. 109.

heit zu bestimmen, übernimmt Origenes ebenfalls aus der unter pythagoräischem Einfluß stehenden mittleren Stoa. Schon bei Philon findet sich der Ausdruck „monos kai heis" für Gott.[33] Daß Gott Nous ist und so eine Verwandtschaft mit dem menschlichen Nous besteht, finden wir schon im Platonismus, besonders bei Numenius, und in der Hermetik.[34] Daß Gott nicht zusammengesetzt sein kann, steht in Albinos' Didaskalikos,[35] die Höherbewertung von Geist und Seele über den Körper zeigt sich bei Plotin in ihrem besonderen Sinn für Gott.[36]

Die Zeugung des ewigen Sohnes ist bei Origenes erstmals entfaltet, jedoch sind die benutzten Denkformen platonisch.[37] Viele jener Gedanken, die das Verhältnis von Vater und Sohn (Logos) bestimmen, finden sich bei Philon. Gegen die valentinianisch-gnostische Zeugungslehre verteidigt Origenes die gleiche ontologische Höhe von Vater und Sohn,[38] wehrt sich gegen die Emanationsauffassung gleicher Provenienz[39] und verwendet das Bild des Hervorgangs des Glanzes aus der Sonne für den Hervorgang des Sohnes aus dem Vater wie Plotin für den Hervorgang des Nous aus dem Einen.[40] Origenes verwendet die stoische Begrifflichkeit des „Zusammenhaltens", um das Zusammenhalten des Alls und der einzelnen Dinge zu beschreiben.[41] Durch den Logos ist alles dem Vater unterworfen (vgl. 1 Kor 15,27f.). Der Gedanke, daß dies nicht eine Unterwerfung durch Zwang, sondern durch Vernunft und Argumentation ist, stammt aus Platon [Tim 48 A 2] bzw. Plutarch [Phoc 2,9].[42] Gott als das „autoagathon" zu bezeichnen, stammt aus platonischer Tradition und findet sich auch bei Plotin.[43]

Schwierig sind die Wurzeln des Begriffes Logos zu bestimmen, wenn er im Sinne des Schöpfungslogos verwendet wird. Elemente finden sich bei den Platonikern, Stoikern und Hermetikern.[44] Gegen die platonische Auffassung von der Ewigkeit der Materie und von der Ungeschaffenheit der Seele kämpft Origenes vehement.[45] Daß der ewige Sohn und Logos beson-

[33] PA I 1,5 Gö, 111.
[34] PA I 1,6 Gö, 111.
[35] PA I 1,6 Gö, 113.
[36] PA I 1,8 Gö, 121.
[37] PA I 2,2 Gö, 125.
[38] PA I 2,4 Gö, 131.
[39] PA I 2,6 Gö, 135.
[40] PA I 2,7 Gö, 137.
[41] PA I 2,9 Gö, 143.
[42] PA I 2,10 Gö, 151.
[43] PA I 2,13 Gö, 155.
[44] Vgl. PA I 3,1 Gö, 159.
[45] PA I 3,3 Gö, 163.

ders die vernunftbegabten Geschöpfe durchdringt, entnimmt Origenes der Stoa.[46] Auch die Lehre der Altersetappen des Menschen und die der sittlichen Bewertbarkeit der diesen Etappen entspringenden Taten ist aus der Stoa ausgeliehen.[47] Die Lehre von der Kinderseele stammt von Chrysipp.[48] Die Überzeugung des Origenes, die Seele müsse zu ihrer Gottgleichheit [homoiosis theo] als ihrem Ziel [telos] aufsteigen, ist platonischer Tradition entnommen.[49]

10.2.2 Schöpfung und Fall der Vernunftwesen

Daß Gott jemals ohne ‚Bewegung', d. h. ohne Schöpfung gewesen sei, ist traditionell und findet sich schon bei Cicero, dürfte aber auf Aristoteles' Lehre vom „unbewegten Beweger" zurückgehen,[50] während die Auffassung, die Schöpfung war schon immer in der Weisheit Gottes vorgebildet, bei Philon zu finden ist.[51] Die Überzeugung, daß der Mensch zu den Vernunftwesen gehört, hat die Stoa verteidigt,[52] während die von Origenes abgelehnte unterschiedliche Wesensbegabung der Vernunftwesen mit Freiheit der valentinianischen Gnosis zuzuschreiben[53] ist, ebenso der Ausdruck für das Herabfallen der Welt aus Gott [probole bzw. katabole].[54] Manche Vorstellung der Dämonologie hat Origenes bei der Stoa und beim Platonismus entlehnt.[55] Die Beziehung von Anfang und Ende der Welt findet sich vor allem in der antiken zyklischen Zeitvorstellung, während die Idee anfänglicher Einheit und geschöpflicher Vielheit bei den Pythagoräern und Platonikern aufscheint, besonders aber bei Ammonius Sakkas. Der Gedanke des Falls hat, wie bereits gesagt, platonische und gnostische Wurzeln.[56] Die Auffassung von den Weltzyklen fand Origenes in der Gnosis,[57] die von der den Kosmos ordnenden Freiheit(en) bei Platon.[58] Daß Freiheitsentscheidungen „lobens- und tadelnswert" sein können, entstammt dem Sprachgebrauch

[46] PA I 3,5 Gö, 171.
[47] PA I 3,6 Gö, 173.
[48] PA I 3,7 Gö, 173.
[49] PA I 3,8 Gö, 183.
[50] PA I 4,3 Gö, 189.
[51] PA I 4,4 Gö, 191.
[52] PA I 5,2 Gö, 197.
[53] PA I 5,3 Gö, 199.
[54] PA I 5,3 Gö, 201.
[55] PA I 5,3 Gö, 203.
[56] PA I 6,2 Gö, 217.
[57] PA I 6,2 Gö, 219.
[58] A. a. O.

des Aristoteles;[59] daß die Sterne selbst beseelt sind, hat Platon schon vertreten.[60] Ähnlich wie Platon argumentiert Origenes, um die Beseeltheit der Sterne zu beweisen. Ist doch die Seele das Prinzip der Bewegung.[61]

Ständig muß Origenes die valentinianische Gnosis mit ihrer wesenhaft pneumatischen, psychischen und hylischen Naturenlehre ablehnen.[62] Wie wir gesehen haben, erachtet Origenes die Marcioniten im Zusammenhang mit ihrem Gottesbild und ihrer Schöpfungslehre als die gefährlichsten Häretiker, ebenso bezüglich ihrer Dämonologie;[63] jedoch stammen die Vorstellungen über die zu vernunftlosen Wassertieren gewordenen Vernunftwesen aus Platon.[64]

10.2.3 Die sichtbare Schöpfung

Origenes bleibt der stoisch orientierten Auffassung vom Zusammenhalt der Vielheit der sichtbaren Schöpfungswirklichkeiten treu. Es ist Gottes Kraft, die diese Vielheit nicht ins Chaos versinken läßt.[65] Die Überzeugung, daß die Seele den Körper zusammenhält, geht auf Aristoteles zurück.[66] Die Vorstellung, daß auch die Welt durch eine Art Seele zusammengehalten wird, die Origenes mit dem Logos identifiziert, findet sich ursprünglich bei Platon und wurde zu stoischem Gedankengut.[67] Die Auffassung von der Qualitätslosigkeit der Materie ist ansatzweise ebenfalls platonisches Gedankengut und wurde von Albinos, besonders aber von den Stoikern vertreten.[68] Daß die Materie aufgrund des Willens Gottes alle Formen annehmen kann, also reine Potentialität ist, finden wir schon bei Aristoteles.[69] Gegen Platoniker und Stoiker negiert Origenes die Ewigkeit der Materie, wie sie noch Albinos behauptet hatte.[70] In der Folge wurde Origenes der zyklischen Weltauffassung der Stoiker verdächtigt.[71] Er mußte sich

[59] PA I 7,3 Gö, 237.
[60] A. a. O.
[61] PA I 7,4 Gö, 239.
[62] PA I 8,1 Gö, 255.
[63] PA I 8,3 Gö, 257.
[64] PA I 8,4 Gö, 265.
[65] PA II 1,2 Gö, 287. Vgl. dazu J. Pépin, Théologie cosmique et théologie chrétienne. Paris 1964.
[66] PA II 1,3 Gö, 289.
[67] A. a. O.
[68] PA II 1,4 Gö, 291.
[69] PA II 1,4 Gö, 293.
[70] A. a. O.
[71] PA II 3,1 Gö, 301.

gegen den Vorwurf der stoischen Auffassung von der Gleichheit der einander folgenden Wiedergeburt wehren.[72] In des Origenes Definition des Kosmosbegriffes leuchten Formulierungen des Stoikers Chrysippos auf.[73] Origenes setzt sich bei seiner Beschreibung des eschatologischen Himmels von der platonischen Ideenwelt ab.[74] Er diskutiert die Frage nach der stoischen Einheit oder der von Plutarch vertretenen Vielheit der Welten.[75] Die origenische Annahme einer sternlosen äußeren Sphäre des Kosmos geht auf Ptolemäus zurück.[76] Daß die Welt von sich aus vergänglich, aber vom Willen Gottes her unvergänglich ist, finden wir schon bei Platon.[77]

10.2.4 Der Gott der Inkarnation und der Heilsgeschichte

Hatte Origenes bei der Grundlegung des Kerygmas nach dem klassischen Traktat der Physik stark die Philosophen herangezogen und auch kritisiert, so finden wir sie weniger beachtet innerhalb seiner mehr problematisierenden heilsgeschichtlichen Vorgangsweise, besonders kaum in der Auseinandersetzung mit den Marcioniten und der valentinianischen und doketischen Theologie.[78] Erst bei der Frage nach dem tieferen christlichen Verständnis der Seele greift er auf die Stoa und einige aristotelische Grundvorstellungen[79] zurück, benutzt die Unterscheidung von Nous und Psyche, wie sie dem 1. Jahrhundert n. Chr. in der Philosophie, etwa bei Plutarch, bekannt war.[80] Origenes greift auf die alte, schon bei Platon, Aristoteles und in der Gnosis vorfindliche Etymologie des Begriffes Seele im Sinne von „Erkalten" zurück.[81] So kann er leichter den „Fall" der Geistwesen erklären. In seiner tieferen Reflexion des christlichen Gottesbildes, etwa bei der Frage nach der Begrenztheit oder Unbegrenztheit der Wirksamkeit Gottes, helfen ihm die Vorstellungen aus Sextus Empiricus und Proklus, während er das „Unbegrenzte" gemäß der platonischen Tradition als Chaos markiert.[82] Ebenso stammt des Origenes Definition des Schlechten als „privatio boni"

[72] PA II 3,4 Gö, 311.
[73] PA II 3,6 Gö, 317.
[74] A. a. O.
[75] PA II 3,6 Gö, 319.
[76] PA II 3,6 Gö, 321.
[77] PA II 3,6 Gö, 323.
[78] Vgl. die Texte PA II 4–7 Gö, 329–381.
[79] PA II 8,1 Gö, 383.
[80] PA II 8,2 Gö, 387.
[81] PA II 8,3 Gö, 393.
[82] PA II 9,1 Gö, 401.

aus platonischer Lehrentfaltung.[83] Für die Erklärung der Auferstehung des Menschen, besonders zur Verdeutlichung des „Wie" stützt sich Origenes auf die stoische Vorstellung von der „geistigen Keimkraft", die die körperliche Substanz zusammenhält.[84] Die Elemente seiner Fegfeuerlehre, besonders die heilsame Bedeutung des eschatologischen Feuers, entnimmt Origenes der Überzeugung platonischer Tradition.[85] Auch finden wir die Auffassung von der inneren Harmonie der Seele schon in Platons Gorgias.[86] Selbst die Dreiteilung der Lebensformen (höchste körperliche Lust, politischer Einsatz, geistige Tätigkeit) finden wir bei Aristoteles,[87] gewisse Sphärenspekulationen in der Hermetik,[88] Vorstellungen vom Himmel als Weide schon bei Platon.[89]

10.2.5 Willensfreiheit

Die Willensfreiheit als Option des Origenes ist konstitutives Element seines Systems und Teil seiner Seelenlehre. Daher zieht gerade auch hier Origenes wiederum die Philosophie zu Rate, so die Stoa, um die Selbstbewegung der Seele und damit die Freiheit zu bestimmen.[90] Auch in seiner Darstellung der Tierpsychologie läßt sich Origenes von der Stoa helfen.[91] Er tut dies auch dort, wo es um die Erklärung des Spürsinns von Hunden aus dem allverbreiteten Pneuma geht.[92] Fehlhandlungen auf falsche Erkenntnis zurückzuführen, bei Origenes die zu falschen Handlungen führende falsche Exegese der Schrift, ist stoisches Gedankengut.[93] Lust als „Glätte", d. h. schlüpfrige Bewegung zu bezeichnen, finden wir bei den Epikuräern.[94] Den Leidensdruck einer Seele als Möglichkeit zur Bekehrung zu deuten, also eine Katharsis anzunehmen, hatte schon Aristoteles vorgeschlagen.[95] Auch popularpsychologische Überzeugungen übernimmt Origenes, etwa die seit Demokrit und Platon bestehende Meinung, daß Dichtkunst ohne Wahnsinn

[83] PA II 9,2 Gö, 405.
[84] PA II 10,3 Gö, 425f.
[85] PA II 10,4 Gö, 427.
[86] PA II 10,5 Gö, 431.
[87] PA II 11,1 Gö, 441.
[88] PA II 11,5 Gö, 451.
[89] PA II 11,7 Gö, 457.
[90] PA III 1,3 Gö, 465.
[91] PA III 1,3 Gö, 467.
[92] PA III 1,3 Gö, 469.
[93] PA III 1,4 Gö, 471.
[94] A. a. O.
[95] PA III 1,13 Gö, 509.

nicht möglich ist.[96] Abgelehnt werden von Origenes die Zwei-Seelen-Lehre des Numenius und gewisse gnostische Überzeugungen.[97] Ebenso kritisiert Origenes aufgrund der Schrift die platonische Auffassung von der Dreiteilung der Seele.[98]

10.2.6 Apokatastasis

Es ist auffallend, daß die philosophischen Anleihen im Problemkreis der Apokatastasis nachlassen, ein Hinweis, daß es sich um ein dem origenischen System immanentes Problem handelt. Dennoch sind da und dort philosophische Elemente eingestreut, etwa bei der Unterwerfung der Welt durch den Logos liegt die platonische Unterscheidung von „Zwang" und „Überredung" bzw. besser „Überzeugung" zugrunde.[99] Ebenso zieht Origenes, wie schon erwähnt, die platonische Vorstellung vom „Telos"[100] heran. Daß Platon Gedanken aus Mose ausgeliehen habe, finden wir schon bei Numenius.[101] Die Frage nach dem Maß, das Gott für alles überhaupt ist, hat schon Platon gestellt.[102] Wieder lehnt Origenes im Zusammenhang mit der Auferstehung des Leibes die schon behandelte aristotelische Vorstellung vom Äther als der „quinta essentia" ab[103] und entscheidet sich für die Verklärung der Materie, eine Auffassung, die übrigens der aristotelischen Vorstellung nicht absolut widersprechen muß.[104]

10.2.7 Die Heilige Schrift

Origenes weiß um die systembegründende Bedeutung der Schrift. Viele Einflüsse wären bezüglich seines Schriftverständnisses aufzuzeigen. Rolf Gögler hat uns das in hervorragender Weise kundgemacht.[105] In einer Werkseinführung zu PA können wir nur einige Andeutungen machen. Ori-

[96] PA III 3,3 Gö, 593.
[97] PA III 4,1 Gö, 603 u. 605.
[98] PA III 4,1 Gö, 605.
[99] PA III 5,8 Gö, 639.
[100] PA III 6,1 Gö, 643.
[101] A. a. O.
[102] PA III 6,3 Gö, 649.
[103] PA III 6,6 Gö, 661.
[104] PA III 6,6 Gö, 661, Anm. 20.
[105] Rolf Gögler, Zur Theologie des biblischen Wortes bei Origenes. Düsseldorf 1963. Besonders wichtig und aufschlußreich wäre hier der I. Hauptteil „Die geistige und religiöse Umwelt" ebd. 35–210, würde aber unsere Werkseinführung sprengen.

genes kennt das stoische Wahrheitskriterium der Allgemeinbegriffe und der Evidenz, wie es Chrysipp aufgestellt hatte. Nach Origenes reicht jedoch dieses Kriterium für die göttliche Wahrheit der Schrift nicht aus.[106] Unser Alexandriner greift aber zur Ausschmückung seiner eigenen Lehre von der Inspiration der Schrift auf Vergil (Ruf. Fassung) und Platon zurück.[107] Natürlich auch auf jüdisch-philonische Auslegungstraditionen. Es ist die schon von den Mittelplatonikern gekannte Kraft, die Origenes in der Schrift wirken sieht und die Gottes Transzendenz mit dem leibhaftigen Buchstaben der Schrift verbindet.[108] Origenes muß sich notgedrungen gegen die valentinianisch-gnostische Exegese wenden,[109] verwendet jedoch Begriffe innerhalb seiner biblischen Hermeneutik, die der platonischen Philosophie entnommen sind, um das Verhältnis von Verheißung und Erfüllung zu verdeutlichen.[110] Natürlich fehlt Philon nicht, wenn es um die Verschiedenheit der Anfänger, Fortgeschrittenen und Vollkommenen bezüglich des Schriftverständnisses geht.[111] Da und dort greift Origenes auch auf die pythagoräische Zahlensymbolik[112] und auf Gedanken des Vergil[113] zurück.

11. Wirkungsgeschichte von PA

11.1 Streitereien schon zu Lebzeiten des Origenes

Das Werk PA ist in seiner jetzigen Textfassung wie kein anderes des Origenes geeignet, Zeugnis von den Wirren um Origenes und seine Lehrmeinungen einige Generationen nach seinem Tode zu geben. Wir haben die thetisch-dogmatisch formulierten angeblichen Gedanken des Origenes bei Hieronymus gesehen und die ausgleichenden Formulierungen bei Rufin kennengelernt. Beide Verfasser machten es uns schwer, den wahren Origenes zu entdecken. Aber nicht nur nach des Origenes' Tod kam es zur Auseinandersetzung über seine Theologie. Schon zu seinen Lebzeiten war Origenes wegen theologischer Positionen angefochten.[1] Obwohl Eusebius in seiner Kirchengeschichte den Streit mit dem Heimatbischof Demetrius nicht

[106] PA IV 1,1 Gö, 669.
[107] PA IV 1,1 Gö, 671–675.
[108] PA IV 1,7 Gö, 693.
[109] PA IV 2,1 Gö, 701.
[110] PA IV 2,2 Gö, 705.
[111] PA IV 2,4 Gö, 709.
[112] PA IV 2,5 Gö, 715.
[113] PA IV 3,3 Gö, 739.
[1] Vgl. Max Schär, Das Nachleben des Origenes im Zeitalter des Humanismus (Basler Beiträge zur Geschichtswissenschaft 140). Basel–Stuttgart 1979. Lothar

unerwähnt läßt und Hieronymus nur Mißgunst und Neid als Gründe für die Anfeindungen des Origenes gelten lassen will, vermutet die neuere Forschung doch, daß schon Demetrius und sein Nachfolger Heraklas Origenes auch aufgrund seiner theologischen Anschauungen verurteilten. Auf alle Fälle finden sich im Gesamtwerk des Origenes Bemerkungen, daß Teile seines Schrifttums böswillig verfälscht wurden und man ihm zu Unrecht vorwerfe, er habe die Bekehrung des Teufels gelehrt, eine Position, die man noch heute gerne als dezidierte Meinung des Origenes in PA zu finden glaubt. Nach Eusebius[2] hat Origenes auch dem Papst Fabian in diesem Sinne geschrieben. Für Origenes verwendeten sich Dionysius (gest. 264/65), Firmilian (gest. um 268), Theognost und Pierius (gest. nach 309), die sich später als Lehrer und Bischöfe einen Namen machen sollten.

11.2 Wende vom 3. zum 4. Jahrhundert

In Alexandrien wahrten des Origenes Andenken die drei Leiter der Katechetenschule Dionysius, Theognost und Pierius, wobei der erstere sogar Bischof daselbst wurde. Der Kampf gegen vermeintliche origenische Positionen wurde jedoch bald von Antiochien in Syrien aus geführt mit dem seit 260 dort wirkenden Bischof Paul von Samosata an der Spitze. Einige Jahre später glaubten der alexandrinische Bischof Petrus und Methodius von Olympos (beide gest. 311), des Origenes Seelenlehre (Präexistenz) und seine Auferstehungslehre ablehnen zu müssen. Verteidigt wurde Origenes in diesen Tagen von Pamphilus aus Cäsarea, einem Schüler des Pierius, mit dem noch heute gültigen Hinweis, gewisse Ausführungen in PA „seien nicht als dogmatische Sätze, sondern vielmehr als tastende Schritte auf dem Weg zur Ergründung der Wahrheit zu werten“.[3] Die Verteidigungsschrift des Pamphilus enthielt orthodoxe Äußerungen des Origenes über die Trinität, die Inkarnation, die Allegorese, die Auferstehung, die Ewigkeit der Höllenstrafen sowie die Präexistenz und Metempsychose der menschlichen Seelen. Daß Origenes von der kirchlichen Lehre über die Seele abweicht, bestätigte hingegen Pamphilus. Dessen Schüler Eusebius hat uns eine Kurzvita und eine Sichtung der Werke des Origenes überlassen.

Lies, Origenes' Eucharistielehre im Streit der Konfessionen. Die Auslegungsgeschichte seit der Reformation (ITS 15). Innsbruck 1985.

[2] Kirchengeschichte VI 36,4.

[3] Schär, Nachleben, 27.

11.3 Erster Origenistenstreit

Ganz eingebunden in die arianischen Streitigkeiten ergriff Athanasius (295–373) Partei für Origenes und betonte, man müsse unterscheiden, was Origenes gelehrt habe und was man ihm andichtete. Hingegen kämpften Marcell von Ankyra, Apollinaris von Laodicea und Eustachius gegen Origenes. Endlich konnten die drei großen Kappadozier Basilius (um 330–379), Gregor von Nyssa (um 335–394) und Gregor von Nazianz (330–390) einen Ausgleich schaffen, sei es durch die Philokalie, sei es durch die Formulierung des trinitarischen Dogmas.

Der Kampf um Origenes wurde aber auch – nicht auf dogmatischem, sondern spirituellem Gebiet – besonders in den Kreisen des Mönchtums vorangetrieben. Als sogenannte Origenisten gelten Evagrius Ponticus (346–399), Didymus der Blinde (313–398) und Palladius (gest. vor 431) im Morgenland, während sich als Verteidiger des Origenes im Abendland Victorinus von Pettau (gest. 304), Hilarius von Poitier (um 315–367) und Eusebius von Vercelli (gest. 371) erweisen. Auch Ambrosius (334–397) und Augustinus (354–430) gehören zum Kreis der Origenes-Leser. Das eigenartige Verhältnis des Hieronymus (um 345–410) haben wir schon behandelt. Von Hieronymus stammt die Unterscheidung, den Exegeten Origenes zu lieben und den Dogmatiker Origenes zu verachten.

Diese großen Theologen waren mehr oder weniger mit dem Mönchtum verbunden. Dennoch hatte sich besonders im Osten ein Proletariat des Mönchtums entwickelt, das mit Fanatismus ergänzte, was seiner theologischen Halbbildung fehlte. Natürlich fanden auch solche Bewegungen ihre Sprecher, voran den Bischof Eusebius aus Zypern, der eine Spürnase für Häresien entwickelte, besonders für jene des Origenes, den er auch durch erfundene Greuelgeschichten verunglimpfte. Tatsächlich übernahmen ab 392 umherziehende Mönche den Kampf gegen Origenes und seine vermeintlichen Irrlehren. So wurde ein gewisser Mönch Aterbius im Kloster des Rufin auf dem Ölberg in Jerusalem nicht vorgelassen, während Hieronymus ihm Aufnahme in seinem Kloster in Bethlehem gewährte. Es kam nicht nur zum Bruch der Freundschaft des Rufin mit Hieronymus, es stand Kloster gegen Kloster auf. Metropoliten und sogar Päpste mußten sich gegen Origenes erklären. Der Patriarch Theophilus von Alexandrien (im Amt 385–412) wechselte vom Lager der Origenesfreunde ins Lager der Origenesgegner. Er ließ die Schriften des Origenes auf Synoden verurteilen, zog selbst in die Wüste und plünderte eigenhändig Origenesschriften. In seinem antiorigenischen Feldzug war er gedeckt vom römischen Papst Athanasius (399–402). Die Kaiser mußten eingreifen; der Origenesverehrer Johannes Chrysostomus (344/353–407) wurde seines Patriarchenstuhles in Konstantinopel enthoben. Was warf man nun dem großen Origenes vor?

„Vor allem ist es die allegorische Schriftauslegung, die immer wieder getadelt wird. Mit ihr rechtfertige Origenes seine sämtlichen gottlosen Lehren. Dazu gehörten die Vorstellungen von der Präexistenz der Seelen, dem vorweltlichen Sündenfall, der Seelenwanderung sowie der ätherischen Auferstehung. Nicht weniger ketzerisch sei aber auch die Christologie. Denn Origenes sei der Meinung, Gott-Vater sei für den Sohn unsichtbar, nicht der Logos, sondern die präexistente Seele des Heilands habe Menschengestalt angenommen, die Herrschaft Christi sei zeitlich begrenzt, und zur Erlösung der Dämonen müsse er selbst ein Dämon und als solcher zum zweiten Male gekreuzigt werden. Ferner lehre der Alexandriner auch die Beseeltheit der Himmelskörper sowie die Apokatastasis Satans am Ende der Zeiten; er befürworte magische Praktiken und sei Anhänger der Astrologie."[4]

Sicher ist manches derartige bei Origenes zu finden. Schaut man aber genauer hin, findet man in der ›Kephalaia gnostica‹ des Evagrius viele jener dem Origenes fälschlich zugeschriebenen Sätze. Sachlich handelt es sich beim obengenannten Streit weniger um eine Verurteilung von Sätzen des Origenes, sondern mehr um Sätze des Evagrius.

11.4 Zweiter Origenistenstreit

Man weiß, daß Pelagius (gest. nach 418) zur Begründung der menschlichen Willensfreiheit den Römerbriefkommentar des Origenes benutzte, daß in diesem Kommentar Origenes den Begriff der „theotokos" verwendet hatte, daß Cyrill von Alexandrien den Exegeten Origenes gerne benutzte. Auch Pseudo-Dionysius Areopagita (um 500) hat vieles von Origenes übernommen, wenngleich er die Leiblichkeit der Engel und vor allem die Apokatastasislehre ablehnte. Im Westen ist es Johannes Cassian (um 360–430/35), der Origenesschriften – allerdings mangelhaft – ins Lateinische übersetzte.

Als Gegner etablierten sich vor allem Diodor von Tarsus (gest. vor 394) und sein Schüler Theodor von Mopsuestia (um 350–428). Beide gehörten der Exegetenschule von Antiochien an und lehnten die allegorische Methode des Origenes ab. Ablehnend waren auch der arabische Bischof Antipater von Bostra (um 460) und der Abt Euthymius (gest. 473), der keine Origenisten in die von ihm gegründete „Laura" bei Jerusalem aufnahm. Papst Leo I. (440–461) lehnte Origenes wegen dessen Seelenlehre ab. Das ›Decretum Gelasianum‹, wahrscheinlich von einem südgallischen Mönch verfaßt und die damalige römische Haltung widerspiegelnd, läßt nur die

[4] A. a. O., 38.

von Hieronymus als orthodox bezeichneten exegetischen Bücher zu und verwirft die dogmatisch-philosophischen Werke des Origenes.

Der eigentliche Streit begann wiederum in Mönchskreisen, als der aus Edessa vertriebene Mönch Stephan bar Sudaili um 512 im Gebiet von Jerusalem erschien und gegen die in der „Neuen Laura" zusammengeschlossenen Mönche hetzte, sie des Origenismus bezichtigte und ganze Mönchsscharen, besonders jene aus der „Großen Laura" (Kloster des hl. Sabas) gegen die „Neue Laura" aufbrachte.

Die Auseinandersetzungen wurden tätlich geführt. Kaiser Justinian wurde in die Streitereien einbezogen, hatten sich doch die „Orthodoxen" über den Patriarchen Menas von Konstantinopel des Kaisers Gehör verschafft, obgleich der Fürsprecher der „Neuen Laura", der verschlagene Bischof und Kaiserfreund Theodor Askidas das zu verhindern suchte. Der Kaiser, vom frommen Wahn befallen, Lehrer der Kirche zu sein, entschied in einem Edikt von 543 gegen die Origenisten und verurteilte in zehn Anathematismen Sätze aus PA. Die Patriarchen hatten zu unterschreiben und auch Papst Vigilius (537–555) stimmte bei. Die Origenisten der „Neuen Laura" wurden vertrieben.

Längst war jedoch das Mönchsgezänk nicht beigelegt. Die Origenisten hatten die „Neue Laura" wieder besetzt, als ihr Anführer Nonnos (547) starb. Sie spalteten sich in die sich heftig bekämpfenden Parteien der Isochristen und der Protoktisten. Die gemäßigtere Partei der Protoktisten verband sich mit den Orthodoxen gegen die extremen Isochristen; wieder kam es 552 zur Anklage beim Kaiser.

Wegen des „Dreikapitelstreites" war eine allgemeine Synode, das 5. ökumenische Konzil, einberufen worden. Der Kaiser ließ von den anwesenden Vätern noch vor Beginn des Konzils einen von ihm selbst verfaßten Brief mit 15 Anathematismen wörtlich bestätigen. Wenngleich hier der Name des Origenes nicht erwähnt wird, so wird er doch am Ende des Konzils zwischen den anderen Ketzern aufgeführt.

„Wie schon die Origenes-Gegner des endenden 4. Jahrhunderts und das Edikt von 543, so verwerfen auch die 15 Anathematismen von 553 die Lehre von der Präexistenz der Seelen (Anath. 1) und der ‚Apokatastasis panton' (Anath. 12/15), die Meinung, die Gestirne seien beseelt (Anath. 3), und die Ansicht, der Auferstehungsleib besitze die ideale Gestalt einer Kugel (Anath. 10). Darüber hinaus begegnen uns jedoch auch Anschauungen, die bisher noch keine Erwähnung gefunden hatten. Die Spekulationen über Abfall, Differenzierung und schließlich Wiederherstellung der vernünftigen Wesen erscheint erheblich erweitert und ausgebaut, und die Christologie hat eine Veränderung in dem Sinne erfahren, daß Christus in der Apokatastasis als von den anderen Intelligenzen nicht mehr verschieden gedacht wird (Anath. 12/13). Diese Relativierung des Herrn dürfte, wie schon der

Name besagt, die besondere Häresie der Isochristen gewesen sein, gegen welche sich die Anathematismen von 553 denn auch wohl hauptsächlich richteten, entsprechend der Klageschrift, die dem Kaiser eingereicht worden war."[5]

Man beachte, daß die Verurteilung der Sätze, die man aus dem Zusammenhang von PA herausgerissen hatte, nicht angibt, ob es sich um solche handelt, die Origenes dezidiert gelehrt hatte.

11.5 Mittelalter

11.5.1 Der Osten

Alle östlichen Synoden (Konzilien) haben Origenes verurteilt. Die Theologen stützten sich in ihrem Urteil meist auf die Schriften Justinians oder auf das Panarion des Epiphanius. Apokatastasis, Weltenkreislauf, Leugnung der leiblichen Auferstehung und der ewigen Höllenstrafen werden ihm als Häresien vorgeworfen. Besonders durch die Allegorese sei unser Alexandriner zu einem „kakophronen" Denken gekommen. Vor allem Photius (um 820–890) tat sich hier hervor und nannte Origenes den „Ausbund der Blasphemie" und den „Inbegriff aller Häresie".

Dennoch sind die Origenestexte nicht gänzlich verschwunden. Auch sein Denken wurde über die Kappadozier, Athanasius und Evagrius weitergegeben. Allerdings ist von Origenes' Schrift PA kein einziges griechisches Exemplar auf uns gekommen, wohl aber griechische Bibelkommentare. Wir haben hier einen Hinweis, wie sehr Origenes selektiv tradiert wurde. Besonders über die spirituelle Tradition des Evagrius Ponticus ist Origenes wirksam geworden bei den Mystikern Johannes Klimax Thalassios, Symeon dem Theologen, Niketas, Stethatos und Gregorios Palamas. Zur Förderung der Bibelexegese entstanden die sogenannten Katenen, die ihrerseits längere oder kürzere Auslegungen des Origenes enthielten. Hingegen war die Apologie ›Contra Celsum‹ besonders in Auszügen weit verbreitet. Dogmatisch kam die östliche Theologie nach Johannes von Damaskus (um 670–750) mehr ins aristotelische Fahrwasser. Der Boden für ein Aufkeimen origenischer Gedanken wurde von Jahr zu Jahr karger. Einziger Byzantiner, der Origenes wirklich gekannt hat, sollte der Kardinal Bessarion werden.

[5] A. a. O., 47.

11.5.2 Der Westen

Trotz der offiziellen Ablehnung des Origenes (z. B. Decretum Gelasianum) ereignete sich im 9.–12. Jahrhundert eine Origenes-Renaissance. Dank der Übersetzungen des Hieronymus und des Rufin, aber auch der Collationes des Cassian, konnte Origenes dem Mittelalter erschlossen werden: Isidor von Sevilla, über ihn dem Beda Venerabilis (673/74–725). Alkuin (um 730–804) lernte Origenes in etwa kennen aus anderen Schriftstellern. Paulus Diaconus (720–799) nahm sechs Predigten des Origenes in sein Homiliar auf. Namen wie Gottschalk von Orbais, Hinkmar von Reims, Johannes Scotus Eriugena, Paschasius Radbertus (790–856/59) und Rabanus Maurus (780–856) führen zu Gedanken des Origenes.[6]

Im 12. Jahrhundert ist vor allem Bernhard von Clairvaux (1090–1153) zu nennen, der des Origenes Schrifttum unmittelbar für seine Predigten verwendet.[7] Zu vermerken sind auch Männer wie Wilhelm von St. Thierry (gest. 1148), der Abt von St. Blasien Werner von Küssenberg sowie Hugo, Andreas und Richard von St. Victor. Vor allem die spirituelle Bibelauslegung und ihre Allegorese, die hermeneutische Methode des Origenes, hatten es ihnen angetan. Besonders der Hohe-Lied-Kommentar des Alexandriners war sehr beliebt, ist doch dort Origenes in starkem Maße Lehrer des geistlichen Lebens. Dennoch besaß schon Bernhard von Clairvaux die rufinische Übersetzung von PA. Schon im 9. Jahrhundert finden wir ein Exemplar von PA in der Klosterbibliothek von St. Gallen. Johannes Scotus Eriugena zitiert aus PA. Seine Frühschrift ›De praedestinatione‹ ist von Origenes' PA beeinflußt, ohne jedoch dessen Vorstellung von einer präexistenten geistigen Schöpfung anzunehmen. Im allgemeinen werden die Häresien aus PA abgelehnt von Alkuin, Rabanus Maurus, Manegold von Lautenbach (um 1030–um 1103). Bernhard kritisiert die Trinitätslehre des Origenes. Allerdings gibt es auch Stimmen, die Origenes von der Ketzerei freisprechen und die Häresien in PA als untergeschoben interpretieren wollten.

In die Scholastik konnte Origenes keinen Einzug halten; Albertus Magnus (1193/1200), Bonaventura (1221–1274) und Duns Scotus (um 1270–1308) kannten Origenes nur aus Glossen und Sentenzenkommentaren. Thomas von Aquin (1225–1274) dürfte da und dort Origenes selbst konsultiert haben, allerdings abweisend. Auch der mittelalterlichen Mystik war eine Origenesrezeption verwehrt.

[6] Vgl. dazu auch Lothar Lies, Origenes und die Eucharistiekontroverse zwischen Paschasius Radbertus und Ratramnus. In: Zeitschrift für katholische Theologie 101 (1979), 414–426.

[7] Vgl. auch Luc Brésard, Bernard et Origène commentent le Cantique. Forges 1983.

11.6 Humanisten

11.6.1 Italien

Die Humanisten Francesco Petrarca (1304–1374), Giovanni Boccaccio (1313–1375), Coluccio Salutati (1331–1406) kannten vor allem des Origenes exegetische Methode; andere Humanisten sammelten Handschriften; manche, etwa Francesco de Fiano, schmähten ihn im Vergleich mit den heidnischen Poeten. Erst Kardinal Bessarion kannte Origenes, besaß er doch Handschriften von ›Contra Celsum‹ und der Philokalie. Er distanzierte sich jedoch von des Origenes philosophisch-theologischen Spekulationen. Matteo Palmieri (1406–1475) zeigte in seinem Lehrgedicht ›La città di vita‹ Anklänge an Origenes' Gedanken in PA. Eine strikte Abhängigkeit ist jedoch schwer zu beweisen. Hingegen nannte Marsilio Ficino (1433–1499) Origenes einen Platonschüler, zitierte aus PA und ›Contra Celsum‹, und dies im Zusammenhang mit Erörterungen über die Geistwesen, Engel und Dämonen, die Seelenwanderung und die Sterne, dürfte aber kaum, obgleich den Origenes bewundernd, in sein Denken eingedrungen sein. Lorenzo Bonicontri (1410–1491) zieht zur Rechtfertigung seiner eigenen Seelenlehre PA heran; Piereleone Leoni (gest. 1492) besaß ein Manuskript von PA.

Der päpstliche Bibliothekar Christophero Persona (um 1416–1485) besorgte 1481 eine erste ›Contra Celsum‹-Ausgabe. Diese Übersetzung ins Lateinische ist auf Ablehnung gestoßen. In eine Auseinandersetzung mit der Theologie des Kirchenvaters trat Persona nicht ein. Seine Übersetzung fand jedoch Eingang in die von Merlin und Erasmus besorgten Gesamtausgaben.

Pico della Mirandola (1463–1494) versuchte Origenes als erster in großem Stil zu verteidigen und veröffentlichte dazu 900 Thesen. Gegen ihn schrieb der spanische Bischof und päpstliche Bibliothekar Pedro Garcia (um 1440–1505) eine „ahnungslose" Entgegnung.[8] Es kam jedoch zu einer kirchlichen Verurteilung des Pico und so auch einschlußweise des Origenes. Pico schrieb 1487 eine Apologie und beteuerte, Origenes habe allein in der Seelenlehre geirrt. Dennoch sei ihm kein Vorwurf zu machen, da die Kirche damals noch keine lehramtliche Entscheidung verlautbart hatte. Viele Ansichten, die sich später als falsch erwiesen, so argumentierte Pico weiter, habe Origenes „neque dogmatice neque assertive", sondern „dubitative semper et inquisitive" vorgetragen. Seine Irrtümer seien auch keine Sünde, weil ein „error intellectus" keine „malitia et perversitas in voluntate" sei.[9] Im übri-

[8] Henri Crouzel, Une Controverse sur Origène à la Renaissance: Jean Pic de la Mirandole et Pierre Garcia. Textes présentés, traduits et annotés. Paris 1977.

[9] Zitiert bei Schär, Nachleben, 133f.

gen sind die von Pico ansonsten vorgetragenen Argumente nicht neu. Dennoch kann man auch Pico keine intime Kenntnis des Origenes zusprechen, vielmehr eine geistige Verwandtschaft. Dennoch gilt als wahrscheinlich, daß er PA in der rufinischen Übersetzung studiert hat.

Bei den nun in Venedig erscheinenden Druckausgaben (z. B. Aldo Manuzio [1449–1515] im Jahre 1503) wagte man keine von PA; was man über den Alexandriner sagte, ist alles aus anderen Kirchenvätern übernommen. Vor allem sah man in Origenes den Mönch und Asketen, so im Römerbriefkommentar durch Theophilus Salodianus, der ihn 1506 bei Simon de Luere herausbrachte. Auch die Ausgabe des Lazaro Sorardes (1513) verzichtete auf PA, holte dies aber 1514 in der Ausgabe der dogmatischen Schriften nach; allerdings dies mit absichernden Vorworten und Einleitungen, die ihrerseits wieder hohen kirchlichen Würdenträgern gewidmet waren. Diese Vorworte und Einleitungen des Constantius Hyerothaeus behandelten vor allem die Rechtgläubigkeit des Origenes. Im allgemeinen wurde jedoch der „dogmatische“ Origenes mit seinen Schriften PA und ›Contra Celsum‹ nicht rezipiert, allein sein exegetisches Werk wurde „ausgeschlachtet“. Ansonsten ist jedoch keine tiefere Kenntnis des Origenes anzutreffen.

11.6.2 Frankreich

Bei dem die Väter oft zitierenden Gerson (1363–1429) spielte Origenes und besonders PA keine Rolle. Bei Guillaume Fichet (geb. 1433), zugleich Freund des schon erwähnten Kardinal Bessarion, kam Origenes die Bedeutung eines Kirchenreformators, Seelenhirten und Predigers zu. Obwohl da und dort Homilien des Alexandriners im Druck erschienen waren, gilt als der eigentliche Begründer der Origenesrenaissance der Franziskaner-Guardian Jean Vitrier. Auch er nannte Origenes einen unübertrefflichen spirituellen Exegeten. PA war ihm nicht von großer Bedeutung.

Jacques Merlin gab 1512 bei Jean Petit und Josse Bade in Paris die erste französische Gesamtausgabe heraus. Für PA verwendete er Rufins Übersetzung, die ihm in einer Handschrift vorlag. Diese Ausgabe hat starke Kritik gefunden; zu unrecht, da die vorliegende Handschrift (Parisinus Latinus 17348) relativ fehlerhaft war. Merlin bewunderte vor allem den Bibeltheologen Origenes, seine geistliche Allegorese, den mystischen Schriftsteller, verteidigte ihn als Heiligen, als Mann der Kirche, als Rechtgläubigen, von dem die Schar der Theologen nach ihm lebte, zitierte seine Verteidiger in der Alten Kirche und führte die neueren Verteidiger an. Er wagte es sogar, die Origeneskritiker anzugreifen, besonders Hieronymus und den Papst Gelasius (Gelasianum). „Mit Hilfe von zahlreichen Zitaten aus den Homilien zu Numeri, Josua, Jesaja, Ezechiel, den Psalmen sowie aus dem Römerbriefkommentar legt der Professor dar, daß die eschatologischen Vorstellungen des Meisters völlig unanfechtbar seien. Weder sei der Alexandriner der Meinung gewesen, der Teufel würde am Ende der Tage bekehrt, noch habe er das Höllenfeuer als zeitlich begrenzt betrachtet."[10] Irrtümer sind nach Merlin Interpolationen von fremder Hand. Eventuell haben die Schnellschreiber sich beim Diktat verhört und seien vielleicht auch beim Schreiben nicht mitgekommen. Mancher Irrtum gehe auch zu Lasten der Übersetzer. Im übrigen habe Origenes „sub dubio", nicht im definitiven Sinn einer „assertio" geredet.

Merlin hatte also inhaltlich nichts wesentlich Neues zur Verteidigung des Origenes vorgebracht, was nicht schon vorher gesagt und geschrieben worden war. Allerdings verschwieg der Professor der Sorbonne die (gesamtkirchliche) Verurteilung vom Jahre 553. Eine Haltung, die wohl in seinem gallikanischen Konziliarismus begründet ist? Aufallend ist, daß Merlin den Origenes von allen Fehlern und jeder Häresie freisprach. Die erwähnte Textausgabe lag Erasmus, Konrad Peutinger und Huldrich Zwingli vor.

Symphorien Champier (um 1471–1537), der Lyoner Leibarzt Franz' I., stand den italienischen Platonikern nahe und bekundete sein Interesse an Origenes als dem Philosophen und Dogmatiker. Besonders an der Materieauffassung des Origenes war der Arzt interessiert. Zur Verteidigung des Origenes griff er auf Bessarion und andere zurück. Zudem schwächte er die Apokatastasisauffassung, die trinitarischen Irrtümer und die falsche Auferstehungshoffnung ab.

Natalis Beda (gest. 1536/37), der Syndikus der theologischen Fakultät der Sorbonne, war als „Humanistenschreck"[11] bekannt. Ihn reizte die in der Origenesausgabe des Merlin verbreitete Verteidigung des Alexandriners. Christian Massaeus (1469–1546) hatte eine Entgegnung ›Dialogi‹ gegen Merlins Apologie geschrieben und sie vor dem Druck der Pariser theologischen Fakultät zur Überprüfung vorgelegt. Beda machte sich dieses Anliegen zu eigen. Merlin seinerseits versuchte nun, die Drucklegung des Angriffes auf seine Arbeit zu vereiteln. Er gab seine Apologie ebenfalls zur Zensur der Fakultät, versuchte aber gewisse Mitglieder des Lehrkörpers auszuschließen. Dazu ging er vor Parlament und Gericht. Der Streit zog sich hin, bis die ›Dialogi‹ am 1. Februar 1527 die Druckerlaubnis doch erhielten. Heute sind sie verschwunden.

Beda legte sich auch mit Erasmus an und warf ihm Unbesonnenheit im Gebrauch des Origenes vor, tadelte die origenische Trinitätslehre, die einen Arius hervorgebracht hatte; zugleich apostrophierte Beda die Freiheitslehre des Alexandriners, vor allem aber seine allegorische Methode. Der

[10] Schär, Nachleben, 203.
[11] Vgl. A. a. O., 212.

Vorwurf gegen Origenes wurde so zu einem Vorwurf gegen Erasmus und umgekehrt. Tiefer gesehen war es der Kampf der Schultheologie gegen eine neue Art, den Glauben zu verstehen.

Calvin (1509–1564) und sein Nachfolger Theodor Beza (1519–1605) lehnen den Dogmatiker und Exegeten Origenes aufgrund ihrer reformatorischen Ansätze ab.[12]

11.6.3 Deutschland

Jan Hus (um 1370–1415) und sein Lehrer John Wiclif haben für den Exegeten und Lehrer des geistlichen Lebens große Sympathien geäußert, später dann der Kölner Kartäusermönch Werner Rolevink (1425–1502). Es ist jedoch nicht sicher, ob letzterer eigene Origenesstudien betrieb. 1475 erschien in Köln der erste Origenesdruck mit Homilien. Johannes Trithemius von Sponheim (1462–1516) berichtete in seinem ›Liber de scriptoribus ecclesiasticis‹ von den differierenden Meinungen über Origenes, wollte aber das endgültige Urteil der Kirche überlassen. Nach einer knappen Würdigung der Person des Alexandriners führt Trithemius ein Verzeichnis der vorhandenen Werke auf.

Wirklich Origenes und vor allem PA haben gelesen Hartmann Schedel und Conrad Celtis (1459–1508); Johannes Reuchlin (1455–1522) rückte von Origenes ab; er vertrat jedoch die Ansicht, PA sei nicht von Origenes verfaßt.

Einen eigentlichen Kenner des Origenes finden wir in Erasmus (1469–1536). Es würde zu weit führen, die umfangreiche Kenntnis des Rotterdamers hier darzustellen.[13] Erasmus war begeistert von der origenischen Logostheologie, die er in ihrer heilsökonomischen Ausrichtung erkannte, ebenso von seiner Fegfeuerlehre, seiner geistlich-anagogischen Schriftauslegung. Zugleich wies er den Vorwurf zurück, mit der Allegorese lege Origenes die Schrift willkürlich aus. 1516 kam eine neunbändige Hieronymusausgabe bei Froben heraus, die auch Origenesschriften enthält. In seinen Vorworten zu seiner ebenfalls 1516 erschienenen Ausgabe des griechischen Neuen Testamentes rühmt Erasmus unseren Alexandriner als hervorragenden Exegeten.

Die eigentliche Bedeutung erhielt jedoch Origenes in der Auseinandersetzung zwischen Luther und Erasmus durch die lutherische Entgegnung ›De servo arbitrio‹ (1525) gegen des Erasmus ›De libero arbitrio‹ (1524). Es

[12] Lothar Lies, Origenes' Eucharistielehre im Streit der Konfessionen. Die Auslegungsgeschichte seit der Reformation (ITS 15). Innsbruck 1985.

[13] Vgl. Schär, Nachleben, 245–255.

ging im wesentlichen um die in PA ebenfalls behandelte Verstockung Pharaos (Ex 9,16; Röm 9,17). Erasmus berief sich ausdrücklich auf Origenes, wenn er die menschliche Freiheit verteidigt. Erasmus erkannte auch, wie sehr das origenische Bild vom guten und gerechten Gott hier ins Spiel kommt und man allegorisch und tropisch die Schrift auslegen muß, um diesem Gottesbild zu entsprechen. Andernfalls kommt man in Aporien wie die der Prädestination. Nicht nur das trichotomische Menschenbild hat Erasmus mit Origenes gemein, sondern auch das „undogmatische" Theologisieren. Vor allem sollte man das einfache Volk nicht mit den noch ungeklärten Fragen überfordern. Auch hier ist Origenes nach Erasmus richtig vorangegangen.

Luther antwortete: Gottes Wort ist überall auszurichten. Theologie ist Verkündigung. Der Reformator kämpfte gegen die origenische Trichotomie, weil es sich nach der Schrift nicht um eine philosophisch-ontologische Aussage über den Menschen handelt, sondern um eine theologische, wie Gott den Menschen sieht. Zugleich lehnte Luther des Origenes symbolische Auffassung vom Abendmahl ab, weil diese nicht dem klaren Wort Gottes in der Schrift entspricht. Vehement wehrte sich Luther gegen jeden Versuch, die Heilige Schrift zu spiritualisieren oder zu allegorisieren. Wohl dürfte er sich auch gegen die origenische Apokatastasis verwahrt haben.

Man sollte jedoch nicht meinen, Erasmus habe Origenes unkritisch übernommen; er tadelte die arianisierende (subordinatianistische) Trinitätslehre und die platonische Kosmologie des Alexandriners.

Um Origenes hat sich der Rotterdamer besonders mit seiner posthum (1537) erschienenen Gesamtausgabe verdient gemacht. Es handelt sich um eine leicht veränderte Neuauflage der Edition Merlins. Erasmus war u. a. um den Nachweis bemüht, daß der Römerbriefkommentar nicht von Hieronymus stammt, sondern tatsächlich Rufins Übersetzungsarbeit ist. Die Ausgabe des Erasmus erschien in zwei weiteren Auflagen (1545 u. 1557).

In Sonderdrucken versuchten andere Verleger Exzerpte aus dem Predigtwerk des Origenes zu veröffentlichen und den Predigern zugänglich zu machen. Auch die Wiedertäufer griffen auf Origenes zurück. Bald sollte das Werk des Origenes ein Zankapfel zwischen den drei großen Konfessionen werden.

Auch Huldrich Zwingli (1484–1531) war über Erasmus und seine Basler Zeit an Origenes herangekommen und besaß die Merlinausgabe von 1512. Er beschäftigte sich besonders mit ›Contra Celsum‹, PA und den Homilien. Der Matthäuskommentar lag einer eigenen Predigtreihe zugrunde, während die dogmatisch-spekulativen Ideen des Origenes keinen Eindruck auf Zwingli zu machen schienen. Dennoch neigte er dazu, die Erlösung der gefallenen Engel anzunehmen, verwarf sie aber dann wieder, blieb aber der

Apokatastasislehre nahe, lobte vor allem die spiritualistische Abendmahlslehre.

Johannes Oekolampad (1482–1531) war der origenisch-allegorischen Auslegungsmethode zunächst zugetan, verwarf sie aber dann aus theologischen Gründen, ebenso die Fegfeuerlehre und die Begrenztheit der Höllenstrafen. Heinrich Bullinger (1504–1575) urteilte ähnlich. Martin Luthers Stellungnahme zur Allegorese und zu seinen „Dogmata“ war vernichtend. Philipp Melanchthon (1497–1560) urteilte etwas gemäßigter. Sei doch Origenes Zeuge für einzelne Glaubensartikel wie Trinität, Zwei-Naturen-Lehre, Kindertaufe, Abendmahl etc. Allerdings sei Origenes auch der Zerstörer der Schriftauslegung. Aufgrund der reformatorischen Rechtfertigungslehre lehnte Melanchthon die origenische Soteriologie ab, die ihren Grund in der allegorischen Auflösung der Schrift findet.

Johannes Eck (1486–1543) kannte und schätzte den Exegeten Origenes, ebenso tat dies Johannes Cochläus (1479–1552). Beide verteidigten die in PA und im Römerbriefkommentar von Origenes entfaltete Willensfreiheit.

11.7 Neuzeit

In der Neuzeit gingen Theologie und Philosophie eigene Wege. Beide Wege sind auch von Origenes beeinflußt. Wir müssen jedoch gestehen, daß weder für die Theologie noch für die von ihr emanzipierte Philosophie der Einfluß des Origenes bisher umfassend dargestellt wurde. Daher können wir uns hier nur in Andeutungen ergehen. Als Hinweis für das immense Bemühen um die authentischen Texte, Übersetzungen und monographische Bearbeitungen sei auf die heute mehr und mehr ansteigende Origenesliteratur verwiesen.[14]

11.7.1 Theologie

Meine eigene Untersuchung über die Rezeption der Eucharistieauffassung des Alexandriners[15] macht eines deutlich: Sowohl der Exeget als auch

[14] Vgl. Henri Crouzel, Bibliographie critique d'Origène (Instrumenta Patristica VIII). Den Haag u. Steenbrugge 1971; Ders., Bibliographie critique d'Origène. Supplément I (Instrumenta Patristica VIII A). Den Haag u. Steenbrugge 1982. Ein dritter Supplementband ist in Vorbereitung. Zugleich sei auch auf die Kongreßakten ›Origeniana‹ der bisher vier internationalen Origeneskolloquien verwiesen (vgl. Literaturverzeichnis).

[15] Lothar Lies, Origenes' Eucharistielehre im Streit der Konfessionen. Die Auslegungsgeschichte seit der Reformation (ITS 15). Innsbruck 1985; Ders., Rezeption

der Dogmatiker Origenes waren allezeit unter den Theologen bekannt. Allerdings wurde man weder dem einen noch dem anderen aus kontroverstheologischem Interesse gerecht. Vor allem mußte Origenes herhalten für die „protestantische" Theorie der Hellenisierung des Christentums (v. Harnack und Vorläufer, z. B. der Historiker Neander). Die Hellenismuskritik, die auch in Origenes steckt und besonders in PA und ›Contra Celsum‹ zum Ausdruck kommt, übersah man gänzlich. Erst in den letzten 50 Jahren wurde Origenes in seiner ganzen Bedeutung entdeckt. Namen wie de Lubac und Crouzel, vor allem die von Crouzel initiierten ›Origeniana‹[16] sind deutliche Zeichen dafür.

In diesen Tagen ist eine Arbeit über die Apokatastasislehre des Origenes[17] erschienen, deren Verfasser bei Karl Barth (1886–1968) und bei Hans Urs von Balthasar (1905–1989) Einflüsse des Origenes feststellen kann. Schon vorher hatte man des Origenes Denken bzw. Elemente dieses Denkens bei Schleiermacher, J. H. Newman, Fr. Chr. Oetinger, Julius Müller, E. Troeltsch und P. Tillich entdeckt. Allerdings ist, wie gesagt, eine Rezeptionsgeschichte von PA in der Theologie noch Desiderat. Daß die Allversöhnungslehre stets vertreten wurde, zeigt besonders die Geschichte des Pietismus.[18]

der Eucharistielehre des Origenes bei den Reformatoren. In: Origeniana tertia. Rom 1985, 287–303.

[16] Origeniana. Premier colloque international des études origéniennes (Montserrat, 18–21 septembre 1973) dirigé par Henri Crouzel, Gennaro Lomiento, Josep Rius-Camps (Quaderni di ›Vetera Christianorum‹ 12). Bari 1975. – Origeniana secunda. Second colloque international des études origéniennes (Bari, 20–23 septembre 1977). Textes rassemblés par Henri Crouzel, Antonio Quacquarelli (Quaderni di ›Vetera Christianorum‹ 15). Rom 1980. Origeniana tertia. The Third international Colloquium for Origen Studies (University of Manchester, September 7th–11th 1981). Papers edited by Richard Hanson and Henri Crouzel. Rom 1985. Origeninia quarta. Die Referate des 4. Internationalen Origeneskongresses (Innsbruck, 2.–6. September 1985). Hrsg. von Lothar Lies (ITS 19). Innsbruck 1987. Origeniana quinta (Boston 1990) wird demnächst erscheinen.

[17] Werner van Laak, Allversöhnung. Die Lehre von der Apokatastasis. Ihre Grundlegung durch Origenes und ihre Bewertung in der gegenwärtigen Theologie bei Karl Barth und Hans Urs von Balthasar (SthTSt 11). Sinzig 1990. Vgl. zu v. Balthasar auch Werner Löser, Im Geist des Origenes (FthSt 23). Frankfurt 1976.

[18] Vgl. die kurzen Notizen und die Literatur bei Werner van Laak, Allversöhnung, 16–19.

11.7.2 Philosophie

Noch weniger erforscht ist der Einfluß des origenischen Denkens auf die neuzeitliche Philosophie. Hier dürfte unser Alexandriner durch den Einfluß Platons bzw. platonischen und besonders neuplatonischen Denkens in den Schatten geraten sein. Dennoch hatte man besonders in der Zeit der Aufklärung Gedanken, wie wir sie in PA fanden, neu zu diskutieren begonnen. Auch Leibniz fühlte sich mit seiner Lehre von der Welt freier Geister und von der Erlösung durch eine allgemeine Vergeistigung Origenes verwandt. Lessing läßt an Origenes denken, wenn er von der Erziehung des Menschengeschlechtes spricht, das einem Zeitalter des ewigen Evangeliums zustrebt. Neuerdings wurde bei aller Unterschiedenheit eine starke Verwandtschaft zwischen Schelling und Origenes' Gedanken in PA nachgewiesen,[19] wenngleich eine strenge literarische Abhängigkeit nicht aufgezeigt werden konnte. Längst ist die geistesgeschichtliche Rezeption der Gedanken von PA auch unter den Philosophen nicht abgeschlossen.

[19] Karl Hunstorfer, F. W. J. Schelling und Origenes. Ein problemgeschichtlicher Vergleich. Diss.masch. Innsbruck 1990.

LITERATURVERZEICHNIS

Auf die Artikel in den bekannten Nachschlagewerken wie DThC, LThK, PW, RE, RGG, TRE, die Darstellungen der Patrologie, der Kirchen-, Dogmen- und Theologiegeschichte sowie auf die ›Bibliographia Patristica‹ (hrsg. von W. Schneemelcher) sei hier allgemein verwiesen. Ebenso auf das die ältere Literatur berücksichtigende und in einem eigenen Verzeichnis darstellende Werk ›Origenes vier Bücher von den Prinzipien‹. Hrsg., übers. und mit kritischen und erläuternden Anmerkungen versehen von Herwig Görgemanns und Heinrich Karpp (Texte zur Forschung, Bd. 24). Darmstadt 1976 ([2]1985). Unser folgendes Verzeichnis bringt nur die wichtigere ältere Literatur und jene, die noch nicht in Görgemanns-Karpp (Gö) aufgenommen ist.

I. Forschungsberichte und Bibliographien

Berner, Ulrich: Origenes (Erträge der Forschung 147). Darmstadt 1981.

Crouzel, Henri: Origène et la «Connaissance Mystique» (Collection Museum Lessianum, section théologique 56). Bruge–Paris 1961, 537–578.

–: Bibliographie critique d'Origène (Instrumenta Patristica VIII). Den Haag–Steenbrugge 1971.

–: Bibliographie critique d'Origène. Supplément I (Instrumenta Patristica VIII A). Den Haag–Steenbrugge 1982.

Origeniana: Premier colloque international des études origéniennes (Montserrat, 18–21 septembre 1973). Dirigé par Henri Crouzel, Gennaro Lomiento, Josep Rius-Camps (Quaderni di ›Vetera Christianorum‹ 12). Bari 1975.

Origeniana secunda: Second colloque international des études origéniennes (Bari, 20–23 septembre 1977). Textes rassemblés par Henri Crouzel, Antonio Quacquarelli (Quaderni di ›Vetera Christianorum‹ 15). Rom 1980.

Origeniana tertia: The Third international Colloquium for Origen Studies (University of Manchester, September 7th–11th 1981). Papers edited by Richard Hanson and Henri Crouzel. Rom 1985.

Origeniana quarta: Die Referate des 4. Internationalen Origeneskongresses (Innsbruck, 2.–6. September 1985). Hrsg. von Lothar Lies (ITS 19). Innsbruck 1987.

Origeniana quinta: (Boston 1990) werden demnächst erscheinen.

Ricken, Friedo: Philosophie der Antike (Grundkurs Philosophie 6). Stuttgart u. a. 1988.

Tripolitis, Antonia: Origen. A Critical Reading (American University Studies). New York u. a. 1985.

II. Gesamtdarstellungen

1. Neueres Lehrbuch der Dogmengeschichte

Andresen, Carl (Hrsg.), Handbuch der Dogmen- und Theologiegeschichte. Bd. 1: Die Lehrentwicklung im Rahmen der Katholizität. Göttingen 1982.

2. Umfassende Monographien

Crouzel, Henri: Origène. Paris–Namur 1985.

Daniélou, Jean: Origène (Le Génie du Christianisme. Collection publiée sous la direction de François Mauriac de l'Académie française). Paris 1948.

Nautin, Pierre: Origène. Sa vie et son œuvre (Christianisme Antique 1). Paris 1977.

Redepenning, Ernst Rudolf: Origenes. Eine Darstellung seines Lebens und seiner Lehre. 2 Bde. Bonn 1841. Neudruck Aalen 1966.

Tripolitis, Antonia: Origen. A critical Reading (American University Studies, Series VII: Theologiy and Religion 8). New York 1985.

III. Leben und Persönlichkeit

Cadiou, René: La jeunesse d'Origène. Histoire de l'école d'Alexandrie au début du IIIe siècle. Étude de Théologie Historique. Paris 1935.

Crouzel, Henri: Notes critiques sur Origène: 1. Encore Origène et Ammonius Saccas. In: BLE 59 (1958), 3–7.

–: L'École d'Origène à Césarée. Postscriptum à une édition de Grégoire le Thaumaturge. In: BLE 71 (1970), 15–27.

Dörrie, Heinrich: Ammonius, der Lehrer Plotins. In: Hermes 83 (1955), 439–477.

Eusebius von Caesarea: Kirchengeschichte. Hrsg. und eingel. von Heinrich Kraft. München 1967. Die Übersetzung von Philipp Haeuser (Kempten 1932) wurde neu durchgesehen von Hans Armin Gärtner.

Grant, Robert M.: Early Alexandrian Christianity. In: Church History 40 (1971), 133–144.

–: Eusebius and his Lives of Origen. In: Forma Futuri. Studi in onore del Cardinale Michele Pellegrino. Turin 1974.

Gregorius Thaumaturgos: Des heiligen Gregorius Thaumaturgos ausgewählte Schriften. Aus dem Griechischen übers. von Dr. P. Hermann Bourier OSB (Bibliothek der Kirchenväter o. Nr.). Kempten u. München 1911, 211–259 (bzw. 1–49).

Hanson, Richard P. C.: A Note on Origen's Self-Mutilation. In: VChr 20 (1966), 81–82.

Hornschuh, Manfred: Das Leben des Origenes und die Entstehung der alexandrinischen Schule. In: Zeitschrift für Kirchengeschichte 71 (1960), 1–25, 193–214.

Kettler, Franz Heinrich: War Origenes Schüler des Ammonios Sakkas? In: Epektasis. Mélanges patristiques offerts au Cardinal Jean Daniélou. Publiés par J. Fontaine et Ch. Kannengiesser. Paris 1972, 327–334.

Knauber, Adolf: Das Anliegen der Schule des Origenes zu Cäsarea. In: Münchener Theologische Zeitschrift 19 (1968), 182–203.

Lies, Lothar: Vom Christentum zu Christus nach Origenes ›Contra Celsum‹. In: Zeitschrift für katholische Theologie (ZKTh) 112 (1990), 150–177.

Nemeshegyi, Peter: La personnalité d'Origène. L'«Étude sur Origène» du professeur Tetsutaro Ariga. In: BLE 64 (1963), 3–8.

Richardson, Cyril: The condemnation of Origen. In: Church History 6 (1937), 50–64.

Theiler, Willy: Ammonius der Lehrer des Origenes. In: Forschungen zum Neuplatonismus. Berlin 1966, 1–45.

Tröger, Karl-Wolfgang: Mysterienglaube und Gnosis im Corpus Hermeticum XIII. Berlin 1971.

Weber, Karl-Otto: Origenes der Neuplatoniker (Zetema 27). München 1962.

IV. Die Schrift ›Peri archon‹ und das System

Brühl, Leo: Die Erlösung des Menschen durch Jesus Christus. Anthropologische und soteriologische Grundzüge in der Theologie des Origenes. Theol. Diss. Münster i. W. 1970.

Cadiou, René: Introduction au système d'Origène. Paris 1932.

Chadwick, Henry: Early Christian Thought and the Classical Tradition. Studies in Justin, Clement, and Origen. Oxford 1966.

Crouzel, Henri: Origène est-il un systématique? In: BLE 60 (1959), 81–116.

–: Origène et la philosophie (Collection Théologie 52). Paris 1962.

–: Les personnes de la Trinité sont-elles de puissance inégale selon Origène, ›Peri Archon‹ I, 3, 5–8. In: Gregorianum 57 (1976), 109–125.

–: Les fins dernières selon Origène. Aldershot 1990.

–: L'apocatastase chez Origène. In: Ders., Les fins dernières selon Origène. Aldershot 1990, XII, 282–290. Erstveröffentlichung in L. Lies (Hrsg.), Origeniana quarta. Innsbruck 1987, 282–290.

–: «Quand le Fils transmet le Royaume à Dieu son Père»: L'interprétation d'Origène. In: Ders., Les fins dernières selon Origène. Aldershot 1990, XIII, 359–384.

Dorival, Gilles: Remarques sur la Forme du ›Peri Archon‹. In: Henri Crouzel u. a. (Hrsg.), Origeniana. Premier colloque international des études origéniennes. Bari 1975, 33–45.

Gruber, Gerhard: ‚Zoe'. Wesen, Stufen und Mitteilung des wahren Lebens bei Origenes. München 1962.

Hanson, Richard P. C.: Did Origen apply the word homoousios to the Son? In: Epektasis (FS J. Daniélou). Hrsg. von J. Fontaine u. Ch. Kannengiesser. Paris 1972, 293–303.

Harl, Marguerite: Recherches sur le ›Peri archon‹ d'Origène en vue d'une nouvelle édition: la division en chapitres. In: St. Patr. 3 (= TU 78) (1961), 57–67.

Harl, Marguerite: Structure et cohérence du ›Peri Archon‹. In: H. Crouzel u. a., Origeniana. Premier colloque international des études origéniennes. Bari 1975, 11–32.

Harl, Marguerite: Origène. Traité des Principes (›Peri Archon‹). Traduction de la version latine de Rufin avec un dossier annexe d'autres témoins du texte. Paris 1979.

Holz, Harald: Über den Begriff des Willens und der Freiheit bei Origenes. In: Neue Zeitschrift für Systematische Theologie und Religionsphilosophie 12 (1970), 63–84.

Ivánka, Endre von: Origenes. In: Plato Christianus. Übernahme und Umgestaltung des Platonismus durch die Väter, Kap. 3. Einsiedeln 1964, 101–148.

Jonas, Hans: Origenes' ›PERI ARCHON‹ – ein System patristischer Gnosis. In: Theologische Zeitschrift 4 (1948), 101–119.

–: Die origenistische Spekulation und die Mystik. In: Theologische Zeitschrift 5 (1949), 24–45.

–: Gnosis und spätantiker Geist. Teil 2. 1. Hälfte: Von der Mythologie zur mystischen Philosophie. Göttingen 1954.

Karpp, Heinrich: Probleme altchristlicher Anthropologie. Biblische Anthropologie und philosophische Psychologie bei den Kirchenvätern des dritten Jahrhunderts. Gütersloh 1950.

Kettler, Franz-Heinrich: Der ursprüngliche Sinn der Dogmatik des Origenes (Beiheft 31 zur ZNW). Berlin 1966.

–: Die Ewigkeit der geistigen Schöpfung nach Origenes. In: Reformation und Humanismus – Robert Stupperich zum 65. Geburtstag. Hrsg. von M. Greschat und J. F. G. Goeters. Witten 1969, 272–297.

Koch, Hal: Pronoia und Paideusis. Studien über Origenes und sein Verhältnis zum Platonismus (Arbeiten zur Kirchengeschichte Bd. 22). Berlin u. Leipzig 1932.

Kübel, Paul: Zum Aufbau von Origenes' De Principiis. In: VChr 25 (1971), 31–39.

–: Schuld und Schicksal bei Origenes, Gnostikern und Platonikern (Calwer theol. Monogr. Reihe B, Bd. 1). Stuttgart 1973.

Van Laak, Werner: Allversöhnung. Die Lehre von der Apokatastasis. Ihre Grundlegung durch Origenes und ihre Bewertung in der gegenwärtigen Theologie bei Karl Barth und Hans Urs von Balthasar (SthTSt 11). Sinzig 1990.

Lies, Lothar: Ignatius von Loyola und Origenes. In: Ignatianisch. Eigenart und Methode der Gesellschaft Jesu. Hrsg. von Michael Sievernich und Günter Switek. Freiburg i. Br. 1990, 183–203.

Laporte, Jean: La chute chez Philon et Origène. In: Kyriakon. Festschrift für Johannes Quasten, 1. Münster 1970, 320–335.

Marcus, Wolfgang: Der Subordinatianismus als historiologisches Problem. Ein Beitrag zu unserer Kenntnis von der Entstehung der altchristlichen ‚Theologie' und Kultur unter besonderer Berücksichtigung der Begriffe OIKONOMIA und THEOLOGIA. München 1963, 152–163.

Pohlenz, Max: Die Stoa. Geschichte einer geistigen Bewegung. Göttingen (^{2}1959) 3. Aufl. 1964.

Rius Camps, Josep: Comunicabilidad de la naturaleza de Dios según Orígenes. In: Orientalis Christiana Periodica 34 (1968), 1–37; 36 (1970), 201–247; 38 (1972), 430–453.

–: El dinamismo trinitario en la divinización de los seres racionales según Orígenes (Orientalia Christiana Analecta 188). Rom 1970.

–: El ›Peri Archon‹ d'Orígenes. Radiografia del primer tractat de teologia dogmàtico-sapiencial. Barcelona 1985.
Saake, Helmut: Der Tractatus-philosophicus des Origenes in ›Peri Archon‹ I 3. In: Hermes 101 (1973), 91–114.
–: La notion de la Trinité à visée pansotériologique chez Origène et son déplacement intra–ecclesial chez Athanase d'Alexandrie. In: Ch. Kannengiesser (Hrsg.), Politique et Théologie chez Athanase d'Alexandrie. Paris 1974, 295–304.
Simonetti, Manlio: Osservazioni sulla struttura del ›De principiis‹ di Origene. In: Rivista di filologia e d'istruzione classica, N. S. 40 (1962), 273–290.
–: Sull' interpretazione di un passo del De principio di Origene (I 3,5–8). In: Riv. di cult. class. e med. 6 (1964), 15–32.
Steidle, Basilius: Neue Untersuchungen zu Origenes' ›Peri archon‹. In: ZNW 40 (1942 für 1941), 236–243.
Völker, Walther: Das Vollkommenheitsideal des Origenes (Beiträge zur historischen Theologie Bd. 7). Tübingen 1931.
Wickert, Ulrich: Glauben und Denken bei Tertullian und Origenes. In: Zeitschrift für Theologie und Kirche 62 (1965), 153–177.

V. Exegese und Hermeneutik

Bardy, Gustave: La règle de foi d'Origène. In: RSR 9 (1919), 162–196.
Von Campenhausen, Hans Frhr.: Die Entstehung der christlichen Bibel (Beitr. zur hist. Theologie, 39). Tübingen 1968, 354–376.
Daniélou, Jean: Origène comme exégète de la Bible. In: St. Patr. 1 (= TU 63) (1957), 280–290.
Gögler, Rolf: Zur Theologie des biblischen Wortes bei Origenes. Düsseldorf 1963.
Hanson, Richard P. C.: Allegory and Event. A study of the sources and significance of Origen's Interpretation of Scripture. London 1959.
Kettler, Franz-Heinrich: Funktion und Tragweite der Historischen Kritik des Origenes an den Evangelien. In: Kairos 15 (1973), 36–49.
De Lubac, Henri: Histoire et Esprit: L'intelligence de l'Ecriture d'après Origène. Paris 1950. – Deutsche Übersetzung von H. Urs von Balthasar: Geist aus der Geschichte. Das Schriftverständnis des Origenes. Einsiedeln 1968.
Pietron, Josef: Geistige Schriftauslegung und biblische Predigt. Überlegungen zu einer Neubestimmung geistiger Exegese im Blick auf heutige Verkündigung. Düsseldorf 1979.

VI. Nachleben

1. Längsschnitte

Huet, Pierre Daniel: Origeniana. Liber II, Caput IV: Fortuna doctrinae Origenianae, 1668. Abgedr. bei Migne: PG 17, 1115–1182, und in Lommatzsch's Origenes-Ausgabe 24. Berlin 1846, 1–105.

2. Alte Kirche

Diekamp, Franz: Die origenistischen Streitigkeiten im sechsten Jahrhundert und das fünfte allgemeine Concil. Münster 1899 (dazu A. Jülicher in: Theologische Literaturzeitung 25 [1900], 173–176).

–: Zur Chronologie der origenistischen Streitigkeiten im 6. Jahrhundert. In: Historisches Jahrbuch 21 (1900), 743–757.

Guillaumont, Antoine: Évagre et les anathématismes antiorigénistes de 553. In: St. Patr. 3 (= TU 78) (1961), 219–226.

–: Les «Kephalaia Gnostica» d'Évagre le Pontique et l'Histoire de l'Origénisme chez les Grecs et chez les Syriens (Patristica Sorbonensia 5). Paris 1962.

Murphy, Francis Xaver: Rufinus of Aquileia (345–411). His life and works (The Catholic University of America. Studies in Mediaeval history NS 6). Washington (D.C) 1945.

Refoulé, François: La christologie d'Evagre et l'origénisme. In: Orientalia Christiana Periodica 27 (1961), 221–266.

Studer, Basilius: Zur Frage des westlichen Origenismus. In: St. Patr. 9 (= TU 94) (1966), 270–287.

3. Mittelalter und Neuzeit

Brésard, Luc: Bernard et Origène commentent le Cantique. Avantpropos par Henri Crouzel SJ. Forges 1983. (Zugleich in Collectanea Cisterciensia 44).

Crouzel, Henri: Pic de la Mirandole et Origène. In: BLE 66 (1965), 81–106.

–: Une Controverse sur Origène à la Renaissance: Jean Pic de la Mirandole et Pierre Garcia. Textes présentés, traduits et annotés. Préface du Révérend Père Henri de Lubac SJ de l'Institut (De Pétrarque à Descartes 36). Paris 1977.

Florovsky, George: Origen, Eusebius, and the Iconoclastic Controversy. In: Church History 19 (1950), 77–96.

Godin, André: De Vitrier à Origène: Recherches sur la patristique érasmienne. In: Colloquium Erasmianum. Mons 1968, 47–57.

Hunstorfer, Karl: F. W. J. Schelling und Origenes. Ein problemgeschichtlicher Vergleich. Diss.masch. Innsbruck 1990.

Lies, Lothar: Origenes' Eucharistielehre im Streit der Konfessionen. Die Auslegungsgeschichte seit der Reformation (ITS 15). Innsbruck 1985.

–: Rezeption der Eucharistielehre des Origenes bei den Reformatoren. In: Origeniana tertia. Rom 1985, 287–303.

De Lubac, Henri: Exégèse Médiévale. Les quatre Sens de l'Écriture. Bd. 1,1 (Théologie. Études publiées sous la direction de la Faculté de Théologie SJ de Lyon-Fourvière 41). Paris 1959.

Manning, Eugène: S. Bernard et Origène. In: Collectanea Ordinis Cisterciensium Reformatorum 25. Rom 1963, 85–86.

Palgen, Rudolf: Dante und Origenes. In: Österreichische Akademie der Wissenschaften, philosophisch-historische Klasse. Anzeiger 96 (1959), 214–227.

Schär, Max: Das Nachleben des Origenes im Zeitalter des Humanismus (Basler Beiträge zur Geschichtswissenschaft 140). Basel–Stuttgart 1979.

VII. Überlieferungsgeschichte und Textkritik von ›De principiis‹

Bardy, Gustave: Recherches sur l'histoire du texte et des versions latines du ›De principiis‹ d'Origène (Mém. et trav. Fac. Cath. de Lille 25). Paris 1923.

Görgemanns, Herwig: Die „Schöpfung" der „Weisheit" bei Origenes. Eine textkritische Untersuchung zu ›De principiis‹ Fr. 32. In: St. Patr. 7 (= TU 92) (1966), 194–209.

Junod, Eric: Remarques sur la composition de la ›Philocalie‹ d'Origène par Basil de Césarée et Grégoire de Nazianze. In: Revue d'Histoire et de Philosophie religieuses 52 (1972), 149–156.

Karpp, Heinrich: Textkritische Bemerkungen zum 4. Buch des Origenes ›De Principiis‹. In: Rheinisches Museum für Philologie NF 109 (1966), 165–169.

Müller, Karl: Kritische Beiträge I: Zu den Auszügen des Hieronymus (ad Avitum) aus des Origenes ›Peri archon‹. In: SB Berlin 36 (1919), 616–631.

Preuschen, Erwin: Besprechung von: Origenes' Werke. 5. Band. ›De principiis‹ (›peri archon‹). Hrsg. von P. Koetschau. In: Berliner Philol. Wochenschr. 36 (1916), 1198–1206.

Studer, Basil: Zur Frage der dogmatischen Terminologie in der lateinischen Übersetzung von Origenes' ›De principiis. In: Epektasis. Mélanges patristiques offerts au Cardinal Jean Daniélou. Publiés par Jacques Fontaine et Charles Kannengiesser. Paris 1972, 403–414.

Winkelmann, Friedhelm: Einige Bemerkungen zu den Aussagen des Rufinus von Aguileia und des Hieronymus über ihre Übersetzungstheorie und -methode. In: Kyriakon. Festschrift Johannes Quasten, 2. Münster 1970, 532–547.

VIII. Ausgaben und Übersetzungen des Werkes ›Peri archon‹

1. Ausgaben (vgl. Gö, 58 f.)

1. Jacob Merlin: Paris 1512 = Erasmus: Basel 1536 = Gilbertus Genebrardus: Paris 1574, enthielt aber eine neue lateinische Übersetzung der Texte aus der ›Philokalie‹.
2. Charles Delarue: Paris 1733 = C. H. E. Lommatzsch: Berlin 1847 = Mignes Patrologia, Series Graeca 11 (1857) = E. R. Redepenning: Leipzig 1836.
3. Paul Koetschau: Leipzig 1913 = Origenes, Vier Bücher von den Prinzipien. Hrsg., übers. und mit kritischen und erl. Anmerkungen vers. von Herwig Görgemanns und Heinrich Karpp (Texte zur Forschung, Bd. 24). Darmstadt 1976 (^{2}1985). – Für die in der ›Philokalie‹ enthaltenen Kapitel ist ferner die kritische Ausgabe dieser Anthologie heranzuziehen: J. A. Robinson: The Philocalia of Origen. Cambridge 1893. Heute vor allem: Origène, Philocalie, 1–20 sur les Écritures. Introduction, Texte, Traduction et Notes par Marguerite Harl (SC 302). Paris 1983.
4. Die neueste Ausgabe von ›Peri archon‹ findet sich in den SC: Origène, Traité des Principes. Tome I (Livres I et II); Tome II (Livres I et II); Tome III (Livres III et IV); Tome IV (Livres III et IV); Tome V (Compléments et Index). Introduction, Texte critique de la version de Rufin, Traduction par Henri Crouzel et Manlio Simonetti (SC 252; 253; 268; 269; 312). Paris 1978–1984.

2. Übersetzungen

Rössler, Christian Fr.: Leipzig 1776, 83–196.
Schnitzer, Karl Fr.: Stuttgart 1835.
Crombie, Frederick: Edinburgh 1869. Nachdruck Buffalo 1885.
Lewis, George: Edinburgh 1911 (›Philokalie‹).
Butterworth, George W.: London 1936.
Meyboom, Hajo Uden: Leiden 1921.
Simonetti, Manlio: Turin 1968.
Harl, Marguerite, u. a.: Paris 1976.
Crouzel, Henri, et Simonetti, Manlio: Traité des Principes. Tome I (Livres I et II); Tome II (Livres I et II); Tome III (Livres III et IV); Tome IV (Livres III et IV); Tome V (Compléments et Index). Introduction, Texte critique de la version de Rufin, Traduction (SC 252; 253; 268; 269; 312). Paris 1978–1984.
Görgemanns, Herwig, und Karpp, Heinrich: Origenes, Vier Bücher von den Prinzipien. Hrsg., übers. und mit kritischen und erl. Anmerkungen vers. von Herwig Görgemanns und Heinrich Karpp (Texte zur Forschung, Bd. 24). Darmstadt 1976 ([2]1985).
Harl, Marguerite: Origène, Philocalie, 1–20 sur les Écritures. Introduction, Texte, Traduction et Notes (SC 302). Paris 1983.

REGISTER

Personenregister

Orts- und Sachregister